O CONTO
DO COVARDE

VANESSA GEBBIE

O CONTO DO COVARDE

Tradução
Sibele Menegazzi

Rio de Janeiro | 2014

Copyright © by Vanessa Gebbie, 2011.

Os direitos morais da autora foram assegurados.

Título do original: *The Coward's Tale*

Capa: Oporto Design

Imagens de capa: ©najin / ©CountryStyle Photography / ©mipan / ©Eduard Andras / ©JulieVMac / ©AdamRadosavljevic / ©TimAbbott / ©DNY59 / ©jacus | iStockphoto

Ilustrações de capa: ©kameshkova / ©mecaleha | iStockphoto

Mapa: Holly Macdonald

Editoração: FA Studio

Texto revisado segundo o novo
Acordo Ortográfico da Língua Portuguesa

2014
Impresso no Brasil
Printed in Brazil

Cip-Brasil. Catalogação na fonte
Sindicato Nacional dos Editores de Livros. RJ

G262c Gebbie, Vanessa
    O conto do covarde / Vanessa Gebbie; tradução Sibele Menegazzi. –
1. ed. – Rio de Janeiro: Bertrand Brasil, 2014
    378 p.; 23 cm.

    Tradução de: The coward's tale
    SBN 978-85-286-1733-7

    1. Ficção galesa. I. Menegazzi, Sibele. II. Título.

14-09794
                            CDD: 823.92
                            CDU: 821.111(410)-3

Todos os direitos reservados pela:
EDITORA BERTRAND BRASIL LTDA.
Rua Argentina, 171 — 2º andar — São Cristóvão
20921-380 — Rio de Janeiro — RJ
Tel.: (0xx21) 2585-2070 — Fax: (0xx21) 2585-2087

Não é permitida a reprodução total ou parcial desta obra, por quaisquer meios, sem a prévia autorização por escrito da Editora.

Atendimento e venda direta ao leitor:
mdireto@record.com.br ou (0xx21) 2585-2002

Para Robert Diplock, 1962-1969

Perto da estátua da cidade, na frente da Biblioteca Pública

"Meu nome é Ianto Jenkins. Sou um covarde."

São palavras que já ecoaram antes por esta cidade. E hoje serão ditas novamente por Ianto Passchendaele Jenkins, agora miúdo e grisalho, de jaqueta cáqui e boné quase da mesma cor, o mendigo que dorme na varanda da Capela Ebenezer, num banco de pedra, com a mochila como travesseiro e um relógio sem ponteiros caído nas lajotas ao lado de suas botas.

As palavras serão ditas diante da Biblioteca Pública a um menino chamado Laddy Merridew. Serão entreouvidas pela estátua da cidade — um carvoeiro esculpido a partir de um único bloco de granito, com uma pilha de carvão em volta das botas. Ali desde sempre, a estátua enfrenta e sonha com todo tipo de clima, de olhos baixos, como se imersa em pensamentos. Quando chove, como hoje, a água escorre por seus cabelos e pinga de seu queixo, em memória dos carvoeiros mortos num dia de setembro na mina chamada Gentil Clara, embora não fosse nem uma coisa nem outra. Carvoeiros cujos nomes foram imortais até a placa comemorativa ser arrancada pelos garotos da cidade e jogada no lago de Cyfarthfa.

***

Porém, antes que tais palavras sejam ditas, o ônibus desce a ladeira trazendo não só o menino, mas também a Sra. Harris e a Sra. Price, com seus cestos e listas de compras. A Sra. Eunice Harris, o cabelo roxinho e bem-comportado sob uma redinha, desce do ônibus antes da Sra. Sarah Price, pois, afinal, seu marido é subgerente da Caixa Econômica, e o da Sra. Price, não.

Ianto Passchendaele Jenkins está no ponto de ônibus, sem esperar nada em particular. Lê o horário dos ônibus para ver se mudou desde ontem, o que não aconteceu, e depois leva um dedo até o boné em cumprimento à Sra. Harris que, à sua vez, não faz a menor questão de cumprimentos por parte do mendigo Ianto Jenkins, muito obrigada. O coletivo começa a se mover e, então, para novamente. Alguém se esqueceu de sair.

Um menino de 10 anos, mais ou menos, desce tropeçando nos degraus, com as meias caídas em volta dos tornozelos. O cabelo é extremamente ruivo e desalinhado. A franja é comprida demais e os óculos escorregaram até a ponta do nariz. Ninguém veio recebê-lo. Traz uma maleta marrom agarrada ao peito, esse menino de cabelo vermelho e casaco de chuva manchado, muitos números menor do que deveria ser, com o cinto amarrado num nó, já que a fivela sumiu. Vinha sonhando no ônibus, a cabeça encostada no vidro, um sonho ruim, cheio das palavras feias que sobem à noite pelo assoalho do seu quarto enquanto sua mãe e seu pai pensam que ele está dormindo.

O ônibus parte novamente. O garoto tenta empurrar os óculos nariz acima, tropeça no cadarço e cai antes que Ianto Jenkins possa apanhá-lo. A mala se abre na calçada, cuspindo um tambor de madeira enrolado num pijama, algumas calças velhas, uma escova de dentes e um suéter azul de tricô. O menino olha para as próprias mãos. Não estão limpas. Esfolou as palmas, assim como os joelhos. Tenta encontrar um lenço nos bolsos do casaco de chuva sem machucar ainda mais as mãos, mas não há nenhum. As lágrimas vêm, rápidas, quentes e furiosas.

A Sra. Harris e a Sra. Price não sabem o que fazer com as lágrimas de um menino. Ambas dão um passo para trás com seus cestos de compras e a Sra. Harris abre o guarda-chuva preto com um estalo, dizendo palavras que lembram *desajeitado, meninos e bagunça*.

É Ianto Passchendaele Jenkins quem entrega ao garoto algo que se parece com um lenço e murmura palavras como *não e importa* antes de devolver as coisas do garoto à mala, não sem dar primeiro uma batidinha no tambor. O som leve ecoa na parede da biblioteca.

Ianto Passchendaele Jenkins começa a sorrir, por causa do som, enquanto fecha a maleta e se endireita devagar, resmungando "Ai, meus velhos ossos". No entanto, quando olha para o menino pela primeira vez com atenção, as palavras lhe fogem. E o sorriso desaparece.

O menino não repara em nada disso. Ele se senta no meio-fio, examina os joelhos e os limpa com aquilo que parece ser um lenço, então tira os óculos e esfrega o rosto, deixando ali vestígios de sangue e poeira. Ianto Jenkins, ainda olhando para o garoto, sacode a cabeça como se para desanuviá-la. Ele tosse e aponta para o próprio nariz; o garoto dá um meio sorriso e esfrega o nariz na manga. A Sra. Harris e a Sra. Price fazem *tsc-tsc* e o menino se encolhe, guardando o lenço do velho no bolso.

— Desculpe. Obrigado. Vou pedir para a minha vó lavar.

Então, ele se levanta e limpa os óculos na barra do casaco. Ergue as meias e, quando se endireita, elas caem novamente em volta dos tornozelos, como se encontrassem sua posição natural. Ele suspira, dá de ombros e olha para o relógio no frontão da Prefeitura, ao lado da biblioteca, que indica duas e dez.

Ele diz novamente, a ninguém em particular:

— Desculpe. — Então, volta a olhar o relógio. — Que horas são? Pensei que o ônibus chegasse em meia hora; e onde foi parar a hora do almoço?

Há uma resposta abafada de outro relógio, na Capela Ebenezer, lá perto do cinema, onde o sino foi embrulhado num trapo para não acordar o pastor, e ninguém pensou em tirar esse trapo agora que já não há pastores. Ianto Passchendaele Jenkins aponta para seu relógio sem ponteiros.

— Para mim, parece que é alguma coisa e meia.

A Sra. Eunice Harris afasta a manga de seu casaco de boa qualidade e examina seu relógio, também de boa qualidade.

— Exatamente. Meio-dia e meia. — E acena para o relógio da Prefeitura como se lhe pertencesse. — Sempre duas e dez. Alguém fixou essa hora com um prego, anos atrás.

O menino não responde, apenas diz, quase para si mesmo:

— Disse que ia me encontrar com a vó na biblioteca ao meio-dia e meia. Ela faz faxina lá, às vezes. — E se inclina para pegar a mala. Mas, antes que ele a apanhe, Ianto Jenkins já a está carregando na direção da biblioteca, e o menino vai mancando atrás dele.

— Tudo bem. Eu levo.

O mendigo espera pelo menino, diz que suas mãos estão esfoladas e que não se importa em carregar a mala até a biblioteca. Porque, afinal, Efetivo Philips, o bibliotecário suplente, tem um bule e faz um cafezinho ótimo.

Eles passam diante da estátua do carvoeiro da Gentil Clara, com um monte de carvão em volta dos pés, e o menino olha para Ianto Jenkins.

— Muito obrigado. — Há uma pausa antes de ele dizer, numa voz baixinha: — Meu nome é Laddy Merridew. Eu sou um chorão. Sinto muito.

O mendigo não para de caminhar, não olha para o garoto, não diz nada. A não ser:

— E meu nome é Ianto Jenkins. Sou um covarde. O que é pior.

E os dois, velho e menino, covarde e chorão, desaparecem dentro da Biblioteca Pública com a mala.

A Sra. Eunice Harris franze a testa e assente como se eles precisassem de sua permissão para se afastar; depois, vira para a Sra. Sarah Price, que observa o rosto da estátua acima, e não baixa a voz ao dizer:

— Você viu aquilo? Calças na calçada!

E, antes que as boas senhoras sigam pela Rua Principal com seus cestos, elas param na garoa, sob um único guarda-chuva preto, para contemplar a estátua.

— Tenho certeza de que o nariz é dos Harris. Eu acordo ao lado deste nariz todos os dias.

— Oh, sem dúvida, pode ser o nariz dos Harris, mas a boca é dos Price, está vendo? Não dá para confundir a boca dos Price.

A Sra. Eunice Harris faz um sinal de reprovação.

— Esse nariz aparece numa fotografia linda, toda colorizada, pendurada logo na sala da frente da casa, isso eu garanto. E com uma moldura de ébano de verdade.

Mas, seja como for que elas olhem e seja com que homem da cidade ele se pareça, a chuva molha a cabeça da estátua, escorre de seu cabelo e pinga de seu queixo. Da boca dos Price e do nariz dos Harris, dos olhos dos Edwards com sobrancelhas de taturana, sempre franzidas. Empoça nas pregas das mangas e para na curva de um dedo médio dobrado igualzinho ao dedo de Ícaro Evans, o professor de marcenaria, que o quebrou num torno. O bico de viúva e os cachos são os do limpador de janelas, Judah Jones, as orelhas sob os cachos poderiam ser do padeiro Bowen, da Rua Íngreme; e será que aqueles dedos compridos são os dos Bartholomew, os afinadores de piano, ou dos Little, que gostam de jardinagem? E será que a pose é igual a de Tsc-Tsc Bevan, o papa-defunto, ou mais parecida com a de Philip "Efetivo" Philips, dono do único bule de café da Biblioteca Pública?

Quem sabe dizer? Por toda a cidade, no entanto, nas paredes das salas de visita, pendurados no alto, na obscuridade velada das cortinas, os ancestrais da cidade olham de suas molduras de ébano, com narizes, orelhas e bocas iguaizinhas às da estátua.

O mendigo Ianto Passchendaele Jenkins sai da Biblioteca Pública todo lépido e fagueiro, deixando Laddy Merridew a esperar por sua vó na Sala de Leitura, sob um aviso que manda o mundo ficar em silêncio. Hoje não há café, pois a Sra. Cadwalladr, a bibliotecária, se apropriou do bule para uma reunião. Ianto Jenkins faz uma pausa para olhar o mostrador de seu relógio sem ponteiros e este lhe devolve o olhar, inexpressivo e esperançoso. Ele dá um tapinha no mostrador para ver se lhe diz algo diferente, o que não acontece, e se vira na direção da parte baixa da cidade, erguendo o colarinho contra o frio. Quando faz isso, a estátua do carvoeiro da Gentil Clara parece assentir. Ianto Passchendaele Jenkins inclina a cabeça em resposta. Acena para Ícaro Evans, o professor de marcenaria, que empurra sua bicicleta e o reboque cheio de restos de madeira pela Rua Principal. Então, a brisa leva o mendigo até a Capela Ebenezer, até a varanda que lhe serve de lar, deixando a estátua a esperar na chuva até que algo ou nada aconteça.

O conto do professor de marcenaria

i

ÀS VEZES, A BRISA NÃO chega até a Rua Principal. Às vezes, ela para e brinca com a lã das ovelhas, presa nas cercas na colina acima da cidade. Às vezes, entra pelas janelas quebradas da sede da fazenda que um dia foi dona das cercas e faz tremer as teias de aranha nas paredes do quarto. Brinca com as pontas desfiadas do barbante que fecha a porta da frente e se embrenha sob a porta do celeiro para lançar restos de feno seculares contra as paredes de latão. Faz tremer as janelas do trailer ao lado do celeiro, onde o carpinteiro Thaddeus Evans, a quem os garotos chamam de Ícaro, pode ainda estar dormindo, já que é cedo. Então, a brisa desiste de brincar com as janelas e eriça as penas de duas galinhas que estão cantarolando para os tijolos sob o trailer. O veículo não tem rodas. Nunca vai a lugar algum. Apenas fica ali, pousado nos tijolos do quintal, vendo Ícaro Evans ir e vir da escola colina abaixo, onde ele ensina os garotos a trabalhar com madeira.

— Sr. Evans, a mãe perguntou se eu posso fazer uma mesa de jantar nova de mogno para a tia May, que mora em Penydarren.

— É claro que sim... mas é melhor aprender a usar o formão primeiro, né?

Ícaro Evans balança a cabeça e sorri para si mesmo, enquanto empurra a bicicleta morro acima depois da aula, com o reboque cheio de pedaços de madeira dados por Tsc-Tsc Bevan, o papa-defunto, bons demais para desperdiçar. A cidade toda é agraciada com esses refugos. Uma poltrona para amamentação no número 8 da Estrada Tredegar, que passou de casa em casa quando quatro bebês chegaram quase ao mesmo tempo. Jogos de dominós em mogno e pinho, nas prateleiras do Clube dos Trabalhadores colina abaixo, e mesinhas de cabeceira combinando para o subgerente da Caixa Econômica e sua mulher; mas, como o piso do quarto deles é irregular, os dois copos com dentadura ficam na mesma mesinha, onde podem sorrir uma para a outra até de manhã.

Ícaro Evans está fazendo um barco a remo, as nervuras expostas sobre um palete atrás do trailer, e cada costela, cada tábua para as laterais é de uma madeira diferente. Mogno, bétula, carpino, freixo e todos os demais primos. Coberto com um encerado velho para protegê-lo da chuva.

    Mais além do trailer, do barco e do celeiro, fica o único campo pedregoso que sobrou na fazenda, já que o resto foi engolido pela propriedade Brychan, nos limites da cidade, e por seu barulho. Não há mais ovelhas nesse campo, foram todas vendidas como carne no mercado, mas alguns pôneis selvagens às vezes aparecem para pastar. E, na extremidade mais distante, sob as raízes das sorveiras cercadas por arame muito enferrujado, há uma fonte. Uma fonte que lança suas águas num riacho que, um dia, correu livremente pela colina para se unir ao rio no vale, mas que agora desaparece num bueiro de pedra ao lado da trilha. Uma fonte aonde os garotos da Brychan vêm brincar nos fins de semana e assistir ao desenvolvimento do barco de Ícaro.

— Tá lindo, Ícaro, o barco. Para quem é, hein?

Pode ser que Ícaro não diga nada, a não ser:

— É para vocês, rapazes. — E continua aplainando e dando forma às costelas do barco, enquanto espirais de madeira rolam pelo quintal.

E os garotos vão, rindo, jogar frascos de remédios na fonte. Frasquinhos marrons que, um dia, contiveram aspirinas ou alguma coisa para o estômago, e potes de farinha de rosca meio esquecidos em armários de cozinha, agora sem comprimidos ou farinha, mas com mensagens para garotas que talvez nunca venham a conhecer.

— O meu tá boiando, tá vendo? Tá indo pra Austrália!

Alguns são de fato levados. Eles vão para a Austrália, flutuando sob as raízes das árvores e dentro dos túneis sob a cidade, de forma que a água possa rir de seus conteúdos vulgares. E outros são engolidos, suas palavras nunca lidas, a não ser pela terra. São puxados para baixo quando a fonte deixa de borbulhar, como costuma fazer de vez em quando, ficando imóvel e escura. Como se a água viesse de uma veia pulsante e o coração tivesse parado de bater.

Então, os garotos voltam correndo para suas ruas, deixando para trás apenas um, o menino novo, Laddy Merridew, que não mandou nenhuma mensagem. Só ficou por ali para ver os outros, a vó mandando que ele fosse brincar quando estaria mais feliz sem fazê-lo. Ele cutuca a casca de uma árvore com a unha suja e, depois, talvez fique para trás a fim de olhar a fonte e ver o que esta tem a lhe dizer.

Talvez a água tenha parado de borbulhar de novo e apenas devolva o olhar do garoto, refletindo não só suas perguntas, mas também os frutos da sorveira sobre sua cabeça.

No lusco-fusco da manhã, Ícaro Evans pode se sentar no banco do quintal com uma caneca de chá quente e pão com geleia feita com as ameixas que crescem perto da fonte. E, depois de comer, ele entra de novo no trailer e sai com uma gaiolinha feita de raminhos de sorveira, desfolhados e tenros como falanges. Uma gaiola que não é maior que suas mãos em concha. E ele fala baixinho, sussurrando para a gaiola enquanto está sentado, desenhando runas na terra com os dedos dos pés. Então, coloca a gaiola no chão e se abaixa para destrancar a portinha, enrolando um barbante fino em volta do dedo. Um barbante amarrado de forma leve, mas forte, na perna de um passarinho.
 Ícaro Evans pigarreia.
 — Bom-dia, pássaro.
 Talvez o pássaro saia e fique com a cabecinha de lado para pensar em como essa gaiola nova é grande. E, arrastando uma asa, em corridinhas e pulinhos, vá procurar comida pelo chão. Talvez algumas ameixinhas trazidas da fonte exatamente para isso. Ícaro Evans fica de olho, sentado em seu banco, soltando um pouco o barbante do passarinho, vigiando o quintal para ver se não há gatos, até que ouve o latido de um cão na trilha.
 — Venha aqui, pássaro. — E vai enrolando o barbante devagar. Depois, se abaixa para pegar o passarinho com a mão. Ele vem com tranquilidade, os olhos brilhando, e está novamente na gaiola de sorveira quando o cão surge farejando pelo quintal, antes de atravessar o campo correndo para ir tomar água na fonte.

Ícaro Evans se lava naquela fonte todas as manhãs, já que é a única água corrente que sobrou na fazenda. Ele joga água no rosto, na barba, sacudindo-se como faz o cachorro, e depois alisa o cabelo bem bonito para a escola. Ele cobre o barco com o encerado, só por prevenção. Antes de amarrar a porta de seu trailer com barbante, dá uma olhada lá dentro. Vê as paredes cobertas de fotos de lugares a que nunca foi, recortadas de folhetos turísticos da agência de viagens da Rua Principal. Palácios de papel em canais de papel e cidades de montanhas cheias de bandeirolas que sacodem suas mensagens sob um vento de papel.

E lá vai ele, empurrando a bicicleta pelo quintal até a trilha acima do bueiro, onde a água borbota esta manhã, bem no fundo da garganta. E ele desaparece pela trilha até a estrada ao lado da propriedade Brychan, nos limites da cidade, descendo a colina até a escola, com o reboque cheio de pedaços de madeira e a cabeça cheia de pequenos planos.

Então, ele vai para a escola, de bicicleta, e, no caminho, pode ser que passe por Tommo Price, que, com seu terno, está indo assumir seu posto de secretário na Caixa Econômica.

— Bom-dia, Ícaro.

Ou pode ser que veja os garotos da Brychan na porta da casa da costureira, tentando acender uma guimba de cigarro encontrada na calçada:

— Bom-dia, Ícaro.

— É Sr. Evans para vocês. Apaguem isso, sim?

Ou pode ser que passe por Peter Edwards, carvoeiro enquanto existia a Mina Funda, alguns meses atrás, a última a ser fechada por ali, sentado nos degraus da estátua da Gentil Clara em frente à biblioteca e olhando para as próprias mãos; mas Peter Edwards apenas acena com a cabeça sem dizer nada, pois não há nada a dizer.

E na escola, será que Ícaro entra na onda dos demais professores e vai, todo sério e cheio de olhares sisudos, advertir os garotos a não serem garotos e sim velhos como eles? Ele não faz nada disso. Dá a volta e estaciona a bicicleta numa grade. Então, tira o saco com os pedaços de madeira do reboque e o carrega até uma cabana com a porta trancada, com a inscrição "Carpintaria" e "Sr. Thaddeus Evans", caso ele se esqueça que tem outro nome que não Ícaro. Pela janela de metal com vidros trincados, ele pode ver suas bancadas, suas prateleiras e suas ferramentas bem-penduradas nas paredes.

Ícaro entra e fecha a porta, erguendo o rosto para o ar carregado do aroma doce de pinho. Pode ser que levante o rosto e feche os olhos, inalando os perfumes, enquanto os garotos, reunidos no pátio da escola, não prestam muita atenção ao que lhes dizem.

Sob as bancadas, há espirais e raspas de madeira clara, encaracoladas como impressões digitais, contendo desenhos que um dia estiveram sob a pele das árvores. Ícaro pode apanhar algumas e ficar ali, desenrolando a madeira, sentindo os óleos de seu âmago. Vendo se a madeira se rompe e estala em seus dedos ou se desenrola com facilidade. As que não se rompem, ele guarda, numa caixa sobre a mesa.

Verifica as horas. Então, olha para as prateleiras nas paredes de sua oficina. Para as caixas nas prateleiras, etiquetadas com cada ano em que Ícaro Evans foi professor nesse lugar. Trinta anos. Trinta caixas, em prateleiras que vão do chão ao teto.

* * *

Ícaro Evans observa os garotos que atravessam o parquinho, alunos novos dessa classe, todos corajosos, balançando a mochila e a maioria brincando de luta. Ele se pergunta se há um carpinteiro de verdade entre eles, como nunca viu antes, apesar de todas as mesinhas de cabeceira que já fez, todas as cadeiras, dominós e bancos. Não de verdade. Não ainda.

Ele ouve a conversa dos garotos, conforme eles se acomodam:

— Vou fazer um carrinho para descer a ladeira.

— Ou uma caixa de segredos.

— Uma cadeira de balanço para a minha vó.

— Um jogo de colheres de madeira.

— Um barco como o Sr. Evans está construindo lá na fazenda.

— Eu vou fazer um foguete.

— Um foguete de madeira? Que burrice...

Então, ele diz para eles se aproximarem e apanha uma das trinta caixas que estão nas prateleiras. Levanta a tampa para mostrar aos garotos o que tem dentro.

Será um jogo de colheres entalhadas? Lindas colheres, para mostrar como os garotos eram habilidosos com as mãos, aqueles que já partiram há muito tempo para trabalhar com números, letras e outras coisas que não exigem mãos habilidosas? Serão blocos de madeiras diferentes? De mogno vermelho-sangue e carpino perolado, ou de pinho brilhante, para os garotos sentirem a diferença? Nada disso. Eles olham dentro da caixa e não veem nada além de um monte de penas de madeira, feitas com aparas que foram recolhidas do chão e guardadas. Algumas delicadas, outras sólidas e grosseiras.

Então, Ícaro olha para os garotos, para todos eles: os que tentaram acender a guimba de cigarro na frente da costureira se remexendo no meio do grupo, outra gangue da Brychan que vem jogar frascos de comprimidos na fonte e até o menino ruivo de óculos, tentando não ser visto no fundo.

Novo em folha, havia esse garoto, Laddy Merridew, os óculos brilhando, o cabelo cortado especialmente pela vó naquela manhã, com a tesoura de costura, para não ficar caindo nos olhos, e repartido numa risca branca como um peito de frango. Unhas roídas. A calça escolar de segunda mão cheirando a naftalina e escavada dos fundos do guarda-roupa, propriedade de um avô morto. E a camisa do mesmo avô, com a parte de trás para fora da calça e cheirando mais ainda a naftalina, enquanto outro garoto escreve "fedorento" na barra, com esferográfica azul. Mas Laddy Merridew não percebe, já que está ouvindo atentamente tudo que Ícaro diz.

— Eis o teste, rapazes. Ver as marcas d'água. Encontrar a madeira que foi feita para ser pena. Há penas feitas por todos os garotos que já foram meus alunos, bem aqui... — Ele dá um tapinha na lateral da caixa e ouve as penas se acomodando com um sussurro.

Ícaro indica as paredes da oficina, as caixas com as datas, os milhares de penas nas caixas. Então, fica quieto. Pega uma, talvez duas penas da caixa em cima da mesa. As melhores. Chama o garoto novo à frente e pergunta seu nome.

— Ieuan Merridew, Sr. Evans. — Mas suas palavras são encobertas por risadas quando outro menino também responde "fedorento". — Mas lá em casa me chamam de Laddy.

Mais gritos de "fedorento", "naftalina" e "foguinho" o acompanham até a mesa de Ícaro, mas este não dá atenção e apenas sorri para ele. Entrega as espirais de madeira trabalhadas ao garoto chamado Laddy Merridew e pergunta:

— Estas são penas, então?

— Sim, Sr. Evans. Não, Sr. Evans.
— Têm a textura de penas?
O menino passa os dedos pela borda externa das espirais.
— Não, Sr. Evans.
— Ah. Triste, então. Elas se comportam como penas?
— Perdão, Sr. Evans?
— Flutuam no ar como penas? Deixe-as cair e verá, sim?

Então, Ícaro Evans puxa uma cadeira e o garoto sobe, com sua calça velha e a parte de trás da camisa para fora, com os outros rindo, mas também com inveja dele. Laddy Merridew espera um momento até que o ar se acalme e segura, primeiro uma, depois a outra pena de madeira acima da cabeça e as solta.

Faz-se silêncio. A despeito de si mesmos, os meninos querem que as penas — feitas por garotos mais velhos, seus heróis — encontrem a mais tênue das correntes de ar, querem que elas caiam um pouco, querem que seu professor de carpintaria comece a sorrir quando uma flutuar — *Pronto! Assim. Mágica!* Querem que ela se detenha no ar, naquela corrente ascendente, como se uma mão invisível a segurasse. Querem que ela apanhe o movimento do ar produzido pela respiração de trinta meninos e um homem. Querem que flutue, suave e oscilante, querem que deslize de lado e vá parar nos dedos reais manchados de tinta de um garoto. *Pronto! Viu só? Flutua!*

Mas será que alguma faz isso? Será que alguma já fez isso, em todos esses anos em que Ícaro Evans vem ensinando aos garotos na escola? Não. Nenhuma. Todas as penas de madeira vão diretamente para o assoalho, juntar-se à serragem, já que nunca deixaram de ser madeira e estão simplesmente voltando a seus pares. Nenhuma, nenhuminha, em todos esses anos, flutuou no ar como uma pena de verdade, por mais que se tentasse.

Assim como as duas penas soltas pelo garoto novo, Laddy Merridew, que fica parado em cima da cadeira ouvindo as risadas, e a magia se rompe, o "talvez" desaparece e há apenas um garoto que não sabe onde enfiar a cara.

Laddy desce da cadeira e Ícaro Evans diz:

— Aí está. Vocês terão aulas comigo durante um ano. E, no final do ano, quem sabe um de vocês tenha feito uma pena que flutue?

Os garotos sorriem uns para os outros e assentem com a cabeça. Nenhum deles está planejando fazer penas de madeira que flutuem no ar, pois algo assim, como todos já sabem, não pode ser feito.

— Mas nós vamos fazer mesas, Sr. Evans? E cadeiras?

Ícaro Evans suspira, guarda as penas de madeira novamente na caixa e dá tudo por encerrado naquele dia.

Quando vai para casa, no final do dia, deixando os garotos cheios de planos de fazer tudo menos penas, será que ele para no pub O Gato, na esquina da Rua Maerdy, para tomar um drinque, ou vai até a casa número 11 para ver se a velha Lillian Harris tem alguma coisa precisando de conserto? Não. Ele vai até Tsc-Tsc Bevan, o papa-defunto, para lhe perguntar se tem pedaços de madeira hoje. Ele pega as tiras de mogno ou de pinho que não nasceram para ser caixão e vai para casa, fazer seu jantarzinho e, depois, entalhar pessoalmente outra pena. E, mais tarde, trabalhar no barco a remo. Fazer outra peça, outra costela para as laterais.

O conto do professor de marcenaria

ii

LÁ NA CIDADE, O CINEMA se prepara para a próxima sessão e a Sra. Prinny Ellis levanta a persiana de sua bilheteria, fazendo o barulho se propagar até a porta da Capela Ebenezer e acordar o mendigo Ianto Passchendaele Jenkins, que cochilava em seu banco na varanda. A Sra. Prinny Ellis chupa uma bala de caramelo enquanto espera, talvez lendo uma revista, algo sobre os mares do Sul, palmeiras e navios. Ianto Passchendaele Jenkins, o mendigo, desce os degraus, se encosta à parede descascada do cinema e dá um tapinha no mostrador de seu relógio sem ponteiros, pois deve estar quase na hora de mendigar de novo, e seu relógio concorda.

Laddy Merridew vem da escola, pois talvez a vó tenha falado para ele não voltar para casa até a hora do jantar e lhe tenha dado umas moedas para o cinema, tiradas do pote que fica em cima da lareira da cozinha.

Ele deve ser o primeiro da fila, e o seguinte reconhece Laddy da propriedade Brychan e talvez lhe pergunte como foi seu primeiro dia na escola.

Laddy não diz nada sobre camisas com "fedorento" escrito em caneta azul nem camisas lavadas na escola com sabão amarelo. Em vez disso, diz:

— Temos que fazer penas. Fazê-las flutuar no ar.

— Ah, esse Ícaro Evans. Ele e suas penas. Eu me lembro disso, e já faz dez anos. Encha um balde com água na torneira do lado de fora da oficina e dê para ele. Elas vão flutuar direitinho desse jeito.

A fila cresce e alguém pergunta por que o professor quer penas feitas de madeira, qual é o problema com as penas de verdade, o que deu início a isso e quando é que vai terminar. E o que será que o professor chamado Ícaro está fazendo com todas essas penas, um par de asas? E há risos, lógico, mas se perguntarem direito e se as perguntas chegarem aos ouvidos de Ianto Passchendaele Jenkins, encostado à parede ali perto, ele dará outro tapinha no relógio, girará os braços no ar como se estivesse puxando a história do céu e voltará o olhar pela rua, na direção da escola:

— Ouçam com os ouvidos, pois tenho uma história para eles, sabe, sobre Ícaro Evans e suas penas. Mas as histórias precisam de um combustível, e já faz um tempinho que eu não como nada.

Alguém lhe traz um café com dois torrões de açúcar, feito na bilheteria por Prinny Ellis, e, talvez, alguém abra um saco de balas de menta ou de leite para ele chupar. E Ianto Jenkins começa.

— Ah, o Ícaro Evans sempre gostou de madeira. Mesmo quando era pequeno. Adorava o toque das árvores, a aspereza da cortiça e a suavidade da polpa sob a madeira. O seu cheiro, quando raspava um graveto com a unha, de leve. E as cores, tantas que não podia nomeá-las. Cores que eram apenas verde ou marrom para a maioria das pessoas, mas para o jovem Ícaro Evans não havia duas madeiras iguais, nunca. Nem mesmo dois pedaços da mesma árvore.

"O pai de Ícaro Evans era o melhor carpinteiro desta cidade. Lá em Gylfach Cynon, numa casinha na colina, com uma oficina nos fundos, e a mãe de Ícaro pegando costura para fazer na máquina de pedal na sala de estar, uma máquina que ela ganhou de sua própria mãe e que pertencia à sua avó. Ele não se chamava Ícaro naquela época, claro. Ainda não; fora batizado em homenagem a seu avô, o carvoeiro Thaddeus Evans.

"Nunca viu esse avô de quem recebeu o nome. Nem uma vez. Thaddeus Evans morreu anos antes de Ícaro nascer, quando seu filho, o pai de Ícaro, era só um aprendiz de carpinteiro. Thaddeus Evans morreu na mina Gentil Clara numa manhã de setembro, muito tempo atrás, vítima de gases tóxicos. Terrível, aquele acidente da Gentil Clara. Terrível."

Aqui, o mendigo faz uma pausa e esfrega os olhos. Toma um grande gole de café e balança a cabeça. Então, continua.

— Antes que o carvoeiro Thaddeus Evans morresse de repente, ele deixou seu filho carpinteiro com uma pergunta; a resposta prometida, mas nunca dada. Um segredo levado para a mina Gentil Clara e deixado lá, no escuro, com certeza absoluta. Vocês vão ver.

"O menino Ícaro, porém, aprendeu a respirar num ar carregado dos cheiros e sons da oficina de seu pai. Os cheiros verdes da madeira penetraram em sua cabeça. Ele era apenas um bebê no cestinho ao lado da máquina de costura, enquanto a mãe virava colarinhos para homens que trabalhavam nas corretoras de seguro. O barulho da máquina e o vaivém do pedal eram sua canção de ninar.

"E, na oficina nos fundos, seu pai fazia baús para as casas grandes no alto das colinas, na periferia da cidade. Ah, e cadeiras para as capelas e caixas para os amantes guardarem seus segredos. Mesas de cozinha para a Rua Tredegar e para o Residencial Plymouth. Cunhas delicadas, decoradas com passarinhos, para segurar as portas das casas velhas, às margens do rio, onde moram senhoras igualmente velhas.

"O menino Ícaro aprendeu a engatinhar em meio à serragem e às espirais de madeira sob a plaina da oficina, e aprendeu a amar naquele mesmíssimo lugar. Primeiro, amou a suavidade e os cheiros da serragem, amou-a por suas cores, como centelhavam a partir das cores da madeira serrada. Ele cresceu e viu que o mogno clareia sozinho, que a faia embranquece na própria poeira. Aprendeu que a nogueira e a macieira têm o cheiro de seus frutos. Que o carvalho empina seus frisos nos bancos e nas cadeiras das capelas, e que a madeira da faia é tão suave quanto o talco fino que sua mãe costumava usar aos sábados.

"Então, ele aprendeu com o pai a trabalhar com a madeira. O melhor aprendizado, não remunerado a não ser em algo que não fosse dinheiro. Aprendeu tudo sobre madeira e muito mais. Tudo, exceto uma coisa..."

Aqui, o mendigo para e suspira. E os ouvintes, que já se esqueceram da sessão de cinema, balançam a cabeça:

— Aaahh, não pare agora, foi só uma coisa que o pai não ensinou para ele, foi?

— Só uma coisa, e tampouco era algo que seu pai pudesse ter ensinado. Escutem. Mesmo com todos os cheiros das madeiras diferentes, e mesmo com todos os rabos de andorinha, ensambladuras e malhetes, mesmo com toda a retidão do grão da faia e toda a ondulação do grão da nogueira, mesmo com toda a música oculta no ébano e na cerejeira, mesmo com tudo o que Ícaro aprendeu, aquilo ainda não era suficiente para seu pai. Escutem sua voz vinda do passado: 'Você só será um carpinteiro de verdade quando fizer uma pena de madeira. Foi isso que seu avô Thaddeus me disse e quem sou eu para dizer que não é assim? Nunca, nunquinha, consegui fazer. Você deve fazer uma pena que não só se pareça com uma pena e seja suficientemente rígida, mas que flutue na mais leve das correntes de ar, e que seja capaz de penetrar pela fresta de uma janela fechada... Aí, então, você será um carpinteiro de dar orgulho a seu avô, assim como a seu pai.'

"Então, o pai de Ícaro, de volta à sua oficina, viu uma pena de verdade, presa numa teia de aranha na janela. Um fragmento mínimo da penugem do peito de um pombo que se asseava no telhado. Segurou a pena entre o polegar e o indicador, levou-a até a sala, vazia naquele dia, com a máquina de costura parada. E o ar estava tão parado quanto a máquina. Levou a pena até a janela, até a dança que a poeira fazia num raiozinho de sol, numa sala lá em Gylfach Cynon. Então abriu os dedos e deixou a pena cair.

"Ela caiu no chão? Não. Caiu um pouquinho, talvez, curvada como se estivesse dormindo. Caiu, quase nada, dos dedos do seu pai, então despertou, como se uma mão tivesse passado sobre ela, invisível, mas alterando o ar o suficiente para mover uma única partícula de poeira. Como se aquela mão mantivesse a pena suspensa de verdade enquanto Ícaro e o pai olhavam, a pena mal se mexendo, deslizando de lado devagar, cada vez mais baixo, até pousar na cesta ao lado da máquina de costura e na pilha de camisas dos homens das corretoras de seguro."

Ianto Jenkins pausa novamente. Os frequentadores do cinema balançam a cabeça.

— Não dá para fazer.

— Não, de madeira, não.

Todos, exceto o menino Laddy Merridew, sentado ali nos degraus do cinema, o filme esquecido, observando o mendigo contar sua história com tanta atenção quanto observara o professor Ícaro Evans na oficina. Ouvindo e pensando e, no fim, não dizendo nada. E alguém dá outro café para o mendigo, para ele continuar.

— E foi assim que começou, porque o pai de Ícaro Evans disse que era possível. E ele disse que era possível porque ouviu isso de seu pai, o carvoeiro Thaddeus Evans. O menino Ícaro Evans foi direto para a oficina encontrar o pedaço mais fino de madeira que podia enxergar e seu pai assentiu e disse: 'Ah, não é tão estúpido, então?', e observou com atenção, para ver se seu filho era capaz de captar o segredo... algo que ele mesmo nunca conseguira, entende?

"Ícaro pegou uma apara de madeira de faia, no chão sob a bancada. Outra de freixo. Saiu pelos fundos, com aquelas espirais de madeira e com a lâmina mais afiada que pudera encontrar, foi se sentar lá fora, no degrau da calçada de tijolos que atravessava o jardinzinho, e reviriu as lascas de madeira nos dedos para achar o melhor lugar por onde começar. E começou a entalhar.

"É um entalhamento que já dura anos, mesmo com toda a sua pequeneza. E não terminou, ainda não. E, logo depois, o pai do jovem Ícaro adoeceu de tosse, como tantos na cidade naquela época, e tossiu até ficar de cama, tossiu até morrer e foi isso.

"No fim, Ícaro aprendeu a trabalhar a madeira melhor do que ninguém. E, agora, ele ensina os garotos, mas ainda se senta lá toda noite, na frente de seu trailer, para entalhar os menores pedaços de madeira. Ainda tentando fazer a pena de madeira perfeita. Nunca conseguiu, porém. A voz do carvoeiro morto, Thaddeus Evans, seu avô, ainda ecoa em seus ouvidos, como fazia nos de seu pai: 'Você só será um carpinteiro de verdade quando fizer uma pena de madeira.'

"E todos os anos, quando recebe os garotos na oficina da escola, ele lhes repassa sua própria tarefa e espera que, um dia, alguém a realize e lhe mostre algo mágico."

O menino Laddy Merridew, ali nos degraus do cinema, rói uma unha; Ianto Jenkins assente e sorri para ele.

— Portanto, por causa de todas essas penas, os garotos da escola há muito tempo lhe deram o apelido de "Ícaro" e o nome pegou, como costuma acontecer com os apelidos. Mas a última coisa que ele pensa em fazer, até que tenha cumprido sua tarefa, é sair voando por aí. É impossível, diz ele. Mas jamais vai desistir de tentar.

Nesse ponto, os frequentadores do cinema se afastam, as cabeças próximas cogitando se conseguiriam fazer aquilo que Ícaro não consegue. Fazendo planos de ir para casa, pegar uma faca na gaveta da cozinha e uma lasca de madeira no cesto ao lado da lareira da sala.

Mas não o menino Laddy Merridew. Depois que a história termina, ele não vai para a casa de sua vó na Brychan, muito embora já deva estar na hora de jantar, mas segue pela trilha até a fazenda onde há uma casa com as janelas quebradas, um celeiro com o telhado ainda bom e um trailer apoiado em tijolos.

Não há ninguém por ali. Não há muita luz no celeiro. Tudo cheira a poeira. Encostadas na parede estão latas de verniz, duas escadas, uma pilha de madeira, uma bancada. E caixas e mais caixas. Como aquelas na oficina da escola; mas essas devem estar ali há anos. As de baixo cedendo sob o peso das que estão acima. O papelão arrebentando e deixando cair no chão do celeiro espirais de madeira entalhadas no formato de penas. Milhares. Devem ser todas as penas que Ícaro Evans já fez, desde que era pequeno.

Laddy se esconde onde não possa ser visto do quintal e fica observando e esperando até o professor de marcenaria vir descendo a trilha em sua bicicleta.

Laddy vê Ícaro Evans levar um prato de alguma coisa do trailer até seu banco. Ele o vê comer e, quando termina, ele o vê voltar ao trailer e sair segurando uma gaiolinha. Ele vê seu professor de marcenaria soltar um passarinho da gaiola no chão, com um barbante fino em volta da perninha, um pássaro ferido, que se move em corridinhas e pausas até encontrar uma frutinha, uma migalha de pão na terra. E vê quando o pássaro é colocado novamente na gaiola e levado de volta ao trailer.

A fumaça das fogueiras acesas nas hortas comunitárias passa pelo quintal, e o menino ergue o rosto para o cheiro quando Ícaro Evans sai de seu trailer com algumas lascas de madeira e uma lâmina. A lâmina é fina, afiada. Ele se senta no banco onde o menino pode vê-lo e move a lâmina no ar, onde esta mal corta os fios de fumaça.

Ele apoia a lâmina de leve nas costas da mão, onde as veias correm sob a pele. E não se move. Deixa a pulsação de seu sangue oscilar a pele contra a lâmina até levantar um mínimo filete de pele. Um fragmento, fino como uma membrana, leve como a asa de uma abelha e tão transparente quanto, que desliza pela lâmina, paira no ar e desaparece. O menino se esforça para ver a mão de Ícaro onde a pele se rompeu, para ver se há sangue. Nem uma gota.

Então, Ícaro segura uma lasca entre os dedos, a madeira clara à luz da noite. A lâmina pressiona a madeira, encontrando seus pequenos tendões, esperando que a pulsação da madeira junte lâmina e lasca. Com leveza suficiente para abalar filamentos transversais da espessura daqueles que são encontrados na penugem do peito de um passarinho.

Laddy Merridew fica olhando até Ícaro fazer uma pena daquele jeito. Ou talvez seja a lâmina a responsável por tudo. Lindo. Uma espiral de penugem, só que feita de madeira. E o garoto fica olhando enquanto Ícaro Evans examina o entalhe, ao se levantar, segurando a pena entre indicador e polegar. Então, Laddy se abaixa quando Ícaro vira para atravessar o campo, examinando as sorveiras onde os pardais fazem ninho perto da fonte, esticando-se para procurar uma pena de verdade presa nos raminhos.

De onde está escondido, Laddy pode ver exatamente como, ao lado da fonte, seu professor segura ambas as penas, uma real, outra não, uma em cada mão. Ele as segura acima da cabeça, então as joga no ar, ali entre as árvores.

A prima recém-nascida de madeira cai e pousa na água. Flutua por um momento e é levada para a beira da fonte, onde a água começa sua jornada sobre a borda de terra até o riacho. Mas, então, a fonte para. A água fica imóvel e escura. A pena de madeira circula lentamente em direção ao centro e, então, silenciosamente, é levada, engolida, para o fundo da terra. Ícaro se vira e o menino se abaixa novamente, mas não antes de ver a pena verdadeira de pardal flutuar calma e lentamente até o chão.

E também não antes de ser visto pelo professor.

— Quem está aí? Pode sair agora mesmo.

Laddy sai de trás do celeiro.

— Sou eu, Sr. Evans. Ieuan... Laddy Merridew.

— Estava me espionando, é?

— Não, Sr. Evans. Sim, Sr. Evans.

Ícaro Evans acena com a mão para Laddy enquanto este atravessa o quintal.

— Vá para casa. Cadê os outros?

Ele olha em volta.

— Vocês não têm nada melhor para fazer?

— Estou sozinho, Sr. Evans. — A voz de Laddy é baixa. — Não tem mais ninguém. Eu queria ver...

— Ver? Ver o quê?

— Você fazendo uma pena. Como você disse.

— Não pode ser feita. Impossível. Vá para casa.

Laddy ergue os óculos no nariz.

— Desculpe, desculpe. — E vai em direção à trilha. Mas Ícaro Evans ainda não terminou.

— Volte aqui.

— Sr. Evans?

— Espere aí... — Ícaro Evans abaixa a cabeça, entra no trailer e volta segurando a gaiola de madeira.

— Tome. Castigo por espionar. Você pode tomar conta disto.

Os olhos de Laddy Merridew brilham tanto quanto os do pássaro.

— Verdade?

Ícaro Evans apenas resmunga:

— Está quase curado... deve melhorar logo.

E o menino enfia a gaiolinha debaixo do suéter e sai correndo pela trilha antes que seu professor possa mudar de ideia.

Na varanda da Capela Ebenezer

HÁ POMBOS EMPOLEIRADOS nas vigas da varanda da capela. E, às vezes, algumas penas pousam no mendigo Ianto Passchendaele Jenkins, sorrindo enquanto dorme no banco de pedra sob seus jornais.

Laddy Merridew chega na manhã seguinte, a caminho da escola, trazendo o pássaro firme em sua gaiola de gravetos sob o suéter e um pouco da comida do periquito da sua vó no bolso. Ele encontra Ianto Jenkins ainda adormecido, com uma pena de pombo presa no cabelo. O menino tira alguma coisa do outro bolso e estende a mão para colocá-la dentro de uma das botas do mendigo, mas Ianto Jenkins estremece e abre um olho. Quando vê Laddy, ele se mexe e os jornais escorregam até as lajotas com um suspiro.

— Desculpe, Sr. Jenkins. Eu o acordei?

— Só um pouquinho. — Ele fala baixo, erguendo os olhos para o rosto de Laddy, como se visse outras perguntas ali.

Laddy entrega alguma coisa para o mendigo.

— Tome, seu lenço. Obrigado.

Ianto Jenkins pega o lenço e outra coisa cai das dobras. Ele se senta e examina. É um doce de alcaçuz. Ele ergue uma sobrancelha. Laddy Merridew empurra os óculos nariz acima.

— Café da manhã — diz ele

Ianto Jenkins sorri.

— Espanhol. Meu favorito...
O menino sorri de volta.
— Meu também. Eu gosto do recheio.

Laddy observa enquanto Ianto Jenkins embrulha novamente o doce no lenço, depois dobra os jornais que foram seus cobertores na noite passada. Ele olha em volta da varanda da capela, para a mochila enfiada sob o banco, as botas e o relógio esperando nas lajotas, velhas e irregulares. Olha para as vigas onde dois pombos arrulham para si mesmos. E, finalmente, olha para a porta dupla da capela, a tinta cinza descascando de cima de outra camada de tinta cinza, uma porta levemente aberta, a madeira inchada.

Laddy toca a porta e a empurra.

— Posso entrar?

— Poder, pode, mas não tem nada aí dentro — diz Ianto Jenkins, calçando as botas.

O menino tira a gaiola de gravetos de baixo do suéter e a coloca no chão de lajota.

— Posso deixar isso aqui um minuto? — E desaparece dentro da Capela Ebenezer.

Ianto espera, desembrulhando o doce novamente, escutando. Não há muito que escutar, mas o que há é o bastante. Os sapatos do menino nas tábuas do assoalho ecoando nas paredes de gesso descascadas, parando de vez em quando conforme examina as seis janelas pintadas de cada lado. Ele demora um pouco. Finalmente, sai, piscando.

— Legal, lá dentro.

O mendigo assente.

— Gostei das janelas.

— São mesmo bonitas.

Laddy Merridew olha novamente para a capela.

— São especiais?

— Imagino que sim. — Ianto Jenkins quebra um pedaço do doce de alcaçuz e enfia na boca. — Eu tomo conta. — Seu cabelo, fino, ralo, está eriçado em volta da cabeça como um halo, enquanto ele mastiga seu desjejum por trás de um sorriso lento. — Não comia do espanhol desde nem sei quando...

— As janelas. Pensei que representassem os Doze Apóstolos, mas não representam, né? Não de verdade.

— Não. Não de verdade. Só doze homens comuns.

Ouve-se uma tosse, então, de um homem comum, parado nos degraus da Caixa Econômica, Matthew "Matty" Harris, subgerente, procurando a chave nos bolsos. O menino endireita os ombros e suspira.

— Eu tenho que ir para a escola. — E pega o pássaro em sua gaiola, coloca-o novamente sob o suéter e se vira para partir.

Ianto Jenkins o chama de volta.

— Acho que eu não levaria o pássaro para a escola, viu? Deixe-o aqui comigo. Venha buscá-lo depois, se quiser.

Laddy Merridew quer, sim, então o pássaro é entregue e colocado sob o banco. Ianto Jenkins não diz nada por um momento, desenrolando o que resta de seu doce e, depois, enrolando-o novamente. Então, assente:

— Você lembra muito o meu irmãozinho Ifor, que eu chamava de Bigato. Parece com ele. Ifor também tinha cabelo ruivo. É você, cuspido e escarrado. Se eu te chamar de Bigato por engano, você fica chateado?

Laddy Merridew sacode a cabeça.

— Sou o único com essa cor de cabelo na nossa casa. Meu pai diz que eu sou um atavismo. Eu gostaria de ser chamado de Bigato... — E desce os degraus da capela, dando um sorrisinho, rumo à Rua Principal e à escola, onde é chamado de nomes bem menos gentis.

O conto do meio-doido e
o conto do subgerente do banco

i

Depois da chuva, ao amanhecer, as luzes da rua brilham douradas sobre o asfalto na Rua Principal, até as poças faiscarem como o refrigerante derramado de uma criança. E Jimmy "Meio" Harris, voltando do rio, para na frente do cinema com sua calça de brechó amarrada com barbante e estaciona seu velho carrinho de bebê cheio de pedaços de corda, tecidos e gravetos. Ele sorri com os dentes que lhe restam na boca e olha para Ianto Passchendaele Jenkins, de cáqui, mendigando nos degraus do cinema, chupando um caramelo. Meio Harris sorri e resmunga, pois não pode falar, e talvez acene com a mão no ar, como se estivesse chamando as estrelas do céu. Ianto Passchendaele Jenkins capta o sorriso como se este tivesse sido lançado pelo ar.

— Oi, Meio. Pescando de novo?

Meio Harris pega novamente o carrinho e o balança como se contivesse um bebê adormecido. Então, Ianto Jenkins ergue os olhos para as janelas da Caixa Econômica onde o subgerente, Matthew "Matty" Harris, nenhum parentesco com Meio, talvez ainda não tenha ido embora; em vez disso, ele estará olhando pela janela enquanto seu secretário, Tommo Price, veste o casaco e diz:

— Por hoje, é só.

Matty Harris se endireita e endireita seus papéis, que não precisam ser endireitados. Ele abre e fecha as gavetas de sua mesa para ouvir os pequenos ruídos de sua importância. Então, outro som se une a eles. O telefone na mesa de Matty Harris toca e ele se ruboriza, pisca e diz:

— Melhor não deixar. — Sua mão paira sobre o telefone, como se fosse um seio trêmulo que espera ansiosamente.

Tommo Price, o secretário, checa seu relógio e sorri.

— Cliente novo, pode ser. — E seu sorriso sai porta afora e segue rua acima.

Matty Harris espera e respira fundo para atender o telefone, depois estala a língua ao constatar que é só engano. Ele suspira, vai até a janela e apoia a testa no vidro.

Matty Harris olha para os degraus do cinema, onde Jimmy "Meio" Harris está parado, com seu sorriso e seu carrinho, e vê Tommo Price e Ianto Passchendaele Jenkins deterem os passos e os pensamentos e irem até o carrinho.

— Mostre-nos o que você pegou hoje, Meio.

Meio Harris se levanta com sua calça de brechó e se inclina sobre o carrinho para sacar os produtos de sua pesca à luz do sol, como se fossem verdadeiros diamantes: uma corda com o nó ainda pingando, um pedaço afogado de tecido de algodão com flores azuis, um jornal enrolado preso por um barbante e lançado de uma ponte sobre o rio Taff Fechan, um punhado de lã de ovelha, oito pedaços de tamanhos variados de barbante de sisal e uma garrafa verde quebrada.

— Puxa, que pescador excelente você é, Meio — diz Tommo Price. E Meio Harris, como se tivesse recebido uma medalha novinha em folha, sorri com seus dentes escassos e inclina a cabeça sobre o ombro ossudo, enquanto Tommo Price sobe a ladeira, as mãos nos bolsos.

Ianto Passchendaele Jenkins dá um tapinha no mesmo ombro ossudo de Meio, enquanto este guarda seus objetos novamente no carrinho, bem direitinho, levantando a capota rachada para protegê-los da chuva. E Ianto Jenkins assente para ninguém em particular, enquanto Meio Harris vai embora, empurrando seu carrinho, contornando as poças de água na Rua Principal, como se elas estivessem dormindo e não devessem ser perturbadas.

Um grupo de meninos estudantes está fumando na entrada da agência de Tsc-Tsc Bevan, o papa-defunto, de costas viradas para a vitrine cheia de caixões e pombas de pedra e, talvez, os meninos acenem para Meio Harris quando ele passar, cantarolando: "Oi, Meio"; todos exceto um, que diz:

— Quem é esse aí, amigo seu?

E esse menino não vai ganhar um segundo cigarro.

De volta à Caixa Econômica, Matty Harris, emoldurado pela janela, não assente nem sorri. Balança a cabeça, pois não é parente dele, esse aí com seus resmungos, seu carrinho e seus gravetos, e se volta da janela e da Rua Principal para encarar sua parede. Nesta há um calendário de papel quadriculado, no qual todos os dias — amanhã, semana que vem, mês que vem — estão totalmente em branco. Ele pega uma caneta preta grossa em sua gaveta e risca o dia de hoje com um traço espesso como um cenho franzido, uma bela linha preta grossa para mostrar que o dia está completo e encerrado.

Então, tira um lenço fervido do bolso e o enrola como se fosse uma mortalha cinza em volta do dedo indicador, que ele usa para polir seu verdadeiro tesouro: a nova vitrine de mogno castanho na parede, tão vazia e entediante quanto uma sepultura à espera de ser ocupada. Uma vitrine feita especialmente, esta semana mesmo, pelo professor de marcenaria Ícaro Evans, a partir de alguns pedaços de madeira de Tsc-Tsc Bevan. Uma vitrine do tamanho exato de um peixe orgulhoso e exaurido, a ser pescado muito em breve por um pescador de verdade no Taff. E, com seu dedo amortalhado, ele lustra sem parar a madeira já lustrosa, bafeja no vidro para embaçá-lo e continua lustrando até conseguir ver seu rosto nele de novo e, atrás dele, a Rua Principal, espiando-o com seu rio dourado.

Um calafrio passa sobre sua mão e ele guarda o lenço no bolso, estala a língua e puxa um fio solto da manga, pois não trouxe um par de sapatos extra e vai ter que andar no chão sujo e molhado da rua até entrar pelo corredor da casa de número 2 das Mansões Bethesda, onde a Sra. Eunice Harris — definitivamente parente, por casamento, do Sr. Matty Harris — o estará esperando no escuro da sala de jantar, cheirando a molho de cebola, tripa e lustra-móveis de lavanda, ela e a sala. Talvez esteja analisando seu próprio reflexo no tampo da mesa de jantar, os talheres de prata cintilando como espadas de duelo, o tempo todo contando com a aprovação dos falecidos da família Harris pendurados nas paredes marrons. E estará afiando a língua para lançar farpas aos ouvidos de Matty Harris a respeito de meios-seres e carrinhos e vergonha.

Matty Harris fica com a garganta seca só de pensar naquilo e veste o casaco, sacode as chaves e sai pela porta dos fundos para ir ao pub O Gato, na esquina da Rua Maerdy.

* * *

E lá, no pub, talvez haja conversas sobre pescarias de verdade no Taff. Matty Harris puxa o fio de sua manga enquanto observa Maggie, a mulher do dono do pub, com seu decote profundo e seu sorriso profundo e seu olhar profundo. E talvez fale sobre correntes e redemoinhos enquanto ela se inclina para pegar um chope para ele.

Philip "Efetivo" Philips, suplente a cargo da Biblioteca Pública, molha o dedo numa gota de cerveja em cima do balcão lustroso e desenha um mapa, um lento mapa de uma curva no rio onde este faz uma pausa sob os amieiros antes de acelerar até a barragem, onde há um peixe se espreguiçando na água rasa. Um peixe que nada rio acima, as escamas feito espelhos, um peixe do tamanho de uma vitrine vazia novinha, de mogno, feita esta semana mesmo por Ícaro Evans.

E do lado de fora do pub, na calçada molhada, Jimmy "Meio" Harris, após a jornada ladeira acima, estaciona seu carrinho com uma roda bamba por causa do parafuso que precisa apertar. A porta do lugar está aberta, o cheiro redondo e escuro de cerveja e fumaça de cigarro desce pela escada, enquanto Meio Harris enfia seu sorriso pelo vão da porta e escuta a conversa sobre uma pescaria no Taff.

— Entre, Meio. Não vá deixar o ar frio entrar.

Meio Harris entra de esguelha, com muitos sorrisos e sem nenhum dinheiro. Efetivo Philips compra uma soda limonada pequena para ele, e Meio Harris fica parado diante do bar, segurando a soda limonada contra a luz para ver as faíscas que a bebida lança no ar. Ele vê o bibliotecário desenhando seu mapa no balcão e ouve a conversa sobre pescaria.

— Do tamanho de um cachorro, aquele peixe.

— Um baita peixe, parece.

— O que eu não daria por aquele peixe...

— Exatamente, na minha parede na Caixa Econômica, com uma linda plaquinha de metal...

— Ô, meu Deus, sim. Uma plaquinha de metal gravada, definitivamente. *Capturado após uma honrosa campanha de dois anos por parte de Philip Philips, bibliotecário suplente.*

— Isso mesmo, tá certo. Porém, *luta persistente seria melhor. E Matthew Harris, subgerente do banco.*

— Mas não dá para os dois pegarem, né?

— Pois é. Será pego por um Harris, esse peixe.

E Meio Harris já bebeu metade da sua soda limonada e escuta com a boca aberta, desenhando seu próprio mapa com limonada, até que a mulher do dono do pub levanta os olhos e a voz:

— Agora você vai embora, né, Meio?

Matty Harris não diz nada, já que não há nada a dizer, mas Efetivo Philips sorri e olha para o balcão.

— Está fazendo seu próprio mapa de pesca, Meio?

E Meio Harris ruboriza, inclina a bochecha no ombro ossudo e agita as mãos sujas do rio. E lá vai ele, descendo os degraus em meio à umidade e ao anoitecer, acompanhado pelo riso e pelo cheiro da cerveja, empurrando seu carrinho até sua casa no número 11 da Rua Maerdy e, depois, segue pela viela até os fundos.

A velha Lillian Harris (nenhum parentesco com Matty Harris, segundo ele), toda vermelha do calor do forno e com o cabelo branco como uma nuvem, sorri à chegada do filho e pega um pano para apertar uma batata assada para ver se já está pronta.

— Bem na hora. O jantar está pronto. Vá lavar as mãos.

Meio Harris pega o sabonete Pears da saboneteira, inclina a cabeça para o lado e observa os fios de saliva de sabão escorrendo brilhantes na pia. Ele faz espuma entre as mãos e sopra as bolhas na vidraça, onde elas grudam e se agitam como se houvesse um coração palpitante em cada uma. Ele leva as mãos ao rosto e inala, suspirando. Segura o sabonete molhado contra a luz para ver sua mãe, Lillian Harris, como um anjo dourado através do âmbar, com seu prato de pernil e batata, manteiga e beterraba.

Então, durante o jantar na mesa da cozinha, coberta pela toalha estampada de uvas, limões, garrafas de vinho e riscos de caneta desbotados, eles conversam sobre o dia.

— E como foi a pescaria, Meio? Como estava o Taff?

Meio Harris pousa o garfo e a faca, lentamente termina de mastigar e engole. Ele se reclina na cadeira, que range como um caixão, e balança para a frente e para trás, para a frente e para trás e, por meio dos rangidos, ele conta sobre seu dia da única maneira de que é capaz, enquanto sua mãe sorri e assente, pois este é seu filho, que nasceu para ser poeta, mas não pode falar.

E os rangidos podem lhe dizer isto: "Ah, mãe, o rio estava cheio de pó de carvão hoje. Estava escuro e fundo. Como uma cobra preta que se esqueceu de alguma coisa, correndo de volta para o mar em pânico. Vive esquecendo coisas, aquele rio. Mas ele passou por mim com um suspiro e um 'minha nossa', deixando coisas a serem apanhadas depois. Fui pescar, mãe. Me agarrei nas faias tortas e me inclinei sobre o rio, conforme este deixava seus pensamentos presos nos galhos baixos. Como esta corda. Presa pelo nó entre dois ramos, e este pedaço de saia velha. Agora, o que isto estava fazendo no rio? Estava puxando e repuxando, a água, tentando levar tudo até o mar como agradecimento, imagino. Mas me debrucei e pesquei com minhas varetas e peguei a corda, mãe. Ela se retorceu e escorregou como uma coisa viva, sabe? E aí foi um inferno convencê-la a vir para o barranco. Mas, de pouquinho em pouquinho, mãe, eu consegui. E o tecido de algodão também. O rio abriu mão de todos eles com um suspiro, como sempre, e seguiu adiante sem mais uma palavra. E, ah, o brilho da rua em frente ao cinema, como ouro. A seda e o cetim da água nas poças, ouro vivo sob as luzes. É lindo."

E Lillian Harris talvez enxugue os olhos, porque já é velha. E repete para seu filho, que nasceu para ser poeta:

— É lindo, sem dúvida.

Então, juntos, depois do jantar, eles levam a recapitulação do dia até o quarto de Meio Harris. A corda com o nó, o pedaço de algodão de flores azuis, o jornal enrolado e amarrado com barbante e lançado de uma ponte sobre o Taff Fechan, um punhado de lã de ovelha e oito pedaços de tamanhos variados de barbante de sisal serão colocados sobre os varões das cortinas, grudados a suportes de quadros, pendurados acima da cabeceira alta da cama. E o vidro verde de uma garrafa quebrada vai ficar na soleira da janela, para colorir a poeira de verde e dourado quando as luzes da rua cantarem através de seus cacos.

O conto do meio-doido e
o conto do subgerente do banco

ii

DE VOLTA À CIDADE, IANTO Passchendaele Jenkins suspira e olha para seu relógio sem ponteiros, pois já deve estar quase na hora de parar de mendigar. E o relógio devolve seu olhar, com a face toda inexpressiva e esperançosa. Se tiver tempo e se tiver pessoas dispostas a ouvir, ele vai parar e contar a história de Meio Harris para aqueles que acompanharam com olhos e perguntas o homem do carrinho, enquanto este subia pela ladeira todo calado e sorridente na estrada.

— Ouçam com os ouvidos, pois tenho uma história para eles, sabe, sobre Meio Harris, que não nasceu uma vez só, mas duas. É uma história sobre frio e gelo, e água mais sólida que uma promessa de casamento. Mas eu estou com frio e com fome e histórias precisam de combustível, sabe...

E aqueles que querem ouvir podem dar a ele um caramelo para chupar e talvez um café com açúcar num copo de papelão, e vão levantar o colarinho em volta das orelhas enquanto escutam a velha história de Jimmy "Meio" Harris. Essa história já subiu muitas vezes até a janela da Caixa Econômica e entrou nos ouvidos de Matty Harris, nenhum parentesco, e ele já foi até a janela para fechá-la, mas nunca consegue impedir que as palavras de Ianto Jenkins entrem em seu escritório.

— Nasceu duas vezes, o Meio Harris, sabe? Filho da jovem Lillian Harris, que perdeu a própria mãe para a tuberculose quando era pequena. Daí, como se isso não fosse o bastante, ela perdeu o pai e o avô num único dia: ambos foram engolidos pela escuridão na mina Gentil Clara e nunca mais saíram vivos. Seu pai, Georgie Harris, carvoeiro, e seu avô, Albert Harris, supervisor e prestes a ser promovido. E ela se lembra daquele dia, do clima ruim na casa. Tinha a ver com dinheiro emprestado por Georgie e não pago por esquecimento, não malícia, mas uma vez que as palavras são ditas, não podem mais ser desditas. E aí os homens foram para a Gentil Clara no dia do acidente separados sem se falar, pai e filho.

"E, por causa dessa tristeza toda, Lillian morava lá na Rua Maerdy só com sua avó, a mulher de Albert Harris, que acabou nunca sendo promovido. Mãe de seu pai, a vó Harris, sempre de saia preta. E elas eram observadas por aqueles que já tinham partido havia muito tempo, em suas molduras de ébano por todas as paredes daquela casa.

"Mas será que essa vó foi sempre assim tenebrosa? A velha vó Harris? Claro que não. Mas, depois daquele dia, ela passou a carregar no coração a perda tanto do filho quanto do marido e ficou com trevas no semblante e na boca. Aquele dia a transformara numa alma nada caridosa, e talvez ela visse o marido, ou o filho, toda vez que olhasse para Lillian. Quem sabe?

"É preciso ter equilíbrio, entende? É preciso levar vida para onde os mortos reinam e um pouco de felicidade a uma casa escura, não é mesmo? Então, Lillian, quando cresceu, encontrou um pouco de vida onde pôde e quando pôde, praticamente ignorada por aquela vó de saia preta. Lillian arrumou um emprego datilografando cartas em escritórios. Não era bom o bastante para aquela vó, claro. E todos nós precisamos encontrar um pouco de amor em algum lugar, não é? Ah, sim. Com a Lillian não foi diferente.

"Então, a moça Lillian ficou grávida... Mas quem era o pai daquela criança? Quem, hein? Se Lillian Harris não sabia, então quem poderia saber? Mas ela não contou para a vó e apertou a barriga com faixas, escondendo-a da avó e da rua; mas, quando estava sozinha, ela se alegrava, pois aquela criança seria poeta. Lillian a alimentou, antes de nascer, com todas as palavras que podia encontrar em livros, toda música e a beleza dos vales. Ela a alimentou com palavras que lia para si mesma em silêncio, à noite, e em voz alta, durante o dia, para fazer com que as palavras tivessem tanta vida quanto as canções. Até que não pôde mais escondê-lo, e então, ah, ela passou a viver numa casa fria e esperou que ele nascesse.

"Mas ele não esperou. Nasceu adiantado e sem respirar, numa noite fria, com gelo se formando no lado de dentro das janelas, as poças congeladas na calçada e a água sólida na cisterna. Uma noite em que o vento uivava para si mesmo sob as calhas do telhado e abafava os gritos da jovem mãe. Ele escorregou para fora, lustroso como um peixe e silencioso, para as mãos daquela vó de saia preta, prontinha para servir de agente funerária, já que não se chamaria nenhum vizinho. E ele estava azul e morto, aquele menino, e a vó nem deixou a mãezinha segurá-lo. Em vez disso, ela o levou embora e deixou Lillian Harris com a boca cheia de lágrimas e do nome dele: 'Ah, meu James... e ele que ia ser poeta...'.

"Mas, então, quando a velha saiu do quarto e enquanto o vento ainda uivava pelas calhas e o trovão começava a roncar, nasceu, de repente, ali no chão mesmo, um segundo bebê, que ninguém sabia que existia. E esse bebê era rosado e saudável e gritou sua chegada alto o bastante pelos dois, que era o certo mesmo, não era?

"E a jovem mãe lidou sozinha com esse segundo bebê e o embrulhou em cobertores para que ficasse seguro e não fosse visto naquela noite; e o segurou com força junto ao peito e voltou para a cama, finalmente, quente e escura.

"Enquanto isso, o primeiro bebê que nasceu morto foi levado por aquela vó de saia preta e coração preto, com toda pressa que podia, escada abaixo, enquanto os mortos em suas molduras de ébano nas paredes olhavam e esfregavam as mãos para recebê-lo em seu peito ossudo. E era uma noite fria, com o ar tão cortante quanto uma lâmina, quando aquela vó levou a criança lá para fora, embrulhando-a num meio lençol rasgado da tábua de passar roupa, até a escuridão do jardim.

"Ela enterrou a criança no solo, entre as sementes congeladas, prontinhas para o plantio da primavera, quando a terra ressoaria com o verde dos talos de cebolinha e as rendas da salsinha. Mas, agora, o solo estava negro como a noite. Negro como uma noite salpicada de estrelas, tanto em cima quanto embaixo, pois a terra estava salpicada de gelo, e o ar, gelado demais para os vivos ficarem fora de casa por muito tempo sem casaco. E o solo também estava duro demais para os vivos cavarem fundo, o que foi ao mesmo tempo a bênção e a salvação daquela criança. Pois, vejam só, aquela vó cavou muito raso e o colocou ali na terra, embrulhado só no lençol, e só o cobriu, pois estava frio demais até para as raposas e tudo seria feito melhor na boa luz do dia na manhã seguinte, antes que os vizinhos acordassem. E, então, ela voltou para dentro de casa e para a cama, para se preocupar mais tarde. Nem sequer deu uma olhada na jovem mãe, Lillian Harris, e deixou a garota sozinha. Pois é uma coisa terrível ter um bebê sem um anel no dedo e o que ela iria dizer para as pessoas, se soubessem?

"O trovão desceu das montanhas Beacons naquela noite, capaz de desenterrar os mortos e de rachar o rio de suas margens congeladas. Um estalo para manter os pecadores dentro de casa, com medo de que os demônios escapassem das gretas profundas da montanha. E, durante todo esse tempo, o menino que nasceu depois e saudável dormiu quentinho, encostado à mãe na escuridão de sua cama, enquanto ela, que não conseguia dormir de jeito nenhum, sussurrou: 'Vou chamá-lo de Matthew. Matty Harris, um bom nome.' E seu primeiro filho dormia na terra negra. E a terra não encheu sua boca naquela noite, mas, em vez disso, se fechou à sua volta e o acalentou nos braços. Então, veja você, os primeiros braços que o seguraram foram as canaletas frias da terra, e a primeira voz que cantou para ele foi o gelo quebrando em volta de sua pele ainda morna do útero.

"E a nova mãe, Lillian Harris, meio adormecida por um remédio que encontrara numa gaveta, sentiu o trovão em seu peito como se fosse seu próprio susto. Ela abraçou seu segundo filho, Matty, que nasceu bem, e esperou no calor de sua cama até que a outra metade do sono cobrisse a casa. E, então, levando um dedo aos lábios para dizer à criança adormecida que ele não deveria acordar a mulher do outro lado da parede, saiu da cama para ir encontrar seu primeiro filho, pois ela não o havia segurado. Nem um pouco. E tudo que queria era segurá-lo uma vez, dizer seu nome — James, Jimmy Harris — em sua boquinha, como se deve fazer.

"De sala em sala ela percorreu aquela casa, bem quietinha, procurando em todos os lugares onde ele pudesse ter sido colocado, no andar de cima e embaixo. Mas o bebê não estava em lugar algum. Até que só restou procurar no galpão de carvão lá fora e no banheiro externo e, talvez, ele estivesse lá, o coitadinho.

"Lá foi Lillian, em suas roupas de dormir, engolida pela escuridão e pelo trovão. E seu bebê não estava embrulhado no galpão de carvão, e, no chão do banheiro, nada havia além de areia. Mas a lua estava no céu naquela noite, brilhando no solo do jardim dos fundos, e ela viu onde a terra tinha sido cavada recentemente. Não podia gritar, embora seu peito estivesse explodindo de vontade de chamar o filho. Cavou com os próprios dedos onde o solo fora alterado e encontrou seu primeiro bebê ali, com o pedaço de lençol rasgado lhe cobrindo o rosto.

"Ela o tirou da terra e o abraçou contra o peito, azulado e frio, naquela noite de trovão. Não é uma coisa horrível, encontrar seu primogênito azulado, frio e sozinho? Então, por uma noite, iria levar esse filho, o filho a quem chamou de James, Jimmy Harris, para a cama com ela, sua mãe, e com seu irmão, apenas por algumas horinhas. E foi o que fez, Lillian Harris levou o filho de volta para a casa e para a cama. E lá, com o outro bebê quieto e cuidando de si mesmo sem dar trabalho para ninguém, ela deitou no calor com seu primogênito, soprando o nome dele na boquinha azulada e dizendo-lhe todas as palavras que podia, pois ele era, afinal, seu filho que nascera para ser poeta. Mas, então, Lillian ficou exausta e dormiu o resto da noite.

"E, de manhã, então, ah, a vó de cara feia e saia preta foi com seu balde amassado cheio de água para esfregar a soleira da porta dos fundos... pois o Diabo não cruza uma soleira limpa. Não cruza mesmo, né, porque, se ele mora lá dentro, não tem necessidade de cruzar, tem? E ela encontrou sua própria terra preta na soleira e estremeceu em pensar que aquela terra tinha vindo em suas botas de enterro à noite... que era terra cavada para a sepultura de uma criança, trazida pelo Diabo, arrastando junto a escuridão. Ela caiu de joelhos e esfregou aquela soleira e rezou o tempo todo, até que a soleira ficou branquinha como uma lápide nova, e sua alma, da mesma cor que a noite anterior."

Nesse ponto, aqueles que estão ouvindo com os ouvidos e com o coração ficam imóveis como vidro e fazem promessas silenciosas que podem não cumprir. E Ianto Passchendaele Jenkins os observa, assentindo, antes de continuar a história.

— Ela parou na cozinha, aquela vó de saia preta, e estremeceu uma e outra vez quando viu a terra preta aqui, ali e acolá nas lajotas trincadas, nas pegadas de pés descalços. Ela levou a mão ao próprio coração para que ele continuasse batendo e rezou com força enquanto arrastava os pés pela escada rangente até encontrar o que encontraria.

"E o que encontrou, então, senão Lillian, sua própria neta, a jovem mãe, adormecida e quente na cama, e as cobertas salpicadas de estrelas de terra preta como confete? Enroscada e adormecida, ela a encontrou, agarrada a um novo filho embrulhado num lençol velho e sujo. Um filho que não estava morto coisa nenhuma naquela manhã, mas, em vez disso, se espreguiçando e bocejando, contando ao mundo histórias com seus punhos e fuçando na mãe como um gatinho, com a boquinha cega e rosada, sem fazer um só ruído. Então, ouviu-se um grito daquela vó ao ver o bebê que ela havia enterrado na noite anterior, vivo e procurando a mãe com a boquinha. E um segundo grito, menor, que finalmente acordou a jovem mãe. O grito do outro menino, embrulhado num cobertor e encostado às costas da mãe. O segundo filho, pedindo sua primeira refeição.

"E tudo que aquela vó de saia preta teve a dizer foi: 'Ai, meus lençóis novos', como primeiras e últimas boas-vindas aos dois."

Ianto Passchendaele Jenkins faz uma pausa. E os ouvintes se esquecem do filme e de seus caramelos e balançam a cabeça.

— Ah, coitadinho, o pequeno, o pobre.
— Coitadinho mesmo. Coitadinhos dos dois, né?
— E ele é um poeta agora, aquele lá?

E Ianto Jenkins suspira, dá um tapinha em seu relógio sem ponteiros e balança a cabeça.

— É poeta, sim, certamente. Mas não tem voz nem tampouco escrita, pois nasceu duas vezes, não nasceu? Uma vez, à noite, com os vizinhos dormindo, de uma jovem mãe que o enchera de todas as palavras que podia encontrar para ele ser poeta e, depois, de novo, da terra preta, reluzindo de gelo e estrelas.

"E o nome que o escolheu da boca de sua mãe, quando ele estava morto, foi James Harris. Mas, depois, quando viram que a voz dele tinha ficado para trás, na terra, passaram a chamá-lo de Meio Harris porque antes de sequer viver, ele tinha morrido. E agora, antes que morra novamente, olha só, ele está apenas meio vivo, dizem alguns, e pode ser só uma meia-morte a que ele vai ter quando chegar sua hora, quando tiver terminado de viver e de pescar.

"Mas seu irmão, esse está vivinho da silva. E foi criado por aquela vó de saia preta, afinal, que deixou o poeta que não podia falar com a mãe. Pois quem é que vai querer um menino que não pode falar? Que, às vezes, não pode andar? O menino Matty Harris conseguiu todas as promoções que seu marido, Albert Harris, nunca teve. E ela era velha, aquela vó, e morreu, não deixando nadinha para o poeta. Ela deixou a casca de sua casa, lá na Rua Maerdy, para Lillian. E todo o resto ela deixou para Matty, para que ele aprendesse a fazer contas e mais contas e a usar um terno."

E Ianto Jenkins ergue os olhos para a janela da Caixa Econômica, onde uma sombra atravessa a sala.

— Ele está bastante bem, o Matty Harris, olha só ele lá em cima, com seus ternos e sua vitrine de mogno. Subgerente da Caixa Econômica. E ele não dá a mínima para seu irmão mais velho por minutos, um poeta sem voz, que tampouco pode escrever. Não dá a mínima, diz que não é parente seu.

E os ouvintes enxugam os olhos e dizem:

— Ah, coitado, pobrezinho, não tem voz? Que judiação.

— Não tem voz? — diz Ianto Passchendaele Jenkins. — Não tem voz? É por isso que ele vagueia por aí com seu carrinho, procurando sua voz pelo chão? Buscando sua voz nas mudas de planta e na água do rio? Sua mãe me diz que suas palavras são lindas... E quem sou eu para dizer que ela está mentindo?

Ianto Jenkins olha para seu relógio sem ponteiros, dá um tapinha nele e suspira, pois este devolve seu olhar e lhe diz exatamente o que ele quer ouvir, que já é hora de parar de mendigar e ir dormir. Mas, antes de fazer isso, ele precisa terminar a história.

***

— Se as palavras não ditas de Meio são lindas, então as palavras de seu irmão que tem voz não são. Aquele irmão que "não é parente", diz ele, e não quer saber de cordas penduradas nem de barbantes na cabeceira da cama, e não quer saber de meias-criaturas que empurram carrinhos pela cidade à meia-luz.

"Ele trabalha apenas por dinheiro e também por isso se casou, anos atrás. Com Eunice, filha de um advogado de Swansea, que também não quer saber de seu meio-cunhado e não admite que se fale dele em sua casa. Matty Harris não vai à Rua Maerdy há anos. Ignora os dois, o irmão e a mãe. Terrível. Não sobra muito amor naquela casa, nas Mansões Bethesda. Já não havia o suficiente para sobrar, para começo de conversa."

Ele olha para a janela da Caixa Econômica e vê Matty Harris vigiando e fechando os ouvidos às palavras que ascendem no ar da noite e que conseguem entrar, a despeito dele, como cupins cavoucando no ébano.

— Sempre acorda cedo, o Meio. Ele se serve de um copo de leite, depois deixa para a velha mãe um de seus bilhetes. Pega um toco de lápis velho e lambe a ponta, e dá um chute na perna da mesa, imagino, para ajudar a escrita a sair do lápis, pois ela vive em forma de novelo, na cabeça de Meio. Bota a língua para fora e faz uma única linha ondulada para indicar o Taff nas costas de um envelope velho, encosta-o a uma garrafa de leite para sua mãe e sai com seu carrinho.

"Talvez Matty Harris esteja destrancando a porta da Caixa Econômica quando Meio passa. Já vi Meio olhando para Matty, nenhum parentesco, resmungando e batendo no carrinho. Já vi como Matty Harris tosse e endireita os ombros para a rua e se fecha dentro da Caixa Econômica.

"Vejam bem, houve um dia, não muito tempo atrás, em que eu segui Meio Harris e seu carrinho até o rio Taff. Segui depois de contar até 19, para não ser visto, embora Meio estivesse dançando na sarjeta perto das fábricas e andando na ponta dos pés sobre os montes de carvão, tocando na terra e sorrindo, e não fosse notar nem que houvesse um terremoto embaixo de suas botas.

"Eu me esgueirei atrás das garagens e fui com meus velhos ossos até o Taff. E o observei, ah, sim. E o vi conversando com o rio, inclinando-se sobre a água e apanhando seus trapos velhos e barbantes dos galhos baixos, depois assentindo e sorrindo como se o rio tivesse dito 'obrigado' ou 'desculpe'. Eu o observei, assentindo e afundando suas varetas no rio e pegando seus peixes. Papelão, ensopado. Um ou dois sacos plásticos, brilhantes, coloridos e cobertos de palavras. Corda com um nó.

"Foi uma boa pesca, erguida à luz do sol, abanada, a água do rio voando como gotas de um cachorro molhado que se sacode. Mas vi algo mais, para vocês guardarem entre os ouvidos.

"Havia mais além do Meio Harris no rio aquele dia. Lá estava ele, com seu carrinho e seus resmungos e, lá, mais adiante no rio, havia pescadores de verdade. Quem mais senão Matty Harris em pessoa e Philip "Efetivo" Philips, o bibliotecário suplente, com suas varas de pesca reluzentes, seus cantis e banquetas, suas redes prontinhas para receber a pesca? E Meio Harris os viu no mesmo instante que eu, e lá foi ele pela margem, sacudindo as mãos e pisoteando com as botas, e os pescadores de verdade agitaram as mãos de volta e o mandaram embora, pois ele estava assustando os peixes, entende?

"Meio Harris correu para cima e para baixo, pela margem daquele rio, feito um cão enjaulado, retorcendo as mãos. E, então, correu de volta até seu carrinho, e Matty Harris e Efetivo Philips riram e voltaram a lançar suas iscas. E Meio chegou em seu carrinho e começou a jogar sua pesca de volta ao rio, com grande estardalhaço, uma e outra vez. Papelão e gravetos voando pelo ar até caírem na água, ou nos galhos. E os homens se levantaram e gritaram para ele fazer silêncio. Mas Meio Harris ainda não tinha terminado, tinha? Não, não tinha mesmo.

"Meio Harris passou pela margem do rio sob as árvores e foi até a curva, onde a água flui suave e lentamente, e ali se inclinou com suas varetas e bateu na água até fazer espuma. Bateu e bateu em seu amigo rio até a lama levantar e acenou com as varetas e com os braços, e encheu o ar com seus resmungos.

"Foi uma comoção, isso eu garanto. Matty Harris e Efetivo Philips gritaram e enroscaram as linhas de pesca nas árvores, derrubaram as sacolas, que tombaram, derramando latas de isca no rio e nas margens, e os bigatos frescos se remexendo na lama, de pura alegria. E seus gritos dizendo a Meio Harris que não queriam a companhia de meio-doidos e que ele deveria escolher outro dia para atazanar o rio, não o dia deles."

"Três vezes eu fui. Três vezes me escondi e vi Meio Harris bater no rio com aquelas varetas para impedir que outros pescadores pegassem seus peixes. Ah, sim, eu sigo os pescadores chiques aos sábados e domingos, com suas varas de pesca novinhas, suas sacolas de lona e suas cadeiras, e talvez uma ou duas garrafas de cerveja d'O Gato. E sigo Meio Harris nos outros dias da semana. E torço pelos peixes."

O conto do meio-doido e o conto do subgerente do banco

iii

Hoje, depois de semanas de tempo frio como o desdém, coisa bastante rara para setembro, há até uma geada de manhã, cobrindo tudo como uma mortalha e deixando a terra congelada. Meio Harris fecha a porta da casa número 11 da Rua Maerdy com a leveza de uma pluma. E o que há em seu carrinho junto com os gravetos senão dois cobertores velhos tirados de sua própria cama? Ele deixou uma única linha ondulada de caneta nas costas de um envelope para Lillian Harris, sua velha mãe, em cima da mesa da cozinha, encostado num pote de geleia barata.

Sua respiração vai formando nuvens conforme ele empurra o carrinho pela Rua Maerdy. Ele ri e anda mais depressa, mordendo as nuvens com seus poucos dentes. Desce a ladeira até a cidade, vai até a Ebenezer e encontra Ianto Passchendaele Jenkins adormecido na varanda, embaixo de seus jornais. Ele vai de fininho e põe um cobertor em cima dele, e Ianto Jenkins abre um olho em agradecimento, levantando a mão. Meio Harris acena com a cabeça.

Hoje, a estrada até o rio está congelada e há gelo cintilando na sarjeta, frio que só vendo, e também na terra sobre os montes de carvão. Meio para seu carrinho e sobe no monte de carvão até o ponto onde o gelo brilha e dá uma pancadinha com a mão na terra.

Daí, ele vai para o rio, sob as faias cujos galhos são dobrados pelo gelo até a água. E a água não está correndo. As árvores estão presas no Taff, imóveis. Não há cordas nem nós para Meio Harris pegar hoje, e o rio está totalmente vazio, mas lindo. Meio sorri para as correntes profundas, presas e silenciosas. Sorri para as partes rasas, onde a espuma congelou junto à margem, e vislumbra seu próprio rosto sorrindo para ele, que depois some como se nunca houvesse estado ali. Então, empurra seu carrinho sobre o rio para procurar o rosto, como quem confere: vai que ele esteja realmente embaixo do gelo e seu fantasma é que esteja aqui fora, a andar pelo ar?

Ele empurra o carrinho pelo Taff e caminha pela água. E a água segura Meio Harris em sua mão, tão imóvel e densa quanto o sangue estancado próximo a um coração parado. Meio Harris abre os braços e levanta os joelhos, e dança sobre seu amigo, o rio, sólido e brilhante. Ele gira e gira, e seu casaco voa como as asas de um anjo nas janelas da Capela Ebenezer. E, em sua dança, cai num joelho e ergue os olhos para as árvores brancas, entre os galhos das quais se pode ver o céu.

Mas, então, oh, que coisa. Ele põe uma das mãos no gelo para se levantar e, ali, sob sua mão, tem uma cara. Meio tira a mão e olha, para ver seu próprio rosto lá dentro do rio... mas não o vê. Ele vê a cara de um peixe, as guelras transformadas em prata, a boca aberta e o olho aberto, aquela boca e aquele olho dizendo 'desculpe' e 'obrigado' e todas as coisas que os rios dizem para o mar. E ele olha diretamente para Meio, que olha de volta para o peixe, vê a pequena bolha de vidro presa em sua boca, vê uma nadadeira ondulante, e tudo isso é lindo. Meio cai de novo de joelhos e esfrega o rio com os dedos, pintando-o com água, enquanto o peixe expressa perguntas frias através do gelo.

Ele volta até a margem e tenta quebrar um galho de faia, depois de amieiro, mas eles resistem. Vai até outra árvore, e mais outra, e tenta quebrar galhos, se estendendo e se pendurando neles, torcendo-os onde pode e nem assim eles quebram. Ele se senta ao lado de seu carrinho e pensa. Então, sorrindo encontra o ponto em que a roda está solta e desenrosca um parafuso; encontra onde a alça do carrinho está solta e desenrosca outro parafuso. Mas a alça não quer sair por causa da ferrugem e dos anos. E a roda é só uma roda, que desliza pelo rio quando ele a atira na água.

Meio Harris tomba o carrinho de lado e sapateia com suas botas sobre ele, até que a estrutura toda desmonta e cede e, entre as coisas que cedem, está a alça, feita para escavar peixes de rios congelados.

Sobre o gelo, Meio Harris pega a alça de seu carrinho e se ajoelha no ponto em que o peixe está olhando para ele e bate no gelo; bate até que seus olhos ficam tão cheios daquele mesmo rio que ele não consegue mais enxergar.

E, então, um pouquinho depois, o pouquinho que levou para cortar o gelo, o pescador vai para casa. A noite brilha sobre Meio Harris a caminho da cidade e, em seus braços, embalado como um bebê, envolto num velho cobertor cinza e ainda preso em sua cama de gelo de rio, está o peixe.

Meio Harris volta do rio, devagar. Sem seu carrinho. Só com o pacote em seus braços, passando pelas fábricas, pelos velhos montes de carvão, até a cidade. Parando de vez em quando para afastar o cobertor e olhar para a cara do peixe e ver se ele se mexeu, mas isso nunca acontece. Sobe pela Rua Principal, com as luzes acima dele e brilho dourado cintilando no asfalto molhado. Ele arrasta os pés, olhando pela estrada como sempre, mas sem parar agora, indo para casa, balançando a cabeça e movendo-a como se quisesse falar.

Ele para na frente do cinema para pensar, então se senta na sarjeta e abaixa a cabeça sobre o pacote. E fica ali daquele jeito, imóvel, só os ombros tremendo, talvez de frio, talvez não, e Ianto Passchendaele Jenkins dá um tapinha em seu relógio e para de mendigar.

— O que foi, Meio?

Meio Harris balança a si mesmo e o peixe, e fica sentado na sarjeta com as lágrimas caindo de seu queixo, derramando sal sobre o cobertor, sua calça de brechó e a rua.

Os frequentadores do cinema param de fazer fila e se esquecem de suas decisões sobre comprar caramelos ou balas de menta.

— O que foi, Meio?

— Não deu peixe hoje, foi?

— Cadê o carrinho, então?

E olham pela estrada procurando o carrinho que veem todos os dias há anos, mas ele não está por ali.

Agora, Meio Harris está chorando na sarjeta, balançando seu pacote e, apesar de todas as lágrimas, não há ruído em seu choro, pois esse é o homem sem voz, nascido para ser poeta. E eles se juntam em volta dele, os frequentadores do cinema e Ianto Jenkins, todo o resto esquecido, até que a janela da Caixa Econômica se abre com um ruído e a cabeça de Matty Harris, nenhum parentesco, sai na noite e diz:

— Qual é o problema com o Meio, hein? — Pois, em sua cabeça, ele ouviu o som de uma criança chorando e o chocalhar de pequenos ossos.

Ianto Passchendaele Jenkins pergunta a Meio se pode ver seu pacote e qual é o problema, e ele pega um canto do cobertor cinza e o dobra para trás. Ali, claro como cristal, as ondas ainda se movendo, está o gelo do rio. E, no gelo, com a boca aberta, deitado em sua cama com o olho já embaçando e fixo em Meio Harris, está o peixe.

A voz de Matty Harris, que não consegue ver direito de sua janela, surge novamente:

— Qual é o problema com o Meio?

Ianto Passchendaele Jenkins olha para cima:

— Não pergunte, homem, desça aqui e veja. O rio congelou, parece...

A porta da Caixa Econômica se abre e de lá sai Matty Harris, nenhum parentesco, para ver o que há para ser visto. E o que há para ser visto, senão um homem embalando um peixe?

Então, Meio Harris fecha os olhos, deita ali na calçada e se encolhe como se também fosse um peixe. E outra voz surge:

— Meio?

É a voz de Philip "Efetivo" Philips, bibliotecário suplente, voltando pela Rua Principal depois de ter ido entregar uns livros na Rua Plymouth.

— Meio, meu amigo? O que foi, hein? Ah, isso não é legal, ficar na calçada, venha aqui...

E Philip "Efetivo" Philips vai levantar Meio Harris. Mas ouve-se uma tossida, depois outra. E um "Eu o pego" e, em vez dele, é o próprio Matty Harris quem se abaixa na calçada. E é Matty Harris, subgerente da Caixa Econômica, que ergue nos braços um homem que não tem qualquer parentesco com ele e começa a subir a ladeira até a Rua Maerdy, com Efetivo Philips logo atrás e Ianto Passchendaele Jenkins vindo devagar, com um bando de frequentadores do cinema, pois não há filmes sobre peixes presos no gelo, não que eles saibam.

Com Matty Harris carregando Meio e o resto seguindo, eles passam pela Biblioteca Pública e pela estátua de granito, o rosto molhado e dourado na garoa e na luz da rua. Passam pela costureira, com seus manequins meio cobertos, e por Tsc-Tsc Bevan, o papa-defunto, com suas janelas e pombas de pedra agora às escuras, sem luz, como se a tampa de um caixão tivesse sido pregada.

E, ladeira acima, portas se abrem e perguntas são feitas:

— O que aconteceu com o Meio, hein?

— O que aconteceu com o carrinho dele?

— O que ele está segurando aí, hein?

— O rio congelou, foi? Mas ainda é setembro...

— Meio Harris pegou o peixe, coitadinho, que amor.

Quando as respostas são dadas e mais perguntas são feitas, as vozes captam os sons e os propagam adiante. Estes são carregados até os ouvidos de Eunice Harris, esposa de Matty Harris, nas Mansões Bethesda, e no caminho também cai nos ouvidos de Laddy Merridew, que vagabundeia pela Rua Garibaldi, voltando de seu passeio solitário pelo parque. Laddy já buscou seu passarinho com Ianto Jenkins depois da escola e o pássaro estende as asas, esvoaçando contra as barras da gaiola de gravetos embaixo de seu suéter.

Laddy Merridew corre até o final da Rua Garibaldi para ver a pequena procissão subindo a ladeira. Ele fica atrás da Sra. Bennie Parrish, com sua perna ruim, que até se esqueceu de mancar pela

Rua Garibaldi na pressa de ver o que estava acontecendo, e da Sra. Eunice Harris, que saiu com um bobe no cabelo e, por sua vez, esqueceu a porta da frente aberta.

De forma que, quando a procissão chega ao pub O Gato, na esquina da Rua Maerdy, há uma pequena multidão a cada lado da rua. Maggie, a mulher do dono do pub, parou de tirar chopes, pôs um casaco sobre os ombros e está parada na calçada. E lá está também Tsc-Tsc Bevan; e Tommo Price, que acabou de vir tomar um chopinho; lá está o dono do pub; lá está James Little e sua mulher, Edith, que saíram para comemorar o aniversário de casamento com uma cidra; e um bando de bebedores, ninguém bebendo, todo mundo saindo pela calçada onde Meio Harris costuma estacionar seu carrinho. E, no outro lado da rua, metade dos moradores da Rua Garibaldi e das Mansões Bethesda e um menino de óculos, com um passarinho embaixo do suéter.

Alguém nos fundos do pub diz:

— Ninguém vai levar gravetos velhos para casa num carrinho hoje, então?

E outro alguém diz:

— Não precisa de carrinho, pelo jeito.

E, enquanto Meio Harris é carregado nos braços do subgerente da Caixa Econômica, alguém com cabelo roxinho e um bobe pendurado por um fio diz:

— Matty Harris, o que você pensa que está fazendo?

E Matty Harris, carregando Meio com as costas tão eretas quanto é possível, não para. Em vez disso, caminha um pouco mais devagar para as pessoas verem o que ele está carregando e sorri.

— Estou levando Meio Harris para casa.

O bando de bebedores assente, concordando, levanta o colarinho e o acompanha o caminho todo pela Rua Maerdy, até o número 11.

E o gelo está derretendo em volta do peixe nos braços de Meio Harris, ele mesmo nos braços de Matty Harris, que não vai até a porta da frente da casa número 11, mas entra pela viela até os fundos, os pés rangendo sobre os restos de carvão, levando seu irmão para casa.

Muito mais tarde, talvez, Ianto Jenkins, Laddy Merridew e todos os outros que esperaram na rua, no ar frio da noite, verão Meio Harris e Matty na janela do quarto de Meio, os dois sorrindo, mostrando o peixe para todo mundo ver à luz da rua. Talvez, enquanto eles olham, o peixe se vire de um lado e de outro, e a luz cintile em suas escamas, lançando estrelas por todo aquele universo da Rua Maerdy.

E, lá no rio, a água está fluindo novamente sem ser vista, os galhos das faias estão libertando suas folhas dos últimos resquícios de gelo, pois os rios dessas bandas nunca se congelam em setembro.

Perto dos velhos galpões, no final da Rua Maerdy

Quando Meio e Matty desaparecem da janela do quarto de Meio e não há mais nada para ver, os espectadores vão para casa, talvez passando pelo O Gato, na esquina, só para ter certeza de que ele continua ali. Mas Ianto Jenkins vai para a outra extremidade da Rua Maerdy e o menino Laddy Merridew vai com ele, até onde as casas param, porque não têm como continuar adiante. Ali ficam os galpões, construídos sobre o velho monte de carvão, onde a grama que resta se agarra à terra preta e se transforma num caminho íngreme, uma via de retorno à cidade. E eles param nos galpões, fora do vento. O mendigo estremece:

— Está frio aqui. Está tudo bem, então?

— Aconteceu uma coisa no parque, Sr. Jenkins. Eu tirei o passarinho da gaiola para alimentá-lo e ele voou no barbante, como uma pipa.

— Nesse caso, chegou a hora de soltá-lo, não?

— Por quê?

— Para mim, parece que ele está pronto.

Pausa.

— Imagino que sim.

E ali, na grama, atrás dos velhos galpões e longe das luzes da rua, Laddy Merridew tira a gaiola de gravetos debaixo do suéter enquanto Ianto Passchendaele Jenkins vigia e escuta.

— Para mim, parece que está tudo tranquilo, Bigato.

Laddy suspira:

— Está bem, então. — E desamarra o barbante em volta da perna do pássaro.

Ouve-se o barulhinho das asas batendo na escuridão e o pássaro se vai. Laddy Merridew enrola o barbante no dedo.

— Espero que ele fique bem. Espero que encontre sua casa.

Ianto Jenkins aperta a jaqueta contra o corpo.

— Vai encontrar.

— A vó não queria ele em casa, de qualquer jeito. Ela já tem o periquito dela.

— E eles iriam brigar, o periquito e o passarinho?

Laddy tenta dar um sorriso.

— Teria sido diferente se o meu avô ainda estivesse por lá.

— Ele teria dito "tudo bem" para o passarinho?

A voz de Laddy Merridew vacila:

— Ele era divertido. — Então, ele se anima um pouco. — Eles me deixaram vê-lo, sabe, antes. — Ele empurra os óculos nariz acima, olha com seriedade para o mendigo. — Você já viu um morto, Sr. Jenkins?

Por um momento, o mendigo não diz nada. Então, respira fundo.

— Já, Bigato.

— É engraçado, né? Quer dizer, não engraçado de dar risada, mas do outro jeito.

Ianto Passchendaele Jenkins assente e o menino continua falando:

— Eu não queria, na verdade, mas a minha mãe disse que ia parecer que ele só estava dormindo. Ela mentiu. Não parecia.

— Não.

— Tinham tirado os dentes dele. Ele mesmo costumava tirá-los, para me fazer rir... — Laddy faz uma pausa. — Mas aí era só para mim. Ele teria detestado ficar sem os dentes.

O mendigo não diz nada.

— Eu tinha 8 anos e meio. Fui à igreja e minha mãe chorou e a vó não. Elas não me deixaram ir ao cemitério, no entanto. Quantos anos você tinha quando viu um morto?

— Cinco, mais ou menos. Não me lembro bem, agora.

— Tiraram os dentes dele também?

Ianto Passchendaele Jenkins suspira.

— Não, Bigato. Ela era jovem demais. Era minha mãe.

Silêncio. Então, o mendigo começa a falar.

— O nome da minha mãe era Hannah, Bigato. Eu era tão pequeno quando ela morreu... Mas me lembro de algumas coisas. Eu me lembro do cheiro dela: água do rio e sal. Suas roupas eram ásperas, às vezes. Eu me lembro de um avental que parecia um pedaço de saco, áspero quando eu colocava o rosto nele, e a mãe segurava minha cabeça e olhava para mim. Mas quando eu olho para cima... — Ianto Jenkins para novamente, a cabeça inclinada para um lado. — Não consigo ver o rosto dela.

"Mas de sua voz eu me lembro, melhor do que tudo. Contando histórias para mim, sempre histórias. Sobre pássaros, 'os mensageiros', ela os chamava. Ah, e ela dizia que havia segredos em tudo. Ainda posso ouvi-la me contando que os pássaros podem ser da sorte ou não, principalmente os tordos. 'Ianto Jenkins', dizia minha mãe, 'escute sempre. Preste atenção nos sinais. Os tordos sabem das coisas. Coisas ruins. Preste atenção...' E ouço meu pai então, rindo: 'Ah, Hannah Jenkins, enchendo a cabeça do menino com suas conversas antiquadas. Está passando tempo demais com aquelas solteironas.'"

Ianto faz uma pausa. Como se estivesse ouvindo.

— A voz dela. Está em mim, aqui e agora. Ela disse isso muitas vezes e sua voz mudava: "Nunca deixe um carvoeiro voltar para casa uma vez que ele tenha saído para ir à mina, Ianto. Se ele esquecer alguma coisa e voltar para pegar, tranque as portas, não o deixe sair de novo..." E meu pai, ele mesmo carvoeiro, disse: "Hannah Jenkins, para que um menino quer saber dessas histórias da carochinha? Daqui a pouco, eu vou jogar este balde de água na sua cabeça..." E correu atrás dela pelo jardim dos fundos com o balde que morava em cima da torneira, e ela enroscou a saia na roseira. Meu pai disse: "Vou mandar você morar com as solteironas Watkins, se não tomar cuidado." Eu ainda posso ouvir a risada da minha mãe. Mas eu tento, Bigato... e não consigo ver o rosto dela.

Ouve-se o som de um carro seguindo pela Rua Maerdy, as marchas enroscando. O motor para, uma porta se fecha. Laddy diz:

— Meu pai também costumava fazer minha mãe rir. Mas não agora. — Ele rói uma unha. — Às vezes, acho que se eu não estivesse lá, eles ficariam bem. Talvez seja por isso que tenha que ficar com a minha vó, né? Só por um tempinho, eles disseram. É a vó que diz que eu tenho que ir à escola. Por precaução. — Ele para. Então: — Meu avô teve um ataque cardíaco. Por que a sua mãe morreu?

O mendigo não responde por um momento. Então, suspira.

— Quem sabe? Quem sabe dizer por que as pessoas morrem? Quem sabe dizer por que as pessoas vivem?

Há uma longa pausa antes de ele continuar.

— Minha mãe teve meu irmão, o outro Bigato, e não ficou bem por muito tempo. Eu me lembro de ser levado para vê-la logo que ele nasceu. Meu pai disse que ela estava divagando, mas não tenho muita certeza disso. Ela não conseguia falar muito. Mas destas palavras eu me lembro: "A terra fala, Ianto." Então, ela tentou se sentar e meu pai não pôde impedi-la. "Ianto. Você precisa cuidar do seu irmão. Precisa." Penso frequentemente nisso, agora. Eu não sabia o que minha mãe queria dizer, na época.

Laddy Merridew interrompe:

— Isso tudo foi aqui, nesta cidade? Você morava aqui?

Mas Ianto Jenkins não responde, só assente. Ele fica em silêncio por algum tempo. Então, continua.

— As vozes entram na alma da gente e não conseguem mais escapar, mesmo que queiram. Ainda posso ouvir a voz do irmão do meu pai, o tio Rhys, e da tia Ann, no dia que meu irmão Bigato nasceu. A tia Ann trouxe o Bigato para baixo, embrulhado numa toalha, para dar um banho nele na mesa da cozinha, e tudo que pude ver foi seu cabelo, ruivo que só ele, uma visão maravilhosa... Então, puxei uma cadeira para ajudar e subi nela. "Não, Ianto, você não deve tocá-lo, meu amor, ah, ele está se contorcendo." Eu me perguntei por que era seu amor e olhei para o meu irmão novo, o Bigato, sacudindo os punhos como se já fosse um aprendiz de lutador. E aquele silêncio vindo lá de cima, o assoalho rangendo, depois algumas vozes baixas e o tio Rhys vindo para a cozinha e me pegando da cadeira. Aquilo me irritou, sabe, porque eu podia descer sozinho.

"Ele abriu a porta da cozinha e me levou para os fundos, na manhã que raiava, e eu querendo ver o primeiro banho do Bigato. Mas o tio Rhys agachou no chão e enfiou o dedo na terra onde as cebolinhas estavam brotando numa fileira e me perguntou quem as tinha plantado.

"'O pai, tio Rhys', disse eu. 'A mãe sempre ajuda.' Ele assentiu e me levou até a terra no fim da fileira de cebolinhas, aonde eu não tinha permissão de ir. Segurou meus ombros e me fez olhar pela fileira para ver que a plantação estava reta e bem-feita.

"'Reta como uma régua, está vendo?', disse ele. 'Quando você ajudar seu pai, Ianto, garanta que haja pinos no chão, com o barbante bem esticado entre eles, caso seu pai se esqueça. Você faz isso?'

"Quis perguntar por que ele iria se esquecer de como plantar suas próprias cebolinhas, já que a mãe iria se lembrar disso, mas o tio Rhys manteve as mãos nos meus ombros e eu não consegui olhar para o rosto dele. E os gritos do novo Bigato em sua banheira na cozinha cortaram o ar e, então, ouviu-se outra voz, que eu não sabia de quem era, gritando e chorando também, até meus ouvidos doerem, até que se ouviu alguém falando para fazer silêncio, Ianto, e meu pai estava ali, parado no caminho, a camisa abotoada errado..."

Laddy Merridew tosse e empurra os óculos pelo nariz.

— Então, onde era sua casa? E...

Ianto Jenkins não deixa a segunda pergunta sair. Ele acena com a mão.

— Lá longe do outro lado. Tudo já se foi, tudo.

— E a sua mãe, ela morreu?

A voz de Ianto é gentil:

— Morreu, Bigato. E a próxima vez que eu a vi foi exatamente como você vendo seu avô, imagino. Só que eu não conseguia vê-la, no começo, só a lateral do caixão, eu era pequeno demais. Meu pai podia vê-la, sabe? Ele disse: "Ah, minha Hannah." E me levantou para que eu pudesse vê-la. Eu me lembro de respirar fundo para captar o cheiro dela e ele tinha sumido. Sua boca estava um pouco aberta, como se ela tivesse acabado de dizer alguma coisa.

Laddy Merridew assente, de forma sábia.

— Você foi à igreja?

— À capela, sim. Mas fiquei em casa depois com a tia Ann e as mulheres e, ah, eu fiz uma coisa ruim. Eu me lembro disso agora... Meu irmão, o bebê Bigato, estava dormindo no outro quarto e eu fui até lá e o belisquei com força para fazê-lo gritar de novo.

"Eu não tinha pensado no que iria acontecer com a minha mãe. Perguntei, mais tarde, onde ela estava e, quando me contaram, foi minha vez de gritar. 'Não, pai, não... você não pode deixar a mãe na terra...' E ele me contou, anos depois, que precisou me impedir de sair para procurá-la.

A voz do mendigo é rápida agora.

— Depois disso, passei a ter pesadelos com o escuro. Eu me imaginava embaixo da terra, com o teto caindo em cima de mim, sem poder enxergar nadinha, e não havia ar, então eu não podia respirar. Costumava acordar...

Laddy Merridew interrompe:

— Também não gosto do escuro, Sr. Jenkins. Deixo uma luz acesa. Minha vó diz que sou grande demais para isso... — Sua voz vai sumindo.

— Nunca me abandonou, Bigato. Eu sempre durmo onde tem luz, sempre.

Faz-se silêncio novamente. Dessa vez, Laddy Merridew não diz nada. Só se ouve o farfalhar da grama, depois o som do volume de uma televisão se elevando, a algumas casas de distância, e uma voz: "Abaixe essa coisa, sim?" E o bater de uma porta em algum lugar na Rua Maerdy. Ianto se espreguiça e aperta mais a jaqueta contra o corpo.

— E agora, Bigato, está na hora do seu jantar.

Laddy Merridew concorda e vai andando na direção da propriedade Brychan e da sua vó, e Ianto Jenkins segue pela trilha ao lado do velho monte de carvão até a cidade e a varanda da capela.

O conto do Padeiro

i

NA PARTE ESCURA DA CIDADE, há uma ruazinha secundária que desce para se encontrar com seu próprio riacho, um beco sem saída onde as casas se agarram umas às outras como se temessem escorregar para a água. Há um corrimão junto ao meio-fio, pois se trata da Rua Íngreme, e é mesmo. No fim da rua fica o riacho, o Taff Fechan, murmurando para si mesmo acima das pedras e dos tijolos quebrados. E a última casa tem uma placa acima da janela da frente, desbotada, uma placa onde mal se pode ler: *Padaria do Bowen*. Abaixo, há uma placa menor, quase branca onde a tinta esfarelou, impossível de ler quando há bastante luz. Mas, quando o sol fica baixinho no fim do dia, as palavras ainda saltam da madeira: *Fabricante de Pães, Bolos e Confeitos*. E, afixado por trás do vidro da porta, lê-se muito claramente, em preto e branco:

Sr. Andrew Bowen. *Horários marcados sempre às horas e meia, de segunda a quarta*, e também, dependendo, *Fechado* ou *Aberto*.

* * *

Um dia por ano, em setembro, de manhã bem cedo, a Rua Íngreme ressoa com muitas vozes, conforme as pessoas vêm chegando da cidade inteira. Crianças balançam no corrimão, os pequenos pendurados pelos joelhos, camisa para fora da calça, rindo ao escorregar na direção do riacho. Nesse dia, ninguém abre uma fresta da janela da frente para resmungar: "Vão embora, vocês não têm casa, não? Vão fazer barulho em outro lugar, vão!"

Em vez disso, saem os moradores agarrando o colarinho junto do queixo e seguem ladeira abaixo para se reunirem na calçada que se estende acima do riacho.

— Tem chovido lá para cima das montanhas Beacons. Olha que rio cheio.

— Ah, é mesmo. Tá bem cheio. Vai levar tudo.

E vai mesmo. O galho de uma árvore está encaixado numa pedra na entrada do túnel que conduz o riacho para os subterrâneos da cidade. Lá, há uma grade metálica atravessada, para impedir que galhos de árvores acabem parando em um lugar onde criem raízes e brotem através dos bueiros, coisa que não pode acontecer.

E quando estão todos reunidos na calçada e na ponte sobre o riacho, uma das crianças vai bater na porta daquela última casa, a Padaria do Bowen:

— Estamos prontos, Padeiro Bowen. O senhor pode trazer a bandeja?

Então, sai o Padeiro Bowen, a gravata torta e meio enfiada num colete verde de tricô. Ele vem trazendo uma bandeja escura e pesada de metal tirada da padaria nos fundos. Ele passa em meio à multidão segurando a bandeja, enquanto, dos bolsos dos casacos, de sacos de papel e de bolsas escolares, os moradores da cidade tiram pães de todos os formatos. Fatias, bisnagas, baguetes, broas e, aqueles que podem pagar, tiram filões inteiros às vezes. Há um silêncio repentino conforme todos se adiantam para colocar seus pães na bandeja. E um silêncio mais profundo ainda quando o Padeiro Bowen, encurvando-se agora sob o peso dos pães e do metal, carrega a bandeja até a ponte e a equilibra, com sua carga, sobre o parapeito.

Com exceção daquele dia especial de setembro, todas as segundas, terças e quartas-feiras de manhã, às 8h45, o Padeiro Bowen atravessa a padaria na parte dianteira de sua casa, limpando as migalhas da boca enquanto vira a placa para *Aberto* e destranca a porta para deixar entrar o ar fresco que vem do riacho. Talvez ele se vire e grite para dentro de casa, sua respiração formando uma nuvenzinha ao dizer:

— Está um dia lindo, meu amor, mas frio.

E pode ser que venha uma voz fina em resposta, de um quarto em algum lugar nos fundos:

— Se está frio, tome cuidado. O frio faz mal.

O Padeiro Bowen volta a entrar e endireita uma cadeira na loja, ainda gritando para a mulher:

— Vou tomar cuidado, não se preocupe. Você já terminou a sua bandeja de café da manhã, meu amor?

— Ainda não. Ainda falta o ovo. Obrigada.

— Vou levar o jornal para você daqui a pouquinho. Não se esqueça dos remédios.

Há um breve silêncio.

— Talvez eu me sinta melhor hoje, né?

O Padeiro Bowen talvez não responda a isso, mas ele volta até a porta da frente para verificar se o primeiro cliente já chegou.

Não precisará esperar muito. Eles chegam sem falta às 8h55, entregues pelo ônibus quando este passa no começo da rua, embora não haja uma parada regular ali. Os passageiros apenas pedem para parar na casa do Padeiro Bowen e suspiram ao saltar, segurando no corrimão ao descer pela rua mais íngreme da cidade, reclamando no caminho:

— Bom-dia, Sr. Bowen. Estão doendo muito hoje, estão terríveis. Devo ter feito algo bastante ruim para merecer estes pés. — As senhoras sempre dizem alguma coisa desse tipo, e os cavalheiros não fazem nada além de franzir o cenho.

Hoje é a vez da Sra. Eunice Harris, que vem de ônibus depois de guardar a prataria do café da manhã nas Mansões Bethesda. Talvez a Sra. Harris tenha se despedido de Matty Harris com um aceno de cabeça e o lembrado de usar a maleta que ela lhe deu de Natal, pois o marido pode ser apenas um subgerente e pode não haver nada dentro da maleta além de um embrulho de sanduíches que ele mesmo fez, mas é coisa séria ser a esposa de um subgerente do banco, e ele não deve se esquecer disso.

Ela vem mancando pela ladeira e entra na loja na sala da frente da casa, detendo-se um pouco ali até que o balcão lustroso e as prateleiras saltem da escuridão diante dos seus olhos. Não há balanças de pesar nessa loja, não há cestos nas prateleiras esperando pelos pães, não há sacos de papel pendurados em barbantes esperando pelas bisnagas, broas e bolos.

Em vez disso, há um telefone, uma pilha de papéis e uma agenda aberta no dia de hoje. Uma pilha de revistas *National Geographic* no balcão e mais algumas nas cadeiras. A Sra. Harris se senta, desabotoa o colarinho do seu casaco bom e não tira o chapéu. E suspira de prazer ao se sentar, como se fizesse um ano que não se sentasse, e o banco do ônibus já tivesse sido esquecido.

— Que bênção.

Ela pega uma *National Geographic* da pilha na cadeira ao lado, enquanto o Padeiro Bowen limpa as últimas migalhas de seu colete de tricô, pega um jaleco branco de um gancho e vai até os fundos:

— Só vou demorar um pouco.

E, quando esse pouco já passou — tempo suficiente para ele enfiar a cabeça pelo vão de uma porta, sorrir e soprar um beijo para sua esposa na cama —, ele grita que já está pronto e a Sra. Eunice Harris suspira e vem mancando até onde o Padeiro Bowen a espera, na antiga padaria.

Ali ficam os fornos de pão, coisas pesadas e escuras. Ali ficam as prateleiras de madeira, encostadas na parede, os tabuleiros para esfriar, as bandejas de metal e algumas de madeira. Ali estão presentes também os aromas de antisséptico e de lã, em vez de fermento. E ali se encontra uma cadeira que reclina, com um apoio para os pés. Não há pães nas prateleiras e bandejas, nem nos fornos. Em vez disso, as portas dos fornos estão abertas e, exibindo o lustre embaçado pelas sombras, encontram-se bandejas de instrumentos: tesouras e pinças, limas e tenazes, lâminas e porta-lâminas, goivas e curetas. As superfícies das bandejinhas de metal captam qualquer luz que entre e a refletem, até que o Padeiro Bowen se vira, com um sorriso.

— Muito bem. E essas verrugas, melhoraram um pouco desde a semana passada, Sra. Harris?

Eles conversam sobre as verrugas dela com a porta aberta para a loja da frente e, por algum tempo, a Sra. Harris não se preocupa com as implicações disso, até que o próximo cliente do Padeiro

Bowen entra com um tilintar da sineta ainda presa à porta e a Sra. Harris pede que a porta interna seja fechada, esquecendo-se de perguntar sobre a saúde da Sra. Bowen.

O próximo cliente talvez pegue a National Geographic que a Sra. Harris deixou aberta numa fotografia dos dervixes, aqueles bailarinos rodopiantes de Istambul, e fique refletindo, até que seja sua vez de passar pela padaria, como seu dedão esquerdo está latejando feito o diabo e como as unhas dos pés de um dervixe não devem encravar nunca, ou não haveria um só rodopio sequer.

Se por acaso for uma quinta ou uma sexta-feira, o Padeiro Bowen irá tirar seus instrumentos do forno, enrolar num pedaço de lona e colocar numa sacola de tapeçaria com alguns frascos de antisséptico e alguns pedaços de linho branco. Então, ele vai dar uma olhada na esposa:

— Estou saindo agora, meu amor. Você tem tudo de que precisa?

— Acho que vou dormir enquanto você estiver fora.

Ele vira a plaquinha na porta para Fechado e sai, subindo pela Rua Íngreme e depois descendo até a cidade, para fazer suas visitas domiciliares.

A primeira de hoje é o Sr. James Little, no Terraço Christopher. O Padeiro Bowen sorri quando toca a campainha da casa dos Little, pois a consulta é sempre marcada para o Sr. James Little, mas será a Sra. Edith Little quem será atendida. A consulta será conduzida aos sussurros, com gestos "para não acordar o pobre James, Sr. Bowen, que está dormindo novamente, sinto muito...", e acabará se revelando que o Sr. James Little vem trabalhando em sua horta noite adentro.

— Veja bem, os feijões este ano estão maravilhosos. Isso para não falar das abóboras...

Portanto, o Padeiro Bowen não fala das abóboras, conforme foi requisitado, e, quando Edith Little paga sua conta, pode ser que ela acrescente um saco de tomates tardios, de framboesas outonais ou das últimas batatas:

— Para sua esposa, pobrezinha.

Então, ele segue rumo à propriedade Brychan, para ver os calos da avó de Laddy Merridew.

— Calos são uma tristeza, Sr. Bowen. Mas meninos também são, viu?

— São?

— Se são. Não fazem nada além de inventar moda.

— Como o quê?

— Andar por aí, Sr. Bowen, conversando com as pessoas. Tocar tambor, falar com estranhos e fazer perguntas... Eles vivem fazendo perguntas...

O Padeiro Bowen não pode comentar, então não o faz. A vó de Laddy Merridew acrescenta algumas perguntas próprias enquanto ele raspa seus calos:

— E como vai a sua mulher, Sr. Bowen? Ainda está mal? Não melhorou nada?

Em seguida, talvez ele desça a colina até a Rua Garibaldi, para ver a Sra. Parrish. Sua costumeira perna doente parece ter se estendido de um joelho ruim a um tornozelo ruim, depois foram os dedos, e os vizinhos sorriem quando ela se esquece de qual perna mancar... Mas o Sr. Bowen foi chamado, com razão.

Quando ele chega, encontra com Nathan Bartholomew, o afinador de pianos, na porta, e eis que este sai e entra o Padeiro Bowen, com o simples abrir de uma porta bem-pintada, com a Sra. Bennie Parrish conduzindo as entradas e saídas.

— Adeus, Sr. Bartholomew, e muito obrigada por olhar o piano.

— Não encontrei nada de errado, Sra. Parrish.

— Ah, sim, eu posso ouvir a diferença. Um ouvido aguçado, dizia meu marido quando estava conosco. E meus dedos dos pés, Sr. Bowen, estão terríveis.

— Ah, são dedos, então, no plural? Era só um, na semana passada.

— Quem me dera fosse só um, Sr. Bowen, quem me dera, mas existem mais nove de onde veio aquele e parece que não querem ficar de fora dos seus cuidados.

E, então, eles entram na sala de estar, deixando o piano recém-afinado na sala de visitas, com as telas da janela abertas para garantir que os vizinhos vejam seu piano vertical, com os candelabros com vela e tudo, e um buquê de papoulas incrustadas na frente.

— Está frio demais aqui, Sr. Bowen?

Ele diz que não e ela desaparece na cozinha, nos fundos, para tirar suas meias sob o olhar da foto sorridente do falecido Sr. Bennie Parrish, na mesa ao lado do fogão a gás. E ela vai até a fotografia agitando as meias enroladas na mão:

— Estará rindo do quê, posso saber?

Na sala de estar, há um fogo na lareira e uma cadeira funda puxada até ali só para o Padeiro Bowen, a toalhinha protetora de crochê no encosto recém-passada a ferro. Ele tira um pano de linho branco de sua bolsa e o abre no colo como se fosse uma mesa de piquenique, ou um altar. A Sra. Bennie Parrish, então, se senta numa almofada colocada numa mesinha baixa, mais adequada a receber xícaras de chá e pratos de bolo do que almofadas. Mas, de fato, é da altura exata para que a Sra. Bennie Parrish levante o pé sem meia até o colo do Padeiro Bowen, afundado na poltrona ampla que era de seu marido.

— Está vendo como os meus dedos estão horríveis?

Então, o Padeiro Bowen tira seu segundo par de óculos do bolso e olha atentamente para o pé da Sra. Bennie Parrish em seu colo.

— Me mostre onde dói, não estou vendo nada.

E a Sra. Parrish pensa e acena com a mão acima do pé:

— Aqui, Sr. Bowen, nesta parte toda.

E ele se inclina até sua bolsa e tira o rolo de instrumentos embrulhados em tecido. Abre um frasco de antisséptico e faz as narinas da Sra. Parrish tremerem. Ele começa a trabalhar, então, nos dedos dela, com seus cortadores e limas, suas pinças e curetas, até que o pano branco fica salpicado de restos de unha, pele morta e pó, coisas que até um momento atrás faziam parte da Sra. Bennie Parrish.

Então, o Padeiro Bowen pede a ela para tirar o pé de seu colo e ela obedece, segurando a saia no joelho com a mão e atenta ao rosto dele, mas ele está guardando alguma coisa na bolsa. Ela o vê tirar o pano branco do colo, dobrá-lo ao meio e sacudi-lo sobre a lareira, lançando seus resíduos no fogo.

E, apesar de toda sua tagarelice, a Sra. Bennie Parrish fica quieta enquanto observa seu próprio corpo sendo consumido pelas chamas e há uma pausa, talvez.

— Uma fatia de bolo e um cálice de tônico antes do outro pé, Sr. Bowen?

Mas o Padeiro Bowen nunca aceita bolo enquanto está lidando com os pés da cidade, e apenas pede o outro pé, se ela o tiver por perto.

* * *

Quando as unhas estão tão bem-cortadas quanto os arbustos da Rua Garibaldi, ele pega seu pagamento e sua bolsa e sai. Então, faz uma pausa e olha para trás:

— Sra. Parrish, será que posso lhe pedir um favor? As rosas. Posso colher a última? Não tenho jardim.

Então ele vai para casa e, no caminho, pode ser que se lembre de que não tem pão e pare no Armazém Geral na Rua Principal para comprar um filão, pretendendo ser rápido, sem conversar com ninguém. Mas isso nem sempre é possível.

— Como vai sua pobre esposa, Sr. Bowen?
— Tão bem quanto se possa esperar.
— Ela está confortável?
— Está. Mas, ultimamente, sempre sente frio.
— Sem dor, então, isso é ótimo.

Mas o que o Padeiro Bowen não diz é que sua esposa não consegue respirar direito em alguns dias, por causa da crescente constrição de sua garganta. Que a sua dor e a dele são uma coisa, mas que, se o ar não consegue chegar onde deve, o sofrimento dos dois é dobrado. E o medo. Mas nem ela nem ele querem falar sobre o medo.

E ele caminha lentamente de volta à Padaria do Bowen, no final da Rua Íngreme, com sua bolsa e uma rosa branca na mão e, na outra, um filão de pão todo fatiado e embrulhado por uma máquina, num invólucro frio de plástico.

O conto do Padeiro

ii

COMO ESTAVA DISTRAÍDO, o Padeiro Bowen pode não ter notado, lá no Armazém Geral, alguns vizinhos seus da Rua Íngreme parados perto dos doces e chocolates, antes de irem ao cinema para a sessão de fim de tarde.
— Balas de menta ou de fruta?
— Não sei, tanto faz.
— Sim, mas quais?
E talvez eles tenham esperado para pagar, enquanto as duas senhoras atrás do balcão balançavam a cabeça por causa de toda a tristeza na casa do Padeiro Bowen, não conseguindo se lembrar de quando fora a última vez que viram a Sra. Bowen passeando pela rua, e que já devia fazer um tempão que ela estava doente.
Um vizinho talvez se pergunte, pela primeira vez, por que um homem que precisa comprar pão é chamado de Padeiro Bowen e a única resposta que o outro pode lhe dar é:
— Ele é chamado de Padeiro, mas não é um padeiro. Mora numa padaria que não é padaria, entendeu?

***

Mais tarde, quando estão esperando nos degraus do cinema com suas balas de fruta e de menta — e alguns caramelos, já que estavam em promoção —, os vizinhos se perguntam novamente em voz alta por que existe um nome, mas sem o ofício. Uma padaria, mas nenhum pão. Pois eles nunca tinham pensado naquilo antes.

— Sim, e tem aquilo de jogar os pães no riacho. Faço isso há anos, mas agora não consigo me lembrar por quê.

Se eles perguntarem direito e se as perguntas chegarem aos ouvidos de Ianto Passchendaele Jenkins, parado ali todo esperançoso à visão de um saco de caramelos, ele irá olhar para as colinas no extremo da cidade e girar os braços, dar um tapinha no relógio sem ponteiros e contar àqueles que quiserem ouvir a história dos padeiros da Rua Íngreme.

— Ouçam com os ouvidos, pois tenho uma história para eles... Mas, ah, eu adoro um caramelo, como todo mundo sabe...

E os frequentadores do cinema sorriem e abrem o pacote de caramelos que não iam abrir até o filme começar e dão um para Ianto Jenkins, que o coloca no bolso, fazendo um gesto que convida ao segredo:

— Nenhum dente na boca, na última vez que minha língua checou. — Ele se senta no degrau com um suspiro, aconchega um café nas mãos e começa.

— Estão quentinhas, estas mãos. Talvez esta história não seja sobre padeiros e sim sobre mãos. E talvez comece com as mãos pertencentes a um padeiro de verdade chamado William Bowen, avô desse Andrew Bowen que ainda mora na Rua Íngreme com a esposa doente, uma pena.

"Mas esse Will Bowen, o avô, ah, ele era um padeiro de verdade, fazia pão todos os dias, a casa inteira ficava aquecida pelo calor dos fornos. Excelentes, aqueles fornos, e ele sabia, já que os havia instalado pessoalmente. Não tinha como pagar para alguém fazer isso, sabe? Ah, não. Como um rapaz jovem acabando de começar a vida o faria?

"Nunca poderia ter comprado aqueles fornos, nem aquela casa, se não fosse por um amigo chamado Benjamin Lewis. Que lhe deu o dinheiro economizado para seu próprio casamento e para a lua de mel posterior com a futura Sra. Susannah Lewis, foi o que Benjie Lewis fez. Deu a ele dinheiro suficiente para pagar a entrada daquela casa na Rua Íngreme, que quase escorregava para dentro do riacho, e para um velho forno. Era só o que faltava!

"Não era padeiro, esse amigo. Benjie Lewis era um carvoeiro. Ambos haviam estudado juntos quando meninos, Will Bowen e Benjie Lewis, um rindo do outro que subia numa cadeira para ver a mãe fazer pães e adorava a sensação da massa de pão nas mãos. E este, por sua vez, rindo do outro que queria ficar no escuro o dia inteiro para quebrar carvão, dizia ele, mesmo quando ainda era menino. Cada um achando o outro burro.

"Sim, deu a ele o dinheiro do seu casamento, o Benjie Lewis. E ajudou Will Bowen a montar aquele primeiro forno de pão quando chegou, vindo lá de Shrewsbury, comprado de segunda mão, um bom forno. E ajudou a transformar a casa numa padaria; pintaram eles mesmos o letreiro, numa mesa nos fundos; Benjie, que sabia desenhar bem, riscando as palavras direitinho a lápis: *Padaria do Bowen e Fabricante de Pães, Bolos e Confeitos*... Então, foi Will Bowen quem pegou uma lata de tinta e preencheu as letras de Benjie para fazer a placa. E ambos subiram em escadas para afixá-la na casa, Benjie rindo um pouco de Susannah e do que ela iria dizer quando descobrisse que o dinheiro sumira.

"Todos os dias Will Bowen assava filões e bisnagas, broas e tranças para as mesas das grandes casas que não poderiam, de jeito nenhum, ter seus pães no mesmo formato que as outras, nem pensar. E a casa se enchia do cheiro de pão e do calor do forno. Após algum tempo, ele também se casou e comprou um segundo forno, dessa vez com o dinheiro de sua esposa. Muito em breve, entre os outros sons da casa, estavam as vozes finas dos filhos pequenos de Will Bowen brincando de ser padeiro no chão da loja, na parte da frente da casa, depois que ela fechava, com bisnaguinhas feitas de restos de massa e moedas de papel pardo recortado.

"E ele vendia a maior parte do que fazia na sala da frente da casa, transformada em loja, os pães empilhados e polvilhados com farinha, filões e broas, bolos e confeitos, tudo feito pelas mãos habilidosas de Will Bowen. E logo ele ficou sendo conhecido como 'o padeiro da Rua Íngreme' e a palavra se vinculou ao nome dele, como as palavras costumam fazer quando têm a chance. William 'Padeiro' Bowen.

"E, quando ele fechava a loja no fim do dia, fazia entregas em domicílio em sua bicicleta, indo a todos os cantos da cidade. E era uma coisa curiosa, mas, sempre, no final de sua ronda, havia um filão de pão e talvez algumas bisnaguinhas, às vezes um bolo, sobrando no fundo do cesto da bicicleta. E outra coisa curiosa era que Will Bowen sempre se encontrava no extremo mais distante da cidade, numa casinha geminada na estrada que levava até o vilarejo vizinho e até a mina Gentil Clara, onde Benjie Lewis estava trabalhando."

"Ele empurrava a bicicleta pela viela ao lado da casa e a encostava na parede, perto da porta dos fundos... Podem ir lá olhar, ainda há uma marca escura deixada nos tijolos pelo guidão. E, então, batia à porta.

"Após algum tempo, o tempinho que leva para o cabelo ser ajeitado diante de um espelho na cozinha e para as bochechas serem beliscadas para dar cor, Susannah Lewis abria a porta. Então, Will Bowen entregava o pão ou o bolo que trouxera escondido atrás das costas, sorria e dizia: 'Será que tem uma dona de casa que gostaria de um pão hoje?' E Susannah Lewis fazia uma mesura: 'Melhor entrar e me mostrar seus produtos...', dizia ela, representando a aristocracia, e a porta marrom se fechava atrás de Will Bowen tão silenciosamente quanto um beijo roubado."

Ianto Passchendaele Jenkins, o mendigo, tira o boné e faz uma mesura, e pode ser que receba um caramelo extra de um frequentador do cinema:

— Combustível, para mais tarde, entende... Histórias sobre pães me dão uma fominha... — E ele prossegue novamente com a história.

— Mas Will Bowen, o avô do nosso Padeiro Bowen, tinha que ser cuidadoso, sabe? Tinha que calcular o tempo direito, pois, às vezes, ele encontrava Benjie Lewis se lavando na torneira do quintal ao voltar para casa após um turno mais cedo, e Susannah parada na soleira da porta, os braços cruzados, sorrindo sobre a cabeça abaixada do pobre Benjie. 'Will Bowen, que bom ver você. Quer jantar conosco?'

"E Will sempre dava uma piscadela e dizia que era muita gentileza, mas que precisava voltar para sua esposa e para seus meninos. Mas que ele voltaria amanhã e não se esqueceria de trazer pão e bolos para Susannah, em retribuição a Benjie pelo forno. E Benjie não sabia que o que Will Bowen trazia para sua esposa não era apenas o pão.

"Mas, então, houve um dia de setembro em que Will Bowen desceu correndo pela ladeira em direção à Rua Plymouth, perto do meio-dia, assobiando o mais alto que podia, pois Benjie ainda estaria no trabalho, e não ouviu um som diferente vindo no vento lá do vale. Da direção da mina Gentil Clara.

"E ele empurrou a bicicleta pela viela como sempre, um bolo nas mãos, pronto para bater à porta dos fundos e dizer: 'Será que tem uma dona de casa...', mas não chegou a fazê-lo, pois a bicicleta foi derrubada no chão por Susannah Lewis, que veio meio correndo, meio andando, saindo de sua casa, colocando um casaco nos ombros. Ela atirou as palavras na direção dele: 'É a mina... a mina... aconteceu alguma coisa, algo ruim...'

"Will Bowen encontrou a porta dos fundos escancarada. Ele jogou o bolo em cima da mesa e, enquanto estava ali parado, o alarme da Gentil Clara começou a tocar novamente e ressoou pelo quintal. Então, ele voltou à bicicleta, mas a roda estava presa e ele chutou a bicicleta e saiu correndo. 'Benjie...?'

"Saiu à toda velocidade, então, pela estrada, para se juntar aos demais que corriam para a Gentil Clara."

"Ele ouviu o barulho antes de ver a multidão em volta da entrada da mina, um ruído baixo, a multidão mais próxima, as mulheres, pálidas, de olhos arregalados, lembrando-se das últimas palavras que disseram naquela manhã a seus homens, que as deixavam limpos pela manhã e voltavam no fim do turno sempre cobertos de escuridão.

"Lá estava Susannah Lewis parada de um lado, com as mãos cobrindo a boca, o cabelo voando descontroladamente, balançando a cabeça como se aquilo pudesse impedir os pensamentos de criar raízes. E Will Bowen não quis tocá-la nem sequer por a mão em seu ombro.

"Durante horas, eles esperaram e, então, ouviu-se o som do guincho, devagar e mais devagar. E aqueles que ele trouxe para cima cambalearam até a luz piscando, encolhidos.

"E a conversa começou:

'Parece que o teto rachou entre duas seções.'

'Parece que houve vazamento de gás...'

'Um vazamento de gás pegou fogo...'

'Fogo, sim, uma explosão por trás do segmento em que ocorreu o colapso, percebe, não deste lado...'

'Todos bem neste lado, então?'

'A explosão subiu pelo duto de ventilação...'

'Eu ouvi dizer que explodiu dois tetos e derrubou uma parede grande, antiga...'

'Não, não está tudo bem deste lado... há gases.'

'Pobres coitados.'

'Fogo daquele lado do desmoronamento e gases deste lado?'

'Basicamente isso.'

"Eles esperaram por mais horas, conforme a multidão inchava e desinchava, inchava e desinchava, como se fosse um coração ou um pulmão, e Will Bowen não pensou em ir embora. Ficou ali, com a esposa do seu amigo, enquanto, em sua casa, na Rua Íngreme, os fornos de pão esfriavam e a casa ficava gelada.

"E, durante o dia seguinte, eles içaram os corpos daqueles que haviam morrido com o vazamento de gás, o gás sonífero, trazidos em pranchas, em macas, uma visão terrível, vê-los imóveis mesmo quando sacudidos por uma mão fria. 'George? Você está me ouvindo? George!', só parando quando uma esposa, uma mãe ou uma irmã era puxada para longe.

"Mas não içaram o corpo de Benjie Lewis, não naquele dia, e Susannah Lewis e Will Bowen esperaram juntos a noite toda, sem se tocar. Ela dizia sem parar: 'Se pelo menos ele estiver bem. Por favor, ele tem que estar bem. Eu nunca mais vou ver você de novo. Eu sinto muito, sinto muito, Benjie, sinto muito, se você pelo menos estiver bem...'

"E houve mais conversas:
'Cavar o que desabou demora mesmo.'
'Eles não podem entrar pelos dutos de ventilação, então?'
'Foram danificados pela explosão.'
"E mais espera.

"Ouviu-se o som do guindaste novamente, conforme o motor içava o guincho para trazer os corpos dos homens ainda mais enegrecidos pelo fogo da explosão. Incolor, o gás que vive nas rochas e queima como a fúria quando encontra uma faísca. E avisaram para todos se afastarem, pois os corpos ainda não podiam ser identificados, não ainda... Mas Susannah abriu caminho quando eles trouxeram as duas coisas para fora, e Will Bowen, vendo o que eram, empurrou-a para trás dele. Dois corpos negros de fogo e fumaça. Fundidos, a pele preta e derretida, os braços entrelaçados um no outro, dedos rijos, agarrados.

"Ah, o cheiro. Era terrível e insistente, algo que penetrava na cabeça e na mente daqueles que estavam esperando e que não saía mais. Nunca mais.

"E Susannah gritou que aquele não era seu Benjie, de jeito nenhum, não podia ser. Mas ninguém ouviu, pois estavam pedindo ajuda para colocar os dois corpos no chão.

"Foi o padeiro Will Bowen que estendeu as mãos para carregar o peso de um braço, uma perna, um ombro, onde o tecido havia se queimado na pele e tudo estava preto. Carregou o peso da carne morta e baixou ao chão a coisa que fora um carvoeiro há não muito tempo, com tanto cuidado como se estivesse carregando um recém-nascido.

"E, ah... quando ele afastou a mão, ainda estava lá... Só imaginem, sim? Percebe, a carne queimada e enegrecida grudou à palma das suas mãos e às mangas da camisa, como se fosse parte dele. Ele jamais a tocaria novamente, com aquela mão, a esposa do seu amigo... E também não limparia as mãos em suas roupas, pois aquela talvez fosse a carne de Benjie.

"Foi assim, com as duas palmas enegrecidas, que William 'Padeiro' Bowen voltou... o caminho todo desde a mina, passando pela cidade, até a Rua Plymouth, com Susannah Lewis, de volta à casa onde, em outra vida, ele batera numa porta marrom com um filão de pão escondido às costas. Descendo ruas em um trajeto que há um ou dois dias não tinha demorado nada e que agora impedia seus pés de se moverem, como se estivessem afundados na lama.

"E foi ali, na torneira em que seu amigo se lavava com tanta frequência, que Will Bowen, o padeiro, finalmente lavou o negrume das mãos e pegou uma escova de cima da pedra e esfregou até a pele ficar em carne viva."

"Ele deixou Susannah dormindo, com uma vizinha para verificar se ela estava bem e, então, voltou para sua padaria na Rua Íngreme, para sua casa. E foi o cheiro do pão nas paredes do lugar, na lojinha na frente e na padaria nos fundos que lhe deu ânsia de vômito. Ele ficou ali fora na calçada, segurando-se no corrimão, e vomitou. Era como se tivesse passado anos longe dali, não apenas um ou dois dias.

"Mas, então, ele entrou novamente em casa e contou à sua mulher, em voz baixa para os meninos não ouvirem, o que havia acontecido, mas não foi preciso contar muito, pois notícias ruins viajam mais rápido que as boas, numa cidade como esta. Então, eles trabalharam juntos, Will Bowen e sua mulher, preparando novamente os fornos na padaria nos fundos, deixando-os prontos para a manhã. Fizeram a massa juntos pela noite adentro, exatamente como sempre tinham feito, e se agarraram um ao outro enquanto esperavam a massa crescer.

"E, no dia seguinte, William 'Padeiro' Bowen levantou cedo, como sempre, para colocar o pão para assar. Ele encheu as formas e rolou a massa entre as mãos para fazer bolinhas, como sempre. E esperou enquanto assavam. Mas, quando chegou a hora de tirar do forno, os pães e as bisnagas estavam murchos e duros como o chão. Então, ele apanhou os ingredientes para fazer um lote novo e colocou um aviso na vitrine dizendo que não haveria pão naquele dia.

"Mas, quando foi pegar a farinha, a água, o sal e o fermento e colocá-los na mesa de pedra, não conseguiu tocar neles. Em vez de fazer massa, por um longo tempo ficou apenas olhando para suas mãos. E gritou para as paredes: 'Como posso fazer pão com estas mãos?', pois elas haviam carregado o peso da escuridão, o peso da carne derretida.

"Will Bowen pegou os pães estragados e os empilhou numa bandeja, e se obrigou a fazer massa fresca de novo. Enquanto esperava que ela crescesse, ele saiu com a bandeja de pão estragado da loja e a levou até o riacho lá embaixo. Ali, com apenas uma pessoa observando, um homem que acordara cedo e estava indo para sua horta, Will Bowen jogou os pães na água. E os pães duros afundaram, indo se juntar às outras pedras no leito do riacho, rolando e se rompendo na correnteza.

"Ele tentou muitas vezes, mas nunca mais conseguiu fazer pão. Will Bowen arrumou outros trabalhos: pintando placas, pintando casas. Mas o que quer que fizesse, sempre foi chamado de Padeiro Bowen pela cidade.

"E seus filhos tampouco se tornaram padeiros. Um estudou para ser médico e foi para a Inglaterra. O outro foi professor e morou aqui, na mesma casa na Rua Íngreme, e até ele era chamado de Padeiro Bowen. O filho desse professor, o Andrew Bowen de hoje, é um podólogo. Como? Por quê? Quem sabe? Cada um faz o que faz, né, e a casa é a Padaria do Bowen até hoje. Percebe?"

"Mas e o pão no rio? A cidade joga seus pães naquele riacho, uma vez por ano, no dia do acidente da Gentil Clara. Tornou-se uma brincadeira, agora, na qual os pães ruins afundam como os de Will Bowen afundaram, rolando nas pedras e se rompendo no caminho. Enquanto os bons boiam na superfície. Uma questão de sorte, talvez? Vocês podem saber melhor do que eu. Joguem pães no riacho, pães que são colocados nas velhas bandejas que ainda estão lá, na padaria, e vejam como são levados pela correnteza e conduzidos até o subterrâneo da cidade, para se juntarem ao rio maior, lá embaixo. Dizem que o pão tem maior chance de flutuar se for jogado de uma daquelas antigas bandejas.

"Já encontrei pães bons nas margens do Taff lá longe, em Treforrest, o que vocês acham disso?"

Não há respostas por parte dos ouvintes, pois a sessão de cinema já foi esquecida e eles podem simplesmente ir até o rio, onde irão caminhar sob as pontes e olhar para a lama para ver se esta pode ter sido pão um dia.

O conto do Padeiro

iii

HOJE, ANDREW "PADEIRO" Bowen visitou um cliente nos confins da cidade e caminhou pela Rua Plymouth até a Rua Principal, então passou pela velha capela ao lado do cinema e ouviu o mendigo Ianto Passchendaele Jenkins falando... E talvez o Padeiro Bowen tenha parado para escutar e ouvido sons que ressoaram em seu coração.

Há alguma coisa na luz do sol que brilha na Rua Íngreme no fim do dia, dando vida às palavras na placa de madeira acima da janela da última casa, *Fabricante de Pães, Bolos e Confeitos* enquanto o Padeiro Bowen segura no corrimão e se aproxima de sua casa, pronto para encontrar sua mulher, os ouvidos já atentos para ver se conseguem ouvi-la. Caso ela estivesse chorando para si mesma enquanto ele esteve fora e o som de seu choro agora suba a ladeira junto com o barulho do riacho. Como irá fazer cada vez mais alto nos dias e semanas por vir. *Fabricante de Pães, Bolos e Confeitos*.

Ele abre a porta.

— Olá, meu amor, cheguei. Vou levar para você uma xícara de chá, agora, com um pouco de açúcar e seus remédios. Você espera um pouco?

O som para de repente, então, como se ela tivesse mordido a língua para fazê-lo ir embora, a algum lugar onde não possa ser ouvido a não ser por sua criadora.

Talvez o Padeiro Bowen saiba que a dor está aumentando, todos os dias, e que escapa a despeito da vontade dela, a dor que arranha com as unhas a parede ao lado de sua cama, até deixar o revestimento de papel em frangalhos.

Todos os dias, agora, ela diz a ele que está com frio e ele pega uma colcha no armário, depois mais uma, emprestada de uma vizinha. Ele põe cada vez mais cobertores na cama e acende o fogo na pequena lareira do quarto. Mas não faz diferença alguma.

— Ainda estou com frio. É inverno?

— Não, ainda não.

Sua esposa treme e diz que o coração da casa está frio, e por que será? A princípio, ele acha que são os delírios e calafrios da doença, mas, então, percebe que não. E outra coisa que ele percebe, porque seu nome é Padeiro Bowen, é que o coração da casa é o velho forno de pão na padaria nos fundos.

Não é algo difícil, no fim, decidir acender os fornos de pão, os fornos grandes e escuros que não são acesos há gerações. Vestir novamente o casaco e sair para comprar lenha, carvão e gravetos no Armazém Geral na Rua Principal. Onde há um menino que foi mandado pela vó com sua cesta de compras atrás de pão, um pote de geleia de morango e um litro de leite. Um menino chamado Laddy Merridew, que escuta as mulheres atrás do balcão sussurrando:

— Olhe só o Padeiro Bowen. Ele parece triste hoje.

E o menino se vira para o homem:

— Sr. Bowen, por favor, posso lhe fazer uma pergunta?

O Padeiro Bowen faz uma pausa em sua compra de lenha e gravetos:

— Pode perguntar, garoto. Pode ser que eu não tenha as respostas.

— O pão no rio, Sr. Bowen. Nunca fiz isso antes, mas estava pensando, por que alguns flutuam e alguns afundam? O que é pão bom e o que é ruim? O que falta num pão para ele não ser bom?

O Padeiro Bowen balança a cabeça e diz que ele não faz pão, portanto, não tem a resposta. Mas a pergunta não sai de sua cabeça junto com a resposta. Em vez disso, ecoa e ecoa entre suas orelhas no caminho de casa. "O que falta num pão para ele não ser bom?"

De volta à sua casa, não é nada difícil ficar de joelhos e acender o fogo sob os fornos de pão. Então, ele se lembra, com um sorriso, de tirar seus instrumentos. Empilha suas tesouras e pinças, seus rolos de algodão, frascos de antissépticos e pomadas anestésicas em cima do balcão da loja da frente, e coloca alguns deles em sua bolsa, em cima de uma cadeira.

Em seguida, ele acende o fogo, mantendo a porta aberta com uma cunha encontrada no fundo de uma prateleira, de modo a formar uma corrente de ar. E observa o fogo pegar, depois o velho medidor do forno começar a se mover, a agulha se afastando do ponto onde tem dormido. Ele observa até o forno ficar quente e a padaria se encher com o cheiro de poeira quente, de fuligem quente e de tecido queimado, onde um retalho ficou preso no fundo do forno.

Então, o Padeiro Bowen lava as mãos, negras do carvão, negras de acender o fogo, enquanto o calor começa a se espalhar pela casa. E ele percebe que suas mãos foram feitas da mesma matéria que aquelas que trabalharam ali tanto tempo atrás. Que existe uma memória profunda nessas mãos, nos ossos e na carne. *Fabricante de Pães, Bolos e Confeitos.*

Ele enfia a cabeça pelo vão da porta do quarto da esposa e a encontra dormindo. Não como antes, inquieta, as juntas dos dedos brancas, agarrando o cobertor junto do queixo, mas sim relaxada, com as mãos abertas sobre a colcha.

Enquanto ela dorme, e enquanto o calor continua a pulsar pela casa, o Padeiro Bowen volta ao Armazém Geral com uma lista na cabeça: farinha para panificação e fermento. Sal e leite. E, então, quando as senhoras atrás do balcão levantam uma sobrancelha:

— Bem, Padeiro Bowen, o que você anda aprontando, hein? Você acabou de sair daqui.

O Padeiro Bowen responde apenas:

— Qual é meu nome?

E, então, de volta à sua casa, sua esposa ainda dormindo, ele pega o fermento e mistura com um pouco de leite numa jarra e a coloca ao lado do forno, mas não perto demais. Ele pega a farinha, água e um pouco do fermento e começa a trabalhar na superfície de pedra, juntando tudo e empurrando novamente, com a base das mãos. Até que sua cabeça se enche dos cheiros da farinha e do fermento, mornos e bons. Ele trabalha e trabalha a massa, até as juntas de seus dedos ficarem vermelhas com o esforço. E a dispõe de lado em uma de suas próprias bandejas de metal e a cobre com seu pano de linho branco, para fazê-la crescer.

E a massa cresce, como as massas costumam fazer. Então, ela será amassada novamente, pelos dedos de Andrew "Padeiro" Bowen, que não precisa de nenhuma instrução, pois esta já está nele. A massa será colocada para crescer novamente enquanto ele vai falar com a mulher, mais uma vez desperta:

— Como está a dor hoje? Devo lhe trazer algum remédio, para mais tarde? Está sentindo o cheiro do forno? Acendi o forno de pão. Tem poeira na chaminé.

De volta à padaria, ele divide a massa em porções e as molda em formas pequenas e desiguais com as mãos, pois nisso ele não tem prática e precisa pensar demais. Ele unta uma das bandejas de metal, então polvilha um pouco de farinha, uma lembrança guardada da infância, talvez ainda mais profunda, e coloca os rolinhos de massa na bandeja, deslizando-a para dentro do forno.

Enquanto os pães estão assando, o Padeiro Bowen se senta com a mulher, a cabeça dele e a dela repletas do cheiro de pão assando, feito por suas próprias mãos. Talvez sua mulher diga que é bom para a casa estar com o forno de pão aceso, já que, afinal, este é o coração do lugar. E que ela acha que está pronta para tentar comer um pouco de pão, se estiver macio.

Ele traz uma bandeja com um bule de chá, duas xícaras e seus primeiros pãezinhos. Coisinhas tortas e estranhas, mas bons e crescidos, com um pouco de manteiga e de geleia.

E ele sabe, então, que suas mãos serão capazes, quando for a hora, e quando sua mulher não conseguir mais respirar com facilidade, de fazer outra coisa boa. Pegar nos fundos do armário uma caixa de comprimidos brancos e moê-los até virar pó. Misturar um pouco do pó com farinha, um pouco de leite e fermento e fazer pão novamente.

Ele não irá questionar, mas pegará o resto do pó e misturará com um pouco de geleia doce. E, quando os pãezinhos estiverem prontos, ele tirará a bandeja grande do forno e colocará os pãezinhos para esfriar sobre a superfície de pedra. Ele irá misturar açúcar de confeiteiro com um pouco de água e cobri-los. E, quando a cobertura estiver seca, passará um pouco de manteiga. Um pouco de geleia. Fará um bule de chá. E irá levar uma bandeja coberta com uma toalha de renda até a sala que ele transformou em quarto há três anos e irá garantir que ela coma e que se delicie e que tome seus outros remédios, para diminuir a dor e fazê-la dormir.

Ele irá beijá-la e segurar sua mão e ficará sentado ao lado de sua cama, acariciando sua testa. E, quando tiver terminado seu chá e sua esposa tiver adormecido, ele irá afastar os cobertores e se deitará ao lado dela, para abraçá-la conforme ela flutua para longe.

Mas talvez, então, ele seja acordado por gritos vindo de fora, da Rua Íngreme:

— Cadê as bandejas? Cadê o Padeiro Bowen? — E ele se levantará depois de algum tempo e endireitará seu colete. Checará o calendário e balançará a cabeça, pois se esqueceu da data, uma data de setembro, e sairá pela loja da frente para abrir a persiana na janela.

A Rua Íngreme estará cheia, gente descendo a ladeira, saindo do ônibus, das outras casas, jovens e velhos, homens de terno a caminho do escritório, garotos a caminho da escola, meninas com o cabelo despenteado. Todos descendo até o fim da rua, até o rio e, depois, seguindo ao longo da trilha até a ponte ali perto. Entre eles, o menino Laddy Merridew, que trouxe sua vó de ônibus desde a propriedade Brychan, muito embora ela não quisesse vir.

O Padeiro Bowen joga um pouco de água no rosto, passa as mãos pelo cabelo e volta até o quarto da esposa, para deixar a cama bem-arrumadinha, como ela sempre gostou.

E, então, ele sairá com seu casaco escuro, carregando duas bandejas de ferro da padaria dos fundos. Alguém gritará na multidão:

— Aí vêm elas! As bandejas!

E haverá um grande empurra-empurra conforme as bandejas são levadas até a ponte, equilibradas no parapeito e carregadas com pilhas e pilhas de pães, seguradas pelo Padeiro Bowen como ele já faz há anos e como seu pai fez antes dele e o pai deste antes, mantendo-as equilibradas enquanto os garotos pequenos se esticam para colocar seu pãozinho ali, no canto.

— Mãe?

— Mãe? Você vai ficar de olho no meu, não vai? O meu será pão bom?

— Ah, sim, isso eu posso ver, com certeza.

Homens crescidos de terno se esticando por trás das crianças para colocar o pão na bandeja, pois não fazê-lo pode significar má sorte. Laddy Merridew pega um pãozinho das mãos da vó e se estica para colocá-lo, junto com o seu, na bandeja. E, então, alguém irá atirar uma única fatia de torrada, amanteigada, de algum lugar lá atrás, com uma risada... e ela vai errar a bandeja e vai cair no chão, mas será resgatada e colocada na pilha crescente de pães, todo mundo ficando o mais perto possível, tentando ficar de olho, até que as grandes bandejas de ferro estejam cheias.

E o Padeiro Bowen esperará, em silêncio no meio do barulho, para olhar o riacho como se as respostas para tudo pudessem ser encontradas em sua pequena correnteza. E, quando estiver tudo pronto, como se houvesse um sinal secreto, ou quando o último pãozinho tiver sido atirado pela multidão, ele, segurando a bandeja firme, com uma das mãos, vai tirar dois pãezinhos confeitados de seu bolso e colocá-los no topo.

Então, pode ser que alguém grite:

— Nunca vi isso, Padeiro Bowen, foi você mesmo que fez?

O questionador pode estar rindo, mas o Padeiro Bowen não vai sorrir, apenas assentir com a cabeça. E conforme a multidão recuar, ele irá inclinar a primeira bandeja e jogar os pães no Taff Fechan, como se fosse uma chuva densa, em que alguns vão afundar e outros vão flutuar, todos levados pela correnteza, boiando e se chocando como a multidão que assiste da ponte. Então, a segunda bandeja, e a água vai carregar o pão rápido como só ela, entre as paredes altas e para dentro dos túneis sob a cidade. E entre os pães que flutuam, estarão dois confeitados com açúcar branco.

A multidão irá se dissipar e o Padeiro Bowen voltará pela Rua Íngreme, carregando suas bandejas pesadas. Será que ele vai entrar em casa? Não. Em vez disso, ficará acima do riacho, olhando a luz brincar sobre a água, vendo os últimos pães do ano se chocando contra a rocha no leito do riacho que divide o fluxo, alguns indo para um lado, outros indo para o outro, segundo alguma lógica indefinível.

Na varanda da Capela Ebenezer

No dia seguinte, há pão na varanda da capela: sanduíches trazidos para o mendigo Ianto Passchendaele Jenkins, mas não pela Sra. Prinny Ellis. Pão branco, fatiado, com molho tártaro, embrulhado em papel-manteiga e guardado o dia inteiro numa bolsa escolar por um menino que não conseguiu dizer para a vó que não gostava de molho tártaro, quando ela o comprou na promoção.

— Estão um pouquinho amassados, desculpe.

— Amassado está bom, obrigado. Você quer um caramelo?

E há escambo na varanda da capela, um pouco de silêncio para tomarem o lanche sentados no banco. Então, Laddy Merridew tosse e empurra os óculos nariz acima.

— Posso falar uma coisa?

— Acabou de falar.

— Eu acho que acontecem coisas estranhas nesta cidade, Sr. Jenkins.

— Acha?

— Acho. A vó diz que todos os anos jogam pão no rio, mas, quando perguntei por quê, ela disse que não sabia direito. Não como você contou. Ela não sabe nada sobre o acidente na Gentil Clara, eu perguntei a ela.

Ianto Passchendaele Jenkins não diz nada por um tempo, apenas fica sentado, mastigando, e pensa:

— Não posso fazer nada quanto a isso, Bigato. Só porque as nuvens estão cobrindo as montanhas Beacons não significa que elas tenham sumido, não é mesmo?

— Eu disse que você lembrava como se tivesse sido ontem e ela disse que veio morar aqui anos depois, então, como ela poderia lembrar? Daí, disse que são só histórias suas.

O mendigo fica calado novamente. Ele olha para seu relógio sem ponteiros e dá um tapinha, apertando os olhos para ver o mostrador.

— Está ficando tarde, olha só. — Ele esfrega os olhos. — E você, o que acha, Bigato?

O menino reflete por um momento.

— Não sei.

— É uma resposta honesta.

— Eu gosto que as coisas sejam de verdade. Não gosto quando as pessoas inventam coisas, se deveriam me dizer a verdade. Ou seja, gente mentirosa.

— Quem foi que mentiu?

Laddy Merridew não responde por um instante, então diz, numa vozinha baixa:

— Minha mãe. Ela tinha um namorado e não contou para o meu pai nem para mim. Eu também sei quem é e odeio ele. — Faz uma pausa. — É um professor.

— Ah.

— Da minha escola. Eu também ia ser professor quando crescesse. Agora, não vou mais.

— E o que você vai ser, em vez disso?

Laddy empurra os óculos para cima do nariz. Sorri e diz:

— Vou ser piloto.

— Ah.

— O que você fazia? Quer dizer, você fazia alguma coisa, né?

— Eu fazia alguma coisa. Mas, antes disso, ia ser fazendeiro. Lá no alto das montanhas, no ar puro, algumas galinhas, ovelhas. Eu ia comprar uma loja na Rua Principal para vender carne de carneiro e ovos. Mas eu só tinha 12 anos, sabe? No fim, fui carvoeiro.

— Mas você disse...

— Eu disse...?

— Você disse que tinha medo do escuro. Que tinha pesadelos. Estava dizendo só por dizer?

— Não, Bigato, não estava dizendo por dizer. Nunca quis ser carvoeiro. Meu pai era carvoeiro na mina Gentil Clara, saía para trabalhar todos os dias antes de o sol nascer com o Sr. Thomas Edwards, do fim da rua. A Sra. Thomas Edwards cuidava de nós dois, do meu irmão Bigato e de mim, enquanto eu era pequeno; depois cuidou do Bigato todos os dias e o trazia em casa mais tarde, quando eu era maior, e ia tudo muito bem. Eu tinha que garantir que houvesse um banho pronto esperando pelo meu pai na cozinha. Mas, olha, vou te dizer, aquilo era uma fonte de conflito. Meu irmão Bigato tentando esfregar as costas do pai, sendo que isso era tarefa minha, e ele agarrando a toalhinha de limpeza e o pai gritando: 'Vamos parar, vocês dois? Tem mais água no chão da cozinha do que na banheira...'

"Tinha dias em que o pai estava em casa e que tentava ser tanto pai quanto mãe para a gente, e eu devia ajudar. Ele chamava: 'Ianto!

Venha já aqui', e eu queria ir no mesmo instante, mas estava sempre pensando e sonhando, e não conseguia parar, por mais que tentasse. Eu estaria deitado na minha cama, com os braços atrás da cabeça, perdido e vagando nas rachaduras do teto. E gostando um pouco de estar ali sozinho, devo admitir. Então, quando meu pai chamava de novo, agora dos pés da escada, pois sua voz ficava mais alta: 'Ianto! Seu tonto, venha já aqui!', eu pulava da cama e descia os degraus voando. 'Desculpe, pai.'

"E, olha só. Ali estaria meu irmão Bigato, trepando nas pernas da calça do meu pai, e o pai tentando lavar suas roupas de trabalho, os braços cobertos de espuma de sabão. E, para mim, o trabalho seria descascar as batatas que esperavam na pia marrom da cozinha, numa água tão marrom quanto a própria pia. E a faquinha da mãe ali do lado, esperando, aquela em que ela mesma enrolou barbante no cabo para não escorregar dos dedos. Mas não havia mais a mão da mãe para pegar aquela faca e descascar as batatas, então agora o trabalho era meu.

"E ainda posso ouvir minha própria voz: 'Desculpe, pai.'"

Laddy começa a dizer alguma coisa, mas Ianto ainda não terminou. Ele flexiona os dedos e move a mão no ar.

—Tantos anos já se passaram, Bigato, eu fecho os olhos e meus dedos são pequenos novamente, segurando aquele cabo de faca outra vez, o barbante morno como se a mãe tivesse acabado de soltá-lo para ir até o quintal buscar cebola, a lâmina fria e curvada pela afiação feita pelo meu pai. E eu tentando fazer como ela fazia enquanto eu olhava, um menino pequeno em cima de uma cadeira e ela passando aquela lâmina sob a casca de uma batata, de forma que esta nem percebesse o que estava acontecendo e cedesse sua capa de bom grado. Movendo a faca tão direitinho que a casca saía em faixas que caíam na água suja. Então, elas boiavam e piscavam para mim, como peixes.

Ianto Jenkins para, encosta a cabeça na parede, os olhos quase fechados.

— Estou divagando, Bigato. Divagando...

Laddy Merridew interrompe:

— Então, como é que você também virou carvoeiro? Seu pai sabia que você tinha medo? Ele te obrigou a ir?

O mendigo balança a cabeça.

— Não contei para ele os pesadelos que eu tinha, não no começo. Já havia muito com que se preocupar na nossa casa, de qualquer forma. E estava sempre acontecendo alguma coisa lá na mina. Coisinhas pequenas. 'Há sempre problemas na Gentil Clara', o pai costumava dizer. 'Tem um monte de carvão bom lá embaixo, mas a montanha não quer que a gente pegue.'

"Então, um pequeno incidente aconteceu na Gentil Clara. Um pouquinho de teto caiu antes que colocassem os suportes nas vias novas. Um pouquinho de teto que só pegou um homem e esmagou feio a perna do meu pai, que nunca mais sarou depois disso. Seus dias de carvoeiro haviam terminado. Para o meu pai... terminou, entende? Eu tinha 12 anos. E, de repente, era Ianto Jenkins quem precisava de botas e garrafas de água, e todos os vizinhos ficaram sabendo e foi pedido ao Sr. Thomas Edwards para ficar de olho em mim quando eu estivesse lá embaixo... E o pai, ele nunca me perguntou nada."

A voz de Ianto falha.

— Ele nunca perguntou...

Então, o mendigo sacode a cabeça:

— Mas eu posso te contar sobre as minhas botas. Minhas botas e como as consegui de um carvoeiro de verdade que morreu...

— Quem?

— ... Escute, escute, Bigato.

E a história de como ele conseguiu as botas começa.

— Até então, eu havia compartilhado um par de botas com meu irmão roncador Ifor, que eu também chamava de Bigato, e eram os dedos dele que ficavam dançando lá dentro, não os meus! Ah, com os sapatos era mais fácil. Normalmente, meu irmão Bigato ficava com os meus sapatos velhos e eu ganhava outros dos meninos da rua. Mas botas eram um caso à parte. Difíceis de conseguir. Eu já tinha perguntado várias vezes por que não tinha as minhas próprias botas e a resposta do meu pai era sempre a mesma: 'Ianto, você ainda está crescendo e qual é o sentido em ter suas próprias botas se seus ossos jovens vão fazer um monte de furos no couro? Porque, daí, é como se seus pés pisassem direto no chão.' Este era o problema com o meu pai: não havia como discutir com ele.

"Mas aquelas botas que por fim vieram a ser minhas eram grandes demais e, por anos, não haveria o menor perigo de os meus dedos furarem o couro. Pois elas tinham pertencido aos pés de um homem adulto, um mineiro chamado Ernest Ellis, que morava ali mesmo, na rua de casa. E o Sr. Ellis não iria precisar das botas onde ele iria, levando sua tosse consigo, pois quem já ouviu falar de um anjo com harpa e botas com a sola pregada?

"'Ianto! Olha, o Sr. Ellis morreu e ele deixou as botas para serem sorteadas...' Quem disse isso foi a Sra. Jones, lá da rua, cujo filho Geraint Jones já era carvoeiro, casado e muito mais velho do que eu, quase 20 anos, mas que também precisava de botas. Eu sentia pena dele, pois seu pai tinha morrido na mina quando ele era pequeno.

"Ah, eu não queria ir lá para baixo, Bigato. Tinha medo de ficar sob a terra, embora nunca fosse admitir isso para o meu pai. Tinha medo do peso das pedras acima e da escuridão e não conseguia pensar em mais nada... 'Ianto! Vai sortear um pedaço de carvão das mãos da Sra. Ellis, vai.'

"Foi meu pai quem me disse, repetidas vezes, que eu pensava demais e que era de carvoeiros que nossa família precisava, não de pensadores. E ele estava de cama com a perna que não melhorava.

"Ah, mas tirar a sorte para ganhar as botas de um mineiro que não ia mais precisar delas era uma coisa incômoda, e eu disse isso para o pai e, é claro, ele me disse que eu estava pensando de novo e que, por favor, parasse, ou aquela *pensação* toda iria fazer chover. 'Ianto! Você me ouviu? Vá com o Geraint Jones e tire um pedaço de carvão da mão da Sra. Ellis, sim?' E lá fui eu esperando não ganhar as botas, porque, daí, talvez eu não tivesse que descer na mina..."

"Veja, estava escurecendo quando este Ianto Jenkins e o jovem Geraint Jones foram e sortearam pedaços de carvão da mão da Sra. Ellis para ganhar aquelas botas: um deles teria uma cruz gravada à faca. E a Sra. Ernest Ellis disse que a própria Intervenção Divina iria guiar o carvão com a cruz até os dedos daquele que fosse mais merecedor das botas do falecido Sr. Ellis. Não havia como discutir com a Intervenção Divina, tampouco. Ela era pior que o pai. E eu estava com os dedos cruzados atrás das costas para que a Intervenção Divina, por favor, por favor, por favor, desse aquelas botas para o Geraint Jones, assim eu não teria que ir para a mina...

"Mas, ah, estava escuro naquela cozinha. Tudo cheirava a linimento, lustra-móveis e poeira, como a Capela Ebenezer num domingo em que o ministro estivesse com friagem. Eu não parava de pensar que, na casa, ainda ressoava o último ar respirado pelo Sr. Ellis. Aquilo me deixou pensando no mundo cheio do último ar de todo mundo que já viveu e tentando entender de onde poderia vir ar novo e se...

"'Ianto! Venha já para cá, sim?', ouvi dizer a voz do meu pai, na minha cabeça. Mas, aí, a Sra. Ellis veio das sombras na sala de estar carregando as botas do falecido Sr. Ellis, andando devagar como se alguém tivesse amarrado um saco de batatas à saia dela. E ela colocou as botas em cima de uma folha de jornal na mesa da cozinha, onde elas ficaram juntinhas, olhando para a gente. Ela deu um tapinha nelas: 'Aqui estão, garotos, e são boas botas.'

"Ah, e lá em cima também estava tudo terrivelmente quieto. Tão quieto que a quietude batia forte nos meus ouvidos e eu podia ouvir o silêncio. Eu estava pensando que, talvez, quando alguém para de respirar, deixe um barulho no ar ainda maior do que todos os anos em que esteve vivo. Eu estava pensando na minha mãe, e em estar embaixo da terra, e se eu erguesse os olhos para o teto da cozinha, talvez o falecido Sr. Ernest Ellis pudesse atravessar sua mão fantasmagórica pelo teto para tirar as botas da gente. Aquilo deixou o ambiente pesado.

"'Faça sua escolha', disse a Sra. Ellis, segurando dois pedaços de carvão atrás das costas, e ela disse aquilo como se houvesse algo escuro crescendo por trás das paredes. Eu senti um calafrio. Geraint Jones olhou para mim e ele também estremeceu, e nenhum de nós queria tocar nos dedos dela. E eu... eu estava pensando naqueles dedos tocando pela última vez no falecido Sr. Ellis... e, todo o tempo, aquelas botas em cima da mesa, arrumadas como se ele estivesse ali em pé, olhando para a gente. Nós fomos adiante e meio que arrancamos das mãos dela nossos pedaços de carvão, e a Sra. Ellis disse: 'Quem tirou o pedaço com a cruz, então?'

"E, aí, eu não disse nada, só me senti enjoado do estômago e estendi a mão para pegar as botas. Eu amaldiçoava a Intervenção Divina por dentro e Geraint Jones parecia arrasado.

"E me lembro de chegar em casa com aquelas botas e encontrar meu irmão Bigato na cozinha, e eu me gabando das botas quando, apenas um minuto antes, tinha esperado que a Intervenção Divina as desse para o Geraint Jones. 'Você precisa ser carvoeiro para ter botas como estas', eu disse, e as coloquei sobre nossa própria mesa para lustrá-las um pouco, garantindo que elas ficassem onde ele pudesse vê-las. Fazendo com que elas fossem minhas de verdade e deixando o Bigato, meu irmão, morrendo de inveja. 'Botas sérias para os pés de homens sérios...' E meu pai não estava por ali para me impedir de provocá-lo, estava?"

O mendigo Ianto Passchendaele Jenkins se cala e olha para Laddy Merridew, que está olhando para as velhas botas de Ianto Jenkins.

Laddy franze a testa:

— São as mesmas botas?

O mendigo sorri.

— Não, Bigato, não são. Já passaram muitos pares de botas por estes pés, desde então. — E ele suspira, dá um tapinha no mostrador de seu relógio sem ponteiros e boceja.

Laddy Merridew se levanta do banco.

— Imagino que esteja na hora de eu voltar para a casa da vó.

E, conforme ele se afasta pela Rua Principal, Ianto Passchendaele Jenkins se estende em seu banco para descansar um pouco antes que os frequentadores do cinema comecem a chegar para a sessão da noite.

O conto do bibliotecário suplente e o conto do papa-defunto

i

À NOITE, A BRISA ENCONTRA uma folha de jornal que caiu quando alguém estava levando cobertas novas para Ianto Passchendaele Jenkins, lá na Ebenezer. Ela faz o jornal deslizar pelo calçamento até parar numa sarjeta, num bueiro. Pode ser que a brisa pare também, para ler um pouco, depois levante o jornal no ar e o envolva com cuidado na perna da estátua da cidade.

O primeiro ônibus da manhã para na frente da Biblioteca Pública, e o motorista assente com a cabeça para o único passageiro a descer:

— Tenha uma boa manhã, Phil. — Mas pode ser que não haja resposta.

O mesmo passageiro desce do primeiro ônibus ali todas as manhãs. Philip "Efetivo" Philips, bibliotecário suplente, um homem com o mesmo terno há semanas, o colarinho da camisa virando. Em seu bolso, um embrulho com um sanduíche de presunto e tomate no pão branco, feito por sua esposa.

— É sanduíche de novo, Phil. Tudo bem?
— Nancy? Você sabe quantos anos tem o trigo?
— Me diga.
— Onze mil anos.
— Não este, Phil. Este aqui foi plantado recentemente.

Efetivo Philips começa a trabalhar cedo, bem antes que a vó de Laddy Merridew chegue para fazer a limpeza, antes que ela varra os papéis de bala e encere os dois dragões no pé da escadaria de mármore da biblioteca. Ele desce do ônibus carregando uma sacola de livros que levou para casa na noite anterior e que leu, inclusive, enquanto comia seu filé e sua torta.

— Ah, Phil, você e seus livros. Converse comigo, sim?
— Sim, Nance... Olha só, Euclides diz que uma linha é uma curva reta e que linhas retas são infinitas, a não ser que parem, é claro...
— Sorte do Euclides. Quer geleia com leite condensado de sobremesa?
— Você sabia que Marco Polo usava leite condensado?
— Na gelatina dele?

Efetivo Philips entra na biblioteca, pega os jornais e a correspondência sobre o capacho que diz *Bem-vindo a um lugar de silêncio* e leva tudo até a Sala de Leitura. Ele deixa as coisas sobre uma das mesas, desce a escada até seu escritório no porão e pendura o paletó nas costas da cadeira. Depois, tira um bule do armário e, enquanto a água ferve, talvez pegue um livro grosso nos fundos do armário, sente-se e leia com atenção, tomando notas. *As aventuras de Sherlock Holmes*. Então, prepara seu café instantâneo da manhã, enfia *Sherlock Holmes* embaixo do braço e volta para a Sala de Leitura, onde uma das lâmpadas fluorescentes estará piscando e zumbindo como uma vespa presa.

South Wales Echo, Western News, Guardian, Daily Mirror... Ele irá fixar todos esses jornais em varas de madeira, prendendo-os com elástico e deixando-os prontinhos sobre as mesas.

— Agora, a correspondência.

Efetivo abre os envelopes endereçados a si e coloca de lado os que são para a Sra. Z. Cadwalladr, bibliotecária-chefe. Pode ser que desdobre alguns pôsteres para afixar no quadro de avisos da biblioteca, fazendo o favor. *Salvem nossos playgrounds. Assembleia pública na sexta-feira. Interessado em montar uma brinquedoteca? Telefone para Shirley no seguinte número...* Estes não chegarão nem perto do quadro de avisos; em vez disso, ele os rasga e joga no cesto de lixo. Então, faltando pelo menos meia hora até a biblioteca abrir, Efetivo Philips, bibliotecário suplente, volta para *As aventuras de Sherlock Holmes* e para seu café.

Em seu escritório no subterrâneo não há janelas, pois vistas são distrações. As paredes estão cobertas de mapas, diagramas, listas. Em uma delas, há um mapa-múndi com bandeiras em todas as capitais, listas de montanhas e suas altitudes, nomes de rios. Em outra, só há números. Tabelas e fórmulas, equações e gráficos, formas geométricas, ângulos e círculos, diâmetros e raios. Há ainda uma com listas de datas, batalhas, reis e rainhas, invenções, países conquistados e perdidos. E afixados atrás da porta, na forma de diagramas complicados, cada um deles se espalhando em sobras de papel de parede dos quartos de sua casa, unidos por fita adesiva, indo até o chão, todos os mistérios já solucionados por Sherlock Holmes, lidos no mínimo vinte vezes, com novas coisas sendo descobertas a cada leitura. Cada vestígio, pista falsa e solução, uma lista sempre crescente de minuciosos detalhes detetivescos. E um buraco cortado estrategicamente para a maçaneta.

Antes que alguém chegue, Efetivo Philips finalmente deixará Sherlock no porão e vai verificar as prateleiras da biblioteca, passando os dedos pelas lombadas dos livros. Pode ser que esteja no andar de cima essa manhã, na Sala de Pesquisa, num nicho perto da janela. História Local, onde pegará um ou dois livros e lerá as contracapas.

— Eu li você há três anos. E você também.

E ele vai até o nicho seguinte, onde tenta fechar a janela, que não quer fechar. Um livro ainda está aberto sobre a mesa, do dia anterior. Efetivo Philips toca o próprio nariz:

— Deduzo que... — E vai fechá-lo para colocá-lo de volta na estante. Mas, então, faz uma pausa para ver que livro é, para e o põe na mesa, aberto, exatamente como o encontrou.

— Deduzo, sem dúvida. Está esperando por Tsc-Tsc Bevan, esse aí...

Enquanto o jornal ainda está enrolado na perna da estátua e Efetivo Philips está vistoriando a seção de História Local, a brisa pode passar sob a porta da casa número 1 do Residencial Owain, um pouco atrás da Rua Principal, e entrar na casa do papa-defunto, Simon "Tsc-Tsc" Bevan, que estará fazendo *tsc-tsc* para si mesmo enquanto lava um prato na pia. Sempre haverá algumas contas a pagar, referentes a madeira e parafusos de cabeça de latão, ao lado de alguns lápis, garfos e facas, alinhados como fósforos na mesa da cozinha. Tsc-Tsc Bevan seca as mãos num pano de prato listrado, encurva os ombros e faz *tsc-tsc* novamente ao sentir a brisa em seu pescoço; então, talvez se vire para ver a brisa empurrando uma das contas de cima da mesa para o chão. Ele se segura na mesa, se abaixa e coloca a conta exatamente no lugar certo, com um garfo em cima para mantê-la ali. Ele pega seu boné e sua jaqueta, as chaves penduradas nos ganchos e quase fecha a porta. Então, se lembra de que esqueceu alguma coisa. Pela terceira vez naquela manhã, ele faz tsc-tsc, mais alto dessa vez, e apanha uma bengala de seu lugar atrás da porta. Então, Tsc-Tsc Bevan, o papa-defunto, sai de casa rumo à manhã.

Do lado de fora, ele se vira para olhar ao longo do conjunto de casas, apontando a bengala para a frente e apertando os olhos na mesma direção, como se o objeto fosse um rifle.

De volta à Sala de Pesquisa da Biblioteca Pública, Efetivo Philips talvez tenha parado de tentar fechar uma janela que nunca irá fechar e voltado a seu escritório para ler. Lá fora, a brisa sobe pela parede de pedra vermelha, procurando por frestas e soltando as coisas que se agarram a ela. Um único cabelo branco preso numa aspereza. Pluminhas do peito dos pombos que se limpam nas telhas. Lá vai a brisa, subindo pela parede, passando pela pedra de fundação, pelas placas comemorativas com seus nomes importantes, agora esquecidos. Passa pelas iniciais secretas dos entalhadores de pedra, escondidas nos nichos. Inspeciona as janelas cuidadosamente fechadas, as persianas de metal abaixadas, para evitar que alguém sinta vontade de espiar lá dentro e incomode os livros adormecidos. E, finalmente, encontra uma fresta; talvez a brisa passe pela fresta da janela que o bibliotecário suplente não conseguiu fechar e entre na Sala de Pesquisa.

— Uma linha reta perfeita — pode ser que diga Tsc-Tsc Bevan, o papa-defunto, e então ele segue sua bengala pelo asfalto rachado de um velho estacionamento, onde as únicas coisas estacionadas são urtigas, garrafas quebradas e latas velhas. Contorna a parede de tijolos e os latões atrás da lavanderia, as paredes de madeira dos galpões cujas chaves não se podem encontrar e vai pela viela que leva até a Rua Principal. Talvez ele levante a bengala no ar de vez em quando e a aponte para a luz no fim da viela. E a siga até sair das sombras, na Rua Principal. Do outro lado da Biblioteca Pública, no asfalto, a cabeça inclinada para um lado, ouvindo.

— Bom-dia, Tsc-Tsc. — É a voz de Peter Edwards, grave. Ele não espera resposta e corre com suas velhas botas de carvoeiro pela Rua Principal, desviando-se dos carros e indo até onde o pavimento se alarga, diante da biblioteca. Ele desenrola o jornal da perna da estátua, amassa-o numa bola e o enfia no bolso; depois, senta-se nos degraus.

Tsc-Tsc Bevan espera para atravessar, fazendo *tsc-tsc* para o trânsito. Então, talvez se ouça outra voz, mais baixa:

— Quer atravessar? — E uma pequena mão em sua manga; é Laddy Merridew, a caminho da escola.

Tsc-Tsc Bevan faz *tsc-tsc* e assente, e Laddy Merridew espera, segurando a manga puída de uma jaqueta amarrada com couro, enquanto Tsc-Tsc aponta sua bengala diretamente para a Biblioteca Pública.

— Preparado? — E Laddy Merridew atravessa com Tsc-Tsc, esperando que ele suba na calçada do outro lado. No ponto exato em que Tsc-Tsc atravessa todos os dias.

Então, o menino dá um apertão no braço do homem para se despedir e vai para a escola. Tsc-Tsc Bevan não se move daquele ponto na calçada e observa a figura de Laddy Merridew ficando cada vez menor e mais embaçada e, depois, desaparecendo na Rua

Principal. Na sua mente, o menino continua ladeira abaixo, um pé no meio-fio e um pé na sarjeta, seguindo as curvas da Rua Principal conforme esta desce a colina rumo ao rio. No caminho, passa pela capela e pelo mendigo cochilando na varanda, passa pelo cinema e pela Caixa Econômica e vai até a escola, onde, então, ele deixa a estrada. Mas ela continua sem ele, passando pelas fábricas na periferia da cidade, depois seguindo até o rio, onde se transforma numa ponte que conduz ao outro lado e às colinas.

Tsc-Tsc Bevan suspira e aponta sua bengala para as portas da biblioteca. E a segue na direção da estátua e de Peter Edwards, sentado ali nos degraus, onde ele para.

— Bom-dia. Está sendo bom para você?
— Tão bom quanto pode ser.
— Nenhum trabalho ainda?

Peter Edwards aperta os olhos para Tsc-Tsc Bevan e dá de ombros.

— Nem comece. Aguentar a mulher já é difícil o bastante...

Então, sem se desviar de sua linha, Tsc-Tsc vai direto até os degraus da biblioteca, onde toca a campainha, pois o local ainda não está aberto ao público.

Não importa quem abre a porta. Talvez seja a vó de Laddy Merridew que já chegou para a limpeza, usando seu avental azul trespassado e com o arremate soltando do calçado. Ou Efetivo Philips, indo para o porão a fim de encher novamente o bule. Tsc-Tsc Bevan tira o boné e cumprimenta quem quer que seja. Pega sua bengala e, quando a porta está aberta, aponta-a diretamente para a escadaria de mármore. Há dois dragões guardando o caminho, um deles com uma guimba de cigarro na garganta, colocada pelos meninos por brincadeira; a vó de Laddy encontra cinzas nos degraus e guimbas de cigarro no balde de areia onde os dragões os apagam.

Ele sobe a escadaria até o primeiro andar, até a Sala de Pesquisa e o nicho perto de uma janela, a placa dizendo "Mapas" ao lado da inscrição "História Local". E, em cima de uma mesa sob a janela, há um livro aberto, algumas páginas no ar, indecisas a respeito de que lado cair. O livro que Efetivo Philips não guardou, pois sabia que Tsc-Tsc Bevan iria querê-lo logo cedo. Um livro com o qual a brisa brinca, pregando peças no papa-defunto, escondendo dele seus mapas.

Mapas da cidade, do passado até o presente. As páginas se levantando e caindo conforme a brisa brinca com elas; a cidade mudando conforme as páginas. Uma rua nova aqui, um bloco ali. Mais casas aqui, menos ali, uma fileira de lojas aparece, depois um casarão, um prédio que se transforma em depósito, num conjunto residencial e novamente em depósito. Uma capela. Duas capelas, três, quatro, depois três de novo. Esta década, aquela década. Uma ponte sobre o rio é marcada, então desaparece. Nenhuma ponte. Depois, três. Nenhuma linha de trem e em seguida uma teia de trilhos na superfície do vale, espalhando-se por quilômetros. Aparecem e desaparecem conforme as páginas se movem. Ruas construídas e destruídas pendendo no ar sobre uma mesa de carvalho claro cheia de manchas de tinta e de rabiscos. Um ou dois nomes, indistintos. E, onde apenas os dedos conseguem ler, as palavras *Simon Bevan ama Blodwen* entalhadas sob a borda.

Simon ama Blodwen, sem dúvida, e Tsc-Tsc coloca o boné e a bengala sobre a mesa, passa a mão sob a borda para sentir o formato das palavras com a ponta dos dedos. Palavras entalhadas quando Simon "Tsc-Tsc" Bevan era um menino, e quem quer que fosse Blodwen já está esquecida agora, a não ser no entalhe.

Então, ele pega o livro de mapas e vai até a janela para olhar sobre os telhados, vielas, quintais e latões de lixo, segurando o livro perto do rosto. Não há comentários nem montanhas para ajudar a localização. Só a linha do rio correndo pela cidade não mudou, nem mesmo quando fizeram pontes novas onde as velhas foram levadas por inundações. Ele compara a página à vista, ou ao menos tenta. Corresponde esta linha àquela viela, este espaço àquele parque. Então, encontra o rio rindo dele, pois a página está de cabeça para baixo.

Tsc-Tsc Bevan deixa a bengala apontando para a janela e espera que a porta se abra novamente, atento a passos no parquete, caso os pés venham para esse lado, na direção da seção de mapas. E os pés vêm mesmo. Os pés de Efetivo Philips, bibliotecário suplente, que só veio pesquisar o nome do ministro que enterrou Pombo Philips, seu avô, ou de um sindicalista que liderou um protesto uma vez.

Mas Tsc-Tsc diz:

— Você pode me ajudar, se estiver com tempo? Não estou conseguindo ver se esta rua é essa aqui. Você sabe? — E ele faz *tsc-tsc* e aponta para o mapa e para a cidade, para os quintais e latões de lixo.

Efetivo Philips, que conhece cada rua da cidade como a palma e as costas da mão, e também cada viela, franze a testa.

— Onde?

— Aqui. E aqui. Está vendo? Essa aqui?

Tsc-Tsc estende o mapa para a vidraça como se estivesse tentando convencer o livro a fazer uma pergunta à janela. Mas a janela apenas responde com um reflexo, em vez de dizer qualquer coisa útil. E Tsc-Tsc pergunta novamente:

— São a mesma rua? Poderiam ser?

Pela primeira vez na vida, Efetivo Philips está desconcertado. Desconcertado por sua própria cidade. Pois o rio é um ponto de referência, mas para que lado ele fica? Qual colina o cartógrafo escolheu, há muito tempo, como o ponto alto onde se sentar com um lápis afiado e papel, olhando para o vale lá embaixo? E por mais que o antigo nome da cidade esteja escrito na lombada do livro, é como se as páginas tivessem, em algum momento, se soltado da capa e, depois, sido colocadas de volta na ordem errada. Pois não importa de que forma se segure o livro, o que ele diz continua igual. E é mera questão de palpite onde podem estar agora as casas que foram cuidadosamente indicadas por quadrados feitos a lápis.

Pela primeira vez em muito tempo, Efetivo respira fundo antes de dizer:

— Sinto muito, Tsc-Tsc, não posso te ajudar. — E com a cara tão triste quanto uma semana sem jornais, ele se afasta escada abaixo.

Subindo, ofegando, os óculos escorregando pelo nariz, vem Laddy Merridew.

— O senhor é o Sr. Philips? Eu tinha esquecido, preciso de um livro sobre minas de carvão para a escola hoje.

E Efetivo Philips, novamente em terreno sólido, mostra ao garoto a Sala de Pesquisa e a seção de História Local e o deixa ali.

Quando faz a curva num canto da escadaria para o corredor, com seus azulejos pretos e brancos, pode ser que veja alguns garotos que ficaram ali para brincar enquanto a mãe escolhe um livro. Um na ponta dos pés no degrau de baixo, estendendo a mão para colocar seu chiclete mastigado na boca do dragão da direita. E outro tentando atravessar o corredor sem pisar em nenhum azulejo preto.

— Ou os dragões irão me pegar, Kev, olha só. E há uma vala cheia de fogo nos cantos!

Efetivo Philips, bibliotecário suplente, desce a escadaria trazendo consigo toda a sua importância.

— Vou mostrar dragões e valas de fogo, vocês dois. Levem suas bobagens lá para fora. E seu chiclete também. — Ele aponta para o capacho perto da porta. — *Bem-vindo a um lugar de silêncio*... Sabem o que isso significa?

E os garotos riem, enquanto sua mãe vem da recepção, guardando o livro na bolsa.

— Ah, eles só estavam brincando.

Efetivo Philips franze a testa.

— Brincando? E que benefício isso já trouxe a alguém, hein? — Vislumbra Laddy Merridew descendo a escadaria, um livro sobre minas de carvão embaixo do braço, e faz um gesto triunfante com a mão. — Está vendo? Aí está um menino com futuro.

Laddy Merridew talvez se pergunte que futuro é esse, mas ele não o faz em voz alta e coloca o livro dentro da mochila. Efetivo Philips acompanha os matadores de dragões e sua mãe até a saída e desaparece no porão, resmungando:

— Ensinar-lhes umas coisinhas. Isso, sim, faz diferença. Limites. É disso que um menino precisa, escreva o que estou dizendo... — E bate a porta de um armário para dar ênfase.

O conto do bibliotecário suplente e o conto do papa-defunto

ii

Hoje cedo, Matty Harris, subgerente da Caixa Econômica, visitou a Biblioteca Pública para consultar um mapa da Bélgica, pois Eunice Harris está planejando tirar férias em algum lugar exótico. Tsc-Tsc Bevan lhe pediu para comparar o livro de mapas da cidade com a cidade em si... e ele o fez, com Tsc-Tsc olhando por cima de seu ombro e fazendo *tsc-tsc* sem parar. Matty verificou todos os telhados que podia ver da janela, os parques, a ferrovia, o rio, e virou o livro de um lado e de outro. Não foi mais longe com sua interpretação do que Efetivo Philips, e Tsc-Tsc Bevan saiu sem dizer uma palavra de agradecimento.

E, quando guardou o livro, Matty Harris se perguntou por que o papa-defunto faz *tsc-tsc* para si mesmo o tempo todo e por que o som acabou virando seu apelido. E, pensando no assunto, por que Tsc-Tsc Bevan segue sua bengala numa linha reta ultimamente, nunca virando uma esquina a não ser que seja estritamente necessário? E o que ele está procurando nos mapas? A cabeça de Matty

Harris ficou tão cheia com aquelas perguntas que não havia espaço para seus próprios pensamentos, quanto mais para pensar na Bélgica inteira. Então, ele desceu a escadaria atrás de um menino ruivo de óculos, as perguntas falando umas com as outras em sua cabeça, até passar por Efetivo Philips dando bronca em alguns meninos que estavam no saguão da biblioteca e resmungando:

— Brincando? E que benefício isso já trouxe a alguém, hein?

E a cabeça de Matty abriu espaço para mais algumas perguntas, pois ele já tinha ouvido Efetivo Philips dando bronca em garotos antes.

— Limites. É disso que os garotos precisam. Limites.

E, mais tarde, naquele mesmo dia, quando Matty Harris terminar seu trabalho na Caixa Econômica, vai deixar que seu secretário Tommo Price tranque tudo. Ele não vai subir a colina novamente para ir tomar um chope em O Gato na esquina da Rua Maerdy; em vez disso, vai atravessar a praça até o cinema, onde pode ser que encontre o mendigo Ianto Passchendaele Jenkins encostado à parede, enquanto a fila aumenta para a sessão das seis. Matty entra no fim da fila sem a menor intenção de assistir ao filme e, quando pode, coloca uma moeda no boné do mendigo.

— Por que Tsc-Tsc Bevan faz aqueles barulhos? E por que ele começou a seguir aquela bengala a toda parte, de repente? E qual é o problema com Efetivo Philips? Por que ele não gosta que as crianças brinquem? Ele gosta de pescar, isso não é um tipo de brincadeira...?

Ianto Jenkins, o mendigo, irá sorrir e suspirar e dar um tapinha em seu relógio sem ponteiros.

— Um de cada vez, provavelmente, não é mesmo? Realmente, por quê? Vou lhe contar primeiro sobre Efetivo Philips e, depois, sobre Tsc-Tsc Bevan, e você vai ganhar duas histórias pelo preço de uma.

Pode ser que alguém pergunte quanto custam as histórias e o mendigo irá sorrir e balançar a cabeça.

— Uma história minha não custa nada, mas cobro o dobro por duas. Portanto, lá vai a primeira, a história do nosso bibliotecário suplente, o menino que não podia brincar. Devemos voltar até um dia em que o avô dele estava trabalhando na ferrovia, levando o carvão até Cardiff. Era conhecido como Pombo Philips, por criar essas aves num pombal no quintal de casa. Ele tinha um menino, o Pequeno Phil, que mais tarde seria o pai do nosso Efetivo Philips. E aí está: esse Pequeno Phil adorava o pai, foi junto com ele uma vez até Barry, quando o pai estava de férias, para este lhe mostrar a locomotiva e fritar seu ovo do desjejum no trabalho. Na pá de carvão da máquina, enquanto eles alimentavam a locomotiva, deixavam a pá no fogo e, depois, quebravam o ovo para o menino vê-lo espirrando e ficando branco mais depressa do que se podia observar. Ah, sim, eram muito próximos, aquele Pombo Philips e seu filho, o Pequeno Phil.

"Pombo Philips costumava erguer o menino nos ombros quando chegava em casa no fim do dia, acalorado e cheirando a óleo quente, fumaça e suor, o rosto coberto de fuligem e os olhos vermelhos da fumaça. Ele o levantava no ar, depois corria pela casa, fazendo de conta que as portas baixas eram aberturas de túneis. Brincando de ser um trem. Correndo na direção das portas para o menino gritar que ia bater a cabeça, então se abaixando no último minuto, e indo lá fora para correr pelo quintal até o garoto ficar mole de tanto rir e sua mãe cobrir o rosto com o avental, também rindo: 'Coloque-o no chão, ele vai ficar enjoado!' Então, Pombo levava o menino para ver suas aves; ele o levava até o pombal nos fundos e tirava as aves, uma a uma, chamando-as de suas gracinhas e deixando o menino fazer o mesmo. 'Com cuidado, Phil. De leve...'

"Mas, então, houve um dia em que o alarme da Gentil Clara ecoou pelo vale e as ruas se encheram de gente, correndo para a mina. Mulheres correndo com medo e homens correndo para ver se podiam ajudar, com o coração na boca. E os trabalhadores da ferrovia deixaram o que estavam fazendo para ajudar. Mas Pombo Philips ficou para trás e parou.

"Pombo não foi até a Gentil Clara naquele dia para ajudar, afinal, nem no dia seguinte, ou no outro... pois já haveria um monte de homens lá, não? É claro que sim. Ele iria apenas atrapalhar, e não haveria nada para ele fazer, em todo caso. Estava feito.

"Naquele primeiro dia, ele apenas foi para casa e se sentou à mesa da cozinha com as mãos cobrindo as orelhas para bloquear o som dos alarmes, sabendo que deveria ter ido e que não fora. E cada minuto que passava fazia com que fosse mais impossível ir e mais impossível não ir.

"O Pequeno Phil — pai do nosso bibliotecário suplente, lembrem-se — estava esperando por ele, escondido atrás da porta da sala de visitas e, quando seu pai não veio encontrá-lo para levantá-lo no ar e brincar de ser trem, como sempre fazia, o menino foi de fininho até a cozinha e entrou sob a mesa para agarrar a perna do pai de surpresa e gritar: 'Brinque comigo, pai! Seja um trem!'

"O menino estava dançando em volta de Pombo Philips e puxando sua jaqueta, fazendo o barulho de um trem, um assobio agudo, e bufando, quase um grito: 'Vamos, pai! Seja um trem...'

"E tudo que seu pai pôde fazer foi empurrar o menino do seu caminho, com mais força do que teria feito se estivesse pensando, o que fez o menino cair para trás, bater no batente da porta e cair no chão. 'Afaste-se e fique longe!' Mas o garoto não ficou longe. Era só outra brincadeira, pois ele não se machucara muito, ah, não. E ele se levantou e esfregou o ombro para mostrar ao pai que tinha sido um pouco ríspido, mas que ele era um menino grande, afinal... Veio correndo até seu pai, que agora estava sentado com a cabeça nas mãos; voltou correndo ao homem que era gentil e calmo e que brincava de trem com ele e o fazia rir. E talvez sua voz estivesse um pouco mais baixa agora: 'Vamos brincar, pai? Vamos pegar as aves, então?!'

"Mas, em vez de brincar, ou de levá-lo para ver as aves, Pombo Philips o golpeou com o punho. Ele acertou o menino na lateral da cabeça e o mandou para longe uma segunda vez, com mais força; então, ele se ajoelhou na sua cozinha e chorou... e não viu seu filhinho se levantar e sair correndo pela porta do cômodo.

"Por muitas horas, o menino não foi encontrado, e sua mãe foi desesperada de uma casa a outra: 'Você viu o meu menino, o Pequeno Phil?' Mas um garoto fugindo por causa de uma surra não era algo digno de preocupação, não agora, com o acidente na Gentil Clara, e os vizinhos disseram apenas: 'Ele vai voltar para casa quando estiver pronto e, daí, deveria pensar naqueles que não vão voltar mais...' Então, foi só depois do anoitecer que eles o encontraram, o Pequeno Phil, escondido no galpão de carvão de uma casa a três ruas de distância e sem dormir. Ainda tremendo e com medo, e teve de ser puxado pela perna, chorando: 'Não, não...'

"E isso poderia ter sido o fim da história, não fosse pelo funeral, depois. São só os homens da casa que têm que ir aos funerais, mesmo hoje...

"'Ah, mas não o Phil, ele é pequeno demais.' Estão vendo, a mãe do Pequeno Phil sabia que ele era pequeno demais para essas coisas, mas o pai não quis nem saber, pois não iria deixar que dissessem que sua família não fez sua parte. E levou o menino com ele, não sobre os ombros, dessa vez, e sem risadas. Usando um colarinho rígido e uma calça emprestada que pinicava, para se sentar em silêncio na Ebenezer, aqui mesmo, para ver e ouvir as despedidas a pais, filhos, tios e irmãos. O Pequeno Phil jamais esqueceu a escuridão daquele dia.

"E isso não foi o fim da história. Pois, quando Pombo Philips voltou para casa, depois do funeral, ele nem mesmo tirou seu terno escuro. Foi direto até o pombal e abriu todas as gaiolas, gritando para os pássaros saírem dali e batendo naqueles que tentavam voltar para dentro. Até que, por fim, eles não tentaram mais voltar para o pombal; ficaram ainda algum tempo empoleirados no telhado da casa e, alguns dias mais tarde, voaram e nunca mais voltaram.

"Nem Pombo Philips nem o Pequeno Phil, seu filho, brincaram de trem depois disso, ou de qualquer outra coisa, para dizer a verdade.

"E, sim, o Pequeno Phil, pai de Efetivo Philips, cresceu sem brincar de nada. Tão sério quanto se podia ser, lendo seus livros escolares como um bom menino e só; aprendendo as letras e os números. Ele foi bem e se tornou um advogado sério em Cardiff em tempo recorde e se casou com uma honrosa integrante do Instituto Feminino. E seu filho é o nosso Philip Philips, que é chamado de Efetivo e que trabalha na biblioteca."

* * *

Talvez Matty Harris, que fez todas as perguntas, balance a cabeça e diga:

— Mas todas as crianças brincam. O que aconteceu para impedir que nosso Efetivo Philips, o bibliotecário, brincasse depois? — E o mendigo Ianto Passchendaele Jenkins dará um suspiro e chupará um caramelo antes de responder.

— Ele brincou, ah, sim. Costumava brincar quando era pequeno, mas longe de seu pai, o advogado, todo sério em seu escritório, que criou o filho para estudar os livros como ele mesmo fizera e que acreditava que o menino estava lendo em seu quarto... Mas, ah, claro, garotos são garotos, e o jovem Efetivo Philips não estava em seu quarto coisa nenhuma, mas na rua brincando com os amigos, quando seu pai ouviu a gritaria deles. Pois os amigos do jovem Efetivo o tinham ensinado a brincar de ser um trem.

"Exatamente como seu avô e pai brincaram um dia, há muito tempo. Lá estavam eles, fazendo tchu-tchu-tchu pela rua, todos em fila, um atrás do outro, segurando o da frente pelo suéter, o passo estabelecido pelo primeiro da fila e o trem inteiro puxado para trás pelo último menino, o último vagão — às vezes correndo e tentando alcançar os demais, agindo exatamente como os carros a ranger nas correntes nas estações de triagem. E talvez as risadas e os gritos tenham trazido de volta aquela época ruim em que ele mesmo era um menino, quem sabe? Mas ele saiu, aquele advogado, e agarrou o filho na frente da rua inteira e lhe disse que brincar nunca tinha servido para nada. Que ele tinha algo melhor para o filho fazer: 'Mil vezes. Você vai escrever mil vezes *Brincar nunca trouxe benefícios a ninguém.*'

"Portanto, lá estava ele, o nosso jovem Efetivo Philips, fechado no escritório escuro com lápis e papel e mil frases para escrever, sentado na grande escrivaninha do pai, enquanto por todos os lados e acima, observando-o, livros e mais livros, grandes livros sisudos de direito, com capas escuras de couro, em prateleiras que se estendiam até o teto. E Efetivo começou a escrever, lenta e cuidadosamente, porque seu pai, o advogado, iria verificar em breve cada palavra: *Brincar nunca trouxe benefícios a ninguém. Brincar nunca trouxe benefícios a ninguém. Brincar...* de novo e de novo, até suas mãos doerem com o esforço. Então, ele parou e se espreguiçou, e foi então que viu, brilhando nas sombras, lá em cima, na prateleira do alto, capas de livros diferentes, uma prateleira inteira de livros vermelhos. Puxou a cadeira até lá, subiu e apanhou um livro. Um livro estranho de direito, aquele: *As aventuras de...*

"Mas ouviram-se passos do lado de fora do escritório. Seu pai, que vinha ver como Efetivo estava indo, e a porta se abriu parcialmente, mas o pai não o estava olhando, conversava com alguém lá atrás, no corredor, a mãe de Efetivo, talvez: 'Não se preocupe, Audrey. Meninos precisam de limites. Ah, sim, limites...' e aquilo deu a Efetivo uma chance de se sentar sobre *As aventuras de...* e pegar seu lápis e escrever a frase seguinte, a cabeça abaixada sobre o papel, *Brincar nunca trouxe...*

"Seu pai, o advogado, fechou a porta novamente. 'Ele está bem, Audrey. Bem concentrado. Isso fará muito bem ao Philip, pode escrever o que estou dizendo.'

"O jovem Efetivo esperou até que os passos do seu pai tivessem se afastado e pegou *As aventuras de...* e começou a ler.

"Sherlock Holmes, o livro era sobre ele. E os outros também, todos de Sherlock Holmes, aventura após aventura. Portanto, sim, Efetivo Philips foi impedido de brincar de trem naquele momento, e teve de escrever suas frases, e aquela tampouco foi a última vez.

Mas, estranhamente, escrever frases era algo que, depois de um tempo, parecia não mais incomodar Efetivo. Mil. Duas mil. Três... com a ajuda daqueles livros vermelhos da prateleira de cima.

"E, no fim, ele parou de brincar de vez. E é por isso que Efetivo Philips não gosta que os outros se divirtam, entende? Parece um desperdício de tempo. Talvez seja, né? Quem sabe dizer? Mas livros de detetive já são outra coisa. Houve um tempo em que ele mesmo quis ser policial. Conversou com detetives de verdade, amigos de seu pai, em Cardiff. Até se inscreveu uma vez para um treinamento, mas desistiu porque eles tinham que fingir ser policiais e não gostava daquilo. Então, porque amava os livros, ele é bibliotecário. Simples assim. E no armário onde guarda o bule, ele mantém a única cópia da Biblioteca Pública de *As aventuras de Sherlock Holmes*, e a lê repetidamente, encontrando novos fatos todas as vezes. E, atrás de sua escrivaninha, estão também os mistérios de Agatha Christie, em ordem alfabética, para o caso de ele precisar de um descanso."

O mendigo interrompe sua história, cruza os braços e diz que não vai contar mais nada até alguém trazer para ele uma xícara de chá e um bolinho...

O conto do bibliotecário suplente e o conto do papa-defunto

iii

SE NÃO FOR HORA DE FAZER um lanche, então deve ter alguma coisa errada, isso é tudo que Ianto Jenkins pode dizer. Mas não demora muito e seus braços estão girando de novo, como se puxando as palavras do vento, e o mendigo olha pela Rua Principal, na direção da Biblioteca Pública e para a viela em frente, onde o papa-defunto mora, e sua segunda história começa.

— Ouçam com os ouvidos, aqueles que perguntam "por que" e que não vão parar de perguntar até o dia em que descansem de vez. Por que Tsc-Tsc Bevan, o papa-defunto, faz esses barulhos? Por que ele anda desse jeito, agora, numa linha reta seguindo sua bengala? E por que todas as manhãs ele examina os mapas da cidade, virando-os de um lado e de outro, olhando a cidade real pela janela? Ele procura alguma coisa, com certeza. E foi a própria mãe de Tsc-Tsc Bevan, Rosie, quem começou isso. Outra criança que se escondeu naquele dia, o dia do acidente na mina Gentil Clara.

"Vejam só, o que parecia ser uma cozinha vazia, a porta dos fundos aberta e uma cadeira caída. E lama no chão. Uma xícara boa de porcelana em cacos, deixada ali.

"Mas a cozinha não estava realmente vazia. Ah, não. Olhem, bem no canto, no armário sob a escada, estão vendo? Um armário que é usado como despensa, escuro e com cheiro de fermento e maçãs velhas... Uma menininha estava escondida, vendo sua mãe chorar. Uma menininha chamada Rosie Brightwell, a menina que seria a mãe de Tsc-Tsc Bevan um dia, olhando e se perguntando o que teria acontecido e, logicamente, ela devia ter feito alguma coisa errada, pior do que brincar nas cinzas da lareira da sala de estar. Pois sua mãe estava chorando muito e não era por cortar cebolas.

"Rosie acabara de entrar na cozinha e lá estava ela, com algumas das senhoras vizinhas que normalmente não vinham a essa casa; sua mãe segurando na mão de alguém, com as juntas dos dedos brancas. E a criança entrou embaixo da mesa da cozinha sem ninguém perceber, depois foi para o armário da despensa sob a escada e puxou a porta até quase fechá-la para poder observar tudo, sem que ninguém a visse.

"E, então, ela viu sua mãe ser levada, chorando, pela velha Sra. Watkins do fim da rua, aquela Sra. Watkins que usava chinelos o dia inteiro e tinha duas filhas solteironas e que agora estava com o braço em volta da mãe de Rosie, dizendo: 'Venha comigo, Sra. Brightwell, meu bem.'

"E, ah, a criança estava ali na despensa rodeada pelo cheiro das maçãs que não se atrevia a comer, caso aquilo também fosse errado. Com fome e enjoada ao mesmo tempo, e se perguntando o que será que ela tinha feito e fazendo *tsc-tsc* para si mesma, exatamente como sua mãe costumava fazer quando as coisas não estavam certas, quando as facas e garfos não estavam corretos sobre a mesa ou quando um prato lascava.

"Rosie se agachou nas sombras, observando a porta da cozinha por um longo tempo, sabendo como é ser esquecida. Talvez ela também tenha chorado um pouco, mas não chorava com facilidade, aquela criança. Ah, não. Dormiu no chão, acordando apenas quando veio um ruído de botas da soleira. Só as botas. O homem que as calçava estava calado.

"Seu pai, voltando cedo para casa da metalúrgica, um pai que geralmente chegava fazendo barulho, jogava a sacola sobre a mesa, independentemente do capricho com que ela estivesse arrumada, e gritava: 'Minha Margie, já cheguei! O Gareth já chegou? E cadê a Rosie?'

"Mas, naquele dia, ele não fez nada daquilo. Seu pai apenas colocou a bolsa no chão, como se ela pesasse uma tonelada. Ficou parado ali como se estivesse contando até cem, depois foi até a mesa e pegou um prato. Ele o levou ao nariz e cheirou, depois se sentou à mesa e chorou, segurando aquele prato sobre o rosto enquanto sua filhinha observava, escondida no armário. E a porta dos fundos aberta para quem quisesse ouvir.

"'Ah, pai!' Mas a criança não disse aquilo em voz alta, apenas sussurrou 'Ah, pai', pois Gareth, seu irmão mais velho — que trabalhava numa mina com nome bonito, cavando carvão, e que geralmente chegava em casa e ficava de quatro, fingindo ser um leão — não tinha retornado ainda. Ele agarrava a menina, rugindo como um leão, e carregava-a pela casa nas costas, até a mãe deles gritar para que viessem comer e para ele deixar a menina em paz e não deixá-la agitada antes de dormir."

* * *

"Uma criança temporã, Rosie Brightwell, a mãe de Tsc-Tsc Bevan, sabe? Seu pai já tinha idade suficiente para parar de trabalhar, e seu irmão mais velho, Gareth Brightwell, não era casado, mas quase. Estava namorando com Lily Rees, lá de Dowlais, e vinha economizando para se casar e, finalmente, tinha juntado o suficiente para a mãe e o pai de Lily Rees, de Dowlais, não reclamarem. Não muito, enfim.

"A criança observou seu pai das sombras, seu adorável pai, com um prato cobrindo o rosto, os ombros se sacudindo como se ele estivesse rindo. Mas não estava.

"Ela o viu se levantar da mesa e pegar a cadeira caída no chão e colocá-la bem direitinho, como sua mãe dizia para fazer. E, então, surgiu uma sombra na porta e era aquela Sra. Zacharia da casa vizinha, com os pelos brancos no queixo e sem doces no bolso do avental hoje, sem sorrisos. 'Sr. Brightwell? A Sra. Brightwell está conosco, viu, e ela está um pouco melhor. Lá na casa número 18, está com as Watkins. O senhor vai lá buscá-la? A sua Rosie saiu para algum lugar, acho. Foi brincar, será?'

"Ela viu como seu pai mandou a Sra. Zacharia embora e depois se sentou à mesa, pegou sua marmita de lanche do chão e a abriu. Intocado, o sanduíche, Rosie podia perceber. E ela viu seu pai tirar alguns sanduíches feitos naquela manhã mesmo por sua mãe, ali no balcão, fatiando o pão retinho e cantando, depois servindo a fatia de cima para si mesma, a 'fatia seca', como ela chamava, para ser comida depois que Gareth e o marido tivessem ido para o trabalho. Aqueles sanduíches que sua mãe fizera ainda estavam na marmita, fatias de pão com um pouco de margarina, uma fatia de carneiro frio, um pouco de beterraba. Quase nada.

"E a criança no armário viu seu pai pegar um sanduíche de carneiro e colocá-lo num prato, segurando-o com as mãos ainda sujas da viagem de bonde para casa, o dia na metalúrgica quase terminado, e ele bateu de leve no sanduíche com dois dedos, repetidas vezes.

"Em algum lugar, no fundo, a criança sabia que seu pai estava chorando porque as fatias de pão não estavam inteiras. Elas estavam cortadas. E as outras metades tinham ido naquela manhã para o trabalho com Gareth. O almoço do seu irmão mais velho, a ser comido sob a terra. Olhava agora por uma fresta na porta do armário, onde a madeira havia rachado com o calor da cozinha. Ela viu seu pai se levantar e ir até a janela, onde se segurou na pia da cozinha como se não conseguisse ficar em pé sozinho. Pegou o sanduíche e deu uma mordida, e começou a mastigar. E, ao mesmo tempo, lágrimas escorriam por seu rosto e caíam no sanduíche, ensopando o pão, ele comendo as próprias lágrimas. Mas seu pai teve dificuldade para engolir, tossiu um pouco e pegou uma xícara branca do escorredor de pratos e a encheu, tomou um gole e mastigou tudo devagar — o pão, a água e o carneiro.

"Então, seu pai voltou à mesa, toda posta para quatro pessoas, e puxou uma cadeira, a mesma que tinha acabado de arrumar. Ele levou aquela cadeira da cozinha até a sala de estar, onde a criança não podia mais vê-lo. Mas Rosie o ouviu bem, movendo outra cadeira para encaixar aquela ao lado da cômoda. E algo que parecia uma tossida novamente. Então, ela ouviu a escada ranger acima de sua cabeça, os pés dele subindo e indo em direção ao quarto dela, sentiu o pai colocando a cadeira lá, e aquilo não era nada bom. A criança saiu do armário, então, correu até a escada e ficou ali, nas sombras do corredor, para falar com seu pai, mas não sabia que voz usar; uma voz alta estaria errada, uma voz suave estaria errada. 'Ah, meu pai, eu não quero a cadeira.'

"E seu pai ouviu, sabe, e, logo em seguida, após um tempo, ele voltou a descer a escada carregando a cadeira e não disse nada para a criança, mas saiu no quintal, onde encontrou um machado de cortar lenha atrás do banheiro e com ele golpeou aquela boa cadeira. Inclinando-se sobre o móvel, o braço subindo e descendo e o som como o de um punho batendo numa porta fechada. Até a cadeira se despedaçar, seu pai quieto, os pássaros assustados e a criança, Rosie, que seria a mãe de Tsc-Tsc Bevan, encostada na parede do jardim como se quisesse ser engolida pelos tijolos, fazendo apenas um ruído, já que se recusava a chorar: 'Tsc-tsc, pai. Tsc-tsc.'"

Os frequentadores do cinema suspiram.

— Ah, que desperdício de uma boa cadeira — diz um deles, e outro o manda ficar quieto, pois a história nada tem a ver com a cadeira.

Então, Matty Harris, que continua encostado à parede do cinema, ouvindo e não totalmente satisfeito com as histórias, não ainda, pois não respondiam a todas as suas perguntas, franze a testa.

— Mas o que isso tem a ver com caminhar em linha reta, então?

O mendigo faz uma pausa.

— Ah, a perda afeta as pessoas de formas estranhas. Olha, por algum tempo foi quase tudo igual naquela casa, exceto a falta de uma cadeira em volta da mesa. E a mãe da criança não deixava mais tudo arrumado e organizado; em vez disso, se esquecia de pôr a mesa e era a pequena Rosie que o fazia, resmungando tsc-tsc para si mesma, tentando fazer tudo direitinho. Ela deixava cair coisas, às vezes, e sua mãe nem sequer notava; mas a criança, sim, pois ela queria tudo certinho. E as refeições eram sempre tão corretas quanto Rosie as conseguia fazer. Mas silenciosas.

"Então, chegou o dia em que seu pai não voltou do trabalho. E não tinha havido nenhum acidente, ah, não. E quando perguntaram, descobriram que ele não tinha nem sequer ido ao trabalho e que não estava em lugar algum da cidade. Um mistério. O pai de Rosie ficou desaparecido por mais de uma semana. Então, ele foi encontrado, e onde? Na cidade? Em outra cidade? Nada disso. Foi encontrado a quilômetros de distância, bem longe de qualquer cidade."

Ianto Jenkins para novamente e pede um gole de água. Ele espera um pouco, então pigarreia e continua.

— Há um lugar ao norte, na fronteira deste país, onde um rio corre para o mar, alargando suas saias sobre o vale, até que a água mal tenha profundidade para abrigar um peixe. Há praias no rio, bancos de pedregulhos, pedras trazidas desde as montanhas. Pedras que um dia foram rochas, jogadas de um lado para outro pela água, caindo e escorregando contra as outras por anos, até se tornarem seixos, pequenos, arredondados, em sua jornada até o mar, para se tornar areia, depois pó. Eles o encontraram ali, no meio do rio. Naquele banco de pedregulhos, parado ali, no fim do dia, olhando para o mar. Um fim de dia cinza, em que a névoa costura o mar com o céu e não há horizonte. Não há sombras. Parado ali, de frente para o mar, olhando para o oeste, com uma camisa de manga curta, a calça molhada até onde a água subira pelo tecido. E sem botas. Seus pés brancos nas pedras, como se fossem também pedras. As mãos caídas ao lado do corpo, vazias.

"'Cadê suas botas?', perguntaram do outro lado do rio os homens que o encontraram. Ele não respondeu a princípio, então veio sua voz, baixa, carregada acima do ruído da água: 'Deixei em algum lugar, acho.'

"E parece que essa foi a última coisa que ele disse a alguém. Uma jornada estranha, sem dúvida. As peças foram finalmente encaixadas a partir de fragmentos contados em pubs a grandes distâncias desta cidade. Algo assim, mas a verdadeira história nunca se sabe ao certo."

"Primeiro, foram compradas duas passagens, em dois ônibus, indo para o norte, onde ele se sentou encurvado no banco, retorcendo as mãos, sem falar com ninguém, exceto com um rapaz que perguntou se ele estava indo a algum lugar bonito. 'Estou indo dar uma volta.'

"E, depois, uma carona num caminhão de Welsh Hills, da região mineira do Rhondda até um ponto na fronteira entre dois países. Uma estrada secundária, onde o motorista de Welsh Hills parou para comer um sanduíche, perto de um campo que, nos mapas, atravessa a fronteira, dividindo a grama que veio da mesma semente, no mesmo trechinho de terra, em duas nações diferentes. Ele foi visto ali, mais tarde, na beira da estrada, parado num portão. Olhando para seu relógio, disse alguém, e parecendo esperar por uma carona. Mas ele deve ter esperado até depois do meio-dia, disse alguém, até que o sol caísse à sua frente. Não parou de observar o céu, olhando a luz e mantendo sua sombra atrás de si. Esse foi o primeiro dia.

"No segundo dia, ele foi visto novamente, a alguns quilômetros de distância, depois do almoço, caminhando por um vilarejo, fugindo novamente de sua sombra. E os vilarejos costumam ser assim, formados ao redor de um ponto de travessia de um riacho, ou de uma encruzilhada, talvez de um lugar por onde se conduzissem animais. E, portanto, a estrada fazia uma curva, como estradas costumam fazer, e ele não a seguiu, mas parou.

"Ele parou porque à sua frente se levantava um muro, bem diante do seu caminho. E o que ele fez, circulou o muro para encontrar outro caminho? Ah, não. Ele foi visto trepando no muro e caindo num jardim. Alguém que o viu foi espiar por cima do muro, para ver o que ele estava fazendo, caso estivesse aprontando alguma coisa. Mas ele não estava fazendo nada além de caminhar entre os canteiros de flores, sob duas velhas macieiras, onde ele se abaixou e apanhou algumas maçãs da grama.

"O dono da casa contou a história, quando lhe perguntaram, porque, mais para o fundo daquele jardim, havia um laguinho, uma coisa natural onde o lençol freático se empoçava e juncos e ranúnculos cresciam. E, de fato, sua esposa, observando da janela da cozinha, estava prestes a gritar, a sair com uma colher de pau erguida como se fosse uma arma, quando seu marido a deteve: 'Veja...'

"Eles viram o visitante ir até a beira do lago e parar onde este interrompia seu caminho. Ele não circulou em torno do lago, mas tirou as botas e entrou na água. Continuou em frente, com flores até os joelhos, e saiu do outro lado e se sentou na grama, para calçar as botas de novo. Um cachorro latiu e o homem ergueu os olhos, perplexo, como se estivesse despertando de um sono, então foi direto até a parede no outro lado do terreno. Pisou cuidadosamente sobre a borda, entre os arbustos, até ficar de frente para uma velha roseira que trepava pelo muro. E ele pareceu ignorar os espinhos e se agarrou aos caules, escalou a planta e sumiu por cima do muro.

"Então, um estranho foi visto próximo ao pôr do sol, no dia seguinte, mais adiante, perto de uma muralha de pedra não terminada, que dividia um campo. Foi visto parado ao lado da muralha, sem se mover, como se estivesse esperando algo ou alguém. Comendo maçãs de seus bolsos, virado para o oeste. Foi visto pelo homem que estava construindo a muralha, que achou que ele ia roubar algumas pedras, já que estava tão perto. Mas, no fim, tudo que ele fez foi levantar algumas pedras até o alto, recolocá-las cuidadosa e corretamente e, depois, continuar seu caminho, andando ao longo da muralha, com uma das mãos no alto, até desaparecer entre as árvores, na extremidade do campo. E esse foi o terceiro dia.

"Ele não foi visto no dia seguinte. Mas, depois, quando a notícia já tinha se espalhado, encontraram-se lugares onde ele havia dormido. Um depósito de lenha, um celeiro, ao lado de outro muro de jardim. Ele sempre deixava alguma coisa em agradecimento, sabe? Um lenço limpo e dobrado num lugar onde as folhas estavam amassadas, o toco de um lápis embrulhado num bilhete escrito num pedaço de saco de papel: 'Pelo lugar onde dormi, muito obrigado.'

"No quinto dia, ele deve ter atravessado uma propriedade grande, onde há uma casa maior do que esta capela, este cinema, esta Caixa Econômica, tudo junto, uma propriedade maior do que metade desta cidade. Deve ter atravessado pelo bosque onde eles criam aves para a caça. E talvez não houvesse necessidade de ele esperar que sua sombra caísse atrás de si ao meio-dia, pois não há sombras assim sob as árvores.

"Um guarda de caça ouviu seus faisões fazendo barulho e apanhou a arma, pois provavelmente era a raposa de novo. E, por mais que o guarda procurasse, tudo que ouviu foram alguns gravetos quebrando a distância e tudo que viu foram os estorninhos que vinham comer o milho dos faisões, voando e cantando acima do bosque. Ele soube que devia ser um intruso, mas ninguém foi visto, e nada foi levado a não ser um punhado de milho. Mas talvez alguém tivesse dormido ao lado da cabana dos faisões, para se aquecer.

"Quando o viajante cruzou o limite daquela grande propriedade, tinha quase atravessado um país inteiro, quase sem se desviar de sua linha.

"E uma mulher disse que o encontrou no dia seguinte, parado em sua cozinha e sem botas. Descalço em seu piso frio, disse ela. A última casa antes da fronteira do país, não longe do rio que corre direto até o mar, amplo e raso. Veio pela porta dos fundos, que estava aberta. Estava parado ali, ao lado da mesa da cozinha, a mão no espaldar de uma cadeira, sorrindo para o único lugar posto à mesa para o chá, como se houvesse alguém sentado ali. E aquele sorriso afastou qualquer medo que ela pudesse ter sentido, disse a dona da casa. Ele ergueu os olhos e sorriu para a mulher, que achou que talvez ele tivesse vindo procurar comida. 'Você precisa de alguma coisa para comer?'

"Mas ele balançou a cabeça e saiu da cozinha pela porta interna e adentrou a casa. Então, foi até o corredor e tentou sair pela porta da frente. Mas estava trancada, disse ela. Ele ficou parado ali, descalço, com uma das mãos na porta, e nunca disse uma só palavra, não se virou. A mulher disse que foi até a sala de visitas, pegou a chave na tigela sobre a mesa e destrancou a porta para ele.

"Não sem se preocupar, claro que não, pois não é verdade que a porta da frente de uma casa só se abre duas vezes: a primeira para a noiva e o noivo entrarem e, depois, novamente, para deixá-los sair, mas para sua última jornada? E ela ficou ali no degrau, afastando uma trepadeira com a mão para observá-lo se afastar de sua casa pelo gramado, depois passar por um portão e entrar num campo onde havia ovelhas. A mulher o viu atravessar o campo na direção do rio adiante, só parando para tirar um pouco de lã de uma cerca de arame. Ela achou que ele talvez tivesse brincado um pouco com a lã, conforme ia se afastando."

"E, no último dia, ele foi encontrado, no frio da noite, parado em sua ilha na boca do rio, nos pedregulhos trazidos das montanhas pela água. Parado ali, com uma camisa de manga curta, a calça enrolada até os joelhos como se fosse o começo de uma excursão, em férias da metalúrgica. Olhando direto para o mar, direto para o horizonte. Os pés brancos nos pedregulhos como se fossem também de pedra. As mãos caídas ao lado do corpo, vazias.

"'Cadê as suas botas?', perguntaram a ele. 'Deixei em algum lugar, acho.'

"E foram até ele, gritando: 'Venha conosco agora, está frio. Todo mundo está esperando...'

"Mas ele não virou a cabeça nem falou. E foi apenas quando alguém disse que a única coisa a fazer era ir até ele, caso ele não viesse, que alguém se mexeu. E esse voluntário vadeou pela corrente, gritando para ele o tempo todo: 'Venha, homem, já estamos com frio o bastante...'

"Mas quando ele o alcançou, parou do seu lado e pôs a mão em seu braço, sentiu como aquele braço estava frio, como o ombro estava frio. Como aquele corpo estava rígido e sólido, parado ali na água, os olhos fixos e nublados. E souberam, então, que ele não poderia ter falado a ninguém a respeito de suas botas..."

* * *

Nesse ponto, os frequentadores do cinema vão balançar a cabeça.
— Andou durante sete dias? Mas ele não foi a lugar algum.

Ianto Passchendaele Jenkins balança a cabeça em resposta:

— Lugar algum? Eles viram por onde ele andou. Numa linha perfeita, de um lado do país ao outro. Caminhando apenas à tarde, sua sombra sempre às suas costas, indo na direção do mar.

"E, às vezes, podemos perguntar por que e não há resposta, mas está certo mesmo assim. Sua jornada havia terminado.

"E quem sabe explicar, mas seu neto Simon 'Tsc-Tsc' Bevan decidiu ajudar as pessoas a lidar com a perda de seus entes queridos. Ele faz isso bem e com gentileza. E faz *tsc-tsc*, pois as coisas nunca são tão direitas quanto ele gostaria. Faz *tsc-tsc* quando há algo fora de prumo, como sua mãe e sua vó faziam.

"Ele está quase velho demais para trabalhar, e, além disso, seus olhos também já não são mais os mesmos. Por isso a bengala, percebe? Isso ele não diz a ninguém, ah, não. Mas só o que ele vê são luzes claras e sombras. E antes que elas desapareçam, ele vai atravessar a cidade numa linha reta. Pelo avô que ele nunca conheceu."

Ianto Passchendaele Jenkins para e novamente balança a cabeça. Ele tira um lenço velho do bolso e pode ser que vá enxugar os olhos, ou assoar o nariz. Mas ele ergue os olhos, em vez disso, e flagra Laddy Merridew o observando; Laddy, que não estava ali quando a história começou, mas que deve ter chegado no meio... Portanto, ele apenas limpa o mostrador de seu relógio sem ponteiros e volta a guardá-lo no bolso.

* * *

E os frequentadores do cinema vão embora, alguns pondo um pé na frente do outro, como já viram o papa-defunto fazer. Eles se deparam com a parede da capela, ou com os degraus, ou a curva da estrada e param, rindo, e vão para casa. Mas resta um homem, o bibliotecário suplente Philip "Efetivo" Philips, que parou ali quando passava, para ouvir um pouco da história. E, agora, quando Ianto Passchendaele Jenkins se vira para voltar a seu banco, Efetivo Philips se encosta à parede, em sua boca, surge um sorriso.

O conto do bibliotecário suplente e o conto do papa-defunto

iv

Hoje, a Sra. Cadwalladr, a bibliotecária-chefe, tirou a tarde de folga e foi para Brecon visitar a irmã, que tem bócio. Foi depois do almoço, deixando instruções a Efetivo Philips para reorganizar uma reorganização de livros que ele fez na semana anterior. E, depois que ela se foi, Efetivo foi visto correndo escada acima, até a Sala de Pesquisa, dois degraus de cada vez, a porta se fechando e o som da voz de dois homens falando baixo. Então, outra visão: Efetivo Philips conversando com cada pessoa na biblioteca, aquelas escolhendo livros, aquelas lendo, aquelas arrancando os anúncios dos jornais diários na Sala de Leitura.

— Sinto muito, você vai ter que parar agora. A biblioteca vai fechar pela tarde. Circunstâncias imprevistas.

Há os que dizem que ele estava sorrindo, mas, também, podem ter se enganado, já que não estavam presentes, afinal, para ouvir suas conversas no andar de cima. Mas deve ter sido mais ou menos assim, quando Efetivo Philips, que pela primeira vez na vida não pôde responder a uma pergunta feita em sua biblioteca — e ele já tendo lido e digerido todos os livros do lugar —, deixou seu escritório no porão e subiu até a seção de mapas para encontrar Tsc-Tsc Bevan, o papa-defunto, ali novamente, ainda virando o livro de mapas de um lado e de outro, resmungando para si mesmo:

— Coisas foram construídas, percebe? Os caminhos retos já sumiram todos.

Ele balança a cabeça. E então Tsc-Tsc Bevan mostra para Efetivo Philips um mapa com uma trilha reta de um lado da cidade a outro, escondida entre os quadradinhos que são casas, seguindo vielas e trilhas secundárias de uma colina, pelo vale, até a colina seguinte.

— Eu não sei. Só sei que preciso de uma indicaçãozinha antes que eu mesmo vá, numa jornada como a que meu avô Brightwell fez, antes de partir. E que jornada foi aquela. Maravilhosa.

E algo ocorre, então. Talvez seja o eco de um menino fazendo o barulho do apito de um trem entre os dedos, ou a memória de um menino trancado no escritório do pai, perdido em meio aos livros vermelhos da prateleira de cima, e a boca de Efetivo Philips se pega sorrindo novamente e dizendo:

— Uma vez, eu brinquei de uma coisa...

Portanto, agora as portas duplas da Biblioteca Pública foram trancadas e os funcionários, mandados para casa. É apenas meio-dia e, se a Sra. Bennie Parrish vier trocar seus livros, vai voltar para casa chupando o dedo e reclamando dessa indecência.

Dois homens, um com uma bengala, o braço segurado pelo outro, caminharam juntos direto até o alto da colina da cidade, até O Gato na esquina da Rua Maerdy e esperaram que abrisse para os fregueses da hora do almoço. Efetivo Philips foi falando consigo mesmo durante toda a subida:

— Pois é, só preciso me lembrar de como era...

E um pouco mais tarde eles estavam dentro do pub O Gato, sentados juntos sob uma vitrine que contém um peixe cintilante, a plaquinha de metal dizendo: *Apanhado por James Harris, pescador*, brilhando sob as luzes do bar.

Ali estão eles, Tsc-Tsc Bevan e Efetivo Philips, acalentando dois chopes, sussurrando, as cabeças próximas como meninos planejando aventuras. Esperando que o bar se encha, que a fumaça suba, que o som da conversa movida a cerveja ressoe pelo salão.

O bibliotecário suplente volta até o balcão.

— Mais dois chopes. Obrigado, Maggie.

— Não é normal você estar aqui no meio do dia. A biblioteca pegou fogo, foi?

Lentamente, O Gato vai se enchendo conforme o bibliotecário e o papa-defunto tomam seu segundo chope. Efetivo Philips se levanta e se espreguiça, depois vai até a salinha nos fundos do pub. Tsc-Tsc Bevan espera alguns momentos, então faz a mesma coisa. E, enquanto o homem mais velho segura sua bengala contra a porta e vigia, o outro sobe e se equilibra no vaso sanitário, como fez anos atrás, quando era garoto. Antes de ser pego pelo seu pai e ser obrigado a escrever mil frases cada vez que fosse flagrado brincando. Ele estende a mão e força a janela, lacrada com poeira, ferrugem e com os "presentes" das aranhas.

Então, ele bate na vidraça com o punho.

— Diabo. Não quer abrir, está emperrada.

E o papa-defunto, uma das mãos segurando a porta com força:
— Talvez seja melhor desistirmos.

— Bobagem... — Pois o bibliotecário sabe: Sherlock Holmes jamais desistiu, não é mesmo?

Depois de algum tempo, a janela se abre, espalhando ferrugem e mais que alguns flocos de tinta. O ar entra e, com ele, os sons da cidade, o zumbido, os gritos e latidos dos cães, enquanto Efetivo olha através dos anos para abaixo, para o quintal do pub O Gato.

Como antes, há barris vazios. Existe uma viela passando por trás da Rua Maerdy e o muro de onde ele pulou, seguindo seus amigos tantos anos atrás, agora com samambaias crescendo onde se junta à parede do pub.

Há um carrinho de mão encostado no quintal, algumas caixas velhas num canto, molengas por causa da chuva dessa manhã. Cheiros no ar, chamando: ar úmido da tarde, pó de carvão molhado, cerveja velha e barris. E, acima de tudo, fumaça das chaminés da Rua Maerdy e da Rua Mary, cujos jardins se estendem a partir dali como se fossem uma corrente, os varais de roupa pendendo frouxos, as paredes vergando, os portões traseiros que dão para a viela abertos, esquecidos agora por trás dos barracões nos jardins.

Efetivo Philips se ergue para apoiar o corpo no peitoril da janela e espia lá fora, para o muro estreito, mato crescendo em meio a restos de cinzas e urtigas, onde as paredes se encontram com a terra. Ele se vira para o velho na porta:

— É muito alto, não acho que a gente vá conseguir fazer isso.

Tsc-Tsc faz *tsc-tsc*.

— Impossível. Eu disse que seria.

Mas Efetivo se estende mais para fora só para ver e, abaixo, há outra janela bem em cima da viela, meio escondida por trás de uma rede de heras e uma grade enferrujada de metal. Ele volta para o banheiro, limpando-se das teias de aranha e da poeira e sorri. Por baixo do pub, há uma adega, que não é totalmente subterrânea.

Efetivo Philips endireita os ombros.

— Certo, de volta ao bar, Watson. Não vamos desistir ainda, hein?

Eles voltam e encontram sua mesa ocupada e o peixe na vitrine dando uma piscadinha para eles. E, quando Tsc-Tsc Bevan pergunta quem vem a ser esse Watson, a única resposta que recebe é um sorriso.

— Outro chope, então? — diz Maggie, a esposa do dono do pub, apoiando o corpo no balcão de mogno. E, portanto, virá outro chope, enquanto eles examinam a porta que está ali mesmo, atrás do balcão, atrás de Maggie, sorrindo para eles.

— Estão vistoriando o lugar, é?

Então, eles esperam. Daí, o telefone toca e Maggie suspira e abre a porta, entra no corredor para pegar o telefone e o puxa pelo fio de volta ao bar, onde fala:

— Alôô, Matty, é você? — Sua voz é toda suave e um ou dois fregueses dão uma piscadinha, sorriem e brincam com seu dinheiro sobre o balcão.

Mas, atrás daquela porta, fica a escada. Efetivo e Tsc-Tsc podem ver isso. Para o quarto, no segundo andar. E onde há uma escada para cima, Efetivo Philips deduz, deve haver também uma para baixo.

— Tenho que ir, Matty — diz Maggie, ao telefone. — Não posso falar muito. Tenho que buscar umas garrafas.

E Efetivo Philips está cheio de coragem agora, fortalecido pelo peixe que ele não pegou e pelos três chopes em seu estômago.

— Garrafas, você disse? Pesado. Garrafas não são trabalho para uma dama, né, Maggie? Onde podemos apanhá-las para você?

— Que gentileza — diz ela, e aponta com uma unha vermelha. — Descendo a escada.

Tsc-Tsc Bevan aponta sua bengala para os degraus da adega e ela franze a testa.

— Não precisam ir os dois, precisam?

— Ah, sim, quando um tem as costas ruins — diz Efetivo e eles desaparecem.

Há uma única lâmpada na escada e não há porta no final, só uma adega cheia de barris, canos, paletes e caixas encostadas às paredes, engradados de garrafas pequenas e pacotes de batata frita e torresmo. Uma cadeira quebrada do bar, jogada na parede durante uma briga, mas com as quatro pernas parecendo suficientemente sólidas. E ali está a janela, meio bloqueada do lado de fora pela hera e por aquela grade de metal.

— Fácil! — Efetivo Philips arrasta a cadeira pela adega e sobe nela, mas Tsc-Tsc diz:

— Deixe-me subir.

Portanto, é Simon "Tsc-Tsc" Bevan quem deixa a bengala encostada a um barril. E Simon, que não sobe numa cadeira há décadas, sobe numa agora, com o apoio da mão do bibliotecário, e espia pela janela. Escura de pó e sujeira, o vidro trincado num canto, a moldura sem pintar há anos, descascando e rachando sobre o peitoril.

Há uma corrente de ar onde a janela não encaixa direito, a brisa da tarde entrando na adega, umidade sobre umidade. Tsc-Tsc Bevan pressiona em volta da janela à procura do trinco, sente a corrente de ar onde a moldura empenou. O trinco está duro, mas ele joga seu peso contra o objeto e, com um empurrão ou até nove, a janela se abre para fora, levando a hera junto. Então, um décimo empurrão joga a grade contra a parede externa.

— Completamente enferrujado. Fácil, é fácil.

Efetivo Philips, o mais jovem, pula primeiro, pronto para estender as mãos e ajudar Tsc-Tsc Bevan, que meio pula, meio cai na viela com sua bengala.

E ali está ela, a viela entre os quintais da Rua Maerdy e aqueles que pertencem à Rua Mary, estendendo-se à frente deles numa linha reta como uma régua, ao menos até a curva ao longe, onde a rua acompanha o vale. Atrás deles está O Gato. E atrás deste, a colina que eles subiram, vindo da cidade.

— Aqui estamos nós. — Efetivo está sorrindo feito um menininho. — Está vendo, atrás de nós é tudo uma linha reta até a colina. E, na frente, só temos que ir como se estivéssemos sobre trilhos. Um trem. Não fazem curvas muito bem, os trens...

Tsc-Tsc Bevan franze a testa, se encosta no pub e levanta a bengala. Olha ao longo dela em direção à colina, e a bengala aponta pela viela e para a parede onde ela se dobra.

— Mas há paredes e casas, olha só, lá para baixo.

— Deixe comigo, eu sou o maquinista. — E Efetivo, limpando os joelhos e cotovelos de seu terno de biblioteca, e limpando a poeira do peitoril da janela do rosto, sorri novamente e endireita os ombros, olhando pela viela.

Então, lá estão eles, dois homens adultos prontos para brincar de ser um trem, e não há voz alguma gritando da janela, como anos atrás. Apenas um laguinho de silêncio, o ruído de algo pequeno nas urtigas na base da parede. E lá está Tsc-Tsc Bevan, uma das mãos na parede, outra na bengala, não muito seguro.

— Não é nada. Siga-me.

Eles percorrem toda a viela em silêncio, um atrás do outro. Efetivo na frente, Tsc-Tsc Bevan e sua bengala seguindo. Tentam manter uma linha reta, mas precisam se desviar de um carrinho velho de metal, um triciclo enferrujado, sem a roda da frente, e uma infinidade de latas velhas de cerveja.

Então, chegam à curva e, portanto, param. Tsc-Tsc nota que a fresta pela qual ele viu a colina está ali porque algumas das casas na Rua Mary foram demolidas. Há um espaço, como uma fileira de dentes caídos. A casa logo em frente está escorada, esperando pela queda. Há um portão, pendurado; o que um dia foi um jardim dos fundos, agora cheio de mato; tijolos quebrados; e algumas roseiras velhas sobrevivendo em meio à confusão.

Tsc-Tsc põe a mão no pilar do portão.

— Ainda podemos ir para a esquerda, um pouquinho para lá? Direto pelo canteiro de obra. Depois, voltamos à trilha na Rua Mary?

Mas Efetivo balança a cabeça, apontando para a casa escorada onde a porta dos fundos está aberta e uma cozinha escura não dá as boas-vindas.

— Aqui. Podemos passar pela casa.

E o trem continua nos trilhos, eles lado a lado agora, um homem segurando o outro pelo cotovelo, conforme o trem abre caminho entre as rosas velhas e passa por cima dos tijolos, avançando pelo jardim, descendo três degraus quebrados até um velho reservado com mato crescendo em volta de um vaso sanitário sem assento, e a porta não se sabe onde. Um gato, correndo por baixo e, depois, saltando sobre um muro e avançando por ele. O depósito de carvão, a porta corrediça levantada, nada lá dentro além de escuridão.

E pela fresta de uma porta eles passam, caminham sobre assoalhos úmidos e rangentes, com cheiro de urina e poeira. Tsc-Tsc vai se apoiar na parede quando se ouve o estrondo de metal, uma torneira da cozinha suspensa no ar por seu cano, pilares de tijolo esperando para segurar uma pia de cozinha roubada há muito tempo. Uma confusão de gravetos onde um pássaro fez ninho numa prateleira alta, sobre a cicatriz escura de tijolo de um velho fogão, enquanto os fantasmas de chapas de metal e candelabros dançam na penumbra.

Então, a obscuridade é ainda maior na sala de estar, os homens sussurrando sobre manter-se em linha reta o máximo que puderem. Uma garrafa rolando pelo chão e um golpe conforme ela cai no vão onde as tábuas do assoalho foram arrancadas para virar lenha na lareira. O cheiro de sua queima ainda no ar, frágil, e ganchos de metal escuro no suporte de quadros, sem nada segurar. Uma caixa de papelão úmida atrás da porta, papéis grudados pelo bolor. Recibos, pedidos, contas, que são apanhados por Efetivo Philips, levados até qualquer luz que entre pela janela.

— Olhe só para isso. Balas de leite. Caramelos. Goma de mascar. Uma loja de doces...

E Tsc-Tsc Bevan assente.

— Aqui era o Daley's. Lembra? Eu costumava passar por aqui, roubava balas de leite das caixas embaixo da escada. Tinha um cheiro maravilhoso... — E ele está farejando a poeira e a escuridão, erguendo o rosto agora, fechando os olhos e sorrindo. — Balas de leite, ah, sim. E sorvete. Aqueles caramelos embrulhados em papel e aquelas balas de cereja.

Ele move a mão no ar. Vai até a porta que dá para o corredor estreito e fareja o ar novamente.

— Está mais forte aqui. Olha, alcaçuz. Espanhol. Aquela coisa que deixava nossa língua preta que nem o diabo. Eles ainda... por aqui? — Tsc-Tsc tropeça numa tábua solta do assoalho e Efetivo o pega pelo cotovelo.

— Devagar, homem.

Os dois ficam entre os tijolos da loja na parte da frente da casa e Tsc-Tsc se lembra do que já se foi. Não há sacos de papel branco presos por um barbante para colocar uma porção de balas de menta, prontas para Morgan Ddu da casa número 21. Ou um pouco de sorvete, ou alguns caramelos de papel prateado para a Sra. Pym chupar, a que não tem dentes, da casa número 8. Há manchas cinza-esbranquiçadas no assoalho no canto, sob o gancho do teto em que um dia foi pendurada a gaiola de um periquito. E os buracos no gesso onde a persiana da loja foi arrancada da parede. A entrada dianteira sem porta.

E, na lembrança, a loja é reconstruída, as prateleiras estão cheias novamente, com potes de vidro refletindo a única lâmpada local, aquela no corredor. O balcão de mogno é restituído à altura dos olhos de um menino pequeno, as bandejas de pesagem brilhantes e douradas. Na base de uma, um chicle grudado por acidente. Seus dedos se movem a despeito de si mesmos, agarrando-se à memória de moedas mornas prontas para serem trocadas por uma porção de doces de alcaçuz espanhóis ou gomas de mascar, quadradinhos de fruta em papéis listrados, balas cor-de-rosa em formato de camarão e balas que deixam a língua preta.

— Balas de anis, Phil. Dropes ácidos. Você se lembra?

Efetivo assente:

— Lembro, claro. E dropes de pera...

No outro lado da Rua Mary, fica o terreno das hortas comunitárias, e, para os dois homens, agora um pouco encabulados, é fácil atravessá-lo, acenando para os jardineiros que coçam a cabeça e estranham aqueles dois saindo de uma casa abandonada bem no meio dos canteiros de cebolas e batatas, e aonde estarão indo e por que não usam as calçadas? A terra é negra, as ervas, coloridas e esperançosas.

Então, há um declive no chão e o terreno termina numa parede, com uma descida até a estrada. Tsc-Tsc para no alto do muro e balança a cabeça.

— O que um trem faz neste caso?

Efetivo também balança a cabeça.

— Naquela época, pulava, se lembro bem. Direto para baixo, se esquivava parque adentro... quase foi atropelado por um ônibus, uma vez...

E o melhor que podem fazer então é seguir caminho ao longo da parede do terreno até os degraus, descer para a estrada e voltar ao ponto sob a parede, sem calçada, onde esperam pelo trânsito, Tsc-Tsc Bevan fazendo *tsc-tsc* enquanto o bibliotecário o segura pelo cotovelo. E assim eles atravessam a rua e entram pelos portões do parque, e lá está a estrada de asfalto se inclinando gentilmente e a colina logo adiante; portanto, uma linha reta é fácil, passando pelas velhas árvores que, no outono, soltam folhas prateadas, em vez de vermelhas e marrons. Passando pelo banco de dois lugares das irmãs Watkins, ambas solteironas, e descendo pela estrada que cruza o parque. Sem notar o menino, Laddy Merridew, sentado no banco da Gwynneth Watkins com um sanduíche de almoço, matando aula porque nessa tarde tem matemática, e a matemática ainda não se entende muito bem com Laddy Merridew. Ele está sentado ali, encurvado, escrevendo algo em seu caderno novo, o preço escrito na capa com esferográfica. Ele ergue os olhos quando vê Tsc-Tsc Bevan e Efetivo Philips, fecha o caderno e o guarda no bolso. Levanta a mão para dizer olá, mas é como se os dois homens nem sequer o vissem ali, então ele fica quieto e os observa caminhar juntos sobre a grama, diretamente até o parquinho infantil e sua nova placa: *Para ninguém acima de 10 anos.*

Eles entram pelo portãozinho, passam pelas pernas metálicas dos balanços, que se erguem sobre o asfalto como se quisessem sair andando; e, mais adiante, a tábua da gangorra exibe a madeira sob a pintura, as alças desgastadas em metal e azul.

Logo à frente está o velho cavalinho de pau, com espaço para um time de futebol inteiro sentar nas costas, as narinas infladas, os olhos escuros e fixos. Tsc-Tsc balança a cabeça.

— Ainda está aqui? Que coisa estranha. — E sobe e se senta atrás da cabeça do cavalo, pensando. Efetivo Philips também sobe, um pouco atrás dele, e igualmente se senta pensando e, antes que qualquer um dos dois saiba o que está acontecendo, o cavalo está se movendo devagar, para a frente e para trás. Range e range, range e range, a cabeça avançando para a frente, narinas vermelhas como sangue ou pintura de guerra.

E, depois, vão para a gangorra, os dois homens subindo atravessados, as pernas compridas do papa-defunto se dobrando e esticando abaixo dele, as pernas mais curtas do bibliotecário encontrando o asfalto com um golpe do sapato, lembrando-se de como era fácil parar aquela coisa e fazer seu parceiro perder o equilíbrio, batendo a velha prancha no ar, ambos os homens agarrando as alças azuis e de metal para não cair, rindo de repente como colegiais e a bengala de Tsc-Tsc caindo no chão como se houvesse até se esquecido do que estava fazendo ali, afinal de contas.

Até que, de repente, uma vozinha diz:

— Mãe? O que aqueles homens estão fazendo? — E uma mãe de cara severa está comentando que, por favor, é só para as crianças, este parquinho, não para marmanjos como eles. Os dois homens de rosto afogueado descem da gangorra e a criança sobe, sua pequena batalha ganha, enquanto em seu banco Laddy Merridew pega o caderno e a esferográfica e escreve alguma coisa, para não se esquecer.

Tsc-Tsc Bevan e Efetivo Philips continuam seu caminho pelo parque, mantendo-se na estrada de asfalto a não ser no ponto em que ela faz um círculo em volta das moitas de rododendros, onde os garotos vão fumar cigarro depois da aula. E vão direto até os portões no outro lado, cruzando a rodovia e descendo pela viela entre a parede da lavanderia e do clube dos trabalhadores, descendo a colina em direção à Rua Principal.

A viela dá num estacionamento atrás da área de compras, há a entrada de entregas do supermercado Woolworth's logo em frente, e o trem segue por aquela entrada e vai até a área de depósito, nos fundos da loja.

— O que você está fazendo aqui, Sr. Bevan? — diz o gerente do Woolworth's, que veio procurar uma caixa de sabonetes Imperial Leather e os últimos Cremes Pond's para o balcão de cosméticos, encontrando, em vez disso, o papa-defunto que enterrou seu tio na semana anterior; um funeral lindo, urna de carvalho sólido. Há uma conversa rápida sobre trenzinhos de brinquedo e umas férias em breve, em Majorca, para o gerente, antes que ele lhes mostre a entrada para a loja.

Então, Tsc-Tsc e Efetivo caminham diretamente pelo corredor, entre cosméticos e camisetas infantis, e saem pela porta lateral da loja, passando pelas senhoras apoiadas em seus balcões.

— De onde saíram estes dois, Gwlad?

Mas para algumas perguntas não há respostas, e a porta lateral se fecha.

Lá fora, os caminhantes encaram uma parede de pedra alta e vermelha. Efetivo Philips suspira:

— A Biblioteca Pública fica bem no caminho, sinto muito, nada posso fazer a respeito... — E Efetivo tem razão. Há a parede lateral da biblioteca, as pedras vermelhas se elevando acima de sua cabeça e nem uma janela deste lado para eles entrarem, ainda que tivessem uma escada.

Tsc-Tsc Bevan também suspira.

— Ah, deixa pra lá, percorremos uma boa distância.

Mas Efetivo Philips não está disposto a desistir e, de qualquer forma, a linha reta vai estar esperando por eles no outro lado da parede, não vai?

— Ainda não terminamos, homem...

Então, eles contornam a parede até a calçada ampla, na frente da biblioteca, onde encontram Peter Edwards sentado nos degraus da estátua.

— O que está acontecendo? Vocês saíram daqui agorinha mesmo.

— Só estamos indo caminhar um pouco, nada demais.

E a Rua Principal faz uma curva leve até a praça, com a parede da Capela Ebenezer fazendo-os parar, em seguida; mas é coisa fácil contornar a capela, atravessar a praça e passar pela Caixa Econômica, pelo cinema, pela entrada da escola e, depois, seguir pela Rua Principal, na direção do rio. Passando pela estação, cruzando os trilhos do trem e descendo até o rio, onde a ponte rodoviária não está exatamente alinhada, mas é melhor do que descer pela margem do rio até a ponte de pedestres. Depois, é só seguir reto colina acima, devagar, atravessando uma propriedade nova, depois outra. Passam então por algumas casas mais velhas, seguindo os amieiros, até a estrada se transformar numa trilha que acompanha um antigo muro de pedra e só vai até o pequeno cemitério no alto da colina, acima da cidade. Um pouco abaixo da crista das montanhas e das árvores dobradas pelo vento, como se fossem tombar adiante e descer correndo até o vale, lá embaixo.

E, mais tarde, os caminhantes param, cansados, no alto da colina ao lado dos túmulos no pequeno cemitério da Gentil Clara, em cujo centro há um memorial alto, de granito. Eles se voltam para olhar para trás. Efetivo Philips se senta no muro, mirando a cidade abaixo.

— Olha só de onde nós viemos. — E Tsc-Tsc se junta a ele.

Eles veem o rio correndo no ponto mais baixo, seguindo os contornos, como fazem as fileiras de casas, cada um fazendo seu próprio caminho, ditado pelo vale. Eles apontam e procuram o caminho por onde cruzaram a cidade, e Tsc-Tsc Bevan tenta ver, ou se lembrar, das vielas e ruas, casas e parques no outro lado do vale. Avistam a capela, a biblioteca, a escola, onde seu caminho virou num ângulo, mas onde eles continuaram como formigas, seguindo uma trilha antiquíssima, em meio a um bosque.

Efetivo Philips sorri, pois foi um ótimo dia, com pistas encontradas e seguidas, e caminhos trilhados. Ele se vira para Tsc-Tsc Bevan, sentado ali com o queixo apoiado na bengala, olhando para a cidade:

— Fizemos muito bem, penso eu.

Não há resposta, além do costumeiro assentimento de cabeça por parte de Tsc-Tsc Bevan. Ele não vê o caminho deles como reto. Vê apenas os lugares onde o percurso estava errado, as esquinas que tiveram que virar, em torno de paredes sólidas e altas demais para homens escalarem. Ele se lembra da biblioteca e da capela paradas bem no meio do caminho deles, as paredes lisas do cinema e o edifício da escola. Portões trancados. Então, a ponte rodoviária em ângulo, acima do rio, apoiada em postes construídos nas margens do rio, as fundações de rocha sob a superfície não exatamente alinhada com a rodovia, de forma que esta foi desviada para se adequar a ela. Vê as paredes que não pode atravessar e a ponte mal-alinhada se elevando no ar, tornando-se intransponível; seus próprios erros, terríveis. Por um longo tempo, ele fica ali sentado, sem falar, muito sério. E faz *tsc-tsc*. E se levanta para apontar para Efetivo os lugares aos quais não puderam ir.

Mas, ao mesmo tempo em que ele estende o braço para apontar, o sol aquece as costas dos dois homens e lança suas sombras pelo gramado e pelo declive da colina. Sombras às quais se junta mais uma, alta e regular. O memorial de granito, entalhado com os nomes dos que morreram na Gentil Clara. E as três sombras ficam mais compridas e mais escuras conforme o sol afunda atrás deles, até que se fundem num só eixo reto, como a agulha de uma bússola, descendo pela colina e sobre o rio sem qualquer cruzamento, dirigindo-se para o leste. Não é impedida por árvore, terra, água ou rocha. O papa-defunto e o bibliotecário olham enquanto a sombra flutua sobre a cidade, reta e forte, até tocar no topo da colina oposta e desaparecer em sua própria trajetória infinita e não planejada rumo ao céu da noite.

No parque, no banco dedicado à Srta. Gwynneth Watkins

L<small>ADDY</small> M<small>ERRIDEW</small> <small>INVENTOU</small> uma consulta com o dentista, já que isso é preferível à aula de matemática, e está passando a hora da consulta no parque, como já estava fazendo antes, escrevendo em seu caderno. Ele está com um ouvido atento ao instante em que o sino da Capela Ebenezer soar abafadamente alguma hora e meia, chamando-o de volta à escola para a aula de geografia, que não é tão ruim. Porém, está tão concentrado nas palavras que saem de sua esferográfica que não ouve as botas de Ianto Passchendaele Jenkins vindo pela trilha até ele. Tampouco escuta o olá quando Ianto Jenkins se senta a seu lado no banco. Nem a tossida.

— Bom-dia, Bigato. — Só depois de um tempo é que o menino ergue os olhos e leva um susto.

Ianto Jenkins sorri.

— Desculpe, te acordei?

O menino também sorri, fecha o caderno e entrega a Ianto um chiclete. O mendigo o devolve:

— Nunca me dei bem com chiclete. Você não tem um caramelo, tem?

Laddy balança a cabeça.

— O que você está escrevendo?

Laddy se ruboriza.

— Nada de mais. — Então, muda de ideia. — Suas histórias. Tudo bem? — Ele coloca a mão sobre as palavras. — Não há muita coisa para fazer na casa da vó. Ela não gosta que eu toque meu tambor.

Ianto Passchendaele Jenkins pensa por um momento.

— Não tem escola hoje?

— Não. Quer dizer, sim. Mas não vou agora de manhã.

O mendigo não diz nada, apenas levanta uma sobrancelha.

— Não gosto de matemática, não sou bom. Entendo tudo errado e eles riem de mim. De qualquer forma, não vou estudar lá por muito tempo, então não faz sentido. — Ele fica quieto por um tempo, rói a unha do dedão. — Minha mãe ligou ontem à noite. Sabe quando as pessoas são simpáticas demais e você sabe que tem mais alguma coisa, mas elas não querem dizer?

Ianto Jenkins assente, devagar, como se não soubesse muito bem.

— Foi legal conversar com ela. Mas o negócio é o seguinte: eu não sei se ela está me dizendo a verdade, sei? Não agora que sei que ela mentia para mim, às vezes.

Ianto assente novamente como se, dessa vez, ele soubesse direitinho.

Laddy Merridew aperta o botão de sua esferográfica repetidas vezes.

— Meu pai vai ligar hoje à noite.

Os dois ficam sentados em silêncio por um tempo. Um silêncio que é interrompido pela chegada de um cachorro amarelado que late para o nada e por um grito do outro lado do gramado, para o cachorro voltar aqui e rápido. E ele volta. Laddy o observa ir.

— Como era o seu pai?
Ianto Passchendaele Jenkins respira fundo antes de responder.

— Meu pai? Ele era legal também. Durante anos, até a dor acabar com isso. E ele era surdo, praticamente, embora seus ouvidos parecessem ficar melhor quando meu irmão Bigato e eu não queríamos que ele ouvisse, o que era simplesmente espantoso. Veja bem, era difícil não ouvir alguns dos barulhos que o Bigato fazia: batia as panelas na cozinha com colheres de pau até as paredes tremerem. "Eu sou uma banda, escute!" Ah, sim, era uma banda mesmo. Mas meu pai era surdo o bastante para coisas normais, como a maioria dos outros carvoeiros que eu conheço, e isso era devido ao barulho lá embaixo, dizia.

"Ele costumava levar a mão ao ouvido ruim quando queria ouvir. Fazia uma concha atrás da orelha, como se estivesse acalentando um passarinho. Mas eu notei que, por mais que me dissesse para prestar atenção na capela, ele nem sempre ajudava sua orelha a ouvir os sermões, o que era muito estranho. A mão que levava à orelha na capela era a direita, outra coisa estranha, pois, quando não estava na capela, era a esquerda que ele usava.

"Mas ele não escrevia com a mão esquerda. Não escrevia muito, na verdade, pois não havia necessidade, dizia ele, mas, quando tinha que escrever, era com a mão direita e muito devagar. Meu pai me disse que, quando estava na escola, não tinha permissão de escrever com a mão esquerda, que é como ele teria feito, se pudesse. Pois, se o fizesse, teria sido o diabo em pessoa quem estaria escrevendo, diziam na escola, e não havia como saber o que surgiria na lousa. Portanto, eles amarravam às costas a mão de todos aqueles que tinham inclinação para escrever daquele jeito, a fim de que aprendessem a escrever da outra forma. Meu pai disse que aquela era a razão pela qual ele gaguejava um pouco, vez ou outra."

Laddy, segurando sua caneta com a mão esquerda, franze a testa.

— Eu não gaguejo. — E o mendigo diz alguma coisa sobre seguir adiante, como tudo deve seguir, mão direita, mão esquerda, não faz diferença agora.

Laddy balança a cabeça.

— Gostaria que você dissesse isso para os professores lá da escola. Eles dizem que não conseguem ler a minha caligrafia.

— Nesse caso, os olhos deles deveriam se esforçar mais — diz Ianto Jenkins. — Mas as mãos... as mãos do meu pai eram pretas sob a pele e não importava quanto ele as esfregasse, a sujeira estava sempre ali, como se fosse parte do corpo. E ele tossia. Veja bem, Bigato, eu não conhecia nenhum carvoeiro que não sofresse disso. Meu pai consumia hortelã para a garganta, e melhorava um pouco. Não como o falecido Sr. Ernest Ellis, cujas botas eu ganhei, sabe, que agora tinha partido e levado sua tosse junto... a dele era tão forte que os vizinhos da casa ao lado não podiam dormir.

Laddy Merridew sorri.

— Devemos estudar as minas de carvão na aula de história.

— História, agora, é?

— Eles fazem tudo ficar sem graça, no entanto. Não são como as suas histórias. Você conta como se ainda estivesse acontecendo, pelo menos na sua cabeça.

E o mendigo balança aquela cabeça.

— Está. E, às vezes, Bigato, eu gostaria que não estivesse. — Ele faz uma pausa. Então, pergunta: — Você vai escrever sobre Ianto Jenkins no seu caderno?

Laddy pensa por um instante.

— Acho que sim...

— E por que isso? Só "acha que sim"?

— Não sei. — Ele aponta para o caminho calçado. — Você viu o Sr. Bevan e o Sr. Philips, da biblioteca, andando para toda parte em linha reta ontem? Eu tentei hoje de manhã, da casa da vó até aqui. Calculo que seja impossível.

— Talvez seja.

— Então, por que eles tentaram?

— Porque tinham que tentar.

— Por quê?

— Para mim, parece que tinham, simplesmente. A jornada deles começou há muito tempo, quando eles eram meninos, talvez até antes.

Laddy Merridew fica sentado e pensando por um momento, apertando o botão de sua caneta.

— Eu estou numa jornada, então?

— Está, sem dúvida.

— Posso tentar novamente.

— Você olhou um mapa? Você vai olhar um mapa na próxima vez?

— Não... apenas segui meu nariz.

— E seu nariz sabia aonde ir?

O menino balança a cabeça.

— Ah, bem. Talvez tudo tenha a ver com onde você começa e onde você termina. Às vezes, só o que os mapas fazem é nos impedir de encontrar lugares novos. E às vezes... — Ele para.

— O quê?

— Às vezes, mapas fazem os lugares parecem diferentes de como são na nossa cabeça.

— Como assim?

— Perguntas... Bem, Bigato. Eu tive um mapa, uma vez, desenhado especialmente para mim. Ele me tirou um pouco o medo de descer na mina, mas veio depois de algo ruim... — E ele dá um tapinha no mostrador de seu relógio sem ponteiros só para checar se há tempo antes que a capela chame Laddy de volta à escola. E há, portanto Ianto Passchendaele Jenkins começa sua própria história novamente.

— Foi algumas noites antes de eu descer na mina Gentil Clara, e eu não conseguia dormir por medo. Devo ter acordado meu irmão Bigato também, de tanto me virar e revirar na cama, pois ele estava acordado e andando pelo quarto no escuro, usando as botas do falecido Sr. Ernest Ellis e parecendo um bobo. "Vou junto com você ser carvoeiro, Ianto..."

"'Vai nada, meu Bigato', disse eu. 'Você é pequeno demais. Precisa ser grande e forte para descer lá. Daqui a cem anos, irmãozinho...' E eu disse a ele, sem muita gentileza, para tirar as botas, porque eram minhas, e para calar a boca e voltar para a cama ou acabaria acordando meu pai e seria muito ruim, pois ele não estava se sentindo bem.

"E meu pai não estava bem. A perna dele, que tinha sido esmagada na mina, não estava sarando direito, os curativos tinham que ser trocados todos os dias e ela cheirava mal. Alguns dias, ele ficava na cama durante horas, só dormindo, e aquilo não era nada típico do meu pai.

"Mas eu devo ter voltado a dormir depois daquilo e, ah, de novo tive sonhos ruins naquela noite, eu me lembro. Nunca me esqueci deles. Sonhei que homens de rosto branco eram baixados na escuridão no começo de um dia, então homens com a escuridão no rosto subiam no final do dia. E, no meu sonho, eles eram trocados sob a terra, mas como, exatamente, eu não sabia, nem eles. Eu sabia, então, que eu mesmo seria trocado quando fosse para o subterrâneo, quisesse ou não. Era terrível. Eu acordei novamente, molhado de suor e gelado, pois o meu irmão Bigato tinha rolado na cama e estava tão longe de mim quanto era possível. E, de repente, me senti tão sozinho, e senti saudade da minha mãe e foi como se em todos aqueles anos eu não tivesse sentido falta dela direito e, naquela hora, eu estava ali e não havia espaço no meu coração para tanta saudade. Havia um peso no meu peito como se o chão houvesse caído em cima de mim e eu não conseguia respirar. Rolei da cama e fui até o quarto do meu pai, entrei e o acordei. Ele estava virado para a parede.

"'Quem é?'

"'Sou eu, o Ianto, pai.'

"'O que foi?'

"'Estou assustado, pai.'

"Mas meu pai não se virou. 'E eu estou cansado, minhas pernas doem como o diabo e agora, graças a você, não vou conseguir voltar a dormir...'

"Então, as palavras saíram depressa demais: 'Pai, estou com medo de descer na mina. Estou com medo do escuro e do chão e das pedras caírem... Pai, estou com medo... por favor, não me faça ir.'

"Ele se virou, então, para olhar para mim, e as cobertas da cama se mexeram e sua perna doeu e ele respirou fundo entre os dentes e o cheiro estava ruim novamente. 'Volte para a sua cama.'

"Eu nunca tinha ouvido meu pai falar com aquela voz antes, e me sentia sozinho quando fui até lá e as tábuas do assoalho estavam frias. Depois disso, me senti mais sozinho do que antes e devo ter começado a chorar, embora tivesse 12 anos e fosse grande, quase adulto, e ele apenas voltou a se deitar em seu travesseiro e não olhou mais para mim. E, então, com uma voz trêmula, ele falou baixo para não acordar o Bigato: 'Eu não vou ter um filho covarde. Vá embora.'

"Eu fui embora. Voltei para a cama, mas não dormi."

Laddy Merridew o interrompe:
— Mas ter medo de alguma coisa, muito medo mesmo, não é a mesma coisa, é?

Ianto Jenkins balança a cabeça e há uma pausa antes de ele continuar.

— Meu pai fez o mapa para mim no dia seguinte, sentado na cama. Talvez ele soubesse que tinha sido duro. Ele não repetiu, mas o que foi dito não pode ser desdito, né? Talvez, para facilitar um pouco as coisas, desenhou para mim um mapa da mina Gentil Clara enquanto eu olhava, e era uma coisa extraordinária de se ver. Foi desenhado numa página de hinos da igreja trazida da Capela Ebenezer sem querer, e o nome da capela estava escrito no alto. Meu pai acrescentou as palavras "Gentil Clara". Tive que trazer um livro para ele apoiar o mapa e trouxe a Bíblia, pois era do tamanho certo. Ele sorriu e disse que era apropriado.

"O lápis era tão pequeno na mão dele. Sua língua passava pelo bigode de vez em quando, como se ele fosse apenas um garotinho concentrado nas contas. Eu me lembro de ter pensado que ele tinha sido um menino, um dia, e aquilo era um pensamento novo, a ser analisado mais tarde.

"O mapa do meu pai começou com alguns quadradinhos representando as casas da vila perto da mina, logo acima, junto aos primeiros versos do hino 'O Iesu Mawr', que ainda não é meu melhor hino porque é muito lento e meio fúnebre. Depois, ia aumentando, para mostrar todas as vias abaixo, todos os túneis, a entrada da mina e a saída, tudo identificado direitinho. Cobriu a folha do hino inteira e até virou a página para expor os pontos mais distantes e o duto de ventilação.

"E realmente parecia muito estranho, Bigato, com as palavras daqueles hinos religiosos aparecendo nos túneis como se anjos ou diabos fossem lê-las lá embaixo, e instruções para cantar baixo — pois, o ministro gostava que suas músicas fossem bem-cantadas — na corrente de ar descendente. Minha cabeça se viu fazendo duas coisas ao mesmo tempo. Primeiro, ela achou o mapa engraçado e eu estava sorrindo para mim mesmo ao ver aquela cidadezinha aparecendo sobre os hinos. E, depois, se transformou em algo assustador, pois, embora meu pai houvesse me contado a respeito da Gentil Clara muitas vezes, e a descrito para mim, agora, que eu podia vê-la se espalhando por cima das palavras da Ebenezer, percebi como tudo era grande. Não conseguia enfiar tudo aquilo na minha cabeça.

"Em alguns pontos, ele colocou instruções ao lado dos túneis que diziam quanto tempo levaria para andar da entrada da mina até onde se estava extraindo o carvão: '26 minutos ou 39 minutos', ele escreveu ao longo de uma das vias; '42 minutos ou 60 minutos', ao longo de outra. O menor tempo era quanto eu levaria para caminhar no início do dia, depois de uma noite bem-dormida e com um bom café da manhã na barriga. O número maior era a mesma caminhada no fim do turno, com as pernas doendo, o estômago roncando e a língua grudada no céu da boca com a poeira, pois a água já teria terminado há horas.

"Vendo e aprendendo tudo aquilo, pois ele me disse que eu devia aprender para não dar mais trabalho do que os rapazes novos já davam normalmente, eu me perguntei se havia de fato cantoria lá embaixo, porque parecia tudo muito escuro e sombrio, para mim. Ele disse que certamente havia cantoria, principalmente cedo, e se o ar lá embaixo estivesse bastante úmido e as gargantas ainda não estivessem secas pela poeira, e se fosse feriado no dia seguinte, e se o pagamento fosse aumentar. E também no fim do dia havia cantoria e, às vezes, hinos religiosos como aqueles do mapa, que ecoavam pelos túneis.

"Mas nem sempre eram hinos que eles cantavam. Meu pai disse que havia canções que os fariam ser expulsos da capela por um mês, e era verdade. Ele falou aquilo com uma risada, como se tivesse se esquecido da noite anterior e do que ele tinha dito. Perguntei-lhe, uma vez, se ele podia cantar um pouco, já que ainda tinha uma voz boa, apesar da poeira... mas ele balançou a cabeça e disse que sempre haveria tempo para cantar mais tarde. Ele cantava muito antes da minha mãe morrer, Bigato. Depois? Não me lembro.

"Mas me lembro do meu irmão brincando com um velho trenzinho de dar corda no degrau de baixo da escada e estendendo a mão, pedindo para ver aquele mapa, e eu dizendo que não, era importante demais, e a voz do meu pai vindo lá de cima, toda ríspida: 'Ianto, mostre o mapa para o seu irmão, sim?' e depois me chamando de volta lá para cima...

"'Sim, Pai?'

"'Você não é gentil com o seu irmão. Ele te idolatra, aquele menino.'

"E eu, encostado no batente da porta do quarto do meu pai, o cheiro de sua perna doente ainda no ar. 'Nunca pedi para ser idolatrado...'"

"Mas eu estava muito feliz por ter aquele mapa na folha de hinos, pois agora eu sabia aonde estava indo. Estava contente que tivesse hinos também e iria guardá-lo bem dobradinho, no meu bolso. E você sabe de uma coisa, Bigato?"

O mendigo para e Laddy Merridew olha para ele.

— O quê?

— Aquele papelzinho fez uma coisa enorme. Transformou o lugar aonde eu estava indo de um pesadelo a uma cidade subterrânea real. E estava quase ansioso para vê-la, só uma vez... mas não afirmei aquilo para mim mesmo em voz alta.

— Imagino que você não tenha mais aquele mapa, tem, Sr. Jenkins?

— Para colar nesse seu caderninho, é? Não, Bigato. Está perdido lá embaixo. — Ele fica quieto por um momento e, quando Laddy Merridew está prestes a fazer outra pergunta, diz: — E agora... que som é esse que estou ouvindo?

O sino abafado do relógio da capela está batendo a meia hora. O mendigo se levanta e espreguiça.

— Você precisa ir para a escola e eu tenho trabalho a fazer.

Laddy Merridew enfia o caderno no bolso e segue pela trilha.

O conto do afinador de piano

i

ÀS VEZES, O VENTO PERDE a voz nos barulhos da cidade. Então, a reencontra nos amieiros que margeiam o rio onde Meio Harris pesca seus panos e gravetos e nas roseiras que se estendem sobre as paredes das casas da Rua Tredegar. Assobia pelas vielas escuras entre as casas. Faz uuuuuu ao passar pelo antigo túnel ferroviário, perto da propriedade Brychan, e canta nos fios que conduzem as vozes dos homens para fora do vale. Então, Ianto Passchendaele Jenkins para de mendigar nos degraus do cinema e levanta um dedo no ar:

— Vocês estão ouvindo isso? — E os frequentadores do cinema escutam a canção conforme cada fio transporta sua nota, sólida como um sino, até que as ruas da cidade se enchem de música. — Oh, que bonito, ouçam...

E o vento tenta cantar nos outros fios, grossos, em volta dos velhos prédios da Gentil Clara lá no vale, enferrujados e farpados como espinheiros. Mas tudo que o vento aprende a dizer ali é: "Perigo. Mantenha distância."

***

No pub O Gato, na esquina da Rua Maerdy, as portas já estão fechadas para a noite, com trinco e tudo. O dono do bar está descendo a escada para a adega com caixas de garrafas vazias e Maggie, sua mulher, parou de se debruçar no balcão, sempre sorrindo e de vestido decotado. Ela tirou os sapatos de salto alto e foi lá para cima, descalça. Os últimos clientes da noite já saíram há meia hora e foram ver se suas casas ainda estavam no Beco Gwilym e na Rua Mary, na Rua Garibaldi e na Via Highland. A maior parte estará. E a maior parte dos clientes já terá podido entrar, a essa altura, enquanto outros terão sido mandados embora, para dormir sob as estrelas ou onde mais eles quiserem.

— E veja se canta baixo, Caruso...

Mas O Gato não está em silêncio, embora esteja quase vazio. O som se derrama pela rua, saindo por uma janela aberta e por baixo da porta. Uma única nota destoante do piano no bar, um velho piano vertical de ferro, que se encostou à parede para descansar um pouco muitos anos atrás e nunca mais se mexeu, pesado demais para ser empurrado e permitir a colocação do papel de parede novo ou uma demão de tinta. Desafinado, essa única nota tocada repetidamente, arrancada à força da madeira e dos cabos, seu eco se rompe contra as paredes manchadas de tabaco enquanto o tocador da nota lembra ao piano como cantar.

Nathan Bartholomew, o afinador de piano, não diz muito para as outras pessoas, mas as olha no rosto como se estivesse procurando alguma coisa. Ele fala baixinho com seus pianos enquanto os afina, recitando poemas inteiros, versos de hinos, parando nos sons e inflexões. Os *emes, enes* e *eles* são prolongados, e o afinador os mantém estáveis enquanto as notas do piano hesitam entre eles e acabam se acomodando. Ele se empoleira em banquetas que são pequenas demais, as pernas dobradas, joelhos quase tocando as teclas, os pés compridos e estreitos em sapatos de sola fina plantados firmemente no assoalho. Ou, se o assoalho estiver escondido por um carpete, os sapatos serão colocados juntos, ao lado da banqueta, as meias enroladas direitinho dentro deles, e os pés serão pressionados no chão, os ossos pálidos sob a pele fina como um lençol.

Nathan Bartholomew não tem outra moradia nessa cidade além de um quarto alugado n'O Gato. Ele chegou há algumas semanas com uma única mala, pediu meia cidra e se sentou ao velho piano com as costas viradas para o salão, sem levantar a tampa.

Matty Harris, subgerente da Caixa Econômica, parado no bar e terminando seu terceiro chope, sem tirar os olhos de Maggie, a mulher do dono do pub, disse:

— Não adianta tentar tocar esse aí, homem.

E Philip "Efetivo" Philips, bibliotecário suplente, desenhando um mapa do rio no balcão com o dedo e uma gota de cerveja:

— O som é como se alguém estivesse estrangulando um gato, nessa coisa...

Então, o recém-chegado se abaixou e colocou o copo no carpete. Ele ficou sentado por algum tempo sem dizer nada, passando os dedos pelos arranhões e manchas na tampa do piano, tocando notas na madeira, depois se virou para ninguém em particular e disse que tinha ouvido dizer que havia um quarto ali.

— Por um ou dois meses? Eu afino pianos. Há pianos que precisem ser afinados nesta cidade?

O bibliotecário se desviou de seu desenho e Matty Harris pensou um pouco. E os outros também.

— Ah, meu Deus, sim. Dizem que aquela coisa na escola é um piano.

— E tem aquele na Capela Penuel. Olha, acho que eles o deixam desafinado só para a gente ter que cantar mais alto.

— E a Sra. Bennie Parrish, ela ainda tem o velho piano do Sr. Bennie Parrish. Ela me disse outro dia mesmo que o piano está sempre em silêncio, agora que ele morreu.

E Maggie, a mulher do dono do pub, olhando para Nathan Bartholomew de trás do bar:

— E tem o nosso. Aquilo ali. Nem tem mais conserto, né? Não presta mais, presta? Tarde demais.

Nathan ergueu os olhos, a mão acariciando a tampa do piano.

— Nunca é tarde demais.

E havia pianos na cidade. O velho piano de cauda de nogueira num canto do salão de reuniões da escola, com o marfim arrancado, uma perna fixada com metal, a tampa coberta por pilhas de livros e provas antigas com os nomes dos alunos que tinham saído no ano anterior e no anterior àquele. As notas, abafadas e curtas, ecoando nas tábuas do assoalho e nas paredes, depois parando nas portas do saguão como se não tivessem força suficiente para seguir pelos corredores. E, no andar de cima, em suas salinhas minúsculas e sem ar, os pianos para as aulas, para praticar, com um grafite no verniz: *Barry odeia Mozart*.

Havia pianos verticais de ébano nas capelas, lustrados um dia, mas agora baços como sombras. Os pianos das capelas Penuel e Bethel, as cordas se levantando no ar tenso dos domingos para caírem nas rachaduras entre as lajes. Muitos pianos nas casas, usados como bufês na sala de estar, com abajures e toalhinhas de crochê na tampa, fotografias e mais fotografias. Cinzeiros. Periquitos.

— Eles já até se esqueceram por que estão aí...

Talvez Nathan Bartholomew tenha começado a trabalhar um ou dois dias depois, na casa da Sra. Bennie Parrish, cujo piano nunca é tocado desde que o Sr. Bennie se foi, mas que ela gosta de manter em ordem mesmo assim. Às vezes, sua perna está tão ruim que os gêmeos da vizinha, que estão economizando para comprar patins, vêm perguntar se podem levar os livros dela de volta à biblioteca por um ou dois tostões, e foi o que aconteceu quando Nathan estava na casa dela. Eles pararam para espiar dentro da sala de visitas e sussurraram:

— Olha... ele tirou os sapatos!

E lá estava o afinador de piano sentado na banqueta, os pés descalços no carpete. Ele se ajoelhou lentamente, como se fosse pedir o piano em casamento, o ouvido colado à madeira, apertando uma tecla repetidas vezes. Então, estendeu uma das mãos, protegida com luva de algodão, e alisou as cordas. O tempo todo conversa com o piano dizendo que a música é o alimento do amor e olha para as fotos de um sorridente Sr. Bennie Parrish em molduras de prata, na parede ao lado. E os meninos não conseguiram abafar suas risadas e Nathan Bartholomew parou de conversar e ergueu os olhos.

A Sra. Bennie Parrish veio mancando da sala de estar.

— Deixem o pobre homem em paz, sim, e peguem os meus livros...

Ela ficou atenta ao barulho de seus passos subindo a escada e lhes deu uma moeda quando desceram trazendo quatro livros, dois cada um. E, quando tinham ido embora, ela voltou para a sala de estar e se acomodou na poltrona funda perto do fogo, para ouvir o som da voz do afinador e das notas do piano do seu falecido marido tocando acima dela.

Mais tarde, ela fez um bule de chá e levou até a sala de visitas, junto com uma fatia de bolo de frutas.

— Como vai meu piano?

Ele derramou seu chá no pires e soprou, e ela viu o pomo de adão no pescoço fino dele se elevar e baixar enquanto engolia o bolo, antes de dizer:

— Quase certo agora. Quase... — E tocou um arpejo final, cantarolando com o piano, ao tocar, e batendo o pé. E o que ele queria dizer era: "Quase certo. Tão bem quanto posso deixá-lo."

Mas o som parecia ótimo para a Sra. Bennie Parrish e era isso que importava.

Portanto, agora ele passa um tempinho com o velho piano vertical todas as noites, no bar d'O Gato, depois que os clientes vão embora e o pub está se preparando para a noite. Ele se senta numa cadeira de madeira, já que a banqueta do piano se perdeu há muito tempo numa corrida em suas três rodas ladeira abaixo, tarde da noite. O afinador se senta na beira da cadeira como se fosse se levantar e partir, mas os sons continuam atraindo-o de volta, enquanto ele bate numa tecla tão amarela e esburacada quanto um dente velho. Bate na mesma tecla com o indicador da mão direita repetidas vezes, sentindo-a grudar na do lado, onde se derramaram chopes e mais chopes na poeira acumulada ao longo dos anos. A mão esquerda com luva de algodão repousa sobre o joelho. O painel frontal do piano está encostado à parede, apoiado num carpete cor de cigarro. E, por trás de uma camada de teias de aranha, cordas que estão tão enferrujadas quanto o arame farpado em volta da mina Gentil Clara e que estremecem quando ele aciona as teclas. O afinador murmura a nota como ela deve ser e entoa baixinho poesia, hinos. Depois, leva um dedo enluvado até as cordas e as segura, sentindo-as tremerem quase em sua pele.

— Toca uma música para a gente, homem? — A voz abafada do dono do pub vem da adega, onde ele encontrou uma cadeira velha empurrada embaixo de uma janela aberta e uma grade quebrada para consertar.

— Moleques. Alguém viu uns moleques aqui embaixo?

Mas Nathan Bartholomew não viu moleque algum e balança a cabeça como se o dono do pub pudesse vê-lo, ainda batendo na mesma tecla uma e outra vez. E ele responde, mas baixinho:

— Música? Quando foi a última vez que isto tocou músicas, hein?

Ele sente os sons saindo das cordas, passando pela madeira e indo até seus dedos, depois os sente serem carregados pelo ar bolorento até a janela. Sons que são tão ríspidos quanto arranhões de espinheiros. E a poeira se levanta e flocos de ferrugem tremulam nas cordas e caem no corpo do piano. Ele toca sua nota de novo e zumbe, passando o dedo enluvado para cima e para baixo das cordas, deslocando mais poeira e ferrugem, até que o dono do pub grita para ele parar, porque já não vale mais a pena se preocupar com o piano.

— Os clientes usam a coisa para sentar, não para tocar. Dá um tempo, sim? Estou indo para a cama daqui a pouco. — E se abaixa atrás do bar, resmungando.

Nathan Bartholomew se levanta do piano e se espreguiça. Ele tira a luva e a sacode, depois a guarda num bolso, recoloca o painel frontal do piano com sua incrustação de harpa e tambor meio desaparecida no verniz e seus rabiscos.

— Certo, estou de saída, então. Vou dar uma caminhada. Não vá me trancar lá fora, hein?

A princípio, não há resposta da adega, enquanto o afinador de piano destranca a porta, mas então a voz do dono do pub soa atrás dele.

—Tranque quando você voltar, então. A não ser às quartas. Saio para jogar cartas em troca de dinheiro, às quartas.

O afinador atravessa a estrada para dar uma caminhada pela Rua Garibaldi. Passa por Matty Harris, subgerente da Caixa Econômica, ajoelhado e amarrando o cadarço na calçada no lado oposto do pub. Matty diz a ninguém em particular, mas especialmente para Nathan Bartholomew:

— ... Já estava indo para casa...

Nathan nada diz e, com as mãos enterradas nos bolsos, desaparece pela Rua Garibaldi. Caminha até o fim da rua e segue pelas estradinhas de trás, sem encontrar ninguém, sem nada ouvir, a não ser a urgência da cidade no ar da noite e o latido de um cão. E, após algum tempo, ele se vira para voltar até O Gato. Mas, quando chega ao fim da rua, para. Ali na calçada, ainda ajoelhado, mas não para amarrar o cadarço, está Matty Harris, o subgerente da Caixa Econômica, olhando para O Gato como se ali estivesse a resposta para todas as perguntas do mundo.

Lá em cima, numa janela velada apenas por uma tela, uma mulher se move contra a luz como uma sombra presa numa caixa. Dançando ao som de algo que eles não podem ouvir da rua, nua como um bebê. Graciosa, enrolando os dedos no cabelo, levantando-o e deixando-o cair novamente em seus ombros. Ela balança e gira, a pele densa e radiante à luz da rua. Então faz uma pausa, a sombra brincando em seus lugares escuros.

Dois homens a olham da rua, um ajoelhado; o outro, não. Um observando cada movimento dela, perguntando-se como seria se pudesse tocá-la, pois sua esposa nunca dançou daquela forma em todos esses anos... e o outro ouvindo sons em sua cabeça. O choro de um violino quando a mulher levanta os braços e o gemido de um oboé quando ela oscila e vira o rosto. E, quando ela ergue os seios, ambos os homens ouvem diferentes batidas de tambor soando na noite.

Então, surge a sombra quadrada do dono do pub cruzando o palco e voltando a cruzá-lo, levantando os punhos para puxar as cortinas. A dançarina some e a janela é só uma janela, afinal.

Matty Harris se levanta e se encosta por um tempo à parede, antes de descer a ladeira rumo às Mansões Bethesda, onde quase não se dança. O afinador de piano espera que ele se afaste, atravessa a rua até O Gato e tranca a porta, pois hoje não é quarta-feira. Então, faz uma pausa, atento, sentado ao velho piano, colocando a mão sobre a tampa. Murmura uma nota e imagina ouvir uma resposta, mas os dois sons não são iguais. Não mesmo.

E, porque às vezes é importante não produzir som algum, ele tira os sapatos e fica em pé no carpete ao pé da escada, no escuro, sentindo os anos de fumaça, riso e gritos sob seus pés. Sobe a escada, carregando seus sapatos, e se esquece do terceiro degrau, depois daquilo tudo, e ele range sob seu peso.

Ele faz uma pausa no patamar da escada com sua única lâmpada, diante do quarto do dono do pub, onde frestas de luz escapam sob a porta e se estendem até os dedos dos seus pés. Ele ouve apenas o tique lento do relógio na prateleira aos pés da escada.

Em seu quarto, ele se apronta para dormir, depois abre a janela. Deita-se e observa a luz amarelada dos postes listrando o teto através das argolas da cortina. E, quando fecha os olhos, os sons começam, como sempre, a canção leve como das cordas de uma harpa soando à passagem de um gato, o ar vibrando. O travesseiro e seu cheiro de madeira e de saliva provoca secura em sua boca e Nathan não pode se mover, pois todo movimento é som. Cada respiração é som, cada batida do coração. O mais leve eco de um tambor tocado em outra casa, em outra rua. Outra cidade.

Enquanto ele escuta as batidas de seu coração, surge a marcha surda de uma cabeceira de cama batendo contra a parede. Não há vozes no escuro, não há riso. E, tão rápido quanto começa, termina. O silêncio que deixa é da cor das paredes num quarto que não é pintado há anos, e o afinador de piano se vira em sua própria cama, as mãos tapando os ouvidos, para manter seus próprios sons dentro de si.

Talvez seja o movimento da terra sob a casa na Rua Garibaldi que desafine o piano pertencente à Sra. Bennie Parrish e, talvez, sejam seus dedos encarquilhados, retirando o painel frontal, colocando-o no chão. Aqueles dedos, então, mexendo nos parafusos que seguram as cordas do piano e girando-os, só um pouco, mas o bastante para Nathan Bartholomew ser chamado de novo e para outro bolo de frutas ser assado, em breve.

O afinador de piano toca algumas escalas e o piano ri dele. Então, ele remove o painel e vê riscos na madeira que talvez não estivessem ali antes. Ele olha para as cordas e levanta uma sobrancelha. A Sra. Bennie Parrish está parada à porta, ouvindo a pergunta que ele ainda não pôs em palavras.

— Pode ser. Não está soando direito para mim. E você quer seu chá com bolo?

Nathan Bartholomew corre os dedos pelas cordas e diz que não entende, mas que vai tentar novamente. Então, acena com a mão para a Sra. Bennie Parish fechar a porta e, quando ela o faz, encontra algo para olhar no papel de parede e diz:

— Pode me chamar de Lavender... — Mas ele não está ouvindo e, quando ela se vira para olhar, o vê tirar os sapatos e as meias e colocar os pés descalços no tapete.

A Sra. Bennie Parrish vai até a sala de estar e arruma novamente umas fatias de bolo num prato e põe duas xícaras de porcelana numa bandeja e, quando a afinação está feita, ela leva a bandeja até a sala de visitas e se senta numa cadeira empertigada no canto, para aliviar o peso de sua perna doente.

— Deve ser o clima... — diz ela, sem saber se está se referindo à sua perna, seu coração ou o piano, e observa o afinador derramar seu chá no pires e sorvê-lo, os lábios fazendo os barulhinhos de um gato bebendo leite. E, por alguma razão, não passa pela sua cabeça que ela costumava proibir o Sr. Bennie Parrish de fazer precisamente a mesma coisa, para não incomodar os vizinhos.

A próxima cliente fica lá na Brychan, a vó de Laddy Merridew, que voltou mais cedo da biblioteca especialmente para isso. Há um periquito numa gaiola e seu piano está salpicado de cascas de alpiste e penas.

— Desculpe, Sr. Bartholomew. Devia ter varrido isso aqui. — Ela pega a gaiola e a põe no chão onde, na semana passada, quando ele veio fazer uma visita para ver o que estava acontecendo, havia um tambor.

O afinador de piano sorri:

— Seu tambor se foi, então? — Pois, quando ele lhe perguntara se ela tocava tambor na semana passada, ela disse que não, certamente não tocava tambor, que este pertencia a seu neto Laddy, que estava morando ali no momento e que a levava à loucura com todo aquele barulho, e lhe dava uma dor de cabeça terrível. E, semana passada, estava esperando que as senhoras do Instituto Feminino viessem buscá-lo, junto com o resto das tralhas, para o bazar da semana que vem.

A vó de Laddy Merridew balança a cabeça.

— Ele é um menino bem levado. Escondeu o tambor e, quando as senhoras do instituto vieram buscá-lo, não estava mais lá. Que vergonha. Também não quer me dizer onde o colocou. Meninos precisam de limites. — E ela ecoa as palavras usadas com tanta frequência por Efetivo Philips, bibliotecário suplente, mas, pensando bem, faz um tempinho que ela não o ouve dizê-las.

Nathan Bartholomew resmunga:

— E tambores. Meninos precisam de tambores também...

E, quando ela pede a ele para repetir, porque é um pouco surda, o afinador de piano sorri e responde que disse "dores". Hoje, ele está cheio de dores. E, então, ela o deixa com sua afinação, o periquito e as cascas de alpiste.

Um pouco mais tarde, quando Nathan Bartholomew sai da casa, encontra Laddy Merridew sentado no degrau.

— É interessante fazer isso, cuidar de pianos, Sr. Bartholomew?

O afinador de piano diz que sim.

— Eu também cuidei do meu tambor, Sr. Bartholomew.

O afinador de piano diz que tem certeza que sim. E que isso foi muito bom.

O menino olha para o caminho de entrada da casa por um instante, as lajes de concreto, um dente-de-leão.

— Como você conserta pianos?

O afinador de piano respira fundo e fala por um tempo sobre teclas, martelos, cordas e tábuas harmônicas e o menino escuta.

— E o que acontece se um tambor quebrar?

O menino agora olha fixamente para o afinador de piano. Nathan detém sua conversa sobre teclas e martelos.

— Seu tambor precisa de conserto, então?

Laddy Merridew assente.

— A tampa quebrou, por acidente.

— A pele?

— Ah, não é pele de verdade, Sr. Bartholomew. Só plástico. Está rachado.

O afinador de piano pensa um pouco.

— De que tamanho é esse tambor?

E o menino abre as mãos a uma distância que abarca seu tambor. Não muito mais que a largura de suas duas mãos lado a lado.

— E era o melhor que eu tinha.

Nathan Bartholomew, que sabe que o instrumento é o único que o garoto tem, pergunta:

— E onde você toca seu tambor, agora? Não na casa da sua vó, com as dores de cabeça dela, né?

O menino aperta os olhos para ele.

— É segredo.

O afinador de piano sorri e pega sua sacola.

— Segredo, é? Bem, talvez eu pense em alguma coisa para consertar seu tambor.

E se afasta, caminhando pela Brychan e deixando o menino sentado no degrau.

* * *

Então, há telefonemas feitos do corredor escuro do pub O Gato, com Maggie, a mulher do dono, no patamar da escada, escondida e ouvindo. Ligações para um telefone que precisa de muitas moedas e, entre o barulho das moedas caindo, a voz do afinador de piano perguntando o número de um fazendeiro criador de ovelhas perto das Beacons. Depois um segundo telefonema, e mais moedas, e um fazendeiro na pausa para o jantar e um pedido de uma pele de ovelha, ou até mesmo de cabra, que seria melhor ainda. Sim, de cabra. E o fazendeiro tossindo e dizendo que não, não é possível, de jeito nenhum. "... Mas e no matador lá na cidade? Descendo a Brecon, aquele matador lá com aquele caminhão *véio*, que vem na segunda-feira para buscar a carga e demora como não-sei-quê pra subir a estrada e ainda quer o pagamento à vista pro motorista?"

E há mais um telefonema, então, naquele corredor escuro, mais moedas caindo, e se consegue a pele de uma cabra que viveu a vida inteira numa colina acima da Brecon para o tambor de um menino.

Descendo a escada descalça vem a mulher do dono do pub, que ouviu cada palavra e pergunta:

— Por que você precisa da pele de uma cabra, Nathan?

Quando ele lhe explica, ela sorri para ele e pousa a mão em sua manga.

— Como você é bonzinho.

E não demora muito para que a pele de uma cabra seja entregue n'O Gato e estirada sobre uma lata de biscoitos em cima da mesa, na cozinha dos fundos, para ser raspada até não sobrar mais nada. Depois, Nathan a estende sobre a mesa e a faca é afiada até parecer uma navalha, e tiras são cortadas das bordas, tirinhas estreitas, o mais longas possível. Então, um círculo aproximado é cortado da melhor parte. E, quando o afinador é flagrado, há pedidos não muito educados por parte do dono do pub para tirar aquela coisa dali e, depois, vê-se Nathan levando um embrulho embaixo do braço e saindo d'O Gato, acompanhado por Maggie, a mulher do dono do pub, que puxa um cardigã sobre os ombros:

— Eu também vou, só pela caminhada, tá?

Então, os dois sobem até a Brychan, a fim de esperar na esquina antes da curva para a fazenda — que agora pertence a Ícaro Evans, o professor de marcenaria — por um menino voltando da escola para casa. Nathan Bartholomew lhe entrega o embrulho:

— Para consertar seu tambor.

E, com Maggie ouvindo, o afinador de piano conta a Laddy Merridew sobre a pele, as amarrações e como esticar e amarrar a pele sobre o tambor.

— Faça isso rápido. E deixe para secar num lugar seguro. E, quando estiver seco, vai retesar e o som será bom. Melhor do que plástico. — Então, deixando o menino de olhos arregalados com seu embrulho, eles caminham de volta colina abaixo. E, enquanto caminham, a mulher do dono do pub engancha a mão no braço do afinador de piano.

O conto do afinador de piano

ii

AFINADORES DE PIANO QUE conversam com pianos e examinam o rosto das pessoas como se houvesse algo escondido ali não aparecem todos os dias nesta cidade. Depois, muito depois, na varanda da capela, o mendigo em seu banco de pedra irá sorrir em seu sono e se perguntar se virão perguntas no dia seguinte.

E as perguntas vêm. "Quem é Nathan Bartholomew, então? Por que ele está aqui? O que ele está procurando? E por que...?"

E quando as perguntas chegam aos ouvidos de Ianto Passchendaele Jenkins, ele suspira e dá um tapinha em seu relógio sem ponteiros e diz que não tem muito tempo para história hoje, sabe?...

— Não é uma história fácil, esta, não mesmo. É lúgubre e diz respeito a como uma criança pode ser ferida mesmo antes de nascer. E como esse ferimento é feito sem querer, por sinal.

Ianto Passchendaele Jenkins suspira e fecha os olhos e gira os braços novamente, puxando a história do ar. E Peter Edwards, o carvoeiro que nem isso é mais, talvez atravesse para o outro lado da rua para não ouvir esta ou qualquer outra história de Ianto Jenkins e, em vez disso, enfie as mãos nos bolsos e mova os pés um pouco mais depressa até a estátua na frente da biblioteca, onde vai esperar e esperar por algo e por nada.

— Esta é a história de Eve, avó de Nathan Bartholomew, e seu filho Edward Bartholomew, o pai de Nathan. Mas histórias precisam de combustível, como sempre, e falta um tempão para o meu jantar.

Os frequentadores do cinema vão rir e alguém irá até a bilheteria pegar um café com dois torrões de açúcar com Priny Ellis, que está tricotando, e pode ser que alguém tenha um saco de balas de leite à mão e Ianto Jenkins vai embrulhá-lo num pedaço de jornal tirado de sua cama e guardado no bolso para esse fim. Ele vai olhar para a varanda da capela e dar um suspiro:

— Já houve casamentos lindos nessa capela... — E os ouvintes podem se perguntar por que ele está falando de casamentos se essa história é lúgubre, mas ele dispensa as perguntas e começa.

— Esta história de Eve Bartholomew e seu filho começa quase, mas não exatamente, num dia de casamento. Ah, sim. O casamento da própria Eve. — Ele para e dá um tapinha na parede atrás de si. — Ela morou na Rua Mary, um dia, com sua mãe, as duas sozinhas, pois o pai as havia abandonado um tempo antes. Ele ainda mandava dinheiro uma vez por semana para o aluguel, que era trazido religiosamente pelo entregador de carvão, mas aquele dinheiro iria parar, dizia ele, quando Eve fizesse 21 anos. Foi trabalhar nos navios e nunca mais voltou para casa, mas algumas pessoas diziam que ele estava vivendo com a cantora de cabelo preto chamada Bessie, em Swansea. A mãe de Eve, meio estranha, não estava trabalhando e passava cada vez mais tempo em seu quarto, na frente do espelho e falando consigo mesma, dizendo sem parar: 'Ainda não estou pronta, como está o meu cabelo?'

"Não era lugar para uma garota, não mesmo. E Eve só tinha 19 anos e estava aprendendo a costurar no ateliê de uma costureira na Rua Principal. Ela ia ter um emprego de verdade quando aprendesse o suficiente para ser uma boa costureira — e estava quase lá. Eve estava prestes a se casar e ser uma senhora, e a costureira achava aquilo muito bom, pois iria ficar bem no cartaz na janela. Foi aqui que ela veio morar, bem aqui, depois que o dinheiro do aluguel parou de chegar..."

Ianto Passchendaele Jenkins dá um tapinha na parede e aponta para os degraus onde os frequentadores do cinema estão sentados. Indica as portas do cinema, os pôsteres, o tapete vermelho onde Laddy Merridew e sua vó estão conversando. O programa é como um regalo, para ver *Desafio das águias* porque sua vó gosta de águias...

Os frequentadores do cinema balançam a cabeça.

— Aqui? Elas moravam aqui?

E o mendigo assente.

— Aqui mesmo. Houve um conjunto de casas velhas aqui um dia, todas abandonadas e caindo aos pedaços, e talvez ainda haja... sob estas pedras, a serem encontradas um dia, quando tudo isto tiver desaparecido.

Ele assente para Laddy e sua vó em cumprimento.

— Mas o casamento. Estou me esquecendo, ficando velho, sabe? Coisa terrível. A garota Eve estava fazendo seu próprio vestido. Não estava morando aqui na época, ah, não. Morava naquela casa bonita na Rua Mary, onde ela costurava seu vestido à noite olhando por cima dos telhados da cidade e da luz da metalúrgica para a montanha chamada Montanha Negra. Costurava à noite, depois escondia o vestido numa caixa velha, embaixo de sua cama. Ninguém podia ver aquele vestido de noiva antes que ela descesse a colina até a capela usando-o e, se vissem, daria azar.

Há uma risada, então, e Ianto Jenkins levanta a mão.

— Azar é coisa muito séria, pode acreditar. Ninguém vai rir do azar aqui, ou não vai mais ter história... — E o meliante dá uma tossida e fica quieto, portanto o mendigo apenas franze a testa e continua.

— E com quem essa garota, Eve, ia se casar? Com um dos irmãos Bartholomew, Edward, o mais novo, e já fazia três anos que eles estavam juntos. Um casal adorável, todos diziam, uma verdadeira dama e um verdadeiro cavalheiro. E ele era tão cavalheiro que não queria tocar em Eve antes da noite de núpcias. Mas a voz dele não era de cavalheiro, não. Melhor taparem os ouvidos.

Os frequentadores do cinema riem e se remexem e, daí, a vó de Laddy Merridew manda o neto ir buscar umas batatinhas, pois ele deve estar com fome, não está?, e aqui está o dinheiro e ponha bastante vinagre se for trazer umas para ela também. Mas pode ir com calma.

— Ah, vó! — Mas Ianto Passchendaele Jenkins já parou de falar e parece estar inspecionando a velha parede à procura de rachaduras. Laddy vai arrastando os pés pela Rua Principal e o mendigo só volta a falar quando o menino vira a esquina.

***

— Assim, Edward Bartholomew disse à garota Eve tudo que eles iriam fazer na noite de núpcias. Sussurrou tudo sob o cabelo dela enquanto eles iam para casa no escuro, pressionando os dedos no vestido dela.

"'Eu tocarei em você, minha Eve, aqui, bem de leve, e aqui. E aqui. Vou tocar você e acariciar até você chorar. Meus dedos serão bem leves, para que você mal possa senti-los e você vai tentar alcançá-los com a sua pele. Assim...'

"E ele a beijava encostada à parede da antiga escola, então se afastava para que ela tivesse que avançar em busca de seus lábios nas sombras. Ele encostava seu rosto ao dela, 'Meu rosto contra o seu, Evie', e puxava a mão dela, rindo, 'Está me sentindo, Evie?', e ela virava o rosto, vermelha como um pimentão.

"Ele a beijava de língua, encostada àquela parede, e se apertava contra Eve até ela ficar de pernas bambas, sentindo-o através do vestido, com medo de tocá-lo, mas querendo tocá-lo, tão mole de desejo que poderia derreter. Sua noite de núpcias seria logo...

"E ela fez seu vestido de noiva sentada à noite, em seu quarto. Para cada botão que pregava, ela o sentia soltando-o devagar, o vestido escorregando por seus ombros. Para cada fita, sentia o vestido caindo ao chão. E, ao pregar na bainha do véu uma borda de renda tirada de um lenço emprestado, sentia os olhos dele sobre ela, onde eles estariam, com certeza.

"Mas aquilo nunca aconteceu como ela tinha imaginado, pobrezinha, ah, não.

"Era um dia de setembro, só alguns dias antes do casamento, e as ruas desta cidade estavam repletas de coisas terríveis, o alarme soando, o choro das mulheres, os gritos dos homens trazendo o que podiam para ajudar onde nenhuma ajuda poderia ser dada.

"Só faltavam alguns diazinhos e a Gentil Clara engoliu os dedos de Edward Bartholomew, e as mãos, o cabelo e a boca. E tudo que a mãe disse quando Eve veio chorando até ela, em busca de consolo, foi: 'Me diga, como está o meu cabelo?'

"E o que aconteceu, então? Será que Eve guardou o vestido, para nunca mais olhar para ele? Será que o vendeu para ser usado por outra pessoa, com mais sorte do que ela? Mas não fez nada disso. Pelo contrário, ela se sentou naquela noite e na seguinte, para terminar o vestido. As cortinas fechadas e só a luz de um abajurzinho para trabalhar."

— Pobrezinha, coitada.

— Para que era o vestido, então?

— Psiu, não faça perguntas. Escute a história...

O contador de histórias continua.

— Era noite, um ou dois dias depois. E, no dia seguinte, seriam os funerais dos homens mortos na Gentil Clara. Lembram? Mas também teria sido o dia do casamento de Eve...

"Naquela noite, estava a Sra. Fairlight, da casa vizinha, recolhendo suas roupas do varal quando viu Eve saindo no jardinzinho atrás de sua casa, usando camisola, muito embora ainda não fosse noite. A camisola estava suja e parecia ter sido usada o dia inteiro e talvez no dia anterior também. E lá foi Eve até o fim do jardim, onde havia uma roseira plantada anos atrás por seu pai, quando ainda estava tudo bem. Um emaranhado de espinhos que nunca deu mais que umas poucas rosas brancas, em caules bem finos. A Sra. Fairlight, da casa vizinha, viu Eve pegar duas rosas esfarrapadas e perguntou: 'Eve?

Está tudo bem?', mas não houve resposta da garota, que sorria como se só houvesse coisas doces no ar.

"A Sra. Fairlight subiu com seus chinelos num tijolo para olhar melhor por cima do muro e viu Eve, descalça no chão úmido, com a tesoura na mão. Viu Eve levar as flores para dentro de casa e a Sra. Fairlight disse, mais tarde, que achou que Eve as tinha colhido para o funeral. Para seu Edward.

"O dia seguinte deveria ter sido o dia de seu casamento, a casa cheia de risos, amigos e boa comida, mesmo com uma mãe no andar de cima olhando para seu cabelo no espelho quando, a essa altura, já nem havia mais cabelo para olhar.

"Talvez Eve tenha esfregado as mãos com sal e azeite para deixá-las macias. Talvez tenha amarrado as flores com uma fita clara que sobrou do vestido lá em cima, agora pendurado atrás da porta... talvez tenha colocado um pouco de perfume atrás das orelhas. Talvez tenha arrumado o cabelo, prendendo-o da melhor forma que pudesse, mas alguns grampos caíram. E talvez tenha pedido para a mãe ajudar com o penteado: 'Mãe? Eu não sei fazer o cabelo...'

"Mas tudo que sua mãe perguntou foi se o dela estava bonito."

"Eve foi até seu quarto, então, tudo quieto, e pôs o vestido de noiva e o véu, cobrindo o rosto de forma que, ao se olhar no espelho, viu apenas uma forma branca, como um fantasma vindo à noite buscá-la.

"Ela pegou as flores na cozinha e saiu na rua, olhando de um lado e de outro, toda tímida. E pela calçada ela foi, cabeça erguida, segurando suas rosas. Algumas crianças gritaram para ela: 'Podemos brincar também?', até as mães as chamarem para dentro, pois não era hora de ficarem na rua. E uma das mães pode ter ido até ela, pegando-a pelo braço e dizendo: 'Eve? Você está linda... vamos entrar aqui, sim, e esperar um pouco?'

"Mas Eve não queria esperar. Esse era o dia de seu casamento e, pela primeira vez, ela ouviu risos em sua cabeça, música, vozes de amigos, e também havia os vizinhos desejando-lhe felicidades, conforme ela passava. Quando todas as portas já estavam fechadas, no fim do dia.

"Ela passou em frente ao ateliê da costureira, diante da vitrine com fitas e ganchos, e o manequim branco de lona esperando um vestido novo com que se cobrir. E ela vislumbrou a si mesma numa vitrine após outra, enquanto descia a Rua Principal e estava linda, o véu esvoaçando na brisa em volta de sua cabeça como juncos na água.

"Ela se olhou em todas as vitrines. Um fantasma seguindo pela Rua Principal, levando rosas. O caminho inteiro até a capela. Esta capela. Ebenezer. Ali mesmo."

E, nesse ponto, Ianto Jenkins aponta para sua própria varanda e balança a cabeça. Seu banco. Os frequentadores do cinema olham e não dizem nada. A vó de Laddy Merridew está ocupada, balançando também a cabeça e não vê o neto voltando da loja de batatinhas, parado ali atrás, para ouvir.

— Eve parou exatamente diante destas portas, o véu enroscando nas lajotas da varanda, ali mesmo, estão vendo?, como se lhe dissessem: 'Não entre.

"Ela ficou ali, a cabeça inclinada para um lado, escutando... e ouviu o que queria ouvir. O zunzum de vozes dentro da capela. Gargantas pigarreando prontas para um cântico. O arrastar de cadeiras quando a Sra. Fairlight, que devia ter vindo por outro caminho, se acomodou em seu lugar. Então, as notas do órgão a vapor emitindo música para ela, tocando os hinos que eles haviam escolhido, ela e Edward Bartholomew, apenas duas semanas atrás, ele acariciando as costas da mão dela por baixo da mesa do escritório escuro do ministro. Ao pôr os dedos na maçaneta da porta, seu véu continuou enroscado nas lajotas: *Não entre.*

"Mas ela não ouviu as lajotas de pedra. Em vez disso, empurrou as portas pesadas e entrou. Lá estava sua capela, cheia de gente, todos em seus lugares, esperando, silenciosos, e Edward em seu lugar com o ministro. E seu pai vindo especialmente de Swansea. Com sua mulher pomposa, Bessie, e sua mãe de chapéu, toda chique e sorridente. Eve começou a caminhar, ruborizando-se, a cabeça baixa, observada apenas pelas janelas, pela poeira nas cadeiras e pelos fantasmas.

"Parou na capela bem ali, onde o ministro fica, e olhou os fantasmas nos olhos, e fez seus votos a Edward Bartholomew exatamente como se ele estivesse parado ali, a seu lado. 'Na riqueza e na pobreza', disse ela, claro como a água, e 'até que a morte nos separe', como se aquilo já não tivesse acontecido. Ignorando a escuridão da capela. As cadeiras vazias. Os livros negros e panfletos já arrumados para o funeral do dia seguinte. Ouvindo a voz dele e a voz do ministro, e o coro cantando e os hinos ressoando em sua cabeça.

"E aqueles cânticos só pararam quando as portas se abriram novamente, para entrar alguém que iria arrumar as cadeiras para o funeral do dia seguinte, e que perguntou o que ela achava que estava fazendo. Mas não recebeu qualquer resposta por parte de Eve, a não ser um sorriso.

"Então, ela saiu pelas portas no escuro, como Eve Bartholomew, pois esse era seu nome agora, não era, se ela tinha acabado de se casar com Edward Bartholomew? Esperou um pouco na varanda, sorrindo e se curvando um pouco, uma das mãos ao lado do corpo como se estivesse segurando a mão de alguém a seu lado. Então ela caminhou, devagar, veja bem, pois havia pessoas olhando e acenando e ela as ouvia, não ouvia? Voltou a subir a colina em direção ao quarto em que eles dormiriam naquela noite, o quarto no andar de cima do pub O Gato, sobre o bar, alugado por uma noite.

"Passou pela casa da costureira, onde já não havia luz suficiente para se ver refletida, e continuou a subir a ladeira. Onde seu homem devia ter ido na frente, como ela sempre soube que ele faria. Deixar tudo pronto para ela, arrumando a cama e rindo para os amigos lá embaixo, na calçada, que gritavam: 'Trouxe o manual de instruções, Eddie?'

"Ainda carregando suas duas rosas. O véu de Eve está rasgado onde enroscou nas lajotas, e depois nos meios-fios, há sujeira na barra do vestido e um dos sapatos perdeu o salto. Tudo pronto para sua noite de núpcias."

"Ela o encontrou não muito longe dali, numa viela, seu homem de bico-doce, com gosto de bebida, encostado à parede, a mesma parede em que Edward a apertava contra as pedras para que ela sentisse sua dureza por meio do vestido. Esperando por ela e sorrindo, e dizendo coisas bonitas, e Eve foi até ele e levantou a saia.

"Foi Edward quem a apertou contra a parede de novo, só que com mais força, assim, ainda em seu vestido de noiva, os dedos sobre Eve e dentro dela, dizendo, quando ela perguntou, que a amava. E provou a ela. Não era isso que Edward Bartholomew ia fazer? Levantar seu vestido e colocar as mãos nela e lhe dizer que era linda? Foi Edward que ela ouviu, sua voz, sempre seria assim. Foi Edward que ela sentiu, suas mãos, seus dedos, seu cabelo, sua boca, seu corpo.

"Não foi como Eve havia imaginado. Mas ela era nova naquilo. Ficaria melhor.

"E não parou por ali, ah, não. Tudo que um homem tinha de fazer era dizer a Eve Bartholomew que ela era linda, e ela o deixaria levantar sua saia. E, após algum tempo, ele nem sequer precisava lhe dizer que era linda, só dar dinheiro. E, após mais um tempo ainda, ela não sentia mais a rudeza das mãos dos homens nem a ausência em seus beijos, mas, em vez disso, ouvia a voz suave de seu homem lhe dizendo novamente que iria tocá-la em breve. Aqui. Assim. E ele tocava, então, percebe? Uma e outra vez, na cabeça dela. Cada homem com quem ela ficava era seu Edward e mais ninguém e não havia vergonha alguma naquilo, havia?

"Mas a gente da cidade não sabe o que acontece na cabeça dos outros, sabe? Viam a Evie que dormia com homens por dinheiro e a chamavam de desavergonhada na cara dela, assim como pelas costas. 'É uma imundície. Credo.'

"E quando ela ficou esperando criança, as palavras não se amenizaram. 'Olha só aquela Evie agora, esperando bebê. Descarada.'

"'De quem será que é, hein?'

"'Imagino que nem ela saiba.'

"'Ah, talvez seja do Fulano.'

"'Ou do Beltrano.'

"'Ou do Sicrano... só pode ser.'"

"Mas é claro que ela sabia de quem era o bebê. De seu Edward, é lógico, muito naturalmente, e, quando seu menino nascesse, ela lhe daria o nome de Edward Bartholomew, como o pai. E às mulheres que sacudiam a cabeça para ela na rua, ela dizia àquelas que quisessem ouvir para não se preocupar. Pois tudo ficaria bem.

"Mas acontece que nada estava bem, sabe, pois os homens com quem ela saía tinham dado a Evie mais que apenas seu dinheiro. O presente se chamava sífilis. E a criança nasceu morta.

"Eve perguntou se podia segurá-lo e se podia chamar a coisinha morta de Edward Bartholomew. Mas a mulher apenas limpou as mãos no avental e levou o corpinho embora em sua sacola, para que fosse enterrado sem identificação, sem quaisquer palavras gentis.

"Eve não parou, então. Ela encontrou seu Edward Bartholomew em cada viela, e, então, o encontrou no quartinho do andar de cima da casa velha bem aqui, onde ela morava nuns cômodos com a mãe, sempre estranha, depois que o dinheiro parou de vir de Swansea. Ela teve mais filhos, filhos que morreram ao nascer, um após o outro. Todos meninos e todos chamados Edward, como o pai, até que, finalmente, um sobreviveu. Outro menino, outro Edward Bartholomew, que nasceu fraco e doentio, mas que lutou, de certa forma, e nunca foi uma criança saudável. Seus olhos logo se encheram de nuvens e ele só pôde enxergar por um curto período antes que a escuridão caísse totalmente e ele ficasse cego pelo resto da vida. Mas daqueles anos iniciais de visão ele se lembrava."

Os frequentadores do cinema assentem e murmuram:

— Que coisa terrível. Terrível.

E um deles pergunta:

— Aquele menino, o jovem Edward Bartholomew... ele iria ser o pai de Nathan Bartholomew, então?

E Ianto Passchendaele Jenkins assente.

— Quando sua mãe morreu, Eve levou o menino embora da cidade e ninguém soube aonde eles foram. Talvez ninguém ligasse. Mas, então, muitos anos depois, alguém ouviu dizer que Evie Bartholomew tinha ido de vez, morrido de sua doença, e que seu menino cego estava trabalhando como afinador de piano na Inglaterra. E que era bem-sucedido, pelo que se sabia, nas casas mais chiques. Sempre ouvira de Eve, sua mãe, que devia usar o nome Bartholomew e nenhum outro. E ele tinha se casado com uma mulher que também era cega e eles tiveram um filho. E esse filho se chama Nathan.

— Ah, então tem um final feliz, afinal — alguém dirá.

— Mas, olha, olha só o que aconteceu. Aquele Edward Bartholomew, pai do Nathan, trabalhava com sons, sempre com sons, pianos, vozes e com o tato, sentindo palavras, rostos, todas as coisas. Mas ele não era cego de nascença e se lembrava de enxergar.

"Ele se lembrava de um cachorro amarelado correndo por uma rua molhada, e contou isso a seu filho. Lembrava-se das árvores sendo sacudidas pelo vento e das roupas penduradas no varal e contou ao filho. Lembrava-se de um vestido velho, sujo, pendurado num gancho num quartinho onde ele brincava no chão, numa casinha onde sua mãe o mandava brincar nos fundos quando um amigo vinha visitá-la com a mão no bolso e um sorriso no rosto, e contou tudo aquilo a seu filho. E se lembrava de uma mulher velha sem cabelo, que passou a vida inteira sentada na frente de um espelho, a luz brilhando em volta de sua cabeça como um halo.

"Mas Edward Bartholomew e sua esposa, eles sabiam, não sabiam, o que o deixara cego? E aquilo era amor e loucura, ambos a mesma coisa, talvez? Portanto, seu filho Nathan aprendeu, talvez de forma consciente, talvez não, que o amor é uma coisa suja e que o que é bom só pode ser encontrado nos sons, pois apenas eles podem ser perfeitos. E Nathan também se tornou um afinador de piano, procurando fazer os pianos cantarem da forma certa e ouvindo sons em sua cabeça, às vezes, como se tato e som estivessem confundidos e misturados nele, e viessem de toda parte.

"O filho de Eve, Edward Bartholomew, nunca voltou à cidade onde vira o cachorro amarelado correr por uma rua dourada. Mas seu próprio filho, Nathan, agora um homem de meia-idade que nunca se casou nem esteve com ninguém, acabou voltando. E examina o rosto das pessoas que encontra nesta cidade tentando encontrar algo que reconheça. A forma de um nariz, o desenho da linha do cabelo, um sorriso."

O conto do afinador de piano

iii

HOJE, NESTE EXATO DIA, o piano do salão da escola está sendo afinado. Os livros e papéis foram tirados de cima da tampa; a poeira foi espanada; a superfície, lustrada, e os riscos não estão tão óbvios. Já foi registrada que a perna quebrada do piano está mancando em seu apoio de metal, e o diretor enviou uma mensagem ao professor de marcenaria Ícaro Evans na oficina, pedindo que viesse dar uma olhada. Ele veio até o salão e viu o piano, a tampa levantada como uma enorme asa de madeira, e tirou as medidas, assentindo para Nathan Bartholomew, que batia nas teclas com uma das mãos, enquanto a outra, com luva de algodão, tocava as cordas dentro do corpo do piano.

E, mais tarde, quando o piano já está quase produzindo os sons para os quais fora feito para produzir e o dia letivo está terminando, o afinador de piano vê, esperando nas sombras no canto do salão, um menino de óculos.

— Laddy Merridew.

— Ah, Sr. Bartholomew, vim lhe dizer: o tambor está com um som lindo agora.

Nathan Bartholomew fecha sua sacola.

— Fico feliz. Fico muito feliz.

— Gostaria que pudesse ouvi-lo.

— Terei de imaginar. Enfim, toque-o bem.

Há uma pausa, o menino está mordendo o lábio.

— Posso lhe mostrar onde eu vou tocar? Você não vai contar para a minha vó?

O afinador de piano talvez se lembre de como é ser um menino e ter um segredo, e sorri:

— Não, só vai piorar a dor de cabeça dela. Você me mostra onde vai tocar?

Então, o afinador de piano e o menino caminham juntos pelo pátio da escola, atravessam o parquinho e descem pela Rua Principal até o rio, onde pegam a trilha e a acompanham até sair da cidade e passar pela ferrovia, pelas fábricas, pelos depósitos de lixo, e vão em direção ao vilarejo vizinho, passando perto das velhas instalações da mina Gentil Clara, completamente tomadas por mato e arame farpado, os portões enferrujados e trancados com cadeados já há 20 anos ou mais, os prédios fechados, as portas pregadas e as janelas barradas.

Laddy Merridew para, se vira e sorri:

— Aqui. — Ele vai até a cerca de arame, enferrujada e solta. — Aqui. — Passa por baixo, e a levanta o máximo possível, para Nathan Bartholomew se enfiar por ali, pelo vão, onde uma placa diz: *Perigo, não entre.*

— Por aqui — diz o menino, correndo pelo concreto rachado em direção aos prédios, fechados, de janelas vazias e escuras. E mais placas dizendo: *Sala de lampiões e banheiros.* — Por aqui — diz Laddy, afastando uma lâmina de ferro enrugado que balança nas dobradiças e limpando a ferrugem dos dedos na calça do uniforme escolar. Ele se inclina para passar por uma entrada baixa, onde há tapumes pendendo dos pregos.

Avança por outras portas, aprofundando-se cada vez mais no labirinto, afastando-se da cerca de arame, passando por mais mato e, então, sobe numa pilha de tijolos para atravessar uma janela quebrada que enrosca na manga de Nathan, e lhe diz para parar. Mas ele não para, e atravessa a janela atrás do menino e fica ali, a manga ainda presa no vidro, bem no meio dos prédios da Gentil Clara, onde a poeira no ar e as pedras nas paredes ainda guardam a energia do guincho e os gritos dos homens. Ouve os passos do menino ecoando e se afastando em meio à escuridão das máquinas há muito desaparecidas que se eleva sobre a cabeça de Nathan conforme seus olhos ampliam qualquer fragmento de luz que exista ali e evoque dedos mortos de metal que tocam nas sombras.

Então, da escuridão vem o som de um tambor. Batidas lentas, regulares, baixas e suaves. Daí, vão ficando mais fortes, mais fortes, mas nunca desagradáveis. Sons redondos que ecoam nas paredes. As batidas cada vez mais redondas, mais e mais intensas, cada qual dentro de seu próprio eco. Um simples som, como se o lugar todo fosse apenas a câmara de um grande coração e os prédios da velha mina e os túneis sob eles não fossem mais que as estruturas de um imenso corpo.

E o menino não para, e o tambor toca.

— Está ouvindo, Sr. Bartholomew? — diz a voz de Laddy Merridew, alta acima do tambor, a distância, entre as rochas e os fantasmas das máquinas. — Você está ouvindo os sons?

Nathan ouve tudo. Ouve cada toque da mão do menino naquele tambor, ouve os ratos correndo pelos cantos, os pardais raspando. Ouve as batidas ressoando no ar parado, na frieza das paredes de pedra desmoronadas e em seus próprios ecos. Ouve a vibração da terra sob ele.

É como se cada som tivesse penetrado nas brechas entre os escombros despejados décadas atrás nos poços da velha mina. É como se fossem engolidos por uma terra sedenta de sons. Como se encontrassem seu caminho entre desmoronamentos de pedra mais antigos e mais profundos até os túneis esquecidos, como faz a água, reverberando em cada superfície, até que a terra sob elas cante com o som gerado pela mão de um menino encontrando a pele de uma cabra das colinas acima de Brecon, bem estirada sobre a armação de um velho tambor.

E, quando finalmente consegue, Nathan Bartholomew, ainda parado na janela quebrada, diz:

— Sim, estou ouvindo.

Mais tarde, o afinador de piano deixa o jovem Laddy tocando seu tambor para a mina Gentil Clara, na curta hora entre a escola e a noite, e volta caminhando lentamente, ao longo do rio, até a cidade. Junto às margens do rio onde seu avô, quem quer que ele fosse, pode ter tocado, um dia. Parando perto de uma ponte quebrada que seu avô pode ter atravessado, estendendo-se sobre o rio, com as pedras de seus balaústres quadradas e sólidas. Ouvindo o vento nos amieiros, os galhos dobrando-se até a água e brincando na correnteza, perguntando-se se seria essa árvore ou aquela que seu pai se lembrava de ter visto antes de ficar cego.

Passou pelas velhas fábricas, então, e pelos estacionamentos de caminhões, na periferia da cidade, as formas escuras dos montes de carvão com sua cobertura fina de grama; percorreu a Rua Principal até passar pela esquina da escola, a capela e seu mendigo adormecido; passou por Tommo Price, o secretário, saindo do banco para ir para casa:

— Nathan Bartholomew, seu piano está esperando... — Passou pelo cinema, pela biblioteca e subiu a ladeira até O Gato.

Mas ele não se senta ao piano quando volta ao pub na esquina da Rua Maerdy. Atravessa o bar, onde as mesas estão meio vazias, alguns clientes jogando com os dominós de Ícaro Evans, um casal encostado no balcão, conversando. E, atrás do balcão, com o cabelo iluminado contra o verde e o dourado das garrafas, dos rótulos e copos, Maggie, a mulher do dono do pub, ergue a mão e dá um sorriso para ele enquanto serve um chope.

Sobe a escada até o patamar e passa pelo quarto do dono do pub, indo até o seu, onde Nathan tira os sapatos e deita na cama de roupa e tudo, para pensar no som de um velho tambor tocado sobre os poços de uma mina. Pensa naquela cidade onde seu pai nasceu, e talvez seu avô antes dele, e certamente o homem cujo nome seu pai recebeu. E adormece assim, na cama, de roupa e tudo, e sonha com a terra cantando. Ele não ouve os últimos pedidos no bar e as vozes elevadas:

— Ah, mas dá tempo para mais um, né?

Tampouco ouve os clientes partindo, a cantoria na rua nem O Gato encerrando o expediente, a porta do bar se fechando. Nem o dono do pub saindo um pouco depois para jogar cartas em troca de dinheiro numa quarta-feira, numa sala no andar de cima da Caixa Econômica, pois Nathan Bartholomew está ocupado demais sonhando com um cachorro amarelado correndo numa rua molhada.

Mais tarde, o afinador de piano acorda pensando no menino e em seu tambor e na mina e nas árvores se mexendo sobre a água, e não consegue mais dormir. Ele se levanta e desce a escada de fininho até o bar, pulando o terceiro degrau. Puxa uma cadeira até o piano e levanta a tampa. Toca as teclas, uma a uma, muito de leve, sequer pressionando-as até o fim, apenas passando os dedos sobre o marfim lascado e esburacado, onde se apoiaram cigarros acesos. E, em sua cabeça, há sons, as notas do piano como sempre deveriam ter sido, redondas e perfeitas, cantando para ele por meio de seus dedos, e ele toca escalas e arpejos, ouvindo as notas, tempos e contratempos, às vezes ouvindo a nota errada quando seus dedos esquecem uma tecla, voltando para tocar certo. Então, alonga os dedos, reclina-se na cadeira, fecha os olhos e finge tocar. Brahms. Uma sonata de Bach. Schubert. Mendelssohn. Canções sem palavras.

Sua cabeça está abaixada sobre as teclas e ele se pergunta como esse piano soaria se ele o levasse à mina e tocasse naquele espaço onde Laddy Merridew tocou seu tambor. Cogitando se poderia empurrá-lo sobre rodas até lá, por essas ruas e ao longo do rio. E todo o tempo, as notas em seus ouvidos, a afinação perfeita de um piano de concertos, e os únicos outros sons são sua própria respiração, seu coração e o pinga-pinga da torneira atrás do balcão.

A mão de alguém em seu ombro.

— Pensei ter ouvido alguma coisa — diz Maggie, a mulher do dono do pub, parada descalça no velho carpete ao lado do piano, só de camisola. — Você toca de novo?

Nathan Bartholomew apenas sacode a cabeça.

— Eu não estava tocando nada. — Ele não olha diretamente para ela, mas lhe mostra como estava apenas passando os dedos pelas teclas, sem tocar as notas.

E ela continua com a mão em seu ombro, seu calor atravessando a camisa.

— Mas eu ouço, Nathan. Não pare.

Assim, Nathan continua tocando as teclas e, ao fazê-lo, ela move os dedos no ombro dele no ritmo que os dedos dele não tocam. E, conforme os dedos dela se movem, as notas ecoam, duplamente, na cabeça de Nathan, enquanto Maggie se coloca atrás dele e toca seus ombros por meio do algodão fino da camisa. Os dedos dela encontram a pele de seu pescoço e continuam tocando, correndo em volta e sob seu cabelo, conforme ele se reclina contra ela, os dedos se movendo até encontrar a pele da garganta do afinador de piano, onde descansam, e a respiração dela é morna em seu ouvido. A mulher acaricia seu pomo de adão e desce até tocar nas clavículas, movendo-se lentamente e descendo até o peito de Nathan, enquanto ele toca as teclas do piano, ouvindo os sons em sua cabeça.

— Você realmente ouve?

Ela ri, não responde e se encosta nele, movendo as mãos por seu corpo, sua pele contra a dele, tocando-o. Dizendo a Nathan para não parar, para continuar tocando o piano enquanto ela se move à sua volta, o cabelo passando por seu rosto, ela respirando em sua boca, abrindo sua camisa e a pele dele cantando com tudo aquilo, e o som de *Lieder* em sua cabeça. Maggie, a mulher do dono do pub, se encosta ao velho piano no bar d'O Gato, com sua atmosfera cheia de cerveja velha e cigarro, o cabelo contra o rosto dele cheirando a fumaça e tempero; sua pele, a sabonete e açúcar; e suas mãos se movendo aqui e ali.

Encontrando-o, então, e segurando-o com seus dedos quentes e macios como o lamber de uma língua.

Sua camisola se espalha sobre as teclas do piano e, quando Nathan toca as notas entre o algodão, os sons ainda chegam a ele. As notas chegam por meio de seus dedos junto com o calor do corpo de Maggie, e sua camisola subindo por suas coxas, e o cheiro dela se elevando até o cheiro de cerveja e de fumaça. E ela sorri e observa o rosto dele, depois fecha os olhos:

— Ainda estou ouvindo. E você?

E, dessa vez, é Nathan quem não responde. Ele se levanta e a abraça, o rosto no cabelo dela, respirando a fumaça, o cabelo cheirando a madeira, os seios pesados sob suas mãos. Então, ele a levanta contra o piano. Baixa-a lentamente, enquanto a beija, e ela ri contra seu ombro, os dedos tocando em sua coluna, até ficar sentada nas teclas do piano e puxá-lo entre suas coxas, os dedos de um pé desnudo apoiados na cadeira, os outros atrás dele, segurando-o.

E os sons das cordas quebradas do velho piano no bar d'O Gato se elevam no ar, tão ásperos quanto arranhões de arbustos, e ecoam pelas paredes.

Na velha ponte de pedestres sobre o Taff

NÃO HAVIA NINGUÉM CAMINHANDO na trilha que passa pelas velhas instalações da Gentil Clara naquela manhã, bem cedo, mas, se houvesse, poderia ter ouvido o tambor de Laddy Merridew novamente, ressoando nos prédios e pátios em ruínas. Poderia tê-lo ouvido ecoando muito abaixo, sob seus pés, estendendo-se para o norte até a Rua Principal, onde os ecos poderiam ter sido ouvidos nas chaminés, caso alguém estivesse prestando atenção a eles. Mas não estavam. Apenas Ianto Passchendaele Jenkins ouviu os sons por baixo das lajotas da varanda da Capela Ebenezer e, como reação, saiu de seu banco.

Agora, Laddy está voltando pela trilha ao longo do rio, o tambor embaixo do braço e arrastando os pés no chão. Ele não nota Ianto Passchendaele Jenkins apoiado na grade da velha ponte de pedestres sobre o Taff, olhando para a água, até que o mendigo diz:

— Couro contra pedra. Não há disputa, na minha opinião.

O menino pousa o tambor na ponte e tira meia barra de caramelo do bolso, respondendo:

— Não estou com fome.

O mendigo sorri e estende a mão para pegar o caramelo, dobra e redobra a barra até que um pedaço amolece e se solta, deixando um fio menor que um cabelo se enroscando no ar. Ele sorri.

— Delícia.

E, por um momento, o mendigo e o menino se apoiam na balaustrada da ponte e não dizem muito, enquanto observam a água correndo cinzenta como o ferro, vindo da cidade na direção deles.

Laddy Merridew pigarreia.

— Sr. Jenkins, posso fazer uma pergunta?

— Acabou de fazer.

— Não. Quer dizer, se você precisa se decidir com relação a uma coisa, como faz?

— Não tomo muitas decisões hoje em dia, Bigato.

— É que a vó fica falando que eu tenho que tomar decisões. — Ele cospe na água, então vai até a outra balaustrada e vê as bolhas desaparecerem rio abaixo. — Não dá para fazer isso quando a água está parada. — E ele fica calado por um instante, inclinando-se sobre a balaustrada, o rio fazendo a curva a distância, sob as árvores salientes, e desaparecendo. — Não consigo enxergar o que fazer. É como se as luzes tivessem se apagado e eu não conseguisse enxergar nada.

Ianto Jenkins assente.

— Entendo como é.

Laddy também assente.

— Às vezes, eu acho o escuro mais fácil quando há barulho. Às vezes, é assustador ficar no silêncio, não é?

Ianto Jenkins pensa por um momento.

— É por isso que você vem batendo nesse tambor, na velha Gentil Clara?

Laddy olha para o mendigo, talvez esperando que ele diga alguma coisa sobre ter cuidado com os prédios velhos, ou com os cachorros, ou com poços antigos que podem se abrir e eles têm que fazer alguma coisa sobre aquele lugar... mas Ianto não faz nada disso. Apenas diz, baixinho:

— Faz muito tempo que eu não vou para aquelas bandas.

— É maravilhoso, Sr. Jenkins. — Laddy não está mais olhando para o mendigo, mas para o rio, como se ele pudesse estar ouvindo, entendendo. — Talvez seja porque há buracos no chão, então os sons ficam maiores? — Ele faz uma pausa, então, e endireita os ombros. — Eu tomei uma decisão, de qualquer forma. Não vou mais voltar àquela escola. — Ele empurra os óculos nariz acima. — Imagino que vão dizer alguma coisa à minha vó. Mas eu não vou voltar.

— E por quê?

— Não tem motivo. Eles ainda me chamam de nomes feios. Os professores são péssimos. Tirando o Sr. Evans. Ele é legal. Às vezes, gostava de história, de estudar sobre as minas de carvão. Às vezes. Mas não vou ficar aqui muito tempo, enfim.

— Vai voltar logo para casa, então?

Não há resposta. Laddy apenas cospe na água outra vez, e mais outra. Então, apanha seu tambor e o abraça.

— Este é o problema. Não sei para que casa voltar.

Há uma conversa, então, na qual apenas o rio é ouvinte, o menino e o mendigo inclinados na balaustrada, vendo a água fluir, silenciosa como o ar, sobre discussões entreouvidas através das tábuas do assoalho quando meninos supostamente estão dormindo. Sobre o menino deitado ali, preocupado que as discussões sejam culpa sua. E que, se ele não estivesse ali, talvez, eles não fossem ter nada sobre o que discutir. Sobre ir passar um tempo com a avó, arrumar sua própria mala e fazer errado, como todo o resto. Sobre telefonemas de sua mãe e seu pai para a vó tarde da noite, quando ele está lá em cima. Sobre aquele professor, aquele que Laddy conhece, mas de quem não gosta nem um pouco, indo morar com a sua mãe. Seu pai indo embora de casa. Sobre conversar com a sua mãe no outro dia. E seu pai telefonando na noite anterior e dizendo que está tentando encontrar outra casa, mas que não é fácil, e Laddy tendo que decidir com quem ele quer morar a maior parte do tempo. E a vó dizendo que é claro que ele vai ficar com a mãe, é ali que deve ficar, mas Laddy já não sabe mais.

— É isso que eu quero dizer... eles não param de falar sobre decisões, Sr. Jenkins.

O mendigo balança a cabeça.

— Gostaria de poder ajudar, Bigato. Não sou muito bom nessas coisas.

— Gostaria que minha casa fosse como antes.

— Antes?

— Quando eles não brigavam.

— Imagino que tudo tenha que mudar, em algum momento.

— Foi isso que meu pai disse. Ele falou que será como um novo começo, mas isso é assustador.

— É mesmo. Talvez tudo que é novo seja, né?

Laddy suspira.

— Também é como se todas as luzes tivessem se apagado. Todo mundo acha o novo assustador? Ou sou só eu?

— Ah, não, Bigato. Não é só você, pode acreditar. Quer as pessoas digam ou não. A Ebenezer não ficará lá para sempre, e o que eu vou fazer, então? O que quer que seja, não consigo prever e é uma preocupação. E posso te dizer, ser jogado no escuro da Gentil Clara aquela primeira vez foi bastante assustador. Meu estômago ainda se revira quando penso no assunto.

Laddy quase sorri.

— Como foi? — E o mendigo dá um tapinha na balaustrada da ponte conforme ele e seu estômago se lembram.

— Os rapazes novos eram as vítimas preferidas, era o que todos diziam. Quando havia um garoto novo, o guindasteiro deixava o guincho descer tão depressa que você acabava deixando as tripas lá em cima, ao descer... Os homens se esborrachando de rir quando a gaiola balançava que nem o capeta ao passar pela outra, que vinha subindo, e o som dos cabos zunindo. Rápido e zunindo na escuridão, longe das luzes no fundo do poço para dar as boas-vindas aos garotos que golfaram o pão com geleia do café da manhã e iam ter que passar fome, então. Era isso que eles diziam. Eu estava tão preocupado com isso. Não queria parecer idiota, não na frente dos amigos do meu pai...

Ianto Passchendaele Jenkins desvia o olhar para o vale.

— Às vezes, eles freavam com tudo quando a gaiola estava no meio da descida, só por brincadeira. Olha, vou te dizer... eu estava com tanto medo daquela primeira descida que fiquei acordado na noite anterior. E, quando finalmente consegui dormir, a preocupação me acordou mais cedo.

"As botas que tinham sido do Sr. Ernest Ellis estavam ao lado da cama, naquela manhã, deixadas de qualquer jeito pelo Bigato. Eram como barcas enormes. Então, eu tinha que calçar umas meias velhas de lã do meu pai por cima das minhas e mais uns panos em volta dos pés para eles não escorregarem. Tudo arrumadinho, ali no chão. Meu pai tinha falado com o Sr. Thomas Edwards da rua, um amigo, também mineiro, e o Sr. Thomas iria tomar conta de mim, disse o pai. Ser meu chapa enquanto eu estivesse aprendendo. Eu rezava para que meu pai não tivesse dito a ele que eu estava com medo.

"Eu estava deitado lá, o Bigato ainda dormindo e roncando, ouvindo o velho tordo reclamando para si mesmo nas primeiras horas do dia. Deve ter sido aquele do outro lado da rua, expulsando os outros pássaros que chegavam perto. E o som foi como um raio de luz. Não me lembro de muita coisa sobre a minha mãe, Bigato, ela parecia tão distante. Mas, quando ouvi aquele pássaro, me lembrei de quando ela me contou sobre pássaros e o que eles simbolizavam, e meu pai rindo dela. Mas o som daquele canto de pássaro foi agudo, rompendo a escuridão.

"Eu podia ouvir um córrego. Sempre pude ouvir aquele córrego à noite, se o vento estivesse para o leste e os bebês não estivessem chorando nas casas que sobem a rua. E se o vento soprar para o leste... mesmo agora, o túnel da ferrovia lá perto da Brychan emite um ruído alto e fantasmagórico, dizendo à cidade que é hora de levantar, mesmo que não seja."

O mendigo para de falar e o menino sorri.

— Aquele túnel me deixava acordado quando eu era menor e vinha ficar na casa da vó. Agora, não. Estou acostumado. — Ele abraça seu tambor. — Costumava ter medo daquela velha que mora lá em cima... a Louca Annie... mas agora não tenho mais. Que horas serão, hein?

Ianto Passchendaele Jenkins dá um tapinha em seu relógio sem ponteiros.

— Não importa que horas são, se você não tem aonde ir. É uma coisa bonita, isso. — E continua a história.

* * *

— Era antes das cinco da manhã daquele primeiro dia e eu estava acordado e vestido, aquelas botas nos pés, ali no quarto, com o Bigato deitado na cama, meio acordado. "Você me traz alguma coisa de lá, Ianto?", e eu respondi algo do tipo: "Trazer alguma coisa? O que você acha que tem lá embaixo? Diamantes?" E ele escorregou para o meu lado da cama, mais perto da parede, se enrodilhou no ponto mais quente e puxou as cobertas para cima das orelhas.

"Eu estava indo para a escada e meu pai chamou do quarto dele: 'Faça tudo que mandarem fazer, viu, e não dê trabalho para ninguém.' E eu sabia o que ele estava pensando, que eu iria fazê-lo passar vexame, que eu não seria um bom carvoeiro, mas não havia nada que eu pudesse fazer com relação ao que ele estava pensando.

"Lá embaixo, tomei um pouco de água da torneira da cozinha e lavei o rosto. Havia um espelho logo ali, num prego, um espelho velho, todo manchado e escuro, no qual meu pai fazia a barba. Me olhei nele. As manchas no vidro obscureciam o meu rosto e eu não era mais um menino naquele espelho, e sim um velho, com sombras escorrendo pela face. Enchi a garrafa de água do meu pai e cortei duas fatias de pão, passei um pouco de geleia e embrulhei num lenço, como o pai disse para fazer... caso os homens fizessem brincadeiras com a gaiola...

"E, então, lá estava o Sr. Thomas Edwards, na porta de trás, batendo os pés no chão, 'Está pronto para ir, jovem?', e eu olhei em volta da cozinha, como se ela fosse desaparecer se eu não olhasse, e peguei o boné do pai do prego, o coloquei na cabeça e saí na manhã.

"Também lembro que, assim que saí, meu cadarço desamarrou, ou a meia escorregou para dentro da bota, então pus a garrafa de água no chão para arrumá-la. E já estava quase descendo pela viela quando o Sr. Thomas Edwards tossiu e eu me virei, e lá estava ele, sorrindo e estendendo minha garrafa, 'Você vai precisar disto...'"

Laddy Merridew rói uma unha.
— Ele parece ser legal. Eles fizeram coisas com a gaiola?
— Ele era mesmo, e, não, não fizeram. Talvez por eu ser filho do meu pai, quem sabe?
— E como era lá embaixo? Era escuro como você tinha pensado? Havia cavalos?
— Perguntas... você é igualzinho ao meu irmão Bigato, e não só na aparência. Vou te contar, mas não hoje. Tenho trabalho a fazer, lembra? — Ianto Jenkins dá um tapinha em seu relógio sem ponteiros. — Hora de você ir, eu diria. — Ele dá um tapinha também na balaustrada. — Eu poderia dar uma caminhada até a Gentil Clara. Faz um bom tempo que não vou lá.

Laddy desce da ponte.
— Obrigado, Sr. Jenkins. — Ele anda um pouco e se vira novamente, estendendo o tambor.
— Posso deixar isto na Ebenezer? Talvez eu pudesse tocar lá, às vezes? É longe para ir até a mina toda vez.

O mendigo muda de ideia sobre ir à Gentil Clara, pois suas pernas estão cansadas, e ele e o menino voltam para a cidade juntos, até a Capela Ebenezer, para encontrar algum lugar, um velho armário, talvez, ou um ponto em que as tábuas do assoalho estejam soltas, para esconder um tambor.

O conto do limpador de janelas

i

Quando o vento sopra do norte, levanta os papéis de bala dos bueiros e os arrasta pelos portões enferrujados do parque, por cima da grama sobre a qual todos pisam, a despeito da placa, e que agora está esburacada e enlameada, embaixo dos castanheiros. Judah Jones estará limpando janelas, trepado em sua escada, e o vento passará como dedos frios por seus tornozelos. Então, pode ser que deixe os tornozelos de Judah Jones em paz, como se ter vindo ali fosse um erro. Vai fazer os últimos gerânios balançarem a cabeça e soltarem pétalas vermelhas em seus canteiros, e vai testar as folhas de uma árvore perto do portão do parque. E, onde quer que esteja na cidade, o limpador de janelas para e levanta um dedo lambido no ar:

— Folhas para Judah Jones, é?

Essas folhas não são as queimadas do outono, não, de jeito nenhum. São folhas claras e pálidas, prateadas. Estão pendendo por um fio dos caules, girando como dentes de leite prestes a se soltar... até que caem e farfalham sobre a grama. Lá vão elas, dançando junto com os papéis de bala, se empilhar como confete sobre o banco duplo de metal de Gwendolyn e Gwynneth Watkins, ambas solteironas.

Judah Jones pode aparecer com seu boné achatado e suas luvas sem dedos empurrando sua bicicleta pelo parque, sua escada de limpar janelas amarrada ao cano. Ele encosta a bicicleta gentilmente em umas das Srtas. Watkins e dá um tapinha em seus ossos frios. Tira seu balde do guidão e se abaixa para apanhar punhados de folhas, pálidas e crocantes. Ele separa os papéis de bala, o papel prateado e o papel vermelho da embalagem de um Kit Kat. E joga as folhas dentro do balde.

Pode ser que Tsc-Tsc Bevan, o papa-defunto, que vem com sua bengala atalhando pelo parque, talvez refazendo seus passos do outro dia, acene para ele:

— Boa-noite, Judah, o ar hoje está gelado, não? — Mas Judah Jones estará tão imerso na catação de folhas que tudo que Tsc-Tsc Bevan ouve em resposta é:

— Perfeito.

Quando vai para casa, passando pelas últimas janelas da Rua Maerdy, Judah Jones imagina todas as janelas da cidade cobertas por mosaicos de folhas de outono. Folhas que ainda farfalham quando o vento sopra. E as pessoas na rua não poderiam mais espiar dentro das casas, e as pessoas em suas salas de visita nas Mansões Bethesda, na Rua Plymouth e na Rua Maerdy poderiam fazer o que quisessem e ninguém iria saber. Mas não é assim.

Ao empurrar sua bicicleta na direção d'O Gato, na esquina da Rua Maerdy, ele pensa nas salas das casas, as salas que ele vê quando está limpando as janelas — lareiras acesas nas salas de visita e periquitos cochilando nas gaiolas, mesas de jantar com saias aveludadas e xícaras de chá com pratinhos combinando, em bandejas contendo fatias de bolo de frutas e manteiga. Quartos empoeirados com calças de trabalho penduradas em cadeiras, jogadas com uma anágua, uma meia, a outra enrolada no chão. E travesseiros simples sobre camas desfeitas, os declives e vales tão conhecidos quanto canções.

***

Ele vira a esquina próxima ao pub O Gato, pronto para descer a ladeira até sua casa no Residencial Plymouth. E encontra Peter Edwards e os homens esperando na frente do bar até que a porta se abra e os deixe entrar, carvoeiros que já não são carvoeiros, pois não há mais necessidade de fazerem o que fazem... e eles se cansaram de ficar sentados, de cara feia, nos degraus da estátua à frente da Biblioteca e, em vez disso, estão ali e ainda não viram Judah e sua bicicleta.

Judah Jones para, de repente. Ele vai de fininho por trás, contornando a esquina até onde ele e sua bicicleta possam se encostar à parede de pedra, de onde escuta as vozes dos homens, que foram um dia carvoeiros da Mina Funda, lá no vale. Entre elas, há uma que ecoa em seus ouvidos como sinos chamando à oração. A voz de Peter Edwards, oscilante e profunda como os sonhos. Mas não falando com ele, ah, claro que não.

— Prontinho, rapazes, coloquem o dinheiro no meu boné, por favor.

Há uma risada.

— Vou to-to-tomar um tiro, ca-ca-cara.

— É mesmo, é, Dodo Do-Dois Sapatos? E quem é que vai atirar num marmanjão como você, hein? Não é aquele seu fiapo de mulher, né?

— Esta moeda é a única, para comprar um li-li-litro de leite para le-le-levar para casa.

— Cale a boca, Dodo. No boné. Pode botar bem aqui.

E ouve-se um barulhinho, uma moeda caindo num boné, sobre outra e mais outra... e a voz de Peter Edwards novamente:

— Agora, você pode contar para ela... diga que deixou cair o dinheiro... e deixou mesmo, tá vendo, nem vai ser mentira. Beleza. Isso vai garantir dois chopes grandes para nós cinco.

Judah Jones tem de ficar onde está, e se vira e encosta a testa nos tijolos. Em sua cabeça, ele vê um homem. No escuro, a pele brilhando como se ainda estivesse no mais profundo subsolo, ouro negro nas sombras, os músculos se movendo sob a pele, vivos e ondulantes. Judah sente o cheiro do suor daquela pele e do pó de carvão, de sal, tabaco, e vê sua própria mão se estendendo no escuro, seus dedos brancos limpos se estendendo para o braço do homem, todo sólido, quente e lustroso... ele abre os dedos para tocar a pele, o cabelo, e seus dedos não encontram nada além de uma parede de tijolos.

Ele tem sorte, talvez, porque a porta d'O Gato se abre, ele a escuta abrir, e ouve aquela voz:

— Já estava mais do que na hora, não, ou teríamos que esperar até o dia do Juízo Final?

E, depois, aquelas outras vozes diminuindo:

— Dois chopes, Maggie, meu bem...

Então, as vozes desaparecem totalmente, e deixam Judah Jones se recuperar e espiar à volta da esquina, depois continuar empurrando sua bicicleta diante d'O Gato, agora com a porta fechada, e seguir descendo a ladeira até o Residencial Plymouth.

E no Residencial Plymouth, será que tem uma lareira acesa esperando por ele? Tem alguma roupa pendurada no varal para ser recolhida com o cair da noite e um beijo de boas-vindas na porta dos fundos? Não. A lareira está vazia e tão fria quanto a cama dele, e a porta dos fundos é trancada com uma corrente, depois que ele entra. Não há anáguas sobre cadeiras no quarto nem meias enroladas como ratinhos no chão, nunca houve. Também nunca houve a beleza dos riscos pretos impressos pelas unhas de um carvoeiro, chamado Peter Edwards, no sabão claro sobre a pia da cozinha.

Judah Jones foi visto no parque, de manhã cedo, recolhendo seus baldes de folhas. Visto por aqueles que estão acordados quando a névoa ainda paira sobre o gramado como uma mortalha. A névoa se abrindo e voltando a juntar-se em volta das botas de Judah enquanto ele anda, seus passos deixando pequenos redemoinhos que giram, depois se fecham lentamente atrás dele, quando não está olhando. E, no portão, um menininho sendo puxado pela mão talvez olhe para trás e pergunte:

— Mãe? O que ele está fazendo ali? Podemos ir brincar nos balanços?

A mãe talvez tussa e diga que não dá tempo para isso quando, antes de subir a ladeira, estava dizendo que havia tempo de sobra. E esta manhã, o cavalo de balanço ficará sem cavaleiro, em seu quadrado de asfalto, e os balanços em suas correntes marrons ficarão sem balançar.

— Mas, mãe...

Não há resposta. E o menino não vai saber se é a sua mãe ou ao homem recolhendo folhas que ele deve culpar por sua decepção.

Mais tarde, quando a névoa tiver desaparecido, quando ele tiver juntado todas as folhas claras que puder encontrar na grama, Judah Jones irá continuar limpando suas janelas. Não vai empurrar sua bicicleta colina acima, até a fileira de casas na Rua Garibaldi, na Rua Maerdy ou na Rua Tredegar, não hoje, ah, não, nem amanhã, nem no dia seguinte. Não enquanto aquelas folhas prateadas estiverem caindo da árvore perto dos portões do parque, ajudadas pelo vento.

Em vez disso, ele desce a ladeira até a Rua Principal e encosta sua escada nas paredes de pedra das lojas, bate às portas e faz tocar as sinetas para pedir água quente. E pega seus panos e limpa as janelas do armazém geral e da loja de doces, da loja de batatas fritas, da Biblioteca Pública e da funerária, onde irá esperar até que Tsc-Tsc Bevan dê uma saída, para não ter que ouvir o som de sua irritação com a tampa de um caixão que não quer fechar. Ele vai bater à porta da costureira e lustrar o vidro de forma que a cartela de botões, as fitas de renda, os laços e a blusa por terminar no manequim de lona possam enxergar lá fora. Em seguida, será a vez da Caixa Econômica, e Tommo Price talvez atenda a campainha e Judah Jones perguntará se eles querem que ele limpe as janelas, e Tommo Price concorde e, por uma hora, mais ou menos, todas as janelas acima dos livros-caixa são ensaboadas e lustradas, mas não vai fazer nenhuma diferença para os números daqueles livros. E, durante o tempo todo, haverá um balde de folhas sobre o guidão de sua bicicleta, que o espera pacientemente encostada à parede.

Depois da Caixa Econômica, Judah Jones empurra sua bicicleta diante dos frequentadores do cinema que aguardam nos degraus e pode ser que alguns notem o balde de folhas e puxem o vizinho pela manga para perguntar se também repararam nisso. E Judah Jones vai até onde sua alma vem esperando para ir o dia inteiro. A capela cinza de pedras quadradas, chamada Ebenezer, vazia há vinte anos.

Na Capela Ebenezer, ele encostará a bicicleta na parede da varanda, onde o mendigo Ianto Passchendaele Jenkins dorme à noite, sob um manto de jornais. Se Ianto estiver ali, Judah Jones levará um dedo ao boné:

— Muito a fazer, muito a fazer, sabe... — E o mendigo irá concordar, deitado em seu banco, as mãos atrás da cabeça.

— Sem dúvida.

Judah Jones começa a lavar as janelas, como em qualquer outro lugar, do lado de fora, subindo e descendo em sua escada e lustrando o vidro com seus panos, buscando água na Caixa Econômica ou no cinema. E quando estão limpas, será que ele vai para casa? Será que pegará sua escada, amarrará à bicicleta e irá para casa, no Residencial Plymouth? Não. Na Capela Ebenezer, ele limpa as janelas uma vez por ano, não apenas por fora, onde elas pegam a sujeira da rua e a poeira, como qualquer outro lugar, mas por dentro, para limpá-las do que quer que suje janelas de capelas vazias.

Judah Jones fica um pouco do lado de fora da capela e espera, com a cabeça inclinada para um lado, atento a algum som, mas não escuta nada. Ele entra todo quieto, com seus baldes, um deles contendo um pouco de água limpa e o outro, folhas, e fecha as portas atrás de si.

Espera até que seus olhos se acostumem, e seus pés ecoam nas velhas tábuas do assoalho. Ele limpa a sujeira das imagens: Thomas e Thaddeus, de cenho franzido, Matthew contando suas moedas. E o resto. Limpa todas elas com um pano e água, todas exceto uma, bem no fundo da capela, esperando na meia-luz.

Judah Jones vai até aquela janela nos fundos e ergue os olhos para a figura no vidro. Então, depois de um longo tempo, tira do bolso de sua jaqueta um papelote cheio de sal e joga um pouco no balde de folhas. Pega o balde de água limpa e respinga um pouco sobre as folhas e o sal... e espera alguns instantes. Então, apanha um punhado de folhas úmidas do balde e levanta o braço para passá-las gentilmente sobre o vidro, esfregando até que as folhas esfarelam, caem em forma de poeira e chuva nas lajotas abaixo. Ele pega punhado após punhado até todas as folhas terminarem, e ele fará a mesma coisa todos os dias, enquanto houver folhas da árvore ao lado do portão do parque, rolando no gramado e se empilhando nos bancos frios. E, durante todo o tempo, ele olha para a meia figura presa na janela e, nos olhos do limpador de janelas, há algo mais que louvor.

O conto do limpador de janelas

ii

E TALVEZ MAIS TARDE NAQUELE dia, os frequentadores do cinema, encapotados ali nos degraus, a respiração saindo das bocas como almas que se esqueceram de alguma coisa, queiram saber sobre o limpador de janelas, que carrega um balde velho de folhas de outono para dentro da capela. Que acrescenta água e sal e as esfrega numa janela.

E se eles perguntarem direito, se remexerem um pacote de caramelos no fundo de um bolso e se o barulho chegar aos ouvidos de um velho mendigando por ali, ele vai se encostar à parede descascada e balançar a cabeça, talvez para o indagador, talvez não. Ele vai sorrir para o menino Laddy Merridew entrando na fila e, depois, mudando de ideia e se sentando nos degraus para escutar, e vai começar.

— Ouçam com os ouvidos, pois tenho uma história para eles, sabe, sobre a pequena Meggie Jones, que veio antes de Judah e começou algo que apenas Judah Jones poderá terminar.

"Isso foi há muito tempo, viu... e a pequena Meggie estava vivendo com seu marido novo, Geraint Jones, em sua casa alugada no Residencial Plymouth. Estavam casados há apenas seis meses e Meggie já esperava o primeiro filho deles. Seu querido Geraint passava os braços em volta dela todas as manhãs, na cozinha, antes de sair para o trabalho como carvoeiro, e olhava seu rosto tão de perto que ela acabava rindo.

"'Minha querida Meggie, não faça isso, não me afaste...', pois ele olhava no rosto dela para captar o brilho de seus olhos e levá-lo consigo para a mina Gentil Clara, onde ele era mineiro.

"Ele era um belo homem, sabe, aquele Geraint Jones, descendo a mina quando era apenas um rapazinho, e trabalhando na Gentil Clara há alguns anos, ao lado de um carvoeiro experiente, Billy Price, um vizinho velho o bastante para ser seu pai. Billy Price tratava Geraint como um filho. E ele tinha seu próprio filho, mas não o deixava ser carvoeiro, de jeito nenhum. Mas essa é outra história. Portanto, Billy Price era como o pai de Geraint e tratava Meggie Jones como se fosse sua própria filha.

"Então, veio um dia em que a montanha se rebelou e houve um grande desmoronamento de pedras naquela mina sob a montanha e um estrondo de rochas e uma pequena e terrível faísca e gás que se encontraram com um punhado de poeira negra... uma explosão, espalhando seu fogo pelas galerias da mina. E a força daquilo, a fumaça e a poeira formaram uma nuvem, ao sair dos poços, que pairou sobre a Gentil Clara e subiu do vale até a cidade, como uma mensagem que ninguém queria abrir.

"E, então, em volta da entrada da mina, esperando, as mulheres, as esposas e as mães, todas pálidas e já experimentando viver sozinhas, em seu coração, esperavam que seus homens saíssem.

"Alguns saíram. Alguns foram trazidos vivos e um pouco encolhidos cambalearam em direção à luz. E, mais tarde, trouxeram aqueles homens que tinham partido e seus amigos os carregaram em meio às mulheres que esperavam, que olhavam para o rosto dos homens, escuros e adormecidos, à procura do seu. 'É o meu George?'

"'Ahhh, meu Harry...'

"Mais tarde ainda, trouxeram os homens que tinham sido queimados lá embaixo. E alguns... ah, que coisa horrível... ninguém conseguia sequer identificar. A mera busca por um nome era demais.

"E, quando todos haviam saído no ar fresco que, para eles, agora não tinha mais uso, os corpos foram carregados pela multidão e postos no chão da sala de lampiões, as mulheres seguindo e se reunindo em volta da porta, esperando para pode entrar e encontrar o homem com quem haviam dormido nem duas noites atrás.

"Com cada gaiola que era içada, o coração da pequena Meggie Jones batia um pouco mais depressa, pois era possível que seu homem estivesse escondido, dormindo. Ou que nem sequer tivesse descido à mina hoje, mas, em vez disso, ido a outro lugar, e estivesse no vale vizinho caminhando, talvez, sonhando, esquecendo-se de voltar para casa.

"Mas isso era sonho, lógico. Ele não estava no vale vizinho e não foi encontrado em lugar algum, não entre os homens que se abraçaram como irmãos ao morrer... não estava lá embaixo. Não estava mesmo... ele jamais foi encontrado, apesar de todas as buscas e mais buscas, não foi trazido até a sala de lampiões. Nunca. Ele foi realmente perdido sob a montanha e Billy Price também, juntos. Talvez embaixo do desmoronamento de pedras? Talvez tenham rastejado juntos para uma brecha que parecesse segura? 'Por aqui, Geraint, me siga...' só para aquele espaço entrar em colapso um pouco depois? Quem sabe dizer? Nunca foram encontrados. E o que restava a Meggie Jones senão voltar para casa, para se deitar numa cama fria e virar o rosto para a parede?

"Alguns dias depois, na Capela Ebenezer, aqui mesmo, eles se reuniram para cantar para os mortos, e a maior parte daqueles mortos estava em caixões, o rosto coberto pela última vez. Meggie Jones se sentou nos fundos, com seu casaco bom, que já não fechava por causa do bebê que ia chegar, e observou as demais esposas com os maridos todos encaixotados e etiquetados direitinho, prontos para ser enterrados, mas ela não tinha ninguém... nem daquele jeito, na caixa.

"Naquele exato momento, a luz do sol abriu caminho pela janela acima de sua cabeça e brilhou sobre ela, sobre sua mão, onde sua aliança cintilou em resposta... e ela ergueu os olhos e, o que ela viu senão a sombra de um homem olhando para ela, observando-a com um meio sorriso. E ele era lindo.

"Foi como se a janela estivesse falando com ela, bem no seu íntimo... onde apenas ela pudesse ouvir. E, quando se deu conta, a capela estava vazia, todos os outros já tinham ido enterrar seus homens, deixando-a no escuro. Meggie Jones não tinha ninguém para enterrar. Mas ela ficou ali, em sua cadeira, erguendo os olhos para aquela janela, acima de sua cabeça, onde pensou ter visto um homem.

"Ela queria vê-lo. Tinha de vê-lo. E subiu naquela cadeira velha, com o bebê pesado dentro dela, para alcançar a janela e, com um prego, ela raspou a sujeira num canto. E, bem ali, a luz brilhou através de anos de poeira, e ela era verde e dourada.

"E a pequena Meggie Jones achou que deveria limpar o vidro para ver as cores, a imagem, o homem... Então, ela desceu da cadeira e procurou por um pano na capela escura e fechada, para descobrir como fazer aquilo, sua tarefa, enquanto as demais mulheres tinham o marido para enterrar.

"Mas não encontrou panos nem água, e saiu à luz da noite, pensando em ir para casa, voltar ao Residencial Plymouth, à casa na qual ela nem sabia mais se poderia ficar agora, para pegar um pano no quintal... mas não havia necessidade de ir até lá. Pois, na varanda da capela, empilhadas nas lajotas, o vento havia trazido folhas.

"Folhas das cerejeiras silvestres das colinas, talvez. Claras e lustrosas, vermelhas e douradas, lisas e perfeitas. E, para Meggie Jones, seriam adequadas para limpar a sujeira daquela janela; então, ela apanhou as folhas e as levou para dentro da capela. Pegou uma cadeira e colocou bem embaixo da janela. E o homem na janela que era e não era seu marido olhava enquanto ela subia na cadeira e começava a limpar o vidro com um punhado de folhas da cor do sangue.

"Ela ficou em cima daquela cadeira com seu bebê ainda não nascido e limpou a janela, sem erguer os olhos para o vidro, não de verdade, pois aquilo era sagrado. Apenas esfregou um pequeno círculo no canto inferior do vidro coberto por uma capa cinzenta de poeira. Então, com uma única folha, ela fez as letras de seu nome. Mas, agora, naquele primeiro círculo, onde Meggie Jones achou ter encontrado palavras, talvez um verso, ela encontrou uma grama tão macia quanto cabelo, cada capim real como uma lágrima. Encontrou ranúnculos e mirtilos, em que a luz dourada brilhava através de seu nome. Coisas que ela conhecia de recantos profundos nas colinas, onde talvez tivesse se deitado com seu homem e onde, talvez, seu filho tivesse começado a existir.

"Mas, oh, vejam... ali no chão entre a grama e as flores, estão vendo? Ali entre as flores das montanhas Beacons estavam os pés de seu Geraint, cobertos pela folhagem das heras, sua pele bronzeada de sol, as unhas quadradas, nuas e fortes.

"E a pequena Meggie Jones passou os dedos sobre aqueles dedos e chorou pela primeira vez naquele dia, lembrando-se de seu homem e sabendo, finalmente, que não iria mais ver seus dedos. E ela enxugou os olhos com um punhado de folhas novas antes de voltar à sua tarefa.

"Portanto, vocês percebem que foi com suas lágrimas que ela limpou a janela, foram suas lágrimas e aquelas folhas que atuaram no vidro, removendo o encardido dos anos, até ela ver seu homem parado ali, seu carvoeiro Geraint Jones, afinal, tendo retornado do subsolo em suas roupas de trabalho, enegrecido pelo carvão, mas descalço, o rosto lindo como sempre.

"E a pequena Meggie Jones não encontrou apenas seu homem sob a cera de vela e a poeira, e não encontrou apenas flores, ah, não. Suas folhas também libertaram pássaros das montanhas Beacons... um esmerilhão e sua companheira, mergulhando no céu cinzento. Corvos se alçando no vento. Um falcão, pesado como seu bebê, flutuando na corrente ascendente."

Nesse ponto, os frequentadores do cinema, que já terão se esquecido da sessão e que estiveram olhando, além do contador de histórias, para a capela ali mesmo, com sua varanda e seu banco arrumadinhos, estão pensando que talvez devessem ir até lá para olhar lá dentro, já que a porta está aberta. E o que será que Judah está fazendo agora?

Mas a história está apenas pela metade, o contador parou e voltou a mendigar, estendendo seu boné para os recém-chegados;

portanto, os ouvintes terão de mandar alguém buscar um café para ele com dois torrões de açúcar e vão ter de implorar feito crianças:
— Ahhh, pare de mendigar, vai, e nos conte sobre os falcões? Havia mesmo falcões na capela, então?
Ianto Passchendaele Jenkins dará um suspiro, parará de mendigar e se sentará no degrau.

— Falcões, quem é que estava falando sobre falcões? Eu estava falando sobre janelas e folhas e, no fim, sobre um homem. Pois a pequena Meggie Jones encontrou tudo isso naquela janela, sem dúvida encontrou, e é bem verdade que havia falcões, mas também havia um homem.
"Percebem, sob aquele manto de poeira havia um homem de forma tão certa quanto houvera um homem em sua cama alguns dias atrás e tão certo quanto o bebê daquele homem a chutava agora. Ela passou aquelas folhas de cerejeira pelas pernas dele, a calça rústica toda transparente no vidro e, ao limpá-las da poeira, pôde ver através daquelas pernas, a cidade, as casas, a Rua Principal, a praça, as lojas, os homens e mulheres que agora voltavam do novo cemitério na encosta da colina, andando em grupos, abraçados e, através da jaqueta dele, ela viu meninos brincando novamente na rua.
"Mas... seu rosto. É o rosto dele que realmente importa, pois ali estava aquela janela que existia havia anos na Capela Ebenezer e, naquele rosto, o que Meggie Jones viu, ao limpar a poeira com as folhas? Ela viu a face do seu Geraint, a barba por fazer. Uma covinha onde seu homem mordia a parede interna da boca por medo. Um hematoma todo roxo sobre a maçã do rosto, onde a montanha o havia golpeado. Os pássaros já tinham sumido, assim como a colina, as flores e a grama. Tudo desaparecera. O que havia, no fim,

era apenas o negrume dos veios de carvão, o brilho da água pingando, o brilho da poeira negra à luz das velas e um homem com a barba por fazer e o rosto do seu Geraint, olhando da janela diretamente para o rosto de sua mulher e mãe de seu filho. Mas ele estava sozinho, percebem? Sozinho no escuro e sob uma montanha, em memória de todos os carvoeiros que nunca voltaram."

Ianto Passchendaele Jenkins para por um momento, balançando a cabeça. Então, suspira.

— E isso é quase o fim, exceto por uma coisa. Que, se você tem amor para dar, ele tem de ir a algum lugar, pois não pode ir a lugar algum. Portanto, a pequena Meggie Jones deu seu amor a uma janela. Eu entendo isso, ainda que você não entenda. Seu homem estava perdido e sozinho sob a montanha e voltou para ela através da janela.

"Portanto, ela cuidou das janelas. Da forma adequada, direitinho. Mas sempre que as cerejeiras soltavam folhas, ela as recolhia e com elas limpava aquela janela como se fosse o pano mais macio do mundo. Seu filho faz a mesma coisa. E ele, agora, está velho; é o limpador de janelas, Judah Jones. E, talvez, assim como sua mãe, ele veja quem tem que ver. Quem sabe dizer? Quem sabe dizer, realmente?"

Os frequentadores do cinema suspiram e dizem:
— Ah, que lindo. — E fazem planos para ir talvez agora, talvez mais tarde, à capela, para ver a janela. E vão perguntar se Judah Jones está fazendo a mesma coisa e se suas folhas estão deixando a janela respirar e se aquecer sob seu toque... O mendigo apenas suspira e não diz nada.

O conto do limpador de janelas

iii

Hoje, Judah Jones empurrou sua bicicleta pelo parque e o vento soprou as folhas das árvores perto do portão, folhas que centelham como moedas de prata. Lançou-as sobre o gramado para esperar por Judah, acumulando-se junto ao banco das Srtas. Watkins. E quando ele chega, sorri para ninguém em particular.

— Folhas para Judah Jones, é?

Talvez nesse exato dia aconteça um milagre. Talvez hoje o homem se mova na janela e um músculo se mexa sob o tecido pintado da camisa. Talvez os dedos flexionem para mandar sangue até as pontas. E talvez o queixo se incline, a cabeça vire um pouco e os olhos fitem diretamente os do velho limpador de janelas.

Assim, Judah Jones apanhou as folhas prateadas e encheu seu balde. Disse que sentia muito para as casas da Rua Maerdy e do Residencial Tredegar, que vai voltar dentro de um ou dois dias. Foi até a Rua Principal, limpou as janelas do armazém geral, da loja de batatas fritas e do ateliê da costureira, da funerária e da Caixa

Econômica, encostou sua bicicleta no banco de pedra na varanda da Ebenezer e lavou a parte externa das janelas da capela.

Depois, ele entrou e lavou a sujeira da maioria das janelas. Ele umedeceu as folhas com água limpa e um pouco de sal, exatamente como as lágrimas de Meggie Jones antes dele, e esperou um pouco na escuridão. E, agora, está estendendo o braço até sua janela para limpá-la com as folhas.

Com o passar do tempo, a janela foi se tornando mais bonita, para Judah, o rosto iluminado à meia-luz cintilando como se tivesse poros e suor, o queixo escuro como se uma barba estivesse surgindo. Ele estende a mão para tocar na face do homem e se pergunta se o vidro ainda estará frio ou se, hoje, haverá calor sob seus dedos.

Mas faz tanto tempo que Judah Jones limpa aquela janela com suas folhas, todos os anos, que o vidro está frágil como um pensamento. O rosto do homem no vidro também é belo como um pensamento, cada pincelada dele. Cada parte da pintura transparente, delicada. Cada flor, cada pedra nas colinas. Leve como uma conchinha na praia, como a unha de um bebê, a membrana interna do ovo de uma carriça. Tão cheio de beleza em sua transparência que Judah Jones está chorando ao esfregar as folhas sobre o corpo de seu carvoeiro.

Estará o carvoeiro na janela se apagando, então, exatamente como Peter Edwards? Será que Judah vê isso e para? Será que ele sente o tremor na parte mais fina do vidro? Não. As folhas trouxeram o homem à vida para a pequena Meggie Jones e farão o mesmo por Judah. Farão, sim.

Não demora muito para as folhas ficarem quebradiças e farelentas de novo. Elas caem no chão da capela, numa chuva de prata. A pintura está tão apagada agora que ele só pode ver seu homem quando se move de um lado para outro e capta a luz exata. E Judah se pergunta se esse é o começo do milagre, que haverá nada antes de haver algo, pois agora só consegue vê-lo, as mãos de seu carvoeiro quadradas e fortes, seus pés descalços no gramado. As flores das montanhas Beacons, que eram vivas e cheia de cor, agora são flores-fantasma, sob dois esmerilhões mergulhando num céu prateado.

Neste exato dia, está acontecendo algo que Judah sempre soube que aconteceria, e ele fecha os olhos e esfrega seu homem com folhas prateadas e sonha em ser tomado naqueles braços, só uma vez.

Ele fecha os olhos e passa os dedos pelos braços de seu carvoeiro, para sentir os músculos de Peter Edwards firmes sob a pele. E sente as coxas dele tremerem como as suas estão tremendo. E move os dedos até o rosto e sente o queixo, os lábios, o nariz, o tremular das pálpebras fechadas e de volta à boca, e Judah suspira, pois o vidro está quente, por fim, os lábios se abriram. Ele sente o bater de um pulso e o calor da respiração em seus dedos. Então, abre os olhos.

Mas só há vidro vazio. Não há flores, árvores, nem esmerilhões mergulhando fantasmagoricamente num céu pálido. Não há cerejeiras nas colinas. Não há paredes de carvão. Não há homem algum.

Judah leva a mão à janela e ela está quente, como se alimentada por veias, invisíveis, correndo em teias de aranha pelo vidro. Ele se ergue sobre a cadeira para colocar o rosto perto de onde está seu homem, para virar a cabeça de um lado e de outro, pois deve haver a sombra de um homem, um vestígio de sua respiração no ar da capela, as marcas de um único fio de cabelo encrustado no vidro.

Mas não há. E Judah Jones apoia a testa na janela, onde o rosto do carvoeiro estava... e encosta a boca muito levemente onde a boca do homem estava, mas seus lábios só encontram vidro.

 Ele pressiona e pressiona, pensando que, talvez, lá no fundo das camadas, o homem esteja ali... mas a janela não é mais espessa do que a membrana interna de um ovo de carriça. Já não suporta mais o peso de um beijo. E se estilhaça.

 Tudo que resta é um limpador de janelas chamado Judah Jones, parado no alto de uma cadeira numa capela vazia, e uma janela quebrada. A brisa da tarde soprando seu cabelo, gentil como um suspiro. Ele ainda não percebeu, mas seu lábio está cortado e pelo seu queixo corre um fio tênue de sangue, vivo e perfeito.

 Através da janela quebrada, tudo que há para ver é a Rua Principal, seu asfalto e seus bueiros, as fachadas das lojas e tetos cinzentos. As pessoas indo para casa, para o fogo na lareira. E o cinema. Um menino de óculos parado ali, Laddy Merridew, que veio conversar com Ianto Passchendaele Jenkins, olhando para a janela e prendendo a respiração. Enquanto, nos degraus do cinema, o próprio Ianto Jenkins está assentindo sem parar.

No parque, no banco dedicado à Srta. Gwynneth Watkins

No DIA SEGUINTE, À TARDE, o cinema fica fechado enquanto alguém conversa com o equipamento, e o vento conduz o mendigo pela Rua Principal, para um lado e para outro; depois, pela ladeira atrás das lojas até o parque. Ele leva o almoço no bolso, sanduíche de carneiro com beterraba no pão branco, para comer mais tarde.

Ali, no parque, está Laddy Merridew, sentado mais uma vez na Gwynneth Watkins, sua mochila jogada na grama, aberta, o caderno e o lápis esquecidos no banco. Laddy está encurvado, lendo uma carta que parece ter sido tirada do envelope, dobrada e desdobrada e lida cem vezes. Ele não nota o mendigo se sentando ao lado dele no banco até que Ianto Passchendaele Jenkins tira seu sanduíche do bolso e o desembrulha. Laddy ergue os olhos.

— De onde você veio, Sr. Jenkins?

— Quem é que sabe? Você diz agora, ou originalmente?

Laddy dobra a carta e a coloca no envelope, depois guarda no bolso. Ele não responde a pergunta.

— Perdi sua história hoje. Qual foi? — Ele pega seu caderno.

— Nada, Bigato. Não houve história. Ninguém perguntou.

Laddy examina suas mãos com cuidado e rói uma unha que já foi mais do que roída.

— Meu pai veio me ver. — Então, ele se cala. — Por que você mora na varanda? Quer dizer, por que não lá dentro?

— Por quê?

— Eu estava pensando... Qual é a importância do lugar onde a gente vive, afinal?

— Seu pai conversou sobre as coisas, então?

— Não, não exatamente. Ele veio de carro até aqui depois do trabalho, isso foi legal. Acho que ele conversou com a vó antes de eu chegar. Daí, ele teve que voltar. Meu pai fez um caminho bem longo. — O menino dá um tapinha em seu bolso. — Deixou isto ao partir. — Laddy fica quieto por um instante. — Meu pai está indo embora, Sr. Jenkins... quer dizer, ele vai viver em outro lugar. Em Manchester, acho. Esta carta é para explicar, mas não explica. Ele disse que não podia explicar porque ele mesmo não entendia e que não ia inventar coisas. Não quer mentir para mim, foi o que ele disse. Olhe... — E começa a tirar a carta do bolso.

Ianto Jenkins o detém.

— Não, Bigato. É particular, só para você, não é?

Faz-se silêncio por algum tempo. Algumas folhas se agitam sobre a grama e Laddy puxa seu casaco contra o corpo. Então, pigarreia.

— Mas eu gostei de ele não inventar coisas. — O menino empurra os óculos nariz acima. — E aquela janela da capela, hein?

O mendigo assente.

— Ícaro Evans veio hoje cedo para cobri-la com tapumes.

— O que vai acontecer?

— Não muita coisa, suponho.

— Por quê?

— A Ebenezer não ficará lá para sempre, Bigato.
— Como assim?
— Imagino que haja planos. Vivem falando em demolir tudo.
Laddy franze a testa, mas não diz nada. Então:
—Você não respondeu a minha pergunta. Por que fica na varanda, Sr. Jenkins? Por que não mora lá dentro, onde é mais quente?
— E mais escuro. O escuro ainda me traz muitas lembranças...
— Como era lá embaixo, Sr. Jenkins? Você disse que iria me contar, no outro dia. Você lembra?

— Ah, Bigato. Se eu lembro? É melhor me perguntar se há espaço na minha cabeça para outra coisa, às vezes. Eu me lembro como se fosse ontem... me lembro dele pedindo também, sem parar, para eu contar a ele como era, o outro Bigato, meu irmão, e eu tentei contar a ele mais de uma vez. Não era fácil.
Laddy não diz nada. Portanto, Ianto Jenkins pigarreia, entrega um doce de alcaçuz a Laddy Merridew e tenta explicar novamente.

— Era como uma grande catedral, Bigato, lá embaixo. Mas era uma catedral sem muitas lâmpadas, exceto as que os homens traziam, e pouquíssimas janelas.
"Pois havia janelas, lá embaixo. Provavelmente ainda há. Havia as aberturas dos túneis para fora, de tanto em tanto, todas vazias e ocas. Eram e não eram parte da parede. Deixando o exterior ser visto, mas não sentido pelo lado de dentro, e deixando o interior ser visto, mas não sentido pelo lado de fora, e isso era a coisa mais estranha do mundo.
"Também havia pilares lá embaixo, Bigato, segurando o teto. Negros e sólidos. E, conforme eu movia minha lamparina de um lado a outro, a luz se refletia das superfícies como um monte de espelhos

pretos e vazios até que quase fiquei hipnotizado e Thomas Edwards riu de mim, eu me lembro. 'Ianto Jenkins, você quer parar de olhar para as paredes? Daqui a pouco vai ver o diabo em pessoa...'

"Mas eu tinha que continuar olhando. E escutando, também, pois era o lugar mais barulhento em que eu já estivera. E cada barulho não vinha até a gente uma vez só, mas duas, três vezes, ecos e mais ecos, percebe? Gritos, pois as vozes dos carvoeiros nunca pareciam simplesmente falar. E os cavalos...

"A Gentil Clara era escura mesmo, sem dúvida. Também estava cheia de coisas horríveis... Naquele primeiro dia, eu vi um cavalo cair enquanto se esforçava para puxar uma carga de carvão até o piso da mina e ele escolheu um lugar onde a via não era nivelada e a carreta continuou indo e atropelou o pobre cavalo, quebrando sua coluna. Nunca vou me esquecer dos gritos, pode acreditar.

"Mas, apesar de tudo isso, e é algo estranho de se dizer, agora, a beleza do lugar se elevava acima de tudo. Não havia outra palavra para aquilo, Bigato, era uma beleza profunda, pulsante, negra como a noite e tão pesada quanto o mundo.

"O piso era perigoso, no entanto, e com as botas do falecido Sr. Ernest Ellis grandes demais para mim, eu vivia tropeçando, até que o Sr. Edwards, meu chapa, disse que eu ficaria melhor sem botas, mas eu não quis saber disso, não. Veja bem, Bigato, o chão daquela imensa catedral subterrânea era esburacado e cheio de água, e aquela água transformava a luz dos lampiões num carpete de estrelas... mas as botas do Sr. Ellis me protegiam maravilhosamente da água.

"O teto era baixo e abobadado... tão baixo que Thomas Edwards tinha que se inclinar e curvar para a frente para conseguir caminhar pelos túneis, pois ele era alto demais, seu lampião lançando sombras pelas paredes; e, às vezes, ele batia o chapéu no teto e este caía sobre seus olhos e se podiam ouvir altos brados, então. Ah, eu aprendi uma porção de palavras lindas, naqueles poucos dias.

"Eu contei tudo isso e perguntei ao meu irmão, o outro Bigato, se ele podia enxergar tudo na cabeça dele, agora que eu tinha tentado desenhar para ele, mas só o que recebi em resposta foi um ronco.

"No escuro, com a chuva batendo na janela do quarto, era difícil impedir os pensamentos... eles são como os pôneis selvagens nas colinas. Continuei pensando em catedrais e no som da cantoria nos túneis, como o pai disse que seria, mas sempre acima das cantigas e dos gritos, havia o rangido da madeira que forrava as paredes dos túneis e, vez ou outra, um estalo alto quando um pedaço de madeira protestava contra o peso da montanha. Como eu também faria. Eu não tinha imaginado aquilo.

"Também havia os gritos e berros de longe, e os sons das picaretas, martelos e furadeiras, e das carretas rodando nos trilhos. E, acima de todos esses sons, havia outro que eu ouvia, insistente e alto, de sibilos e baques, o pulsar das grandes máquinas, ou talvez fosse apenas a montanha respirando.

"E os cheiros lá embaixo... bem, não era exatamente como na grande catedral acima; havia o fedor dos cavalos e havia pó de carvão e não só a poeira normal que se encontra em bancos de igreja e livros de orações, pois essa poeira não precisa ser molhada para se fixar, precisa? E, na catedral, acima do solo, nunca há esse cheiro de porcos... de forma que você empina o nariz e funga como os próprios porcos... e o cheiro some."

* * *

Ianto Passchendaele Jenkins para, pois Laddy Merridew adormeceu, a cabeça encostada no ombro do mendigo.

— Ah, mas devo estar perdendo o jeito. — Ele põe a mão no ombro de Laddy, para acordá-lo. — Fiz você dormir.

O menino sacode a cabeça, devagar.

— Não, acho que não... Eu não dormi muito na noite passada. Estava preocupado.

— Sinto muito.

— Não é culpa sua. Estava preocupado com o fato de as pessoas mentirem o tempo todo. Mas você, não, pelo menos, eu acho.

— Muito obrigado por isso.

Há uma pausa, como se Laddy não tivesse muita certeza, afinal.

— Você estava falando sobre a Capela Ebenezer?

— Não.

Ianto Jenkins se levanta e olha para a cidade.

Laddy se espreguiça.

— O que vai acontecer se ela for demolida? É a sua casa, Sr. Jenkins.

— Só por algum tempo.

— Aonde você irá?

— Quem sabe? Quem sabe, não é mesmo?

Laddy Merridew apanha sua mochila, apalpa o bolso para garantir que sua carta ainda esteja ali.

— Talvez eu o veja amanhã, então. — Ele começa a se afastar, então se vira e acena, mas Ianto Jenkins já se foi.

O conto do secretário

i

QUANDO O VENTO SOPRA do leste, passando de forma constante sobre os montes de carvão, o túnel perto da Brychan canta como uma garrafa de refrigerante vazia. O som ressoa por cima da fuligem e dos tijolos como se estivesse preso na garganta de um tenor de Dowlais, com poeira de carvão e tudo, depois se derrama e flui pelo vale até a cidade. Se acomoda nas vielas entre as casas, penetra pelas frestas das janelas; um uuuuuuuuuuuu que faz as crianças gritarem que tem fantasmas na chaminé.

Então, Ianto Passchendaele Jenkins, de cáqui, para de mendigar nos degraus em frente ao cinema e levanta um dedo no ar, como se fosse um maestro. Ele olha para as janelas da Caixa Econômica, esperando que Tommo Price se mexa. E a Louca Annie, com o cabelo parecendo barbante, deixa a porta da velha cabana do eletricista balançando na única dobradiça e tropeça, inclinada, pelas trilhas, com seus chinelos, sacudindo uma rede de pescar camarão que não contém nada além de furos. Ela está indo buscar o filho para levá-lo para casa.

— Espere por mim, menino lindo.

Se o vento estiver mais forte, fará o grande cavalo de ferro balançar em seu quadrado de asfalto no parque acima da Rua Principal e ele range, range, range como se houvesse todo um time de futebol trepado nele, alguns meninos em pé. Os balanços em suas correntes marrons vão e vem, sem mãos que os empurrem. Para a frente e para trás. Rangem, rangem. E folhas de jornal voam pelas ruas, rodopiando junto com bilhetes de ônibus e papéis de bala, empilhando-se nas portas da Capela Ebenezer para dar trabalho agora não para um ministro, só ao mendigo, que terá que curvar seus velhos ossos para apanhar tudo.

Quando ouve o zunir do túnel, Tommo Price, de terno, olha pela janela da Caixa Econômica como se, em vez da Rua Principal, conseguisse enxergar até a Brychan, na periferia da cidade, como se pudesse ver a Louca Annie inclinada no vento, desaparecendo atrás das casas, seguindo pela velha ferrovia carvoeira, a caminho do túnel.

— Espere por mim, menino lindo.

Tommo balança a cabeça antes de voltar a seus livros-caixa. E os números no papel sairão voando sob seus olhos. Tommo empurra a cadeira para trás e grita para Matty Harris, subgerente, que precisa sair. Matty Harris assente devagar e continua puxando um fio da manga enquanto conversa com Maggie, d'O Gato, pelo telefone uma última vez:

— Eu só queria ouvir da sua boca, Maggie...

Quando Tommo finalmente chega ao túnel, Annie está lá dentro, os chinelos macios sobre o musgo e as pedras. Ele respira de forma superficial por causa do fedor de urina. Não enxerga absolutamente nada, já que a luz se foi, levada pelo vento. Ele o sente, frio em seu rosto, conforme encurva os ombros, e tosse:

— Annie? Saia daí, vamos...

Tommo ouve a respiração dela, distinta, cada inalação como um soluço. Ele ouve o arrastar de sua rede nos tijolos, um rastejar de patinhas minúsculas, o escuro de veludo molhado pressionando seus ouvidos. E o som. O uuuuuu do vento, agora mais alto. E se Tommo puser a mão na parede, pressionar os dedos na graxa e na fuligem, poderá sentir a parede tremendo ainda. Como se o trem de carvão estivesse vindo.

— Annie? Vou fazer uma xícara de chá preto com açúcar para você.

Lentamente, os olhos de Tommo encontram Annie, apenas um vulto na escuridão. Ela vem na direção de Tommo feito um morcego, segurando sua rede de pescar camarão.

— Ah, Tommo, você consegue alcançar ali em cima? Bem ali. Estou vendo ele ali, Tommo...

E ele segura a mão dela e raspa a rede pelo teto do túnel. A sujeira cai no rosto erguido de Annie, em seu casaco puído. Sujeira, fuligem e pó de tijolo se acumulam no cabelo de Tommo, pois ele não levanta o rosto para olhar, ah, não.

Talvez o vento diminua um pouco. O ar no túnel se acalma. Tommo pode sentir o ar, que pinica, e os pelos na sua nuca se eriçam contra ele.

— Vamos, meu bem?

Eles voltam caminhando até a cabana de Annie, Tommo com o braço em volta de seus ombros. Annie mantém ambas as mãos sobre a rede, como se fossem dois caranguejos, segurando-a junto ao peito.

E, quando eles chegam à cabana, ela vai direto até o foguinho mixuruca na lareira. Afasta a rede do peito, segurando-a fechada com uma das mãos. Ela a estende até que fique bem em cima da fumaça, sob a chaminé que se abre para o céu, tira a mão e a sacode, sacode. Depois se senta no banco junto ao calor e sorri.

— Meu menino está na chaminé, Tommo, pegue a xícara de água.

E Tommo pega a xícara fina de porcelana do cesto no canto e enche com água da torneira lá fora, que se sacoleja e engasga na parede. E a entrega para Annie, não para beber, nada disso; mas para segurar debaixo da chaminé, como um espelho.

— Vai ter lua hoje, Tommo? Eu vou ver meu menino?

Sempre acontece, sempre, certeiro como o relógio da Prefeitura fixado por um prego nas horas e dez. Então, Tommo Price, em seu terno, caminha de volta até a Caixa Econômica, limpando a sujeira do cabelo, e deixa Annie conversando com a chaminé.

Ele passa pelos degraus do cinema, sob pôsteres com lábios vermelhos, e assente para Ianto Passchendaele Jenkins, o mendigo mais velho que o século, e lhe joga uma moeda.

Ianto Passchendaele Jenkins tira a moeda de seu boné, leva-a ao nariz e aperta os olhos a fim de ver a cara na moeda, para ver se é um rei. Não é, não se acham mais dessas atualmente. Só com a rainha.

Ele sacode aquela moeda para Tommo como se fosse um punho fechado, porque se lembra do dia em que o filho da Louca Annie foi brincar no túnel da ferrovia, matando aula com um amigo, e o túnel ainda vivinho da silva.

O conto do secretário

ii

POR UMA MOEDA OU UM caramelo, Ianto Passchendaele Jenkins venderá a alma novamente e contará aos frequentadores do cinema sobre o filho de Annie como já fez mil vezes, girando os braços como um rolo compressor e dando tapinhas no mostrador de um relógio sem ponteiros...

— Ouçam com os ouvidos, pois tenho uma história para eles... Sobre a Louca Annie que mora na cabana do eletricista no fim da velha ferrovia carvoeira. E seu filho vivo, Dai, com apenas 7 anos de idade na época. E o melhor amigo dele, um jovem chamado Tommo Price, agora um homem... que ainda não acredita em nada do que lhe dizem, a não ser que veja com os próprios olhos.
"Annie estava fazendo pão em sua casa na Rua Plymouth, todos esses anos atrás, quando a seu filho só restavam seis minutos. Em pé num banco na cozinha, tentando alcançar a farinha, imaginem, e o marido Evan tossindo as tripas para fora no andar de cima, mas ele ainda estava vivo, por pouco. E ela achando que seu Dai estava

na escola, dando o dinheiro da merenda para o professor e fazendo seus cálculos para ser um advogado famoso.

"Mas ele não estava na escola. Ah, não. Tinham escondido as mochilas, ele e seu amigo Tommo Price, e estavam atrás da parede da ferrovia, a apenas um ou dois gritos de distância da mãe, em sua cozinha, se ao menos o vento estivesse a favor, vejam só que coisa.

"E ela, com a farinha e a água em cima da mesa, e a farinha em suas mãos, a água em suas mãos e a maciez do pão criando forma e o cheiro do fermento, fazendo pão para seus homens, ele com apenas 7 anos e o pai que tosse embaixo dos cobertores à noite até a Sra. Pym da casa vizinha rolar com seus bobes por cima do Sr. Pym e bater na parede gritando: 'Não se dorme aqui, não?'

"Vejam-nos agora, os meninos, o Dai da Louca Annie e seu melhor amigo, Tommo Price, sentados no trilho do trem perto do túnel, comendo balas de cereja compradas com o dinheiro da merenda de Tommo Price e mostrando as línguas vermelho-sangue no meio. Os sapatos recém-engraxados, brilhando como castanhas, pois iria haver cânticos pelo rei falecido na Ebenezer. Bons meninos, os dois, em seus suéteres escolares, bem arrumadinhos. Um suéter industrializado e novo, comprado com dinheiro; o outro feito por Annie, cheio de amor e nós.

"Cinco minutos restando e imaginem que Annie está até os cotovelos de farinha, a maciez sob as unhas, juntando tudo e enrolando com a palma das mãos. E Dai falando de moedas. 'Eu consigo esmagar o rei, Tommo', diz.

"'Consegue nada...'

"'Consigo, sim.'

"E Tommo, o atiçando: 'Ah, mentiroso, não consegue nada...'

"'Consigo, sim.'

"E Dai cutucou Tommo nas costelas e ele caiu do trilho, rindo... Então, os dois se levantaram e saíram correndo pelos trilhos do trem, pulando os dormentes, fazendo uuuuuuuuuu como fantasmas. Uuuuuuuuuuuuuu na boca do túnel e lá vinha o uuuuuuuuu de volta para eles, estendendo-se como um dragão desperto.

"Quatro minutos e o trem carvoeiro partia de Clydach, rodas girando e soltando faíscas. Com trinta vagões de carvão para queima. A camisa dos meninos já estava para fora da calça; as meias, caídas em volta dos tornozelos; e os sapatos, empoeirados. O cabelo de Annie havia caído em seus olhos e ela o empurrou para trás, com as costas da mão, e um risco de farinha ficou em sua testa, como uma mensagem.

"E seu menino, Dai, tinha caído nas pedras, machucara o joelho, que estava sangrando, e o dinheiro da merenda caíra do bolso, no escuro. Mas ele não ia chorar, não mesmo, com o pai tossindo à noite e tudo, e a mãe já com tantos problemas na cabeça.

"'Eu consigo esmagar o rei, consigo, sim...'

"Mas seu melhor amigo, Tommo Price, não acreditava nele. 'Não acredito em você', disse seu melhor amigo e, ah, aquilo importava muito. Dai agora estava com as moedas na mão, apanhadas do chão, onde brilhavam.

"Três minutos e Dai, que nunca tinha esmagado o rei antes, disse: 'Os trilhos se mexem, está vendo...' porque tinha ouvido os garotos maiores falando na rua... 'Os trilhos se mexem quando o trem está vindo, Tommo. Eles sobem e descem. Se você puser a moeda cedo demais, ela vai cair...' E ele achou que parecia tão entendido. Como um engenheiro. 'Precisa esperar, percebe? Precisa esperar até o trem estar quase chegando...'

"Mas Tommo Price disse: 'Que nada, você tem medo... não, o rei não vai ficar esmagado desse jeito. Não vai.'

"Imaginem só que restavam dois minutos quando Annie viu a Sra. Pym na janela do outro lado e acenou, chamando-a para uma xícara de chá a fim de se desculpar pela tosse... um pouco de água quente na chaleira que colocou no fogo alto. Podia tentar levar uma xícara a Evan, com dois torrões de açúcar, como um agrado. Foi até a porta com seu avental, ficou ali falando... quando seu menino começou a caminhar de volta para dentro do túnel.

"'Eu vou conseguir, Tommo Price, você vai ver só...'

"E Tommo Price pôs as mãos na parede de tijolos e a parede estava tremendo. 'Não vai, não...'

"E Annie disse para a Sra. Pym que iria subir um minuto para buscar um cardigã. 'Está frio como uma tumba', disse ela.

"Um minuto e os trilhos já estavam cantando. O trem estava vindo e seu som enchia o túnel e Tommo não conseguia ver o menino por causa do barulho e do escuro e gritou para seu amigo: 'Saia daí!' Mas o túnel estava tão cheio do som do trem, esmerilhando e chocalhando, rangendo e retumbando, que suas palavras foram engolidas."

Ianto Passchendaele Jenkins para de girar os braços e abraça a si mesmo, olha para seu relógio sem ponteiros, dá um tapinha, leva-o até o ouvido onde ele faz tique-tique como um besouro de madeira e nunca diz nada além daquilo.

— E ele só tinha 7 anos, viu...

Então, os frequentadores do cinema que ficaram ouvindo com os ouvidos e com os olhos — pois acompanharam os braços girando e a cabeça virando e os olhos se deslocando até as janelas da Caixa Econômica — querem que ele termine a história.

— Ele esmagou o rei, hein, o coitadinho?

— Ah, encontraram a moeda?

Mas o contador de histórias já se foi, de volta à mendicância, já que o público da sessão das duas da tarde está saindo, cheio de sorrisos e caramelos. Mas ele não terminou, e não irá terminar até contar a outra metade da história, sobre Tommo Price, que nunca acreditava no que seu amigo lhe dizia.

— Você não nos contou sobre Tommo... — E os frequentadores do cinema olham para a janela da Caixa Econômica, acima, para ver Tommo Price se abaixar depressa, talvez apanhando um lápis caído. Talvez não. E o contador de histórias continua.

— Ouçam com os ouvidos, então, se ainda os têm. E deixem-nos ouvir a história de Billy Price, avô de Tommo Price. Deixem-nos ouvir o som de sua pá cavando no jardim dos fundos num dia de folga de seu trabalho como carvoeiro na mina Gentil Clara, e a voz da viúva Ivy Jones, da casa vizinha, vindo até o muro: 'Sr. Price, posso dar uma palavrinha?', toda formal e cuidadosa.

"E Billy Price, se apoiando na pá, contente pelo descanso, limpando a testa com um lenço: 'Bom-dia, Ivy. Isso que é descansar carregando pedras, né? Como vai aquele seu jovem filho?'

"'Não tão jovem assim, Sr. Price. Geraint vai começar na Gentil Clara em uma semana, a partir da segunda-feira.'

"'É mesmo? Bem. Vai ser um bom carvoeiro.'

"'Eu ficaria muito agradecida, Sr. Price, se você cuidasse do Geraint por mim.'

"E Billy Price, que também tinha um filho, e que sabe que Geraint é o único que ela tem, diz: 'Cuidarei, Sra. Jones. Vou ficar de olho em

Geraint. Não que ele vá precisar, viu? São seguras como casas... não se preocupe...' e eles conversaram por mais algum tempo.

"O filho de Billy Price ainda estava na escola; era um menino inteligente e não ia ser carvoeiro se seu pai pudesse evitar."

"Mas aquele Geraint Jones era o mesmíssimo que iria se casar apenas uns dias depois com a pequena Meggie, lembram? E Billy Price era, realmente, velho o bastante para ser seu pai. E cuidou dele como havia prometido à sua vizinha Ivy Jones, fez o papel de chapa de Geraint Jones por um tempo e depois eles viraram colegas, apesar da diferença de idade. Trabalhavam lado a lado sempre que podiam, Billy Price como o pai que o jovem Geraint perdera quando era menino.

"Trabalharam juntos e morreram juntos, é o que acham. No dia em que a montanha ruiu na Gentil Clara, Billy Price e Geraint Jones estavam trabalhando no nível que desapareceu, como se a montanha estivesse fechando todas as galerias, todos os nossos pequenos túneis de minhoca. Os corpos nunca foram encontrados, mesmo com todas as buscas. Ivy Jones, coitada, não recebeu seu Geraint na cozinha, trazido numa maca, como as outras mães que perderam filhos. E para a Sra. Price, mulher de Billy, tampouco houve um homem carregado pela rua.

"Na capela aqui do lado, no funeral, mais tarde, alguns dos que nunca foram encontrados tinham caixões completos, com seus nomes. Dentro, só alguns torrões de carvão embrulhados em pano para dar peso. Geraint Jones e Billy Price não tiveram nem caixões.

"E para a família de Billy Price, sua esposa e seu filho, não havia corpo, portanto Billy Price podia não estar morto. Sua esposa, a Sra. Price, não quis nem ir ao funeral. 'Me tragam o corpo dele. Daí, eu saberei.'

"Era simples. Ele podia simplesmente ter ido embora, desaparecido, como alguns homens fazem, ou podia estar bêbado numa moita sem saber quem era, ou os registros podiam estar errados, dizendo que ele estava no nível que explodira.

"E o Price filho era a mesma coisa. O filho que era bom com números e que não iria ser carvoeiro de jeito nenhum, não se seu pai pudesse evitar — o filho que viria a ser o pai de Tommo Price, percebem? Se não havia prova, então não havia certeza... e talvez tenha sido por isso que ele foi trabalhar depois com números, né? Quem sabe? E Tommo Price não é diferente. Ele precisa ter provas de que as coisas são o que são. Sempre precisou. Mesmo quando era um menino, ele nunca acreditava em nada que não visse.

"E posso dizer uma coisa: quando Tommo Price era pequeno, um ou dois anos antes da morte do menino da Annie, a avó dele, a velha Sra. Price, ela mesma morreu. Ainda perguntando pelo corpo de seu marido Billy. E lá estava ela, toda arrumada no seu caixão sobre a mesa da sala de visitas, a boca fechada por uma fita preta amarrada sob o queixo. E o jovem Tommo, seu neto, de apenas 5 anos, esperou até a conversa acabar, as visitas irem jantar e se aproximou de fininho com duas bolinhas de vidro nos bolsos. Enfiou as bolinhas uma após a outra no nariz da avó, depois se afastou e ficou esperando que ela se levantasse, espirrasse e que as bolinhas de gude caíssem no tampo da mesa. Mas aquilo nunca aconteceu."

E os frequentadores do cinema vão se afastar lentamente, balançando a cabeça.

O conto do secretário

iii

O VENTO PODE VIR DA direção que quiser e o velho Ianto Passchendaele Jenkins, de cáqui, estará sempre mendigando nos degraus do cinema.

— Foi bom o filme, foi? E os caramelos? Ah, quem me dera ter dentes para um daqueles caramelos com alcaçuz...

A Sra. Prinny Ellis, que vende as entradas, lhe traz um sanduíche com beterraba. Um bolinho galês. O jornal de ontem.

— Ele não tem ossos, esse Ianto Passchendaele, viu, ou ficaria rígido. Não deve ter ossos embaixo dessas roupas...

De sua janela na Caixa Econômica, Tommo Price vê Ianto Jenkins como se fosse Deus, nada podendo fazer depois que soltou sua criatura no mundo. Ele observa as pessoas saindo da sessão do meio-dia ficarem ali com o mendigo durante um tempo incontável, ele girando os braços e dando tapinhas no relógio, e Tommo vira as costas e volta a seus livros-caixa. Toma seu chá numa xícara grossa e fixa os olhos nos livros, onde os números são imóveis e sólidos e, se ele estiver bastante concentrado, quase não ouve seu nome sendo mencionado:

— Tommo Price, Tommo Price...

Tommo passa por Ianto Passchendaele Jenkins mais tarde, ao voltar para casa da Caixa Econômica e, às vezes, quando está muito irritado, Ianto Jenkins acena para ele com uma moeda e faz uuuuuuuu como o vento. Ou como um trem.

— O filho da Annie está na chaminé de novo, Tommo?

Mas, logicamente, não há meninos nas chaminés nem nos túneis, e Tommo Price volta para casa e para sua esposa, Sarah Price, que faz peixe branco para o jantar, com pão branco com manteiga, e serve tudo em silêncio. Sua pele é oleosa e segredos escorrem dela como caramelos atirados sobre um lago congelado.

— Ah. Você vai à casa da Annie agora, vai? Que pena que a gente comeu todo o peixe.

— Pena mesmo...

— Você pode me contar o que ela diz, Tommo. Eu nunca iria abrir a boca...

— Claro que não iria, meu amor...

Toda noite, depois do jantar, Tommo Price atravessa a propriedade Brychan até a velha ferrovia carvoeira e segue para a cabana da Louca Annie, só para garantir. Mesmo quando ele está morto de cansaço, como hoje, de ver números no papel, e Ianto Passchendaele Jenkins nos degraus do cinema, olhando para cima e lhe devolvendo o olhar. Tommo Price ajusta a jaqueta ao passar pelas casas e ao passar por Laddy Merridew, sentado no degrau da frente da casa de sua vó, roendo as unhas.

Essa noite, o vento sopra do oeste e Tommo pensa em ir direto para o túnel onde Annie certamente estará, com sua rede. Mas ela não está. Já passa das sete horas e está escurecendo, e o túnel faz uuuuuu baixinho, em ondas.

Por alguns minutos, Tommo fica ali, esperando, porque ela virá cambaleando com sua rede, a qualquer momento. E, esperando, ele pensa em Annie. A Annie que o abraçou um dia mais forte do que sua própria mãe e acariciou seu suéter escolar, deixou vestígios de farinha e de massa presos na lã e disse que não era culpa dele.

Mas esta noite, precisamente nesta noite, ela não vem com sua rede. Tommo caminha pelos trilhos até sua cabana e bate à porta:

— Annie?

— Ah, Tommo, não estou me sentindo muito bem...

E ela está deitada no canto, com seu casaco, e não na cama que Tommo trouxe em partes colina acima e montou novamente. Não sob os cobertores que ele pegou em seu próprio armário.

— Onde está o carvão, Annie? Vou acender um fogo para você e fazer um pouco de chá preto com açúcar.

— Você vai buscar meu menino, Tommo? Posso ouvi-lo.

E Tommo leva a Louca Annie até a cama, de casaco e tudo. Ele acende um foguinho na lareira e coloca a chaleira para esquentar nos carvões, suspira e pega a rede de pescar camarão da parede. Ele sai e vai até o túnel, mas fica parado à entrada, longe do cheiro de urina, e conta até cem, balançando a rede como um pêndulo. E volta à cabana.

— Cadê ele, o meu menino?

— Aqui, Annie, na rede...

A Louca Annie escuta.

— Ele não está aí, Tommo. Você não o pegou, não pegou, o meu menino lindo...

Então, Tommo Price, que está cansado de seu dia curvado sobre livros-caixa e de seu peixe branco e sua esposa branca e de encontrar a Louca Annie doente, volta até o túnel. E não volta para ficar parado no túnel com uma rede, mas para procurar a moeda como ele fez, uma e outra vez, sem encontrá-la, chutando as pedras em volta e empilhando-as junto dos tijolos, e vasculhando o terreno até chegar à terra, sem encontrar nadinha de nada. Porque nada havia para encontrar. E ele sabia. Tudo que houvera fora um menino que nunca esmagou o rei, morto por um trem.

Tommo ouve o uuuuuu dentro do túnel e não levanta a rede. Mas volta cansado para a cabana, segurando-a como Annie faz, junto ao peito.

— Aqui está ele, Annie.

Mas ela apenas vira o rosto para a parede.

Ele volta ao túnel e entra, dessa vez, ao som do vento, dentro da galeria. Há negrume na escuridão. E como costuma fazer para Annie, Tommo começa a raspar a rede no teto, onde fica o negrume. Raspa, raspa e a velha fuligem e a poeira de tijolo caem sobre seu rosto — pois, dessa vez, ele está procurando.

E ele sente o cheiro de urina no túnel, de umidade e escuridão, que cheira a metal.

O escuro tem cheiro de metal. Como os dedos mornos e úmidos de um menino que esteve segurando suas moedas, bem apertado. E tem cheiro de açúcar. De balas de cereja. E Tommo sente o gosto das balas de cereja em sua língua, como há anos não sentia, e sabe que, se colocar a língua para fora, ela estará vermelha no meio. E a fuligem e a poeira caem como chuva negra no escuro, uma chuva que cai na rede e é mais pesada que pó.

Tommo apalpa a rede e encontra algo que não é pó. Ele a segura à meia-luz, vê o rosto e o rosto está chapado, e ele chora. Ele a guarda no bolso do terno e chora. Ele raspa a rede no teto, enche os furos com negrume e com o cheiro de moedas e chora.

Então, Tommo Price abraça seu melhor amigo junto do peito, mantendo a rede fechada contra a noite que se assoma. Mas há uma lua lá em cima, que brilha firme e sem piscar, sobre a cidade e sobre Tommo Price, levando Dai pela linha do trem, de volta para casa e para Annie.

Tommo leva a rede até a cabana do eletricista, vai direto até a lareira e a segura, bem ali onde a fumaça fina se eleva, bem embaixo da chaminé, tira a mão de cima e a sacode.

Então, tira a moeda do bolso e fecha os dedos de Annie em volta dela, mas não consegue encontrar as palavras. E ela leva a moeda até seu rosto, suave como um beijo, e fecha os olhos.

Tommo tira a xícara branca de porcelana do cesto e enche na torneira lá fora, que sacode e engasga contra a parede da cabana. Ele a dá a Annie, para que ela beba um pouco, devagar, segurando a xícara contra seus lábios como se fosse um cálice. Ele mesmo toma um gole, então, sabendo o que verá refletido na água. Senta-se ao lado do calor, inclina-se para a frente, segura a xícara sob a chaminé e espera que a chaleira ferva.

Na varanda da Capela Ebenezer

Não há Laddy Merridew por alguns dias. Nem caramelos ou balas de alcaçuz, com ou sem recheio.

Quando Ianto Jenkins finalmente o vê, é na Rua Principal, em frente à biblioteca. Laddy Merridew está encostado à parede, rodeado de garotos. Eles estão conversando; ele, não. Ele ergue os olhos quando Ianto se aproxima para checar o horário de ônibus e o mendigo levanta a mão, mas o menino desvia os olhos quando as risadas dos garotos ressoam no ar.

— Amigo do Fedorento. Amigo do Fedorento.

Mais tarde, o menino está sozinho, ainda encostado à parede, e quando Ianto diz olá, ele não responde.

Mais tarde ainda, Laddy Merridew vem até a varanda da capela entre as sessões de cinema e encontra o mendigo dando corda em seu relógio. Ele para nos degraus, roendo as unhas, sem dizer nada, até que Ianto Passchendaele Jenkins inspeciona seu relógio e diz:

— Deve estar quase na hora.

— Não seja bobo. Esse relógio não tem ponteiros.

O mendigo reflete por um instante.

— E quem disse que um relógio precisa de ponteiros? Ainda funciona, por dentro.

— Foi isso que eu quis dizer. É bobo.

— Ah, entendi.

— São só histórias suas. Nada do que você diz é verdade.

O mendigo tira o boné e coça a cabeça.

— Por que você acha isso, Bigato?

Laddy Merridew não responde. Ele olha feio para Ianto.

— Estou cheio das pessoas mentindo para mim. — Ele se remexe. Então, diz: — Também não sou Bigato. Sou Laddy. Não Bigato. Mas...

— Mas o quê, Bigato?

Laddy enterra as mãos nos bolsos.

— Aquele túnel perto da casa da vó...

— O que tem ele?

— Eu entrei lá. Os outros disseram que eu não entraria. Até o meio, onde é bem escuro.

— E por que você fez isso?

— Eles disseram que me dariam um cigarro se eu tentasse.

— E deram?

— Esperaram até eu entrar na parte escura e saíram correndo. — Há uma pausa. — Eles mentiram.

— Ah.

— Riram, também.

Ianto Passchendaele Jenkins assente.

— Eram eles, hoje de manhã?

Laddy assente.

— Não é legal que mintam para a gente. Ou riam.

— Não. — Laddy rói uma unha. Então, parece se animar. — Mas os riscos nas paredes do túnel. Eu os vi, pelo menos, acho que vi. Aquela história é realmente sobre como eles foram feitos lá?

— Riscos em paredes podem ser feitos das mais diversas formas.

— Minha vó diz que fantasmas não existem. E que, se existissem, não morariam em tijolos.

— Eu nunca disse que moravam. Agora, em chaminés, aí já é outra história, ah, sim. Fantasmas precisam de uma via de entrada e de saída, afinal. Como túneis...

— Vou dizer a ela que você disse isso.

— Eu não diria, se fosse você.

O menino quase sorri.

— Me desculpe por hoje de manhã.

Ianto Jenkins dá de ombros.

— Mas, Sr. Jenkins... suas histórias. Como posso saber se são reais mesmo?

O mendigo suspira.

— Então, como eu sei...?

Dessa vez, Ianto Jenkins franze a testa.

— Bigato, agora você vai ouvir. Aqui... — Ianto Jenkins aponta para o banco. — Sente aqui, ou não. Não importa. E me diga se isto é real ou não. Eu teria dito isso ao meu irmão Bigato, depois de tudo. Depois... mas não pude.

Laddy vai dizer alguma coisa, mas Ianto Jenkins levanta a mão para impedi-lo.

— Fazia dois dias inteiros que estava chovendo, e eu era carvoeiro na Gentil Clara havia exatamente dois dias. Depois do primeiro dia, não era só acima do solo que chovia. Ah, não. Chovia abaixo também, com certeza. Pingava e pingava do teto. Primeiro, foram aqueles pingos que sempre existiam lá embaixo... daí, eles aumentaram, mais e mais, até que havia tanto pingos que já não podiam ser separados. No segundo dia, choveu lá embaixo até o chão do túnel ficar coberto por centímetros de água, a despeito dos motores e das bombas. Os motores lá em cima a toda força, dia e noite, para mover as bombas que sugavam a chuva da montanha, para que a Gentil Clara ficasse "apta para se caminhar e apta para se trabalhar", conforme disse o amigo do meu pai, Thomas Edwards, que estava me ajudando.

"E, no dia anterior, meu segundo dia, eu pude ouvir o barulho dos motores o tempo todo, mesmo estando centenas de metros abaixo deles e sabendo que não era possível que os ouvisse de verdade. Acho que os ouvia porque sabia que estavam lá, não porque meus ouvidos fossem bons. Pode crer, eu já estava ficando surdo com o barulho lá embaixo.

"Estou seguindo os outros carvoeiros e Thomas Edwards por uma das galerias onde pilares enormes de carvão foram depositados para segurar as montanhas. Tomo cuidado para não tropeçar nos trilhos, mas é difícil ver onde eles estão. E logo estou com água quase acima das botas do falecido Sr. Ernest Ellis, num declive entre dois grandes pilares de carvão. Daí, Thomas Edwards se detém para olhar alguma coisa. 'Os pilares vão ser demolidos em breve e colocarão suportes de madeira no lugar', diz ele. Fico com pena dos pilares, então. Estou olhando para cima e, quando ele vira as costas, pego meu canivete e rabisco minhas iniciais rapidamente na lateral de um pilar, pois há algum sentido em deixar seu nome sob uma montanha quando só você e a montanha sabem que está lá... mas sou lerdo demais, e Thomas Edwards vê e dá uma gargalhada, um rugido que ecoa pela galeria, e ele balança a cabeça e se afasta, dizendo: 'Me deram um carvoeiro com que trabalhar ou será que agora estão mandando filósofos e escultores aqui para baixo?' E durante todo o tempo posso ouvir a chuva caindo no túnel como se fosse alguém fazendo 'psiu' e ouço os rangidos e a respiração da montanha acima do barulho dos homens e dos animais, e aquilo não tinha me deixado com medo antes, mas agora deixa. Thomas Edwards foi na frente rumo à escuridão, que se fechou à sua volta como se alguém tivesse fechado uma cortina entre nós dois, e sou deixado perto dos pilares... perto daquele que tem meu nome, e estou ouvindo todos os sons da montanha e o Sr. Edwards gritando acima do barulho: 'Venha, Ianto Jenkins, e pare de sonhar', e ainda há o motor na minha cabeça vibrando sem parar e ficando cada vez mais alto, até que mal posso respirar... E o pilar de carvão é enorme como um braço imenso se estendendo através do piso e se elevando acima da minha cabeça e, ah, não consigo deter os pensamentos nem o barulho. O motor vibra e vibra e estou bem do lado do pilar, me aproximo dele e o toco com as mãos, e ele está molhado e frio, mas também vibrando. Eu me pergunto se estará vibrando com o barulho do motor lá em cima e preciso ouvir por mim mesmo — para isso, tenho que tirar o boné, que está atrapalhando, e tenho que colar a orelha ao carvão. Pressiono a orelha ao pilar de carvão e fecho os olhos para não ouvir os gritos do Sr. Edwards e há um som no pilar, Bigato. Um barulho que ouço no meu coração, não nos ouvidos, um zumbido profundo e crescente como mil enxames de abelha dizendo: 'Saia...' E, então, ouve-se um estrondo mais adiante na galeria e, por meio segundo, acho que é um berro para que 'Ianto Jenkins, vá logo com isso', mas não é, é um rugido diferente de qualquer outro. É a voz de Thomas Edwards urrando e não há raiva naquele berro, mas medo, como eu nunca ouvi antes, mas como reconheço. E a voz dele é a última que ouço por algum tempo, mas, ah, que tempo foi aquele. Então, é um horror, Bigato. É horror e barulho. É poeira e a força de ar nenhum, e pedras voando, e é o mundo e a montanha inteira que está caindo, e sou atirado quando o chão se inclina e sou apenas um punhado de pedras jogadas da ponte no Taff Fechan, e posso ouvir meu irmão Bigato rindo, e os gritos dos homens e os berros e mais berros dos cavalos. Sou as pedras no rio, rolando depressa sobre as rochas, sou empurrado de um lado para outro, sem fôlego, e não consigo respirar. Então, alguma coisa golpeia a minha cabeça e o rio gira sob a ponte, minha cabeça se racha e vejo fontes de centelhas na água... e quero parar e pensar em como aquilo é estranho, mas algo retumbante impede meu pensamento. Não tenho lembrança das coisas, nem de pensar, durante algum tempo.

"Mas eu sonho, no entanto, com um fogo; e sonho com homens enegrecidos por aquele fogo e um deles correndo pela galeria com fogo às costas, como um macaco. Sonho que fecho os olhos, mas o fogo não os abandona e se queima neles e volta, e o macaco grita. Sonho que sou apanhado por Thomas Edwards, que passa o braço em volta de mim como se fosse meu próprio pai, e de ser espremido entre homens no escuro, em um lugar onde sou atirado contra uma parede, e os corpos dos homens me cobrem e me escondem do escuro. Não consigo respirar, Bigato, meu rosto está enterrado na jaqueta de Thomas Edwards, mas eu tento, e ele cheira a tabaco. E eu perdi a garrafa d'água que estava no meu bolso. E estou tão cansado, Bigato. Não consigo respirar direito por causa do peso dos homens, então respiro de forma superficial e lenta. E sonho com um sono que cai depois, pesado, e homens bocejando, embora eu não possa vê-los fazer isso.

"E os túneis, as pequenas galerias da Gentil Clara, não são capazes de suportar o peso da montanha que se espreguiça e que está caindo sobre si mesma... e nós, que somos tão pequenos. Tão pequenos. Presos no meio daquilo tudo, e esmagados. Mas não é culpa da montanha, absolutamente, nem do desmoronamento de pedras, do gás inflamável e do sono. Não é culpa da montanha que os homens estejam presos lá embaixo. Mas, ah, meus dois Bigatos, eu sei de quem é a culpa por haver homens lá embaixo. Tantos homens e meninos bons."

Ianto Passchendaele Jenkins para. Há um silêncio, interrompido apenas pelo arrulho de um pombo nas vigas. Laddy Merridew está calado.

— Homens e meninos bons. Foram-se. E eu sou trazido para a luz novamente, muito tempo depois, dias depois, talvez... mas, ah, que luz. Uma luz escura no rosto das mulheres que esperam em silêncio e, em um segundo, tenho a noção de que a espera não iria terminar agora, mas que estaria sob as unhas sempre que olhassem para suas mãos. Ouvi a voz de uma mulher, não sei qual: 'É só um menino.'

"E, então, não quero me lembrar mais depois disso. Não agora."

Ianto Jenkins se levanta de seu banco e apoia a cabeça na parede, as costas voltadas para o garoto. Laddy Merridew começa a dizer alguma coisa, mas o mendigo o interrompe.

— Vá para casa, Bigato. Estou cansado.

O conto do cobrador do gás

i

ENQUANTO A CIDADE DORME, a brisa entra por baixo das portas quando as paredes não estão olhando. Ela brinca em volta do pescoço adormecido da Sra. Bennie Parrish e de Nathan Bartholomew, o afinador de piano, e eles puxam as cobertas, cada um em seu quarto, cada um em sua casa. Desce a escada na casa de Judah Jones e vai brincar nas rodas de sua bicicleta estacionada na viela escura, sopra as cinzas na lareira por todas as salas de visita da cidade e cobre com mais uma camada de poeira os enfeites no aparador.

No terreno de cultivo comunitário Campo de Adão, em frente ao conjunto de casas novas chamado Residencial Christopher — em homenagem tanto ao urbanista da cidade quanto ao dono da casa grande que foi demolida ali —, tudo está quieto, todas as fileiras de cebola e cenoura dormem sobre e sob o solo. Os barracões de madeira estão trancados para a noite e as pás, forcados e pazinhas repousam em seus carrinhos de mão, prontos para a manhã seguinte.

Tudo está escuro, todos os jardineiros já estão em casa, dormindo e planejando em sonhos as batatas que irão colher no dia seguinte e as abóboras premiadas que cultivarão no próximo ano.

As conversas noturnas já terminaram há muito tempo.

— Você pôs o gato para fora, Evan?

— Sim, Gwladys.

— E se lembrou de colocar o mingau no fogão para amanhã cedo, Evan?

— Sim, Gwladys.

— E trancou a porta da frente, Evan?

— Sim, Gwladys.

— Tem certeza? O jornal está cheio de assaltos ultimamente, Evan.

— Boa-noite, Gwladys.

Todos dormem, exceto uma pessoa. Lá perto da antiga muralha, onde a ladeira da colina faz o Campo de Adão escorregar mais e mais em direção ao vale, uma luzinha pode ser vista movendo-se entre os canteiros. A luz de uma lamparina a óleo que oscila, já que é levantada algumas vezes e abaixada outras, a pequena sombra que a segura erguendo-a para ver se as últimas maçãs estão prontas para serem colhidas, na árvore perto daquele muro, e depois a abaixando para checar se os caramujos não estão comendo seus últimos brotos. Então, a luz para de se mover quando o jardineiro noturno pousa a lamparina no chão e passa os dedos em volta das raízes de suas plantas, afofando a terra, ajudando-as a crescer.

É James Little, o homem que durante anos recolheu as moedas dos medidores de gás da cidade, instalados em armários em corredores ou sob escadas, ocultos por trás de malas e potes de picles, garrafas de cerveja caseira e bandejas de maçãs. Moedas estas guardadas em potes de geleia, sobre o aparador da lareira na cozinha, nos fundos, para pagar o gás, e não para doces nem sapatos novos.

— E só tem tripa para o jantar de hoje, pois as moedas estão todas no medidor de gás.

James Little, agora aposentado, ganhou um relógio de mostrador pintado como agradecimento e deixou que outra pessoa recolhesse o dinheiro das casas que visitou toda semana durante anos para a empresa fornecedora de gás. Anos de xícaras de chá e fatias de bolo, enquanto as pessoas perguntavam se ele tinha mesmo que levar todas as suas moedas embora, "... pois o dia do pagamento é só no fim da semana e gás é só ar mesmo..."

Ele tomava o chá e agradecia pelo bolo, mas jamais o comia no local, embrulhando-o, em vez disso, num quadrado de papel-manteiga colocado em seu bolso por Edith, sua esposa. James Little sempre balançava a cabeça quando lhe imploravam o dinheiro de volta, mas, às vezes, ao partir, ele deixava cair uma moedinha de seu próprio bolso na soleira da porta, por acidente.

E quando chegava em casa, no fim do dia, com a bolsa pesada de moedas e os bolsos mais pesados ainda de bolo, ele beijava a esposa à porta.

— Não precisa comprar bolo na padaria esta semana, Edith. Olha, dezoito fatias e dois biscoitos de gengibre...

James Little termina de checar se os repolhos de inverno estão bem; as cenouras, vivas em sua terra; e as pastinacas, respirando. Ele se levanta, alongando os ombros doloridos, ergue a lamparina e olha seu relógio. Uma e meia da manhã.

— Quase na hora.

Vai até seu barracão, que tem dois cadeados na porta e uma única janela, bem vedada por um quadrado de encerado velho, cortado por

Edith quando ficou grande demais para a mesa da cozinha. Guarda suas ferramentas, pendurando-as direitinho nos ganchos da parede. Tira as botas de borracha e as coloca junto à mesma parede e, no lugar delas, calça um par de tênis. Pendura o casaco velho no gancho, então pega outra jaqueta, escura, com bolsos profundos, que sobreviveu de seu emprego como cobrador das moedas do medidor de gás. Só que agora não há quadrados de papel-manteiga no bolso.

Ele encontra sua bolsa, a velha mochila escolar de um filho que há muito se foi de casa, verifica seu conteúdo e garante que ela esteja seguramente afivelada. Então, sai do barracão, certificando-se de que a janela esteja bem coberta e de que os dois cadeados estejam trancados. Caminha até a estrada, pulando sobre canteiros de cebolas, fileiras de batatas e moitas de crisântemos com um aroma estranho e verde no ar da noite.

Quando chega à estrada, ao Residencial Christopher, James Little para em frente a casa número 18, a sua casa, mas não entra. Fica parado na calçada, olhando para a janela do quarto acima, onde as cortinas estão fechadas e Edith deve estar resmungando durante o sono, os dentes num copo de água ao lado da cama. E ele joga um beijo para ela antes de seguir em direção à Rua Maerdy.

Está escuro quando ele atravessa o monte de carvão, acompanhado apenas por alguns pôneis velhos. Sente o cheiro deles, ouve sua respiração resfolegando na noite, apenas sombras entre sombras maiores. Então, a grama se transforma em asfalto sob seus pés e ele passa pelos velhos galpões, saindo sob as luzes dos postes no final da Rua Maerdy, as casas já fechadas para a noite. E faz uma pausa, olhando para a rua vazia, esperando algum movimento, mas nada acontece.

James Little volta ao velho monte de carvão e dá a volta até a viela atrás das casas, andando com cuidado para não fazer os restos de carvão rangerem sob seus pés, e vai rumo às sombras, onde a iluminação pública não chega. Lá vai ele, descendo a viela, tateando com os dedos a parede, os tijolos, os portõezinhos, os arbustos. Contando os portões, alguns fechados com trinco, outros amarrados com barbante. Alguns desaparecidos, apenas vãos na parede, arrancados que foram para queimar na lareira, talvez, ou simplesmente devolvidos ao solo.

Então, há um portão velho, apodrecido, preso no lugar por trepadeiras, sem qualquer trinco, enferrujado, e os dedos de James Little se detêm. Um portão que se abre para um jardinzinho, em meio a mais trepadeiras, com alguns degraus farelentos que conduzem aos fundos da casa, a um quintal e um banheiro externo. Um balde pendurado na torneira ao lado da porta dos fundos, um pano velho sobre o balde. E a porta da frente não está fechada. Aberta só alguns centímetros, com um sapato segurando, esquecido, talvez quando o dono foi para a cama, algumas horas antes. Uma casa velha, com donos velhos, provavelmente surdos, e adormecidos. James Little simplesmente empurra a porta e entra, carregando sua bolsa.

Pouco tempo depois, ele está de volta à Rua Maerdy, a bolsa pendurada no ombro. Ele conta as casas baixinho, conforme vai seguindo, caso não consiga enxergar os números nas portas:

— 27, 25, 23... 15, 13, 11. Chegamos.

James Little olha para um lado e para outro da Rua Maerdy. Tudo está quieto. Mas, no andar de cima da casa número 11, há uma janela aberta, sem cortinas, e as luzes da rua brincam num objeto de vidro no peitoril, lançando reflexos verdes e amarelos pelas paredes. E, sobre o trilho da cortina, há um pano velho pendurado, só uma tira de tecido florido. Não é muito bom ficar parado ali se há uma janela aberta.

Ele entra na viela ao lado para encontrar o portão de ferro que leva ao quintal da casa número 11. Portões de ferro são muito bons à noite. Ele procura num bolso, tira uma latinha de óleo e lubrifica ambas as dobradiças, só por precaução. Espera alguns instantes, até o óleo conversar com a ferrugem das dobradiças, então levanta o trinco, calça o portão aberto com um meio tijolo e é engolido pelas sombras atrás das casas.

Seus tênis não fazem o menor ruído nas lajotas do quintal. E lá está a porta dos fundos, posicionada onde todas ficam, e também a janela da cozinha e a da sala de estar. Esta última está um pouco aberta no alto, a vidraça abaixada quatro ou cinco centímetros. O que é bom, já que a porta dos fundos está trancada, quando ele tenta abri-la.

James Little suspira, pois não é mais jovem, e procura alguma coisa em que subir. Há um cepo de madeira usado para cortar lenha, esperando pacientemente, perto da torneira ao lado da porta dos fundos, e, se ele fizer silêncio...

Ele rola o cepo até abaixo da janela da sala de estar, movendo-o de seu círculo de musgo sob a torneira, sobe nele e consegue alcançar com esforço o alto da vidraça. Uma ou duas gotas de óleo em cada lado e a janela abre. E James Little, agradecendo o fato de não ter crescido muito e também agradecendo por Edith ter comido a maior parte das fatias de bolo que foram para casa nos seus bolsos ao longo dos anos, entra pela janela da sala de estar da casa número 11 da Rua Maerdy, onde a velha Lillian Harris e seu filho Jimmy, a quem chamam de Meio Harris, estão profundamente adormecidos.

* * *

Não está muito escuro lá dentro. Há uma luz acesa no patamar. As luzes da rua entram pelo vitral da janelinha acima da porta e o corredor está roxo e amarelo como um antigo hematoma. James Little vai até o pé da escada e fica ali, escutando. Há um carrinho parado, novo, para substituir o outro que quebrou: a capota levantada com alguns gravetos dentro. Já está com cheiro de umidade e de terra. Ele sorri, põe a mão na alça do carrinho, atento a sons vindos do andar de cima, mas nada há além de um leve ronco.

De volta à sala de estar, vê uma cômoda com duas gavetas, portas embaixo e, acima, prateleiras abertas, cheias de porcelanas. Canecas com caras de pirata, tigelas, pratos, um suporte de vidro para bolo e um par de candelabros de metal. Aquilo lhe dá esperanças. E, lá na cozinha, um aparador com dois pratos de metal polido quase planos, uma estatuazinha de um vendedor de balões, faltando um balão, mais candelabros e uma caneca sem alça. Ele apanha a caneca e ela não contém mais que um lápis, algumas cédulas enroladas num elástico, algumas moedas, um batom velho e um grampo de cabelo. Há uma mesa posta para o café da manhã, um pote de geleia com uma colher velha encaixada na abertura da tampa rachada, dois pratos, uma pilha de envelopes usados sobre uma toalha estampada com limões e riscos de caneta, e um toco de lápis apontado rusticamente, com faca.

James Little abre a porta da despensa e pega as latas meio enferrujadas identificadas com as palavras *Chá, Café, Açúcar* e *Farinha* na prateleira do meio. Ali dentro cheira a rato. Ele põe sua bolsa no chão da cozinha e a abre, volta à despensa e pega a lata escrita *Chá*. Tira a caneca sem alça do aparador da cozinha, com seu rolo de notas de dinheiro. Na sala de estar, abre as portas do armário e se agacha. Mais louças, porcelanas finas, brancas com rosas amarelas. Uma caixa de costura. E, nas gavetas, papéis. Contas, certificados, tudo arrumadinho num arquivo, e envelopes, centenas deles, todos usados, as costas cobertas por linhas onduladas desenhadas com esferográfica ou lápis, às vezes com ambos. Ele pega a caixa de costura e a leva para a cozinha.

Mais tarde, James Little está de volta à Rua Maerdy, a janela da casa 11 está fechada a apenas quatro ou cinco centímetros do alto, como antes, o cepo foi rolado de volta exatamente ao círculo de musgo perto da torneira, o portão de ferro foi fechado atrás dele cuidadosa e silenciosamente, o meio tijolo colocado junto à parede da casa e ele está atravessando o velho monte de carvão até Campo de Adão. De volta a seu barracão, onde ele acende a luz, volta a colocar as botas de borracha e o casaco de jardinagem e pendura a bolsa no gancho.

E justamente quando está prestes a trancar a porta, dar meia-volta e passar cuidadosamente sobre os canteiros de cebolas e fileiras de repolhos para voltar ao Residencial Christopher e a sua casa, vê algo cintilando no chão. Algo entre seus últimos feijões e as pastinacas. Ele sorri e se ajoelha na terra, para cavar com os dedos. Só um pouco, pois não é preciso cavar muito para desenterrar uma colherzinha, uma colher de prata, que, depois de passado um pano e um pouco polida, ficará perfeita. Ele boceja, põe a colher junto a uma pilha de outras, na prateleira do barracão, ao lado de um maço de alecrim seco, tranca tudo e vai para casa dormir um pouco antes que Edith acorde.

Mas James Little está cansado, depois de uma boa noite de trabalho, e não vê a porta da casa 26 se abrindo e o bibliotecário suplente Philip Efetivo Philips saindo para a manhã. Ele tem de pegar o primeiro ônibus para a cidade, a fim de arrumar a biblioteca, pois a Sra. Cadwalladr, a bibliotecária, chegará lá às sete para uma reunião. Efetivo Philips para na porta de sua casa e observa James Little bocejando e, depois, desaparecendo nos fundos da casa 18, com suas botas de borracha e o velho casaco de jardinagem. E Efetivo endireita os ombros, verifica seu relógio e franze a testa.

Ele não é o único. Outros já notaram James Little indo tarde da noite até Campo de Adão, ficando por lá até ser o último, sem ir para casa com os demais jardineiros.

— Ele chega bem quando estou guardando minhas coisas e, às vezes, nem tem mais luz para trabalhar no jardim.

— Deve enxergar no escuro.

— Vai ver a mãe dele foi uma gata, então?

— Que nada, é sério. Ele leva uma lamparina a óleo. Já o vi; esqueci umas flores que eu tinha cortado para a minha Dorrie, uma vez, voltei para buscá-las e o vi. Ele cavouca à luz da lamparina.

— Não tem casa para voltar, será?

E o leiteiro, que tem seu terreno junto à velha parede, se une à conversa:

— Ah, sim, eu o vejo de vez em quando, indo para casa com suas botas de borracha às cinco da manhã... muito estranho, isso...

O conto do cobrador do gás

ii

Perguntas são feitas, como perguntas sempre serão feitas. E, se chegarem aos ouvidos de Ianto Passchendaele Jenkins, o mendigo, mendigando ali nos degraus do cinema, ele irá girar os braços e olhar na direção do Campo de Adão.

— Ouçam com os ouvidos, pois tenho uma história para eles, sabe, uma história, dessa vez, sobre roubo, sobre um lote de terra, sobre uma criança. Mas não é o que vocês estão pensando. E, como sempre, histórias precisam de combustível, e já faz pelo menos uma hora que não como um caramelo.

Duas pessoas aparecem com sacos de caramelos e o mendigo pensa por um momento, a cabeça inclinada de lado.

— Melhor não decepcionar ninguém, né? — E pega as balas dos dois e as guarda no bolso da jaqueta, para mais tarde, e começa novamente. — Posso começar com uma pergunta? O que você faz se não tem nada, nadinha mesmo? Se tem uma família para alimentar e nenhum dinheiro para comprar comida?

Alguém grita:

— Arruma um emprego?

E há risadas:

— Até parece, você nunca trabalhou um só dia na vida, cara!

Ianto Passchendaele Jenkins sorri.

— Pois, então, esta é a história do avô de James Little, Walter Little, que perdeu o irmão gêmeo, William, na mina Gentil Clara. Ambos eram mineiros e trabalhavam juntos. E Walter estava com o pulso quebrado por ter tropeçado num brinquedo do filho que estava no chão, então faltou ao trabalho naquele dia. Sim, Walter Little, ele era um homem muito amável. Perdeu aquele gêmeo em homenagem a quem batizara o próprio filho... e não voltou a descer em outra mina desde o acidente, por medo mesmo. Sei bem como é isso.

"O filho dele se chamava William Little, em homenagem a seu irmão... mas Walter nunca mais o chamou de William para não se lembrar muito da Gentil Clara, e só o chamava de Billy Little.

"Pois o Walter, pai do Billy Little, era perfeitamente capaz de trabalhar, mas não havia emprego, sabe, a não ser na mina. E Walter Little tinha mulher e mais dois filhos para sustentar, com mais um a caminho e nenhum dinheiro para comprar carvão.

"E esse Billy Little, filho do Walter, também tinha medo da mina, como crianças costumam ter quando são contagiadas pelo medo dos mais velhos. Talvez tenha ouvido vezes demais uma das irmãs solteironas, Gwynneth Watkins, que costumava ficar na porta de casa papeando, aquela tagarela da Watkins, que via coisas nas folhas de chá e observava a forma como você andava, como se aquilo lhe revelasse seus segredos. Ela olhava Billy Little brincando na rua e o chamava, com o dedo em riste: 'Vejo escuridão para você, Billy Little. Vejo você num lugar tão escuro, ah, um lugar atroz, onde você está sozinho e não tem ninguém para te ajudar. Ah, você também está ouvindo? Escute, Billy Little, há sons ecoando nas paredes úmidas e são os gritos dos outros no mesmo lugar que você, e a música horrível de homens chorando no escuro.'

"Bem, não havia dúvida de que devia ser na mina, na Gentil Clara, não? Por causa do acidente, que acontecera havia não muito tempo. E Billy Little estava desesperado pelo seu pai e por si mesmo. Eles nunca deveriam descer na mina, não é mesmo? Mas ainda precisavam de carvão, não precisavam? E nada de o dinheiro aparecer para comprá-lo."

"Mas para tudo dá-se um jeito, como dizem por aí, e Walter Little conseguiu carvão para sua família como muitos fizeram naquela época: saindo à noite para pegar os sedimentos espalhados pelo vale. Walter Little e seu filho Billy Little, os dois juntos, andando por essas ruas à noite, empurrando o carrinho usado por todos os bebês da família. Eles iam até o outro lado do rio com muitos outros homens e garotos da cidade, até as encostas do lugar que ainda chamam de Montanha Negra. Levavam lampiões, mas os mantinham encobertos por trapos para que só iluminassem um pedacinho do chão, só para que pudessem ver o que estavam fazendo. À noite, os homens da cidade cavavam qualquer tanto de carvão que conseguissem das velhas minas de aluvião, e abriam outras minas. Os filhos não estavam na cama dormindo, e sim ajudando o pai, trazendo o carvão em bandejas de cozinha, em panelas, de forma que a mãe perguntava no dia seguinte o que eles andaram fazendo com as panelas.

"E como é que eles chamavam isso, senão de jardinagem noturna? Quando a notícia corria de que havia um local para ser jardinado naquela noite, todo mundo já sabia o que significava, e eles apenas assentiam e faziam gestos de segredo. Assim..."

Ianto Passchendaele Jenkins leva o dedo à lateral do nariz e sorri.

— E quando havia lua, eles nem precisavam dos lampiões para encontrar o carvão, pois este brilhava na encosta da colina, tendo sido devidamente escavado pela atividade dos coelhos e das raposas. Por outro lado, a lua também era ruim, pois os proprietários dos terrenos na colina pagavam vigias para cuidar de suas terras e de seu carvão. Imaginem só a viagem de volta até a cidade com aquele carrinho velho de bebê, até a borda de carvão, tirado da colina com pás de jardinagem e bandejas de cozinha, bem escondidinho, dormindo sob um cobertor velho. Walter Little e seu filho Billy, que não tinham quase nada do que rir, encontravam um motivo de riso no caminho de volta para casa pelas ruas vazias. Carvão suficiente para manter o fogão aceso por alguns dias, só isso, e olha só o tamanho daquela montanha, olha lá...

O mendigo aponta e os frequentadores do cinema resmungam que é um mundo muito bom mesmo esse em que vivemos, onde homens podem ser donos de montanhas inteiras. Mas eles se calam quando a história continua.

— Então, veio a noite que pôs fim a tudo aquilo, uma noite em que três capangas do proprietário das terras ficaram de tocaia numa viela, prontos para ensinar uma lição àqueles que roubassem. E quem eles pegaram naquela noite senão Walter Little e Billy, empurrando juntos o carrinho pela colina ali perto, indo para casa dormir?

"'Ora, ora, dá só uma olhada. Levando o bebê para tomar ar, é?'

"E eles empurraram Walter Little para a estrada e um deles segurou o menino enquanto os outros surraram o pai até ele cair, Billy Little puxando a jaqueta do homem e gritando: 'Pai! Deixem meu pai em paz!'... esperando que alguém aparecesse para ajudar, mas ninguém se atreveu... até que o homem calou a boca do menino com o braço. E quando Walter Little tentou se levantar, com os punhos preparados, 'Vai bater num menino pequeno, vai?', eles o chutaram no estômago com suas botas até que ele sentiu ânsias de vômito e não conseguiu mais se levantar sozinho, e tentou dizer alguma coisa sobre três filhos e um bebê a caminho e falta de aquecimento em casa e 'é só um pouquinho de carvão, não vai fazer falta para ninguém...' Mas eles o levantaram e um deles o segurou contra a parede da viela enquanto os outros se revezaram até seu rosto não parecer mais um rosto.

"'Desse jeito, você não vai conseguir cuidar de um bebê, né? Nós vamos pôr a coisinha para tomar um ar...'

"Então, eles pegaram o carrinho cheio de carvão e o viraram na sarjeta. Daí, os três urinaram no carvão e fizeram o carrinho em pedaços, com o menino Billy Little gritando: 'Não! Deixem o meu pai em paz. Deixem o carrinho em paz. Ele é da minha mãe...'

"Quando eles foram embora, gritaram para o menino, Billy Little: 'Vá para casa, para sua mãe, e diga a ela para vir buscar o marido ladrão dela. Ela pode aquecer a casa com mijo mesmo.'

"E o garoto foi correndo até sua mãe, gritando: 'Mãe, o carrinho está quebrado e o pai também, e você tem que ir lá...'

"Mas, vocês percebem, durante algum tempo não havia mais ninguém para sair e arrumar suprimentos, enquanto Walter Little se recuperava da surra. Não havia o suficiente para comer em casa e estava sempre frio. Billy Little era o filho mais velho e cabia a ele ir faturar, né? Saía pela cidade para ver se as lojas tinham algo sobrando no fim do dia e quase nunca tinham, ou outros meninos já haviam passado antes dele, ou havia brigas pelo pão duro e pelas maçãs meio passadas. Era difícil subir a ladeira até sua casa sem nada no estômago para ajudar as pernas e dizer à mãe, esperando ali, com os menores agarrados à saia: 'Sinto muito, mãe, não consegui nada...'"

"E, então, houve um dia em que Billy Little estava subindo a ladeira e não estava nem um pouco bem e se sentou no degrau de uma casa, sentindo-se fraco e enjoado pelo estômago vazio. Ali, ele foi acolhido e ganhou um copo de leite com biscoitos, numa cozinha aquecida, com fogo queimando, repleta do cheiro da comida cozinhando que, por si só, já era mais do que eles tinham em casa.

"Enquanto ele estava na cozinha, alguém chamou na porta da frente e a senhora dos biscoitos saiu para ver quem era. Ouviram-se vozes no corredor, por algum tempo, e um tempo mais. Billy Little não tinha nada a fazer senão terminar seu biscoito e olhar em volta. No aparador da cozinha ele viu uma lata, com a tampa meio solta, o tipo de lata que sua mãe tinha e onde costumava guardar as moedas, quando as tinha. Ele se levantou, olhou na lata e viu que havia moedas lá. E, antes que Billy se desse conta do que seus dedos estavam fazendo, eles entraram na lata e tiraram uma moeda, que foi parar em seu bolso. Fácil. Sem nem pensar. Não era culpa dele se a mulher dos biscoitos tinha cheiro de comida pela casa quando não havia nada para comer na casa de Billy Little e moedas demais na lata. Fácil. 'Olha, mãe... encontrei isto na sarjeta...'

"E, vejam bem, não era muito diferente: um torrão de carvão tirado de uma colina de uma moeda tirada de uma lata, de mais moedas tiradas de gavetas e, depois, carteiras inteiras tiradas da bolsa de uma mulher... Então, de carteiras tiradas de bolsas a procurar janelas abertas e se servir das coisas das casas. Coisas pequenas, a princípio, depois maiores. E foi isso que ele fez enquanto crescia, percebem? Com o tempo, parou de procurar janelas abertas e passou a abri-las, roubando prataria e joias, e não demorou muito para ser pego uma e outra vez e ser preso por isso.

"Claro, aquela solteirona, Gwynneth Watkins, estaria certa, afinal. Pois Billy Little estava na prisão. Numa cela escura com paredes úmidas, sozinho, sem ninguém para ajudar, onde ele ouvia os gritos dos homens chorando à noite. Mas isso não o deteve e, depois disso, ele vivia entrando e saindo da prisão, como se fosse sua própria casa, mesmo depois que teve seu filho. Esse filho é James Little, que agora cuida de sua horta à noite e anda pelas ruas de madrugada com uma sacola no ombro.

"Mas é uma coisa terrível saber que seu pai é um ladrão, e foi com isso que o menino James Little teve que crescer. As provocações na escola: 'Meu pai é ministro', 'Meu pai é peixeiro', 'Seu pai é ladrão...'

"Provocações que o acompanharam de menino a homem, provocações das quais ele não podia escapar. Mesmo quando está cuidando de seu terreno, ele às vezes ouve: 'Ah. Onde será que ele achou essas plantas... aquela pá... o carrinho de mão? Aquele é James Little, o filho de Billy Little, sabe? Passou metade da vida na cadeia, o Billy...'

"E foi a vergonha que fez com que ele começasse a cuidar da horta à noite, longe das provocações, e talvez não seja de se surpreender que, mesmo James Little tendo sido confiável o bastante para recolher, durante anos, as moedas do gás para a empresa fornecedora e ter ganhado um relógio com mostrador pintado em agradecimento, ainda existam aqueles que duvidem dele. Não são vocês, não, né?"

Ianto Passchendaele Jenkins olha em volta, para os ouvintes, e os frequentadores do cinema apenas mudam de um pé para outro e não respondem.

O conto do cobrador do gás

iii

JÁ FAZ UMA SEMANA QUE as reuniões na biblioteca têm sido meio problemáticas. Efetivo Philips está ficando cada vez mais cansado em função de seu trabalho de detetive e vem tentando fazer a ata da reunião ao mesmo tempo em que faz anotações sobre James Little no verso do bloco de minuta:

1. Horário das idas e vindas.
2. Anotar quaisquer trocas de roupas.
3. O que há naquela bolsa?
4. *

Há um grande asterisco no item 4 e sua criação foi acompanhada por uma tosse alta da bibliotecária, que ajeitou os peitos e anunciou a aprovação de uma importante iniciativa, resumida a mudar alguns livros de prateleira.

— Sim, e não foi incluída na minuta, foi, Sr. Philips? Parece cansado, Sr. Philips.

— Nada que uma boa noite de sono não cure, Sra. Cadwalladr.

Mas uma boa noite de sono não é nada fácil de se arrumar. Pois Efetivo Philips não tem dormido ultimamente, e sim reunido fatos.

Ele cochila agora, sentado diante da janela da frente, atento a James Little, bancando finalmente o detetive.

Efetivo Philips, bibliotecário suplente e detetive, faz anotações ao ver James Little, noite após noite, sair de sua casa à meia-noite, usando galochas de borracha e abotoando o casaco de jardinagem. Tudo isso servirá de pistas, não tenha a menor dúvida. Vendo-o andar sob as luzes da rua, diante do Residencial Christopher até o Campo de Adão e cruzar a estrada, desaparecendo na escuridão dos terrenos comunitários. Vendo uma luzinha, então, a lamparina a óleo, se movendo pelo local e, em volta da luz, a pequena e misteriosa sombra de James Little.

Efetivo Philips, bibliotecário suplente e detetive, observou a sombra trabalhar em sua horta, arrancando matos do chão, amarrando cebolas em maços, colhendo maçãs. Mas, às vezes, parece que ele não trabalha só em seu terreno, mas também cava no terreno dos outros.

O bibliotecário suplente e detetive balança a cabeça.

— Estará colhendo as batatas dos outros? Colhendo os feijões, as ervilhas alheias? Arrancando as cebolas para si mesmo?

E, então, à uma e meia da manhã em ponto, a lamparina balança entre os canteiros e desaparece.

— Certo, agora ele está em seu barracão... — E Efetivo Philips observa a rua, então, para ver se James Little volta para sua casa, no número 18 do Residencial Christopher. E, sim, após algum tempo, lá está ele, passando por cima das outras hortas, a caminho da rua. E, às vezes, ele volta para sua casa. Mas duas vezes nessa semana, Efetivo o viu fazer diferente, e anotou as ocorrências em seu caderno.

1. Usando roupas diferentes das que usava ao entrar em seu barracão. Sapatos diferentes.

2. Carrega uma bolsa no ombro.

Pois ele vê que James Little está usando outra jaqueta, escura, ajustada ao corpo e abotoada. A gola está levantada até as orelhas.

3. *Trajes suspeitos.*

Não está usando galochas agora; em vez disso, usa um par de tênis pretos. E, sobre o ombro de James Little, parece haver uma velha bolsa escolar, e ele não vai para casa, a não ser para soprar um beijo suspeito na direção da janela, seguir até o final da rua e sumir.

Duas vezes Efetivo Philips vê isso, que não lhe parece nada certo. Na terceira vez, o detetive também está preparado, de casaco, pronto para sair de casa. E sai, espera que James Little se afaste um pouco e, quando há uma distância segura, ele o segue. Passa pelo velho monte de carvão e segue pela Rua Maerdy, os tênis de James Little não fazem qualquer ruído no calçamento e Efetivo Philips prageja baixinho e tem que andar na ponta dos pés para não fazer barulho também, mantendo a distância, pronto para se agachar junto à parede caso James Little se vire para trás.

Na primeira vez, Efetivo vê James Little indo pela Rua Garibaldi, olhando ao redor para ver se não há alguém observando e deslizando pela viela atrás da casa da Sra. Bennie Parrish. E Efetivo sabe que aquela casa está cheia de coisas bonitas, tem um piano e fotografias em molduras de prata, assim como um abajur com o desenho de dama espanhola, com brincos de ouro. Oh, sim, o Sr. Bennie Parrish tinha dinheiro. Efetivo sabe disso, ele levou muitos livros para o Sr. Bennie quando estava doente, não levou? E tinha de comer fatias de bolo de que não gostava, enquanto ela olhava, na sala de visitas. Tinha garfos de bolo de prata também. E uma pintura de verdade, acima da lareira.

Ele não pode segui-lo dentro da casa, mas anota o endereço e a hora e espera adiante, na rua, encostado a uma parede fria, até James Little sair novamente, vinte minutos depois, com a bolsa no ombro.

No dia seguinte, a Sra. Bennie Parrish vem à biblioteca.

— Bom-dia, Sra. Parrish. Tudo em ordem na Rua Garibaldi esta manhã?

— Ah, minha perna está dando um trabalhão. Faz bem caminhar até a cidade, mas logo, logo isso irá me matar. Vou levar Dylan Thomas hoje.

— Puxa, que pena, Sra. Parrish.

— Por quê? Qual é o problema com Dylan Thomas?

— Nenhum. A perna. Que pena que está com dor na perna. Mas não aconteceu nada de estranho? A senhora tem certeza?

E a Sra. Bennie Parrish guarda Dylan Thomas na sua cesta e vai caminhando pela Rua Principal, reclamando que o Sr. Philips da biblioteca anda cheio de gracinhas hoje.

E, então, duas noites depois, Efetivo Philips, bibliotecário suplente e detetive, segue novamente James Little com seu caderno e, dessa vez, James Little sobe a colina até a casa de Matty e Eunice Harris, mansão de frente ampla, como convém ao subgerente da Caixa Econômica e a sua esposa.

Há um jardim na frente, com uma sebe alta, e James Little desaparece atrás dela. Ouve-se o levíssimo som da vidraça sendo levantada, madeira contra madeira bem lubrificada, apenas o suficiente para Efetivo ouvir, porque está esperando pelo som, mas não o suficiente para acordar quem estiver dormindo lá em cima. Efetivo Philips espera um momento, então espia por trás da sebe e lá está a janela aberta e nem sinal de James Little e, pela janela da frente, Efetivo Philips pode ver uma mesa de jantar de mogno brilhando à luz da rua, posta com facas, colheres e garfos de prata, e um candelabro também de prata. E, enquanto observa, lá vem James Little, voltando para a sala, inclinando-se sobre a mesa, uma das mãos na bolsa pendurada em seu ombro. Efetivo Philips, bibliotecário suplente e detetive, já viu o bastante, obrigado.

Então, quando James Little volta ao Campo de Adão, há alguém esperando por ele, alguém que voltou na sua frente, alguém esperando na escuridão atrás do barracão, um detetive que agarra James Little pelo cotovelo antes que este tenha a chance de abrir os cadeados.

— Muito bem. Te peguei. Vou ficar com isso aí.

É o detetive Efetivo Philips, agarrando a velha bolsa escolar do ombro de James Little e se afastando antes que ele tenha a chance de falar alguma coisa. Saltando sobre as demais hortas até o Residencial Christopher, gritando por cima do ombro que o conteúdo daquela bolsa será de interesse da polícia e de Matty Harris.

— Tal pai, tal filho, que coisa terrível. Você foi descoberto, Sr. Little.

As luzes se acendem nos andares de cima do Residencial Christopher e se pode ver a pequena sombra de James Little seguindo o bibliotecário suplente pela rua, balançando a cabeça. James Little, de jaqueta escura e tênis macios enlameados por andar rápido demais pela terra, enquanto na poça de luz abaixo de um poste, Efetivo Philips abre a bolsa escolar. Que está absolutamente vazia.

James Little, sem fôlego:

— Não é o que parece...

Mas o detetive Efetivo Philips insiste que é exatamente o que parece, e o que foi que ele fez com os bens roubados, deve ter jogado num jardim qualquer para se livrar, ou em algum lugar do velho monte?

— E vamos dar uma olhada naquele seu barracão também.

A essa altura, o barulho já acordou os vizinhos e Edith Little pergunta:

— James? Está chegando tarde em casa de novo?

E, conforme o dia amanhece sobre os terrenos cultivados, os moradores do Residencial Christopher acompanham um contrariado James Little e Edith, de bobes no cabelo, até seu barracão.

— Ele é filho de ladrão. Você não sabia?

— Não, sou novo aqui. Terrível. Então, ele também é ladrão? Quem ele roubou?

— Cuidado com os meus brotos, viu?

O bibliotecário suplente e detetive está empurrando James Little até seu barracão e lhe dizendo para abrir os cadeados, e os moradores estão olhando para a janela e para a porta e assentindo uns para os outros que, se era de provas que precisavam, ali estavam elas, naquele cubículo e nos dois cadeados da loja de ferragens. E James Little não diz nada, mas abre a porta e, quando o sol da manhã penetra na escuridão, recai sobre uma pilha de colheres de prata e um par de candelabros sobre uma caixa de fertilizante.

— Eu te disse.

— Pois é.

— De quem são, hein?

— Sei lá, nunca vi antes.

— Te disse. Tal pai, tal filho.

— Chame a polícia.

Eles olham para James Little, parado ali com sua velha jaqueta de cobrador do gás e seus tênis velhos, para ver o que ele vai fazer. E ele não faz nada, a não ser se segurar na prateleira com uma das mãos, como se estivesse se equilibrando, parecendo, de repente, velho e pequeno. E Edith aperta o roupão junto do corpo e fica ao lado dele, encarando os vizinhos do Residencial Christopher e o bibliotecário suplente, que se esqueceu totalmente de seus livros nesta manhã.

Todo mundo fala ao mesmo tempo, então, mencionando a polícia e alertando para ter cuidado com as cebolas que só foram plantadas há uma semana, e que tal tirar os pés dos meus brotos de framboesa e onde foi que ele escondeu o saque de hoje, e ninguém ouve ninguém.

E, no meio disso tudo, a vozinha de James Little:

— Não sou ladrão. Não sou. — Mas ninguém está ouvindo. Até que ele aponta para Efetivo Philips e diz: — Eu já estive na sua casa. Está faltando alguma coisa lá? E já fui às casas à esquerda e à direita do número 18. E às casas seguintes. Todas do Residencial Christopher. Já estive na casa de todos vocês. Está faltando alguma coisa?

— Que coisa horrível. Deve ter desaparecido algo.

— O quê? Minha aliança de casamento não sumiu e eu a deixo toda noite sobre o escorredor de pratos.

— As medalhas do meu pai estão na sala de estar, ele as lustra antes de dormir. Elas não sumiram.

— Porque eu não peguei nada, estão vendo?

Mas, aí, Efetivo Philips tosse alto e levanta um par de candelabros para que os moradores vejam, tirados do barracão de James Little.

— Então, isto aqui é o quê? São fatos, é o que são. Encerro meu caso.

Ele se vira para James Little:

— E onde você conseguiu estes aqui, então? Plantou sementes e colheu depois, foi?

James Little abaixa a cabeça. E ali, ao lado de um barracão numa horta comunitária, com pessoas de pijama ouvindo, James Little tenta contar seu lado da história, mas ele treme tanto que as palavras não saem...

Efetivo Philips ri.

— Provas! Tragam a polícia! — E sacode um candelabro.

Mas os moradores não concordam, necessariamente.

— Ah, alguém poderia ir buscar Ianto Jenkins? Ele irá explicar tudo direitinho.

E dois homens são mandados à cidade, ainda de pijama, e voltam com um Ianto Passchendaele Jenkins de olhos de sono.

— E de café da manhã? Vou contar uma história de café da manhã. Um ovo. Que tal um ovinho? — E o mendigo se senta nas lajes de concreto rachadas ao lado do barracão, boceja e começa.

— Ouçam com os ouvidos, se eles estiverem acordados, pois tenho uma história para eles, sabe, uma história sobre jardinagem...

Mas o bibliotecário suplente funga.

— Que tal uma história sobre trapaça, em vez disso, sobre roubo, maquinação? Que tal sobre cadeias e cadeados e castigos e ca-ca-caldo? — Mas então se acabam os "c" e o mendigo se levanta, sem sorrir.

Pela primeira vez, Ianto Jenkins eleva a voz:

— Ouçam! Ouçam, sim? Isso está errado. O Sr. Little não fez nada...

Há uma explosão final por parte de Efetivo Philips, um grito vindo de algum ponto atrás da pequena multidão.

— Ouçam, sim? — E, após um instante, o mendigo continua a história.

— Perfeito. Quando James Little era pequeno, seu pai, Billy Little, costumava levá-lo a um parque no qual era jardineiro. Um parque lindo, com uma casa grande bem no meio. E portões altos, bancos feitos de ferro forjado... e sem ninguém por perto. Ele levava o jovem James para carregar sua bolsa. Billy Little dizia-lhe que entrar naquele parque custava dinheiro e que eles tinham sorte de ele trabalhar ali e conhecer os lugares especiais. Às vezes, os donos deviam se esquecer de que ele viria, pois trancavam os portões, então Billy Little e seu filho tinham que escalar o muro alto para entrar. Imaginem só. Ele dizia a seu filho para ir brincar bem longe da casa, já que ele tinha trabalhos de jardinagem a fazer e devia ser deixado em paz. Eram trabalhos importantes. Portanto, o jovem James fazia o que lhe mandavam. Costumava brincar e sonhar, olhando para as árvores. Eles não tinham jardim em casa, percebem? E seu pai, Billy Little, não ficava muito em casa e aquelas idas ao parque eram especiais.

Então, ouve-se uma risada.

— Todos nós sabemos onde ele estava, ah, sim... — Até que alguém o manda calar a boca e ouvir. E Ianto Jenkins continua.

— Billy Little, seu pai, tinha trabalho a fazer, como lhe dissera. Ele tinha que cavar na velha horta perto do muro de tijolos onde, de fato, a terra fora abandonada até ficar dura, onde nada tinha crescido durante anos e estava cheio de mato. E ele cavou sob as velhas macieiras que pendiam sobre o muro. James Little se lembra disso.

E também se lembra de seu pai indo embora muitas vezes, mas nunca soube aonde ele ia até entrar para a escola.

"'Meu pai é ministro.'

"'Meu pai é professor.'

"'Meu pai é mineiro.'

"'Seu pai é ladrão.'

"E, no fim, seu pai foi e não voltou mais. Lembram disso? Billy Little, que morreu de tuberculose na prisão, a quilômetros de distância e sem direito a receber nem a visita da esposa? Só o que as pessoas se lembram é que ele era ladrão. Mas ele também era o pai de James Little. Que levava seu filho ao parque. Percebem?"

Os moradores do Residencial Christopher não dizem nada. Eles consentem que James Little se vire por um momento e apenas a esposa, Edith Little, passa o braço por seus ombros, conforme a voz do mendigo continua.

— Mas, logicamente, não era um parque coisa nenhuma; ele sabe disso, agora. Era o jardim de uma casa grande. E a casa grande foi demolida e o Residencial Christopher foi construído no lugar e, onde ficava a horta e as macieiras, ao longo do muro de tijolos, tudo foi transformado em terrenos para cultivo. No Campo de Adão. Aqui.

Agora, o sol já se levantou, e os moradores do Residencial Christopher estão olhando para o muro velho, os tijolos vermelhos à luz do sol e as últimas maçãs da estação penduradas ali, inocentes.

— Mas sigamos com a jardinagem de Billy Little. "Um bom jardineiro sempre cava fundo", dizia ele. E ele cavava por muito tempo, deixando seu filho brincar, depois voltava para buscá-lo quando havia terminado, e o jovem James o ajudava a carregar suas bolsas para casa. Bolsas que estavam sempre mais leves do que quando tinham chegado, percebem?

Ianto Jenkins olha em volta.

— Ah, sim, têm solo bom, estes terrenos. Bom para feijões, batatas, cebolinhas, cebolas e salsinha. Crisântemos. Mas, principalmente, prataria: colheres, facas, pratos, candelabros. Anos deles, roubados não apenas nesta cidade, mas em toda parte, e tudo enterrado bem fundo pelo Billy Little, que nunca voltou para buscá-los.

"As coisas que ele deixou estão por toda parte, no fundo desta terra. James Little as vem escavando há anos. Em seu canteiro e no canteiro das outras pessoas também, cheios de coisas... costumava cavá-las à noite. Devem ter sido centenas de colheres, facas, garfos, coisinhas fáceis de carregar."

Nesse ponto, alguém diz:

— E o que você fez com elas, então, James Little? Vendeu?

James Little sorri e balança a cabeça e ele mesmo continua a história, com a aprovação do mendigo.

— Não, eu as devolvo. Só isso. O homem que passou anos recolhendo as moedas dos medidores de gás sabe onde fica o armário do medidor, sabe onde ficam as janelas, onde ficam os demais armários, gavetas, onde as canecas ficam sobre o aparador da lareira. Sabe tudo. Eu simplesmente as coloco de volta, uma colher ou duas aqui, um prato ali. Deixo-as nos lugares onde pode ser que as colheres morem, para não serem percebidas, entendem? Numa lata de chá. Ou em cima da lareira, num prato. A casa grande desapareceu faz tempo, não sei de quem é cada coisa, então devolvo um pouco para cada pessoa.

Ele olha em volta da multidão, que se remexe em seus roupões.

— Sr. Philips... você tem um conjunto de seis colheres de sopa na primeira gaveta de sua cômoda, nos fundos. E um ou dois pratos de prata na cozinha, nos fundos do armário ao lado do fogão.

Outra voz, Nancy, esposa de Efetivo Philips, vem ver de que se trata aquela confusão toda.

— Ah, **bem**, coisinhas lindas, aqueles pratos. E eu que achava que você tinha me dado um presente de aniversário de casamento, Phil...

Há silêncio por parte do bibliotecário suplente e detetive e James Little continua.

— Ontem à noite, coloquei três espátulas de bolo de prata na mesa da casa do Sr. Harris, deixei-as na mesa da sala de visitas. E, para a Sra. Bennie Parrish, deixei mais duas molduras de fotografia numa gaveta, para ela encontrar. Sabe, as pessoas não sabem direito o que têm. Acham que é algo de que tinham se esquecido.

Então, ouve-se uma voz vinda de trás, um homem de pijama listrado, apertando com força o roupão:

— Acho que é bem verdade. Ora essa. Olha, tem a minha irmã Bertha, que mora em Twynyrodyn, que encontrou uma bandeja de prata nos fundos de uma cômoda há muito tempo. Era uma peça bem bonita, georgiana, e ela jurava que não a tinha visto antes, nunquinha. Pagou aulas de canto para meu sobrinho Darren com aquilo. E ele agora canta num coral na França. Só música chique, clássica. Jamais teria feito isso sem aquela bandeja.

E outro:

— Bem, eu conheço alguém na Rua Garibaldi que vendeu uma faca de manteiga de prata que ela nem sabia que tinha, comprou um jarro de porcelana com o dinheiro. E no jarro havia um jornal velho amassado, que ela foi jogar fora para lavar o jarro, e havia um anel lá dentro. De ouro e tudo.

E uma vozinha, um menino de óculos que não conseguia dormir de jeito nenhum na casa de sua vó na Brychan, que viu a multidão e ficou curioso e veio seguindo sua trilha pela terra até descobrir.

— Para a minha vó, foram caixas de rapé de prata. Encontrou três até agora. Uma no armário do corredor e duas na cozinha, na lata de pão...

James Little sorri.

— Que bom. E, agora, estou cansado e preciso da minha cama. Mas tenho que trancar o barracão primeiro.

Ianto Jenkins se espreguiça, vasculha em seu bolso, então levanta uma colherinha de prata à luz da manhã.

— Bem, é isso. Agora, cadê meu ovo do café da manhã?

Então, veem-se os moradores do Residencial Christopher percorrendo o caminho de volta do Campo de Adão até suas casas, suas cômodas, seus armários, seus aparadores de lareira, para encontrar a prata que James Little pode ter deixado para eles. E o menino, Laddy Merridew, vagueia na direção do parque.

Efetivo Philips guarda seu caderno, para outra vez e fica para trás com James Little, talvez para resmungar, vermelho como um pimentão, que sente muito, talvez para ajudá-lo a arrumar suas coisas. James Little assente e entra no barracão para trocar os tênis e a jaqueta. Então, quando está prestes a fechar os cadeados e ir embora, prestes a passar cuidadosamente por cima dos canteiros de cebolas e repolhos e voltar ao Residencial Christopher e à sua casa, ele vê algo cintilando no chão, na terra, ali perto. Ele pega o bibliotecário suplente pela manga e aponta, pois há algo entre seus crisântemos e suas cebolinhas.

Efetivo Philips se ajoelha na terra e cava com os dedos na horta de James Little. Só um pouco, pois não precisa cavar muito para desenterrar um botão pequeno de prata, o qual, com uma lustrada, ficará perfeito. E o entrega para James Little, que boceja novamente, coloca-o numa pilha junto com outros numa prateleira do barracão, ao lado de um maço de cebolas, e tranca a porta.

Perto do cemitério na colina
que chamam de Montanha Negra

No dia seguinte, Laddy Merridew chega, ofegante, à varanda da Capela Ebenezer, com terra preta sob as unhas e terra mais preta ainda em seu rosto.

— Sr. Jenkins?

Ianto Passchendaele Jenkins está deitado em seu banco, os braços atrás da cabeça e o boné cáqui cobrindo os olhos. Ele espia Laddy por baixo do boné:

— Bom-dia. Estava cavando?

Laddy assente.

— Mas isso foi depois que a vó encontrou mais destas aqui na lata de biscoitos.

Ele tira três caixinhas de rapé de prata do bolso.

— E a Sra. Davies, da casa vizinha, encontrou uma concha de sopa atrás de seu balde de carvão.

— Pois então, aí está.

O mendigo se senta e espreguiça.

— Eu fui ao Campo de Adão e cavei um pouco... mas não encontrei nada. Tem um monte de gente lá no terreno, com pás e forcados.

— E encontraram alguma coisa?

O menino faz uma pausa.

— Bem, não, ainda não...

— Talvez as coisas não sejam deles, para que as encontrem, né?

E não há resposta para aquilo, então Laddy Merridew se senta ao lado de Ianto Jenkins e fica quieto por um instante. E diz:

— Aquela história é real, não é? Porque as coisas estão lá. O Sr. Little realmente as desenterrou e colocou nas casas?

Ianto Jenkins olha para Laddy.

— E as outras histórias, ainda não são reais?

Laddy não diz nada.

— Nem mesmo a minha história? Do acidente?

Laddy volta a guardar as caixas de rapé no bolso. E Ianto Passchendaele Jenkins se levanta.

— Deve estar na hora de fazer um lanche... Tem tempo para uma caminhada?

E é surpreendente a facilidade com que se consegue um sanduíche com a Sra. Prinny Ellis no cinema, quase como se ela os fizesse especialmente para ele. E uma garrafa térmica de café, desta vez, com açúcar e tudo.

— Não se preocupe, Ianto, tem mais de onde veio este daí...

E, então, um garoto jovem e um mendigo velho podem ser vistos caminhando até deixarem a cidade, acompanhando o rio por algum tempo, parando para o mendigo descansar um pouco, até chegarem à ponte de pedestres, onde param. E talvez Laddy Merridew pense em falar alguma coisa sobre tomar decisões, mas, ali, perto da ponte, parado na margem de concreto onde não crescem amieiros, está Meio Harris, seu carrinho esperando no meio-fio, as botas escorregando junto à borda da água onde o rio é mais rápido e profundo.

Equilibrando-se com uma vara, que ele mergulha no rio, espalhando gotas pelo ar e as observando cair.

Laddy Merridew e Ianto Jenkins param sobre a ponte para olhar.

— Está fazendo chover agora, Meio? Que bonito.

Meio olha para cima e escorrega novamente, caindo de bunda no concreto, e sorri, acenando com a vara. Na ponta, ainda não há nada além de água.

— Boa sorte com a pescaria, Meio.

E é estranho, mas todos os pensamentos de Laddy sobre decisões desaparecem rio abaixo, junto com a chuva.

Eles atravessam a ponte, seguem pela estrada ao longo das casas do outro lado do rio e continuam além, pelas novas propriedades na colina, passando por arbustos, grama esburacada pelas ovelhas, declives e cicatrizes deixadas por aluviões. O mendigo vai parando de quando em quando para recuperar o fôlego.

— Ai, meus velhos ossos... — Diz, antes de seguir em frente.

Passam por muros caindo aos pedaços. Seguem até a trilha que sobe a colina, acompanhando um desses muros, onde encontram o professor de marcenaria Ícaro Evans vindo no sentido contrário, com uma braçada de madeira bruta, a cortiça descascando, com vestígios de líquen. Laddy Merridew se detém, dessa vez.

— É para o barco, Sr. Evans?

Ícaro Evans olha com intensidade para Laddy.

— E isso é da conta de alguém, por acaso?

— Não, Sr. Evans...

— Bem, pois então... — E ele segue seu caminho colina abaixo.

Ianto precisa parar cada vez mais para recuperar o fôlego. Eles sobem por aquela trilha, mendigo e menino, até que, numa curva do muro, se flagram no velho cemitério da colina, com seu muro baixo, apenas algumas pedras alinhadas como se fossem se levantar e marchar de volta à cidade. O memorial. E, na crista da colina, que vai para a direita, velhas árvores dobradas pelo vento, encarquilhadas.

Ianto Jenkins se senta no muro e, um momento depois, se serve um café da garrafa térmica. Laddy não diz nada, mas vai até o portão aberto, que pende de uma dobradiça, mantido no lugar por trepadeiras. Não é um cemitério grande. Laddy caminha ao redor das lápides, olhando os nomes, tirando os óculos de vez em quando para limpá-los. Lendo os nomes em voz alta.

— Edward Bartholomew... Thomas Edwards... William Little... Thaddeus Evans... Benjamin Lewis... Gareth Brightwell... Charlie Harris... George Harris... conheço estes nomes, Sr. Jenkins. Eu os conheço. E há outros: Ernest Pritchard... Ernest Williams...

Ianto Jenkins não se vira.

— Famílias há muito desaparecidas. As minhas vizinhas, Sra. Pritchard, Sra. Williams. E mais. Há muito desaparecidas. Mas olhe o memorial, Laddy. São aqueles que nunca foram encontrados.

Laddy vai até o memorial.

— Billy Price... Geraint Jones... — E, então, ele vai até o canto mais distante, onde há uma lápide tombada, que caiu de frente, empurrada pelo vento. Não há nome visível. — Sr. Jenkins, de quem é esta lápide?

Não há resposta, e o menino ergue os olhos, mas o mendigo não está ouvindo. Ele veio andando ao longo do muro até o portão e está dentro do cemitério, parado sobre as velhas lajotas, olhando para a desordem de grama, mato e trepadeiras junto às lápides. Onde coelhos cavaram e bagunçaram o gramado e onde as ovelhas entraram para se abrigar junto ao muro, deixando depressões leves na terra.

Há o barulho constante do pátio de manobras dos trens, propagado pelo vento, e os ruídos mais leves e mais insistentes, feitos por algumas folhas amarronzadas, farfalhando pela trilha e vindo repousar nas lápides. E Ianto Passchendaele Jenkins começa a falar.

— Havia árvores por tudo, na época, Bigato. Eu ainda as ouço. E um som diferente, mais profundo. Você ouve?

O menino presta atenção.

— Acho que não, Sr. Jenkins. Só consigo escutar os trens.

O mendigo olha colina abaixo, na direção da cidade, para o vale lá embaixo, cuidando de sua própria vida.

— Eu subia aqui sempre que podia, depois daquele dia, Bigato. Depois da Gentil Clara. Quando fiquei bem o suficiente. Passei alguns dias dormindo e acordando, me lembro disso. Vim parar bem ali, em cima da crista da colina. Mas foi uma coisa bem estranha. Eu era o mesmo Ianto Jenkins que tinha andado mil vezes por aqui, talvez até mais, e a montanha também era a mesma. E, no entanto, onde meus pés tocavam o chão, não era a mesma coisa em absoluto. Estou aqui agora com o sol às minhas costas e olho para o chão, para a minha sombra. Tire isso e como posso saber se estou realmente aqui?

"Fui mandado lá para baixo, na Gentil Clara, onde tudo era sombra, e talvez eu tenha desaparecido nas sombras, né? Era essa a sensação que eu tinha, Bigato. Mas, então, na respiração seguinte, eu estava andando aqui em cima, na minha montanha.

"Mas não foi fácil vir até aqui naquele dia. Alguma coisa me fez esperar até que as aulas tivessem começado e a maioria das pessoas tivesse ido para o trabalho. Até que o sinal da escola parasse de tocar, pelo menos. Pois sons como esse, de homens indo para o trabalho... eles só serviam para me lembrar de mais um lugar do qual eu não fazia parte."

"O médico que veio... e preciso agradecer aos patrões carvoeiros por isso... disse que eu não devia fazer muito esforço, no começo. Que podia caminhar tanto quanto estas pernas quisessem e não mais que isso. Ele disse que a tosse ficaria comigo por algum tempo ainda e ele estava certo. Ela costumava me despertar à noite.

"Naquele dia, me sentei na cama e fui pegar minhas botas. E minhas mãos e pés não queriam as botas do falecido Sr. Ernest Ellis, paradas ali no tapete. Eles queriam as botas pequenas que eu tinha dividido com meu irmão Bigato. Aquelas que apertavam e faziam bolhas. Eu queria aquelas botas... mas não pude encontrá-las. De quatro no chão, procurei embaixo da cama, mas elas não estavam ali. O Bigato não estava ali. Será que ele havia saído antes que eu acordasse? Eu não conseguia pensar direito. O travesseiro dele estava na cama, ao lado do meu. O sulco onde sua cabeça estivera... pus a mão ali e estava frio. Ele devia ter saído uma hora antes e eu não conseguia me lembrar se ele tinha me sacudido e dito: 'Vamos brincar, Ianto?' Me atrevo a dizer que ele não tinha conseguido dormir, comigo me revirando na cama. Ouso dizer que meu irmão, o Bigato, que se parecia tanto com você... que talvez ele tivesse ido passar uns dias com os vizinhos... e não o culpo, nem a eles por tê-lo levado. Eu teria feito a mesma coisa. Eu não estava bem, não estive bem por um longo tempo. E não podia cuidar de mim mesmo direito, quanto mais de um Bigato. Depois de um instante, calcei as botas do falecido Sr. Ernest Ellis e caminhei até o fim da nossa rua, sentindo os pés pesados na extremidade das pernas.

Assim, eu e as botas do Sr. Ellis saímos da cidade, e me lembro de pensar que estava mais próximo do falecido Sr. Ellis agora do que no dia em que ganhara suas botas, tirando a sorte no carvão."

Laddy Merridew interrompe:
— Desculpe, Sr. Jenkins. Mas seu pai não podia cuidar do seu irmão?

Há um silêncio, quebrado apenas pelo vento brincando com as folhas na trilha. E Ianto Jenkins suspira.
— Não, Bigato. Ele estava doente demais até para cuidar de si mesmo, quanto mais do filho. Eu já disse, a perna dele não sarava. Não entendo dessas coisas, sabe? E não foi muito tempo depois...

Laddy não diz nada e, depois de uma pausa, Ianto Jenkins continua, a voz mais pesada...

— Mas, naquele dia, conforme fui andando pela nossa rua, o silêncio de alguma forma saía de trás das portas, negro e denso. E aquele mesmo silêncio pairava sobre o lugar inteiro. Nem mesmo a Middy Pritchard da casa número 5 gritava para os filhos entrarem. Não havia vagões nem máquinas na ferrovia dos confins da cidade. Não havia ruídos metálicos nem silvos, não havia estrondos, gritos nem assovios trazidos pelo vento até ali.

"O dia estava bonito e agradável, mas não tinha nada que estar daquele jeito. Desci até o rio, até o recôncavo onde o velho ninho de tordo se empoleirava nas sorveiras. Fui até ele, para ver alguma coisa inteira. E tinha sumido, se quebrado, o lugar onde se empoleirava estava destruído, esmigalhado. Não houvera enchente e devem ter sido os moleques que fizeram aquilo. Mas, por um momento, senti que tinha sido eu a arrancar o ninho.

"Então, me dei um chacoalhão. 'Chega, Ianto. Você está parecendo uma menininha. Pare com isso, está bem? Você não pegou ninho nenhum.'"

"As botas do falecido Sr. Ellis pesavam demais na ponta destas pernas. Eu as tirei, as deixei na margem do rio e segui em frente descalço.

"E, então, estava caminhando numa montanha diferente da de antes. A grama ainda estava fria e rija. Os pontos em que o musgo crescia nas pedras estavam tão macios quanto antes, como andar numa cama no chão, ou num tecido. Mas a despeito de quão dura estivesse a grama, ou quão macio o musgo, sob eles o chão era mais duro que antes e, tenho certeza, estava me dizendo alguma coisa, algo que não sei explicar."

O mendigo para de falar um pouco, depois desce do muro e fica ao lado do memorial. Então, olha para a cidade no vale abaixo.

— Note, Bigato, que eu não me sentia mais um menino, naquele dia, vindo até aqui. O menino Ianto Jenkins tinha sido deixado lá embaixo e não havia mais nada a se dizer a respeito. Mas o que eu era, então? Será que havia me tornado homem depois de apenas um ou dois dias no escuro? Não acho.

"Eu estava sentado aqui na montanha sem as botas do falecido Sr. Ellis e apertei meus dedos dos pés um por um, até ficarem brancos, e a brancura continuou muito tempo depois de eu ter parado de apertá-los. É verdade que aqueles dedos pareciam os mesmos dedos de Ianto Jenkins de antes e a sensação neles era a mesma... portanto, devia ser outra coisa no Ianto Jenkins que havia mudado, não os pés... E eu estava pensando, então, Bigato, em que parte do meu corpo o Ianto Jenkins vivia antes do acidente? E em que parte ele estava vivendo agora, então? Porque não era no mesmo lugar, não mesmo...

"Eu não tinha a menor vontade de voltar para casa, pelo menos não ainda. Não tinha vontade de passar na frente das casas e ouvir as vozes vindo atrás de mim como antes, as vozes que entraram na minha cabeça e que têm estado nela desde então...

"'Não é certo mesmo, não é...'

"'Devia ser um deles...'

"'Culpa dele. Culpa dele.'

"'Ele mesmo que disse. Fez alguma coisa errada, aquele garoto.'

"'Fez, sim, pode escrever o que estou dizendo...'

"E as mulheres me dando as costas para entrar em casa, e uma delas, toda descabelada, com um menininho todo confuso e sujo pendurado na saia, dizendo: 'Por que você ainda está aqui? Onde está o meu marido? O que você fez? O que eu vou fazer?'

"Elas não precisavam dizer as palavras, depois daquilo, mas eram essas as palavras que eu ouvia na minha cabeça, e ainda ouço: 'Por que é que você saiu, hein?'

"Por que eu havia saído, hein? Por que *estou* aqui, afinal? Isso era, e é, algo que não posso responder."

"Quando voltei para casa, meio que esperava que estivesse como antes, com meu pai dando ordens e meu irmão Bigato fazendo arte nos fundos. Mas estava tudo quieto. Não havia ninguém. E era difícil ficar sozinho. Eu queria ver alguém e procurei alguma razão. Então, encontrei uma razão: ainda havia alguns ovos no armário e eu não tinha estômago para eles, mas talvez outra pessoa tivesse. Talvez a Sra. Thomas Edwards, no fim da rua. Cujo marido era meu chapa. Amigo do meu pai. Ou seu filho, David.

"Ah, Bigato. Fui até lá e dei a volta até os fundos da casa 18, como sempre fazia antes do acidente. E, como sempre, estava tudo quieto e a porta da cozinha, aberta.

"A Sra. Edwards estava sentada ao lado da lareira vazia. Sra. Thomas Edwards, que era esposa do meu chapa; que tinha cuidado de mim quando eu era menor e, para o Bigato, então, tinha sido praticamente uma mãe. E esposa daquele Sr. Edwards, que me empurrou para trás dele no túnel. Cujo braço ficou sobre meu rosto. Lá estava ela, simplesmente sentada num banquinho, no frio. Não havia sinal do filho dela, o jovem David. E o engraçado era que, no varal acima do fogão, havia uma única camisa branca, toda dura, os braços pendurados, os punhos abertos, esperando para ser abotoada. Os braços eram muito brancos na cozinha onde tudo era escuro. E a Sra. Edwards me ouviu entrar e levantou a cabeça e surgiu uma luz tamanha em seus olhos, e sua mão voou até a garganta e sua boca se abriu.

"Mas quando ela viu que era apenas o Ianto Jenkins, a luz em seus olhos se apagou no mesmo instante e sua mão caiu de volta ao colo.

"Levantei o saco de ovos: 'Trouxe alguns ovos para a senhora, Sra. Edwards.'

"Mas ela não disse nada, apenas desviou o rosto lentamente para o outro lado e não saiu uma só palavra de sua boca.

"Portanto, coloquei os ovos cuidadosamente numa tigela vazia, no peitoril da janela, e a deixei ali, sentada em frente ao fogão. Quando saí de lá, estava pensando em como aquela camisa estava branca e em como ela devia ter trabalhado muito para deixá-la branca daquele jeito para o Sr. Thomas Edwards. E agora ela não iria mais fazer isso. E, enquanto eu me afastava pela viela, tinha a impressão de que as mangas daquela camisa estavam se estendendo para tocar em seu rosto.

"E, então, o filho deles voltou, David Edwards, mais novo do que eu, mas bem forte. Mesmo assim, veio até mim e me empurrou contra a parede: 'Cadê o meu pai? O que você fez com o meu pai?', e uma voz dentro de mim dizia que o acidente na Gentil Clara podia ter ocorrido havia pouco tempo, mas que iria ecoar por muitos e muitos anos, mais do que eu podia pensar num único pensamento, e isso é fato.

"E foi mais tarde, Bigato, muito mais tarde, que os nomes começaram. Eles me chamavam de tudo que é coisa, pois a Gentil Clara foi culpa minha. Eles me deram o nome de Passchendaele, mais tarde ainda, por ser um covarde. Posso ouvi-los, Bigato. 'Não teria durado nem cinco minutos na Batalha de Passchendaele, aquele Ianto Jenkins.'

Laddy o interrompe:

— Mas, Sr. Jenkins, foi um acidente, não foi? Não foi culpa sua, foi? Você era um menino, só isso.

Ianto Passchendaele Jenkins retorce as mãos e olha para seu relógio.

— Eu era um menino mesmo. — Ele para. Olha para Laddy. — Era um menino, como você, um pouco mais velho. Tem sido culpa minha já há tanto tempo...

Ianto Passchendaele Jenkins estremece e vai até a lápide mais próxima. Thomas Edwards.

— Sempre tive medo do escuro, Bigato. Medo de descer ao subsolo. — Ele põe a mão na lápide e fica quieto por um minuto. — Agora, o que mais me resta esperar?

Laddy Merridew não responde, pois, às vezes, as coisas são grandes demais para palavras. Mas ele segura o braço do mendigo conforme começam a caminhar em silêncio de volta à cidade, pela trilha, e aquela caminhada leva muito, muito tempo.

O conto do carvoeiro

i

QUANDO CHOVE NA CIDADE e o sol brilha sobre a Montanha Negra, a Louca Annie diz que é casamento de viúva. Lillian Harris põe uma panela esmaltada no chão do quarto dos fundos da casa número 11 da Rua Maerdy, para pegar as gotas que caem do teto, e a Sra. Eunice Harris empurra um jornal por baixo da porta da cozinha, para não deixar a chuva sujar seu piso limpo. Daí, ela tranca a porta para que Matty Harris e seus sapatos molhados tenham que implorar pela fechadura para que ela os deixe entrar.

E a chuva faz todas as pedras da cidade fecharem a cara. Até os tijolos nos velhos quintais se transformam em algo escuro, as nuvens tempestuosas deixam as ardósias escuras como tinta e as paredes dos banheiros externos, agora usados como depósitos de carvão e lugar de esconde-esconde para os meninos, choram e relembram o calor e o fedor da urina ali acumulada.

Em frente à biblioteca, a chuva pinga do cabelo da estátua e cai em suas botas. Ela fica parada, olhando para as próprias mãos, e os homens sentados nos degraus do monumento levantam o colarinho para se proteger da chuva e puxam o boné sobre as orelhas. Eles ainda usam suas botas de carvoeiro, embora os pés dentro delas já não o sejam. Aqueles calçados já estão lustrados e limpos há meses, desde que a Mina Funda fechou. Olha só, as gotas de chuva pairam sobre as botas feito bolhas de vidro, depois se juntam e escorrem pelo couro, em riachos. Pois pode ser que ainda esteja chovendo sob a Montanha Negra, mas as bombas d'água já não trabalham mais e o nível da água deve estar à altura dos joelhos de homens de 1,80m.

Peter Edwards está lá, sentado no degrau molhado com seu boné achatado, deixando que a chuva molhe suas botas. Elas não estão lustradas como as demais. A chuva respinga no couro velho e penetra pelas rachaduras, invadindo os ilhoses e sujando suas meias com qualquer negrume de carvão que encontrem pelo caminho. Há carvão preso nos pespontos, como formigas, há carvão nas dobras e nas rugas, que não sai com água nem esfregação, e tanto homem quanto estátua esperam na chuva até que algo aconteça.

Pode ser que Peter Edwards resmungue:

— Está chovendo dentro da minha camisa...

Ele baixa os olhos para abotoar a jaqueta e seu boné é arrancado com um tapa por trás. De troco, dá um tapa no boné do outro, que cai do degrau sobre uma poça. Então ambos começam a rir como se fossem gatos em cima do muro, numa briga de bonés.

A Sra. Bennie Parrish talvez desça do ônibus com sua cesta de compras e vá mancando até a biblioteca.

— Olha só, cada homão. Vocês não têm nada melhor a fazer, não?
— E os sorrisos desaparecem, eles voltam a se sentar e a olhar para as próprias mãos, enquanto a chuva desce pela Rua Principal, vai brincar nos bueiros e pousar no peitoril da janela das lojas.

* * *

A chuva lava as janelas melhor do que Judah Jones é capaz de fazer, trepado em suas escadas. Mas nem sempre foi assim. Não muito tempo atrás, a chuva vinha carregada de pó de carvão e deixava manchas escuras nas portas e janelas, levando as velhas senhoras com seus aventais e baldes a reclamar por cima dos muros das casas:

— Credo... de que adianta limpar se o clima vai sujar minha casa de novo?

Peter Edwards escuta em sua cabeça a voz de Bella, sua esposa, seguindo-o todas as manhãs quando ele sai de casa, desde que a mina fechou:

— Quando você vai conseguir um emprego novo, hein?

E sua resposta para ela, todas as manhãs:

— Quando o carvão sair das minhas mãos, vou arrumar um emprego. Não antes disso.

Daqui a pouco, a Biblioteca Pública vai abrir e os homens irão se levantar para ir lá...

— Beleza. Vamos lá, então.

— Você vem para a biblioteca, Peter Edwards?

— Não. Ele não vai a biblioteca nenhuma. Tem palavra demais lá...

— Ora, vamos, que tal largar essa mania da vida toda, hein? Você vai acabar morrendo de pneumonia, homem...

Mas eles sabem que não adianta dizer a Peter aonde estão indo, pois ele não virá junto, não à biblioteca.

Peter dá de ombros em resposta à chuva e ao girar do mundo e olha para as próprias mãos. Ele as abre com a palma para cima, observa a pele entre os dedos e as vira para ver as unhas. Em cada rachadura existe escuridão, sua pele agarrando a poeira do carvão bem no fundo. Escura como as sombras por onde os veios de carvão correm sob a pele das montanhas, ela já penetrou em seus poros ao longo do tempo, tomando o lugar do suor com o qual ele o pagou. Negro azulado como um hematoma, no tecido de cicatriz dos dedos e das costas das mãos.

Os homens que não são mais carvoeiros fecham as portas pesadas da biblioteca depois de entrar. Eles limpam os pés de forma não muito diligente no *Bem-vindo a um lugar de silêncio*, enquanto a Sra. Bennie Parrish faz *tsc-tsc* na recepção, pois ela quer pegar emprestado *As aventuras de Sherlock Holmes* e não se encontra o livro em lugar algum, e a vó de Laddy Merridew se apoia em seu esfregão e suspira diante das pegadas de botas em seu piso limpinho no hall de entrada.

Eles tiram o boné e vão até a Sala de Leitura, dos bancos lustrosos e jornais bem presos em suportes de madeira. Colocam os bonés sobre a mesa enquanto sopram um pouco da umidade no verniz e conversam em sussurros, pois há uma placa que diz para manter silêncio, embora não haja mais ninguém ali para se importar.

Um dos homens faz um gesto com o polegar para fora da sala, pois a porta do escritório da Sra. Cadwalladr está fechada e há um aviso dizendo que ela saiu hoje, foi a uma conferência.

Depois do balcão da recepção, fica a escada para o porão e para o pequeno escritório de Efetivo Philips. Ali, estarão esperando canecas prontinhas da biblioteca com o brasão da cidade estampado todo importante, em preto, e, abaixo dele, as palavras *Não posso viver sem livros*, e há café instantâneo no armário e um pote de geleia cheio de açúcar. Logo, os homens vão descer a escada, deixando os bonés achatados lendo os jornais sozinhos.

— Meu Deus, o bule já está fervendo...

— Que surpresa.

— Bom-dia, rapazes! Vamos entrar um pouco?

Eles entram no escritório, pegam uma caneca e fazem planos de voltar lá para cima e ler os classificados de empregos. Em algum momento.

Efetivo Philips pega outra caneca de uma gaveta de sua mesa, uma caneca sem nada escrito, prepara outro café e o leva lá fora, para Peter Edwards, ainda sentado na chuva, nos degraus da estátua.

— Vamos lá para dentro, homem, para o calorzinho?

Mas Peter Edwards balança a cabeça e, quando o bibliotecário suplente se vai, ele dá as costas para a biblioteca e aquece suas mãos em volta da caneca. A chuva descobre uma brecha sob o colarinho puído de sua camisa e se encontra consigo mesma, entrando pelas frestas dos botões de sua jaqueta.

Talvez ele ouça a voz de sua esposa Bella de novo, enquanto ela o observa, ao lado do fogão a gás, para garantir que ele tenha usado água quente, sabão e uma escova para esfregar as mãos. "Quando você vai arrumar emprego, hein?", e sua resposta: "Quando o carvão sair das minhas mãos, arrumarei um emprego. Não antes disso." E ele olha aquelas mãos em volta da caneca de café, sorrindo um pouco da pele ainda preta como o preto nas fissuras.

Quando termina seu café, ele deixa a caneca perto da porta da biblioteca e volta até a estátua, as mãos nos bolsos. E será que aquelas mãos estão sozinhas nos bolsos, com apenas um velho bilhete de ônibus ou um papel de bala? Certamente que não. Pois, em cada bolso, Peter Edwards mantém torrões de carvão, tirados da mina em seu último dia de trabalho. Ao caminhar, ele esfrega os torrões para que a poeira penetre em sua pele e substitua o carvão que é lavado todas as manhãs, enquanto Bella, sua esposa, fica de olho, retorcendo as mãos e sabendo que o homem do seguro vem mais tarde para cobrar o dinheiro deles.

Se parar de chover, os homens voltarão para os degraus da estátua, só para variar. E, talvez, Laddy Merridew passe por ali, chutando uma pedra na sarjeta, e pare para ver os homens fazendo nada. Talvez ele esteja voltando do cinema, onde o mendigo Ianto Passchendaele Jenkins está dando tapinhas em seu relógio sem ponteiros, girando os braços e contando suas histórias. Talvez Laddy tenha parado para ouvir o mendigo dizendo: "Tommo Price, foi Tommo Price" ou "Ouçam a história da pequena Meggie Jones" ou ainda "Uma história de escuridão e diamantes, é, e de um homem meio-nascido que nasceu duas vezes..."

Laddy talvez pare e diga, a ninguém em particular:

— Lá vai ele, aquele Ianto Jenkins contando histórias novamente... — E os homens vão olhar uns para os outros.

— Bem, é melhor do que ficar sentado aqui, esperando que o mundo gire. — E partem pela Rua Principal, em direção ao cinema.

— Peter Edwards, você vem com a gente?

Peter balança a cabeça.

— Não. Histórias são bolhas de sabão. — E fica sentado ali, continuando a procurar veios de carvão nos mapas de suas mãos. Seu rosto se anuvia e ele não se move de seu degrau, como se este fosse sua própria parede de carvão e não pudesse ser movido. Simplesmente segura seus pedaços de carvão, observa os homens virarem a esquina da Rua Principal e os ouve conversar conforme desaparecem.

— Eu gosto de histórias.

— Eu também. Nada como uma boa história para passar o tempo...

E, então, já se foram.

Peter Edwards se reclina novamente contra a estátua e fecha os olhos. Ele se esquece dos degraus, da Rua Principal e da biblioteca. E, na escuridão do carvão em seus bolsos, uma escuridão ainda mais profunda começa a crescer. Uma escuridão que fala de umidade e terra fértil sob árvores altas. Calor. Peter inala a escuridão, os aromas de uma terra há muito desaparecida, vapores de flores estranhas no alto das copas. Ouve o estalo de galhos caídos e pisoteados pelas criaturas passadas, suas pegadas deixadas no solo. Ouve o zunzum dos insetos e o gotejar da chuva caindo das folhas mortas há mil anos.

O conto do carvoeiro

ii

EM SUA VARANDA NA CAPELA, o mendigo Ianto Passchendaele Jenkins espera que alguém lhe traga um café gostoso, com dois torrões de açúcar. Ou que a Sra. Prinny Ellis lhe dê um sanduíche com beterraba, tirado de seu embrulho de papel-manteiga. A Sra. Ellis chegou com sua cesta há pouco tempo, abriu a bilheteria do cinema e está tricotando um suéter vermelho enquanto espera para vender entradas para a sessão das duas e meia.

Os frequentadores do cinema verão os homens que eram carvoeiros vindo da biblioteca, todos juntos, prontos para ouvir uma história. Mas não Peter Edwards.

— Por que Peter Edwards não veio?

— Coitado. Por que o deixaram lá sozinho?

E os homens tentarão explicar que o convidaram para vir também. Mas que não é fácil.

— Ele tem ideias próprias, sabe?

Alguém terá visto Peter Edwards sentado em frente à estátua. Com as mãos para cima, virando-as de um lado e de outro, depois enfiando-as nos bolsos de sua jaqueta, sentado ali, de cara fechada. Depois, olhando de novo para as mãos, e o engraçado é que elas estarão mais negras do que antes...

— Por quê?

E talvez Ianto Jenkins diga:

— Sou velho, hoje. Talvez não consiga me lembrar. Perguntem para ele, sim?

Mas os mineiros sabem que não devem perguntar a Peter Edwards.

— Ele não está interessado em histórias, nem em ouvir nem em contar. Por quê, hein?

Então, Ianto Passchendaele Jenkins olha pela Rua Principal como se pudesse ver além da leve curva na estrada, além das lojas, e enxergar a biblioteca, a estátua, o homem sentado ali sozinho, e suspira. Fica de pé, se espreguiça e abre um grande bocejo... e dá um tapinha no mostrador de seu relógio que não tem ponteiros, encolhe os ombros e começa.

— Ouçam com os ouvidos, pois tenho uma história para eles, sabe, sobre um menino chamado Peter Edwards, o mesmíssimo Peter que se senta lá em cima e não quer entrar na biblioteca nem para se aquecer.

"Mas será que vocês poderiam me arrumar aquela placa que costumava ficar na velha estátua? Vão encontrá-la no lago, onde os moleques a jogaram anos atrás, e, se não tiver se afastado muito, vocês vão ver os nomes gravados ali. E, se não os virem, vocês poderão senti-los com os dedos. Todos os nomes dos homens mortos na Gentil Clara num dia de setembro muito tempo atrás. Entre eles, um homem chamado Thomas Edwards, mineiro. Um bom homem. Um bom chapa."

***

Ianto Jenkins para por um momento, então sacode a cabeça como se estivesse despertando depois de um longo sono.

— Thomas Edwards, mineiro. Um bom homem. Avô de Peter Edwards. Eu lhes digo: olhem novamente para o rosto dele e, depois, para o rosto da estátua. Tem alguma coisa igual, uma gentileza nos olhos ou no cenho franzido, talvez... como se ambos estivessem fazendo perguntas um ao outro.

"Mas, sim, Thomas Edwards morreu na Gentil Clara, naquele dia de setembro. Naquela última manhã, antes de sair para a mina, ele abriu a porta do quarto onde seu filho, David, estava dormindo e lhe deu um beijo de despedida. Nunca tinha feito aquilo antes, não que o garoto pudesse se lembrar, e David fingiu que dormia para não estragar o prazer do momento... o raspar do rosto do pai contra o seu, o cheiro dele, as roupas de trabalho cheirando a poeira e escuridão, e o cheiro do sabonete de sua mãe nas mãos do pai. David sentiu que seu pai, Thomas Edwards, puxava as cobertas para cima e as arrumava à sua volta, então saiu... só ouviu a porta dos fundos se fechando, uma tossida no quintal e o barulho de uma corrente de bicicleta batendo no para-lama que o pai estava sempre para consertar.

"Apenas imaginem aquele filho quando seu pai não voltou para casa. E como ele não quis ouvir quando tentaram lhe explicar, gentilmente, e cobriu os ouvidos com as mãos e gritou tudo que pôde, com e sem palavras. Barulho para cobrir as palavras que ele não queria deixar entrar. Ficou durante dias parado à janela, olhando, ao que parece, até que finalmente ouviu o barulho daquela bicicleta de novo. O inconfundível matraqueado da corrente batendo no para-lama. Escutem! Vindo pela rua, claro como a água. E devia ter sido tudo um erro, certo? O filho, David, correu para fora da casa para se atirar nos braços do pai... mas o cheiro estava errado e era apenas um vizinho trazendo a bicicleta de volta da mina para casa, sorrindo: 'Olá, meu jovem...'

"Seu pai estava morto. Morto pela Gentil Clara. E David jurou que jamais iria trabalhar naquele lugar.

"Mas aqui vem o pior: quando ele cresceu, que trabalhos podia fazer? Aquele garoto não podia fazer nada senão ir trabalhar no lugar que matara seu próprio pai, porque não havia nada mais... A não ser que você tivesse instrução, e ele não tinha. Trabalhou tanto quanto podia, no entanto, para sustentar seus dois filhos, quando eles vieram, o bastante para lhes dar uma boa instrução. Um desses filhos era Peter. David Edwards jurou que eles não teriam que descer à mina como ele fizera. Não iam, não. Ele iria garantir isso. Eles iriam aprender com seus livros e iriam estudar na escola boa. Em Cyfarthfa.

"Ah, crianças são como água no Taff, fluindo direitinho até que encontram uma rocha no leito do riacho, percebem? Na rocha, a água do riacho se divide. Parte flui de um lado, que é fundo, tranquilo e estável, e o resto flui para onde o leito é rochoso e a água é rasa e turbulenta. Podem olhar na próxima vez que caminharem pela margem do rio, ali perto da casa do Padeiro Bowen, sim? Olhem para ver se a água volta a se juntar depois da rocha. Não volta. Onde a água se divide, ela nunca mais volta a se juntar e, em vez disso, mantém uma separação invisível.

"Os dois meninos Edwards eram assim. Um filho estudou seus livros direitinho. E o outro, Peter, tinha a cabeça tão cheia de perguntas quanto qualquer garoto. Mas e os livros?

"Ah, a mãe e o pai dele bem que tentaram. Sem dúvida, eles tentaram fazê-lo aprender o alfabeto e os números... mas não podiam entrar na cabeça dele e ficar ali, né? Em vez disso, o jovem Peter Edwards estava mais interessado em apanhar pedras. Ele vivia virando pedras, enchendo os bolsos delas, trazendo-as para casa, alinhando-as no oleado, colocando-as no peitoril da janela, se maravilhando com elas. Mas letras pretas, e números em páginas escritas? Estes jamais ficavam no papel. Escorregavam e sumiam quando Peter olhava para eles, como se quisessem estar em outra parte."

"Então, um dia, David Edwards voltou para casa da mina e encontrou Peter com seu livro na cozinha, não tentando escrever e copiar as letras no papel, como lhe haviam mandado fazer, mas sim sonhando, batendo as pedrinhas em seus bolsos.

"David Edwards desafivelou o cinto. 'Vou fazer você aprender o alfabeto!' O livro caiu no chão, Peter tentou se esconder embaixo da mesa, mas não deu certo. Seu próprio pai o golpeou com o cinto, batendo nele sob a mesa até ele gritar: 'Não, pai!' e até seu suéter bom de lã se rasgar no ombro.

"'Você vai aprender o alfabeto, menino, ou vai levar cintada toda vez. Vamos começar pelo A.' Vinte e seis vezes, Peter apanhou com o cinto. Vinte e seis vezes, uma para cada letra. Mas nem assim elas entravam na sua cabeça.

"E seu irmão, será que ele o ajudou? Ah, ele bem que tentou. 'Olha só, Peter', disse ele, à noite, quando eles deveriam estar dormindo. 'Aprenda o alfabeto e haverá histórias... aprenda-o e aqui, neste livro, e naquele livro, tem jornadas com navios piratas e caravanas de camelos na areia, você não quer ler comigo? E caubóis, índios e planetas...' Mas, Peter, por mais que tentasse e por mais que apanhasse, não conseguia se entender com as palavras. Nunca conseguiu se entender com os livros. Nem com as histórias."

Nesse ponto, os frequentadores do cinema balançam a cabeça e passam um saco de balas de frutas e, talvez, se lembrem de um menino em sua rua que ainda não sabe ler e vai fazer 10 anos na segunda-feira que vem. Ou do homem que vende jornais numa banca perto da ponte... e que também não sabe ler os jornais, só olhar as fotos... mas que, mesmo assim, parece saber o que está acontecendo, então, qual é o problema?

Ianto Passchendaele Jenkins diz que está com sede e que adoraria tomar alguma coisa e alguém lhe arruma um café, com dois torrões de açúcar, e outro alguém abre um pacote de caramelos embrulhados em papel dourado e ele guarda um em seu bolso.

— Não tenho dentes, mas tudo bem... — E a história continua.

— Pois bem, Peter nunca aprendeu, apesar de seu pai tê-lo machucado muitas vezes com aquele cinto. E, um dia, quando estava um pouco maior, 7 anos, talvez, ou 8, ele saiu andando daquela casa depois de uma surra e não parou mais. Foi até o fim da cidade sem ninguém lhe perguntar aonde ele estava indo. Foi indo, até o alto das colinas, para deixar que as colinas curassem seus hematomas. E pensou, talvez, em mergulhar as mãos num riacho, para lavar o sangue que ele estava lambendo, de um corte feito pelo cinto.

"Conhecia um lugar onde havia um bom riacho, de margens altas e bem profundo onde cortava a terra. Perto de onde, uma vez, encontrara os ossos de uma ovelha. Os ossos calcários de uma ovelha presa no arame, e ao lado, o pequeno crânio de um carneiro, apenas fragmentos pálidos, espalhados pelas margens. Os crânios de ambos se tocavam e violetas cresciam entre os dentes amarelados da velha ovelha, seus ossos já limpos por raposas e corvos.

"E esse menino, Peter, foi tropeçando e escorregando pela encosta do riacho, levando consigo uma cascata de terra e pedras. Ele pensou em procurar mais ossos de carneiros na grama, ou as canelas cinza esburacadas de ovelhas mortas no riacho, tufos de lã molhada nos galhos que pendiam sobre a água.

"Ele pensou em tirar os sapatos e mergulhar os pés na água, depois em se deitar na lama com as mãos no riacho, sentindo o frio passar por cima de seus dedos. Então, foi isso que o garoto fez. E, quando a dor passou, mais ou menos, levada pelas águas frias do riacho, ele ficou deitado ali olhando o céu sendo o céu e um galho sobre sua cabeça sendo um galho. Viu a grama na margem sendo grama e escutou o gorgolejo da água perto de seu ouvido sendo exatamente isso.

"Deixou a lama penetrar entre seus dedos como se eles fossem as raízes de uma árvore. E, como raízes, seus dedos encontraram pequenas pedras na lama. Peter persuadiu as pedras a saírem da lama, brincou com elas, depois as jogou, atirando-as com força de onde estava, sem pensar. Lançando-as até a margem oposta.

"Pedra após pedra, seus dedos foram vasculhando ao lado de seu corpo e ele nem olhava mais o que estavam encontrando. Mal as tateava, atirando-as no ar até os amieiros deformados pelo vento e pela água, no outro lado. Pedra após pedra. Até que algo mudou... talvez uma nuvem tenha passado diante do sol e ele tenha virado a cabeça? Peter levantou a pedrinha seguinte e foi jogá-la também, mas ela lhe pareceu diferente. Quase nada, mas talvez houvesse algo na sensação que falou à sua pele, quem sabe, ainda roxa, mas não mais dolorida? Apenas viva e sensível?

"Seria alguma coisa no formato, na superfície, um sulco em vez de lisura, uma ponta, uma saliência sobre a qual seu dedo recaía? Uma concavidade na pedra, onde a polpa de seu polegar tenha se encaixado?"

Ianto Jenkins levanta os braços e olha para as próprias mãos e fica parado ali um momento, enquanto as pessoas observam...

— Peter Edwards ficou deitado ali, na margem, e levantou a mão no ar para ver a pedra, aquela coisa disforme que saiu da lama ao lado de sua cabeça. Ele olhou. Sentou-se e olhou novamente. Não era uma pedra. Ele mergulhou sua descoberta na água para livrá-la de sua capa de sedimento.

"Não era pedra nenhuma, mas um osso fossilizado, preto e sólido, extraído das profundezas das montanhas. Um osso que agora estava na mão de um garoto vivo de forma tão real quanto havia estado na espinha de um animal antes que meninos andassem por estes vales.

"Peter se ajoelhou perto do riacho com aquele osso na mão. E algo aconteceu... ele sentiu não apenas a dureza de uma pedra em sua palma, mas, em vez disso, sentiu dentro de si mesmo a fuça de um animal do fundo dos anos, explorando entre as raízes das árvores há muito desaparecidas. O osso lhe disse tudo aquilo num piscar de olhos e ele o guardou no bolso, encontrou outra pedra e a segurou também, não a jogou no outro lado do riacho. E essa pedra contou a seus dedos como era ser uma montanha. E outra contou como era ser transformada num vale pelo vento e pela água.

"Mais tarde, ele foi para casa, os bolsos cheios de pedras, sua pedra-osso especial bem no fundo, onde seus dedos a viravam e reviravam para que ela lhe contasse sua história. Encontrou sua mãe sozinha na cozinha, passando margarina no pão para o jantar, que levou à mesa, juntamente com as batatas cozidas e o presunto. 'Então, onde você esteve o dia todo?'

"Peter sorriu e lhe contou sobre o riacho e a pedra-osso negra e suas histórias, e a estendeu para ela ver, justamente quando seu pai David Edwards entrou, batendo a porta com força. Estivera n'O Gato e havia bebido metade do pagamento semanal. 'Aprendeu o alfabeto, esse moleque? Vai finalmente ler para seu velho pai?'

"Ele tirou do bolso um envelope de pagamento rasgado e o estendeu para que Peter lesse o que estava escrito no papel pardo. E sua mãe se colocou entre eles: 'Deixe-o em paz, sim?'

"Mas a bebida a empurrou para o lado e o menino Peter estendeu a pedra-osso para o pai. 'Isto. Eu encontrei isto aqui e a mãe disse...'

"'A mãe disse, é?', perguntou David Edwards, 'A mãe disse, é? O que é que ela disse?', olhando para a esposa, que não tinha dito nada, a pele branca em volta dos lábios. E o menino ficou com medo pela mãe, então, e foi sua vez de se pôr entre eles.

"'Não, pai... escute... eu fui até as colinas e encontrei isto, e há histórias aqui dentro...'

"Ele estendeu o osso negro, ouvindo-o falar coisas sobre animais fuçando e sobre patas finas no alto de árvores enormes, mas seu pai estava com o ruído da bebida nos ouvidos. 'Vá você e suas pedras pro inferno!', e se lançou sobre o filho e arrancou o osso de sua mão... E, com o menino agarrando-se à sua jaqueta, 'Não, pai!', ele saiu no degrau da frente, levou o braço para trás e atirou com toda força que podia, mandando o ossinho pelo ar sobre as casas da Rua Mary.

"E, então, com Peter se espremendo entre a cadeira da cozinha e a parede, e sua mãe no quintal, não se atrevendo a abrir a boca, aquele pai, David Edwards, e sua bebida voltaram, desafivelando o velho cinto. 'Pro inferno, eu digo. Isto vai te ensinar umas histórias.'"

"Mais tarde, mancando pela Rua Mary, Peter Edwards viu pedaços de carvão na sarjeta, caídos do caminhão de um entregador quando sua roda entrou no bueiro. Tudo que ele fez foi se abaixar e pegar um pedacinho e se sentou no meio-fio, virando-o entre os dedos... e as histórias vieram.

"Histórias de como era ser uma floresta, alta, escura, gotejando. Como era ter animais selvagens explorando a seus pés e pássaros construindo em seus galhos mais altos. Como era ouvir todos os sons da floresta e sentir os cheiros úmidos se elevando ao nascer do dia, se elevando mais ainda ao anoitecer. E como era morrer como árvore, permanecer de pé, sustentada por suas vizinhas, que não a deixarão tombar.

"O garoto Peter Edwards soube como era estar vivo naquela época. Ali, no meio-fio, segurando o carvão, ele era os pingos de chuva nas folhas e a queda das árvores na terra molhada. O crescimento das plantas há muito mortas e o movimento da lama, o fluxo das rochas e do rio e a elevação da montanha. Apenas se abalou a voltar à Rua Mary quando uma vizinha passou com um carrinho de bebê e lhe mandou sair de seu caminho."

"Mas será que Peter Edwards aprendeu a ler palavras numa página? A ver sentido na tinta preta sobre o papel branco ou nos símbolos de giz na lousa? Não. Quando seu irmão foi estudar na Castle School, Peter Edwards foi à sua própria escola e matava mais aulas do que assistia... e quando seu irmão foi fazer faculdade na cidade, aprender sobre escritórios frios, números em páginas e como escrever palavras que as pessoas liam por obrigação, Peter Edwards foi trabalhar entre as pedras que ele amava. Lá na mina, para ficar com suas histórias de carvão.

"Mas será que ele fala disso para alguém? Não fala. E, agora, tudo o que lhe resta são aqueles torrões de carvão em seu bolso, para que ele ainda possa ouvir a história.

"É claro que Peter não quer entrar naquela biblioteca velha, um lugar onde não há nada além de palavras que ele não pode ler, palavras pelas quais apanhou, pelas quais ainda tem cicatrizes sob a camisa. E é claro que Peter não quer ouvir histórias. Ele não precisa... elas estão dentro de sua cabeça e sob sua pele, junto com o negro do carvão que seus dedos continuam encontrando nos bolsos.

"Mas olhem só o que aconteceu. Sua esposa, Bella, o observa todos os dias, esperando que suas mãos fiquem limpas. Ela estava lá quando ele veio para casa à noite, para vê-lo diante da pia esfregando as mãos com uma velha escovinha, esfregando as unhas e juntas. Ela lhe perguntou várias vezes quando ele vai arrumar um emprego para sustentá-la naquela casa. E sua resposta era sempre: 'Quando o carvão sair das minhas mãos, então vou arrumar um emprego... e ainda não saiu, está vendo? Ainda não.' Mostrando as mãos para a esposa ver, como uma criança, virando-as à meia-luz, o negrume inserido na pele pingando sabão no azulejo. Pois Peter Edwards há meses segura pedaços de carvão só para manter o negrume na pele, deixando suas palavras e intenções no ar da cozinha.

"Pois bem. Subam até a Rua Maerdy. A casa no final. Será que Bella está na sala de visitas, esperando que Peter puxe uma cadeira ou acenda a lareira? Será que ela está esperando na porta da frente para dizer que esta empenou com a chuva e o que é que ele vai fazer a respeito? Não está, não.

"Será que ela está esperando que ele entre como um tufão na cozinha e fique ali parado no tapete com os braços abertos, um envelope na mão? Uma carta de admissão da fábrica perto do Taff, ou da oficina mecânica na Estrada Tredegar, precisando de um homem forte para trabalhos ocasionais, ou um bilhete borrado de uma fazenda da colina querendo ajuda para reconstruir um celeiro?

"Ela não está, não. Simplesmente deixou a porta dos fundos aberta quando partiu e nem olhou para trás para fechá-la. Apenas uma mala, me disseram. Foi recolhida num carro preto lustroso pelo homem do seguro, de mãos limpas como dinheiro novo — e um emprego que não vai terminar ao final de uma jazida.

"Peter não disse a ninguém. Pois dizer significa contar uma história. E isso ele jamais irá fazer, não é mesmo?"

Os frequentadores do cinema balançam a cabeça e dizem que é uma pena. Talvez digam que a vida é assim. E talvez suspirem e façam planos de segurar torrões de carvão também, quando puderem, para ver o que acontece. E lavar as mãos depois, é claro, por precaução. Só para ver se, naqueles segundos, o carvão irá conversar com eles também.

O conto do carvoeiro

iii

Mais tarde, Ianto Jenkins apanha o embrulho de sanduíches deixado por Prinny Ellis e deixa a varanda da capela. Ele passa devagar em frente à Caixa Econômica e segue pela Rua Principal, parando vez ou outra para recuperar o fôlego, até chegar à calçada em frente à Biblioteca Pública. Na Prefeitura, os ponteiros do relógio ainda estão presos em hora e dez por causa de um prego, ou de outro acidente. E o sino abafado na Ebenezer, o badalo envolto num trapo, está tentando dizer à cidade que é uma das horas, mas ele não sabe qual.

Peter Edwards, as mãos enterradas nos bolsos, está sozinho e adormecido nos degraus da estátua da Gentil Clara, os rostos quase espelhos um do outro. Ianto Jenkins se senta ao lado de Peter e espera, enquanto as luzes dos postes se acendem e fazem a noite se afastar colina acima.

Peter estremece, finalmente se espreguiça e fixa o cenho franzido no mendigo.

— O que você está fazendo aqui?

— Quis dar uma volta, só isso. Eu poderia te perguntar a mesma coisa.

— Os oficiais de justiça vieram hoje, levaram tudo, até a cama.

— Que pena. Para onde você vai?

Peter Edwards apoia a cabeça novamente na estátua.

— Não quero falar sobre isso.

Mas o mendigo não para. Ele saca os sanduíches de carneiro.

— Quer dividir minha janta?

Peter não responde, observando a luz do poste em frente à biblioteca, a rachadura no globo de vidro, o tremeluzir da lâmpada meio solta e a dança da luz na parede da construção. O mendigo observa por algum tempo, então, sorri.

— Isso me faz lembrar...

— Tem uma história sobre isso, é? — A voz de Peter é dura.

— Talvez. — Então, Ianto diz, rapidamente: — Pega. — E, ao dizer "pega", ele joga algo para Peter, algo que tirou de seu bolso. Peter Edwards apanha o objeto e o revira nos dedos. Um pequeno torrão de carvão.

A luz treme e treme na parede da biblioteca. Peter franze a testa e resmunga:

— Isso também me faz lembrar, imagino. Há crianças que ainda brincam no alto da colina acima do cemitério com pedaços de espelho quebrado, refletindo o sol. — Ele faz uma pausa. — Não parece que faz muito tempo que eu também estava lá, matando aula. Sempre detestei a escola.

Então, ele para e espera que o mendigo diga alguma coisa, mas ele não diz. Apenas escuta, e assente. Então, Peter continua, ainda brincando com o torrão de carvão, falando devagar, como se as palavras fossem pesadas.

— Costumava encontrar cacos de garrafas quebradas, roubei o espelhinho de bolsa da minha mãe, uma vez, para fazer a luz dançar nos túmulos no cemitério principal. Qualquer coisa, só para sair de casa. Meu pai era um terror.

Ele examina suas mãos, o negro do pó de carvão nos dedos. Sua voz se eleva, as palavras saem mais depressa:

— Ah, nós brincávamos de galeses contra romanos, enviando reflexos do sol para baixo, desde o nosso forte, até os escudos deles. Tampas de latões de lixo. Uma visão maravilhosa, legiões romanas inteiras: os meninos Ellis da Rua Plymouth, filhos da Prinny, os três.

O mendigo assente de novo.

— Uma boa brincadeira, essa. Nós brincávamos de fazer fantasmas, de ser fantasmas, meu irmão Bigato e eu. É melhor quando o sol está baixo, não é? Reflete no vidro direitinho.

Peter Edwards está em pé, agora, uma das mãos levantada na direção do poste e da parede.

— O solo era daquela cor... ali, cor de ferrugem. Lembro que havia um pássaro preto que vinha procurar minhocas na grama. Eu me pergunto se ainda estará por lá, ou talvez seus filhos? Será que aquele pássaro preto é das legiões romanas agora, daqueles garotos Ellis que levavam as tampas dos latões de lixo para fazer de escudo? Eles jogavam lesmas no colarinho das meninas. Eram xingados de tudo que é nome por elas. Eles as odiavam, sabe... e depois se casaram com elas.

Ele para, então. Os garotos da Brychan chegaram e estão dando risadinhas, encostados à parede da biblioteca para ouvir. Um deles balança a cabeça.

— Eu não vou me casar com nenhuma menina.

Outro concorda.

— Nem eu. Mas essa brincadeira é boa, hein?

Peter não diz mais nada, manda-os embora com um gesto, espera que eles se afastem, mas eles ficam ali, continuam encostados àquela parede como se ela fosse cair caso eles saiam. Há mais cochichos e risadinhas, como se eles soubessem alguma coisa que ninguém mais sabe.

Peter dá de ombros e volta à estátua, coloca o carvão no degrau e se senta, as mãos enterradas nos bolsos novamente. Ianto Jenkins entrega um sanduíche a Peter e os dois jantam ali, juntos e em silêncio, carneiro frio e beterraba no pão branco, feito pela Sra. Prinny Ellis.

Quando terminam, Ianto Passchendaele Jenkins olha para suas botas. Então, empurra o pedaço de carvão novamente para Peter Edwards.

— Tome. Tem mais...

Peter balança a cabeça.

— Tenho bastante já... — E Ianto Jenkins não diz nada, apenas deixa a pedrinha preta sozinha no degrau. Depois de um instante, Peter a pega e revira em seus dedos ainda engordurados do carneiro e da manteiga.

Por alguns minutos, eles ficam sentados ali, sem conversar. Então Peter balança a cabeça. Balança com força, como se uma abelha tivesse entrado em seu ouvido. Balança como se a abelha estivesse zunindo no tímpano, enchendo sua cabeça com som... a sirene da Gentil Clara ecoando no vento, como costumava fazer, chamando os carvoeiros para o trabalho. Só que diferente, mais grave. O som de botas na estrada. Vozes.

A batida dupla de botas que são grandes demais para o usuário, largas sobre os pés lá dentro. Caminhando depressa. Os pés de um menino, talvez, pouco mais que isso. Um coração batendo, não o de Peter, mas outro, menor, mais jovem, mais rápido. Uma voz, uma voz de menino ainda não modificada, sem fôlego, falando baixo, como se quisesse ser ouvida apenas pelo locutor:

— Hoje, vou descer sozinho na Gentil Clara.

É isso que ele ouve. Peter solta depressa aquele pedaço de carvão no degrau e os sons desaparecem, como se o vento os houvesse soprado para longe. Ele balança novamente a cabeça e não diz nada. E lá vem o menino Laddy Merridew, subindo pela Rua Principal, com um velho cesto de compras ao lado.

— Olá...

Os garotos encostados à parede da biblioteca riem.

— Olá, Fedorento, vai comprar sabonete, por fim?

Então, alguns dos carvoeiros que não são mais carvoeiros chegam para passar o tempo antes de ir para casa.

— Minha nossa, olhe só para aquilo.

— Não é o Peter Edwards, contando histórias?

Mas aquele pedaço de carvão está novamente nos dedos de Peter Edwards e é como se ele estivesse em outro lugar, e sua voz se eleva, enche o ar, fica mais forte:

— Escutem... eu ouço o seguinte. É o terceiro dia de trabalho na mina para um garoto. Um garoto que enfiou trapos na ponta de suas botas porque elas são grandes demais. — Ele faz uma pausa. — Não é um garoto qualquer. Esse garoto é Ianto Jenkins...

Peter olha para o mendigo encostado à estátua, o rosto do mendigo pálido à luz da rua. Os garotos pararam de dar risadinhas quando um deles sibilou:

— Psiu! — E lá está Laddy, que pousa seu cesto de compras: — Sr. Jenkins? — Mas o mendigo não responde.

Então aparece Eunice Harris, que veio tomar o ônibus, e Judah Jones, empurrando sua bicicleta velha a caminho da Rua Plymouth, parando para escutar quando ouve a voz de Peter Edwards. Surge Maggie, que veio comprar uma caixa de batatas fritas para O Gato na esquina da Rua Maerdy, e Tommo Price, vindo da Caixa Econômica.

— Uma história sobre Ianto Jenkins? Bem, isso é inédito... — E Matty Harris, ao lado de Maggie, sem dizer nadinha. Mas Peter Edwards não parece notar, e continua brincando com o torrão de carvão. — Ouçam — diz ele. — Ouçam... — Como se estivesse dizendo a si mesmo para ouvir com mais atenção.

— Ouçam. Aquelas botas novamente na estrada. Agora elas param. O menino Ianto parou para apalpar o bolso. Ele trouxe o desjejum, caso vomite com a queda da gaiola. E apalpa o outro bolso, onde sua garrafa de água deveria estar. Não está ali. O menino deixou a garrafa de água no muro perto da porta dos fundos, quando se abaixou para amarrar o cadarço da bota.

"Ele está pensando rápido. Está chovendo também. Será que ele pode passar um dia sem água lá embaixo? Um diazinho só. Será que pode ir até um dos homens, talvez o Sr. Thomas Edwards, e pedir se pode compartilhar sua água, já que deixou sua garrafa no muro lá de sua casa? Mas é só o terceiro dia de Ianto Jenkins, ele é um homem agora, um homem de 12 anos, quase 13, percebem, e logo estará descendo na gaiola da Gentil Clara sozinho, e que homem toma água de outro carvoeiro?

"Mas Ianto se lembra da voz de sua mãe: 'Nunca deixe um carvoeiro voltar para casa depois que já saiu para ir à mina...' Ele sabe que dá azar. Portanto, é uma escolha entre um pouco de azar e ficar com sede o dia inteiro e tossindo tanto que os homens vão rir e dizer que ele está fazendo escândalo demais. 'Ei, menininho, você devia ter trazido uma mamadeira, não?' E qual será o azar? Seu pai ficar bravo com ele, como parece estar sempre, atualmente? Ianto pode aguentar isso.

"Ele volta correndo para casa. Sobe pela viela o mais depressa que as botas conseguem ir e pega a garrafa de água onde ela está esperando, em cima do muro, e guarda no bolso da jaqueta."

Ao dizer isso, Peter Edwards olha na direção de Ianto Jenkins, todo encolhido e grisalho agora, nos degraus da estátua, os olhos sobressaindo da cabeça.

Peter franze a testa:

— Que azar foi aquele.

Há ecos dos carvoeiros que não são mais carvoeiros.

— Foi um azar terrível.

— Sim. Terrível...

Ianto Jenkins olha ao longe, enterra as mãos nos bolsos. O torrão de carvão gira cada vez mais depressa nos dedos de Peter.

— Mas Ianto Jenkins não volta em silêncio, volta? Ouço uma janela se abrir no andar de cima, vejo a cabeça de um menino menor na janela, um garotinho de cabelo ruivo que cai sobre os olhos, todo ensonado, dizendo: 'Ianto? Podemos brincar depois?', mas seu irmão mais velho não está olhando para cima. Não responde. Apenas se afasta.

"E o menino Ianto é, então, um carvoeiro a caminho da Gentil Clara. E alguém está falando com ele. Thomas Edwards... ele bate em seu ombro, o menino que hoje deverá se transformar em homem, e diz: 'Você vai se acostumar logo, meu jovem', e Ianto Jenkins se encolhe com raiva diante daquela mão e, de cara feia, resmunga baixinho: 'Não sou nenhum bebê.'"

***

Peter se cala, então.

— Era meu avô, esse Thomas Edwards. Deve ser. Mas ouçam. Há um espinheiro ao lado da estrada para a Gentil Clara, num recôncavo. O garoto Ianto sabe que havia um ninho de tordo naquela árvore, na primavera, que os garotos não conseguiam alcançar. Mas também sabe de outra coisa. Que se um carvoeiro vir um tordo na mina é mais azar do que o carvoeiro voltar para casa a fim de buscar algo que esqueceu.

"Ianto mantém os olhos fixos na estrada, na sarjeta, na guimba de um cigarro naquela sarjeta, no lugar onde um homem cuspiu, preto e brilhando na umidade. Mantém os olhos baixos, na ponta de suas botas, no calcanhar das botas do homem na frente. Tenta andar mais depressa. Passa por alguns carvoeiros, amigos do seu pai, e de novo pelo Sr. Thomas Edwards, que ri: 'Quantos dias já são agora, jovem Ianto?'

"'Dois, e serão três hoje, Sr. Edwards.'

"'Tudo isso? Bem, não vá se esforçar demais, hein? Logo, logo você não caberá mais nestas botas...'

"E é porque são amigos do seu pai que o ajudaram em seus primeiros dias, principalmente Thomas Edwards, ou porque ele é já um homem que, quando vê um vulto vermelho nos amieiros, no outro lado da estrada, não diz nada. Absolutamente nada. E, também, pode não ser o tordo... é setembro, afinal, e talvez seja apenas a luz nas bagas do amieiro. Pode ser apenas uma carriça, com a luz batendo bem no castanho das asas? Às vezes, elas não se parecem vermelhas, na luz?"

* * *

O mendigo fala, então, e só diz uma coisa:

— Às vezes. — E alguns ouvintes balançam a cabeça. — E qual é o problema nisso? — E ninguém responde. A voz de Peter se eleva de novo.

— Mas o pássaro devia estar voando de lado, mergulhando entre as cabanas, os muros, pois o menino Ianto o vê de novo, subindo e sobrevoando o telhado do prédio na esquina onde o vigia da Gentil Clara espera na janela, com sua caneca de porcelana... um vulto passando baixo pela trilha. E ele ouve aquele som, o mesmo que ouve à noite, ou de manhã bem cedo, tique tique tique, como o de seu irmão Bigato dando corda naquele trenzinho de brinquedo dele. E o menino Ianto olha em volta para ver se os homens ouviram, entre os barulhos de portas batendo, botas pisando, gritos e máquinas, batidas, estrondos e estrépitos. Mas não há nenhum outro carvoeiro, nenhum homem de verdade, parando para dizer: 'Espere. Um tordo...' E o pássaro está lá, nitidamente, para todo mundo ver.

Peter para novamente. Laddy Merridew está sentado perto de Ianto Passchendaele Jenkins, os garotos da Brychan ainda estão encostados à parede da biblioteca e não estão mais rindo. E o grupinho de cidadãos cresceu. Lá está Nathan Bartholomew, parado ao lado de Maggie, a esposa do dono do pub. O Padeiro Bowen, voltando do armazém geral com um saco de farinha para pão. Ícaro Evans com sua bicicleta e seu reboque cheio de restos de madeira de Tsc-Tsc Bevan, o papa-defunto, o próprio Tsc-Tsc Bevan, a caminho de casa, via biblioteca, indo se encontrar com Efetivo Philips depois do trabalho. James e Edith Little voltando de uma visita. Todos se reuniram para ouvir. E Peter, que franze o cenho para suas mãos, para o carvão, bastante real, e o testa no degrau, onde ele deixa um risco bem preto, ao passo que, em seus dedos, não deixa quase nada.

Laddy pergunta, então, numa voz baixa:

— Isso foi no dia do acidente, Sr. Jenkins?

E há outro silêncio, pois a pergunta não foi feita para ser respondida. Mas o menino não se detém.

— Sr. Jenkins?

O mendigo está calado. E, no silêncio, uma voz da pequena multidão diz:

— É azar, ver um tordo perto de uma mina. Eu sei disso. Todo mundo sabe disso, não?

E outra voz diz que não, não sabia, e quem disse isso? E há uma pequena discussão, sobre quem sabe mais a respeito dessas coisas... e a discussão faz Efetivo Philips sair da Biblioteca Pública.

— Por que a confusão, hein? — E quando lhe perguntam sobre pássaros de peito vermelho vistos perto de minas, e carvoeiros que voltam para casa para buscar alguma coisa esquecida, suas respostas são para todos ouvirem: — Ambos são azar. Sempre foram, perto de qualquer mina. Por quê?

Mas a voz de Peter Edwards surge novamente.

— Não é uma mina qualquer, é? É a Gentil Clara. — E um momento se passa antes que ele prossiga.

— Ouçam, sim? Três dias se passaram. Três dias depois do acidente... e trouxeram para cima aqueles que foram queimados no final do poço de ventilação. Já limparam o bastante da área central para encontrar os homens que morreram ali. Já trouxeram para fora vários que foram mortos pelos gases... e a mensagem corre: 'Um menino, vivo...' Um menino sob os corpos dos carvoeiros, atrás do corpo do Sr. Thomas Edwards. Como se eles estivessem dormindo. Mas é só o garoto que acorda ao ser movido e quando ouve o som de uma voz que diz: 'Ah, é só um menino.'

"E eles trazem esse menino para cima. Eles o trazem para a luz logo depois do corpo do meu avô, o Sr. Thomas Edwards. O menino sai da gaiola, sustentado pelos ombros, e vem à luz... Ele cambaleia e olha em volta, para a multidão, como se nunca tivesse visto gente antes... farejando o ar como um animal.

"Um homem se adianta, então, encarregado de fazer uma lista dos homens que subirem vivos. 'Qual é seu nome?'

"E o menino não diz nada, apenas balança a cabeça. Perguntam-lhe mais vezes: 'Qual é seu nome?' Mas o menino está olhando em volta como se estivesse num lugar que não conhece. E sua cabeça está cheia de horrores. Não apenas o colapso da montanha sobre a Gentil Clara, o incêndio, os gases tóxicos... mas as coisas que aconteceram antes, logo antes, os sinais que ele deveria ter reconhecido, prestado atenção. E as palavras de seu próprio pai apenas alguns dias antes: 'Não terei um filho covarde.'

"Portanto, o menino se empertiga o máximo que pode naquelas botas que ainda são grandes demais e diz aquilo que um homem diria. As palavras que ficarão pendendo em volta de seu pescoço por toda uma vida. Com as mulheres ouvindo, os homens ouvindo, os amigos do seu pai ouvindo, ele se vira para o tomador de nomes: 'Meu nome é Ianto Jenkins. Sou um covarde.'

"E, como se isso não fosse o bastante, ele diz, para todos ouvirem: Foi culpa minha.'"

* * *

Peter Edwards se cala e balança a cabeça. Não se ouve um só ruído. Até o trânsito na Rua Principal parece ter parado. Não há ônibus. Não há vozes. Nenhum cão latindo. Nem mesmo a brisa. Peter enterra o carvão em seu bolso e baixa o olhar para o velho mendigo Ianto Jenkins ali nos degraus, olhando para algum ponto além do ombro de Peter, para o ar. E Peter não diz nada.

Uma das mulheres, que está ouvindo no ponto de ônibus e já perdeu sua condução duas vezes, pergunta:

— É isso mesmo? Foi assim que aconteceu?

Peter se vira, então, para evitar olhar o rosto de Ianto Jenkins, conforme o mendigo se levanta devagar do degrau.

— Foi assim que aconteceu. E eles perguntaram por que eu sequer estava ali, depois. — E ele começa a se afastar pela Rua Principal em direção a seu banco, à varanda da capela, mas Laddy Merridew o chama de volta.

— Sr. Jenkins?

— Sim?

— Não dou a mínima para o que digam. O acidente na Gentil Clara não foi culpa sua.

Ianto Jenkins suspira.

— Fico contente por isso, Bigato. Mas, no fim, quem é que pode dizer? Não os homens que desceram na gaiola comigo naquele dia...
— E ele respira fundo. Sua voz está baixa, agora, e os ouvintes se aproximam mais para captar o que ele diz.

— Ainda posso ouvi-los, conforme os portões se fechavam, Bigato. Geraint Jones e Benjie Lewis eram os que falavam mais alto, ambos iam ser pais pela primeira vez. Geraint Jones, faltando apenas alguns meses: 'Não vou sair para beber no sábado, só água...', e Benjie Lewis, seu primeiro filho para chegar um pouco depois: 'Estamos economizando, eu e a Susannah...' Billy Price, rindo: 'Não vai durar muito, rapazes. Algumas noites sem dormir e logo vocês estarão afogando as mágoas com os amigos...' O carvoeiro mais novo, além de mim, Gareth Brightwell, deixando cair suas coisas no chão, e William Little se abaixando e as devolvendo: 'Tome, não se preocupe...' E, então, a sirene soando e, antes que eu me desse conta, há leveza sob meus pés e as botas do falecido Sr. Ernest Ellis caem no vazio junto com o resto do mundo e eu também, caindo no poço. A gaiola cai com tudo e meu estômago fica lá em cima, a escuridão se fecha à nossa volta como um punho, e o vento passa por meu rosto, como se fosse a terra expirando. A gaiola para de repente, pendendo, sacudindo-se, e a voz de Thomas Edwards sobe até mim, na escuridão: 'Só estava brincando com os freios de emergência, não se preocupe', e nós estamos balançando para cima e para baixo no poço, violentamente, todo mundo agarrando e se segurando onde pode e, então, a queda final e veloz até o fundo do poço, a parada repentina, meu estômago deixado lá em cima de novo. Os portões se abrem e Eddie Bartholomew, que vai se casar no primeiro fim de semana do mês, e os carvoeiros gritam: 'Quer emprestado o manual de instruções, Eddie? Quer umas aulas, Eddie?' E o linguajar vai ficando mais pesado e Thomas Edwards sorri para mim: 'Tape os ouvidos, jovem Ianto...', e outro carvoeiro, um homem chamado Thaddeus Evans, a quem eu não conheço muito, diz alguma coisa sobre seu filho esculpir penas de madeira, mas aquilo não faz o menor sentido para mim. E há mais uma dupla de pai e filho, os Harris, que não dizem nada, durante toda a descida, nem mesmo olham um para o outro, e saem da gaiola e vão trabalhar em silêncio. O homem mais velho nem sequer estende a mão quando o filho tropeça nos trilhos. Talvez eles tenham tido uma discussão. E eu penso nisso agora e vejo que coisa terrível foi não se falar naquele dia.

***

Ele para e respira fundo novamente.

— Todos se foram, todos eles.

O silêncio que se segue é interrompido pelo professor de marcenaria Ícaro Evans, braços cruzados, a voz forte.

— Thaddeus Evans. Bem. Levou esse segredo com ele, não é mesmo? — E a Sra. Prinny Ellis, que veio ver aonde foi todo mundo porque não há fila no cinema nem mendigo, e o responsável pela projeção guardou suas coisas e foi para casa fazer um lanche.

— As botas de Ernest Ellis? É o Ernest Ellis meu avô, que morreu de tuberculose?

O mendigo diz novamente:

— Homens bons, todos eles. — E se vira para ir embora.

Mas Laddy Merridew o detém:

— Não, Sr. Jenkins, não vá. Não foi culpa sua.

O mendigo suspira e se senta novamente nos degraus da estátua.

— Já não sei mais, Bigato. Tudo que sei é que vou trabalhar com Thomas Edwards e ele precisa se curvar para andar, e eu posso ficar ereto, mas ainda assim bato a cabeça, de vez em quando. Estou andando por um túnel. Ainda estou com medo. Sou só um menino num túnel escuro e o ar está quente. O ar é escuro e quente, cheira a carvão e urina e exala o fedor dos cavalos.

"As únicas luzes são as dos lampiões. As paredes brilham para mim. Há uma corrente de ar e a luz bruxuleia sobre uma pilha de lama, úmida e cintilante. As rochas estão vivas e, nas paredes, vejo formas, como surgem nas chamas da lareira de casa. Vejo minha casa e minha mãe, que está sob a terra, estendendo um lençol para secar de novo e sorrindo, e o vento sopra seu cabelo sobre o rosto, de forma que não consigo... e digo: 'Mãe?' e a palavra apenas ecoa de volta, uma e outra vez. Sinto Thomas Edwards se aproximar um pouco mais.

"Então, ouço a voz dela novamente, Bigato. Ouço, sim. 'A terra fala, Ianto. Se apenas pudermos ouvir.'"

Ianto Jenkins não olha para Laddy Merridew nem para os outros; olha acima da cidade, na direção da elevação escura da Montanha Negra.

— Naqueles túneis sob a montanha, eu ouvi a voz dela e vi a cidade inteira como se de longe, acima ou abaixo, as casas através de uma névoa, e a capela e o banco de pedra que viria a ser meu lar. Tudo tão pequeno e as colinas tão altas que se tornaram verdadeiras montanhas. Nuvens passando sobre o sol e lançando grandes sombras negras sobre a cidade. E, se eu tentasse olhar mais de perto, as imagens se dissipavam como a água faz quando o sol aquece a pedra molhada. Era assustador, terrível. Lindo.

"Vi essas colinas, todas transparentes. Vi as rochas vivas e respirando num ritmo diferente, com uma pulsação como a nossa, só que profunda e lenta. Vi o estômago da montanha se movendo de encontro ao coração e às costelas da montanha e por baixo da pele da montanha, havia rios de luz que cintilavam sob a grama. Ouvi o ranger de pedra contra pedra, conforme a montanha se acomodava e se estendia. E o gotejar e o correr da água. Vi a queda das pedras e fogo. Conheci um tipo de ar que não refrescava, mas fazia dormir. Vi homens queimando, senti o cheiro de sua carne, senti os gritos de suas esposas, suas mães, seus filhos, os filhos de seus filhos. Eu vi. Percebem?

"Eu vi tudo, antes que acontecesse. Eu sabia e não disse nada. Vocês entendem?"

E ele se levanta para ir, mas Laddy Merridew o pega pela manga:
— Mas, Sr. Jenkins, não foi culpa sua. Não foi... — Ele se vira para os demais: — Digam a ele. Vocês têm que dizer a ele.

Por um momento, ninguém fala. É como se todos estivessem esperando alguém falar primeiro. E é Ianto Jenkins mesmo quem o faz. Sua voz muda, fica mais fraca.

— Eu vi muitas coisas, não vi? Mas houve uma coisa que não vi. Não vi um menino chamado Ifor Jenkins, meu irmãozinho a quem eu chamava de Bigato, saindo de nossa casa depois que eu voltei para buscar a garrafa de água e o acordei, meu irmãozinho, que colocou a cabeça para fora da janela e perguntou: 'Vamos brincar, depois, Ianto?' Eu não respondi, porque já estava crescido e ocupado demais em ir para o trabalho com as botas do falecido Sr. Ellis. Meu irmãozinho, a quem eu tinha contado sobre a Gentil Clara, como era tão escura e linda, de quem eu ri dizendo que deveria deixar as coisas importantes para aqueles que eram maiores que ele. Não o vi colocando as botas que tínhamos compartilhado até uns dias atrás, talvez pensando que iria precisar de botas aonde estava indo... ou pegando duas fatias de pão, sem nem encontrar a geleia. Eu não o vi guardando o pão no bolso. Não o vi descer correndo pela nossa rua e acenando para a Sra. Pritchard, que balançou a cabeça para ele: 'Você devia estar na escola...'. Descendo pela mesma rua que acompanha o rio, correndo pelo vale até a Gentil Clara. Não o vi esperando um pouco na estrada, brincando nos arbustos, comendo seu pão, pegando um pouco de água do riacho, limpando a boca na manga da camisa.

"Se o tivesse visto, será que o teria levado de volta para casa? Não sei.

"Mas não o vi. Não o vi se escondendo atrás das moitas, quando um professor da escola veio caminhando para o trabalho. Não o vi um pouco depois, chegando aos portões da Gentil Clara, onde um amigo do nosso pai estava parado: 'Outro jovenzinho Jenkins que é mandado para o trabalho, é? O que mais falta aquele seu pai fazer, hein?' Não o vi tentando convencer o homem no portão a deixá-lo entrar e ver onde seu irmão mais velho trabalhava, que ele iria se comportar e fazer o que mandassem. Não vi o homem no portão dizendo a ele que ali não era lugar para crianças pequenas e meu Bigato batendo o pé: 'Já tenho quase 8 anos!' Não vi o homem no portão chamar outro homem, que iria assumir no lugar do coordenador de superfície: 'Olha só, tem um recruta novo... mostre o poço para ele, rapidinho, sim?' E o coordenador rindo e coçando a cabeça. 'O caçula do Jenkins. Ora, ora.' Talvez o tenha visto passar pela sala de lampiões e ser levado rapidamente até a entrada da mina para ver as gaiolas, a casa de máquinas, talvez o tenha visto franzir o nariz com o cheiro, e pode ser que tenha ouvido o coordenador de superfície largando o trabalho: 'Não pode ficar aqui, pequeno, este lugar é perigoso. Tem tempo para ir até outro poço?' E o Bigato tagarelando, meio correndo atrás dele, perguntas e mais perguntas o caminho inteiro, enquanto percorriam a Gentil Clara até o poço de ventilação, para deixar o Bigato ver como era, com suas paredes altas em volta. Talvez tenha sido quando eu estava perto dos pilares abaixo e achei que o ouvira rindo, dizendo meu nome, 'Vamos brincar depois, Ianto?'... talvez o tenha ouvido mesmo, afinal. Eu sei que, quando a montanha tremeu e houve a explosão, aconteceu lá atrás. Entre a queda e o poço de ventilação. Subiu por aquele poço, disseram, explodindo os tetos de dois prédios, lá em cima. E deixou o poço quase intocado... só a rajada subindo com tudo e a coisa escapando sob a montanha. Os telhados foram arrancados e isso foi tudo, à parte de duas paredes desmoronando, onde o cimento não conseguiu segurar as grandes rochas. Uma parede para onde um menino havia corrido em busca de segurança, assustado pelo barulho. Um garotinho de cabelo ruivo, chamado Ifor Jenkins, meu Bigato, que um momento antes estava fazendo suas perguntas a um coordenador que, pela lógica, deveria estar a caminho de casa. Um coordenador que nunca foi para casa. E o menino, meu irmão Bigato, encontrado depois, quando alguém lembrou que o Jenkins caçula tinha ido fazer uma visita. Morto sob as rochas."

Então, vêm perguntas de todas as direções, mas o mendigo não as responde. Ele caminha devagar sob as luzes da rua e, dessa vez, Laddy o deixa ir.

 As vozes começam:
 — Terrível. Terrível perder um irmão assim.
 — Ele mesmo era um menino, o Ianto Jenkins.
 — Então, foi culpa dele?
 — Foi ele mesmo quem disse.
 — Mas ele era só um menino. Como pode ter sido culpa dele?
 E Laddy Merridew, apanhando a cesta de sua vó:
 — Não foi culpa do Sr. Jenkins. Mas ele acha que foi. Ele sempre achou que foi.
 E Peter Edwards, ainda segurando o pedaço de carvão:
 — Tudo se resume a uma garrafa d'água esquecida e azar, depois, para o menino, talvez.
 — Azar mesmo é viver naquela varanda desde não sei quando...
 — E quando foi isso?
 — Mas e as outras coisas... Os pássaros? Os barulhos?
 Peter Edwards guarda o carvão no bolso.

— Estavam ali para serem vistos e ouvidos por todo mundo, não só por um menino novo.

Efetivo Philips assente.

— Exatamente. E havia inspeções e mais inspeções. Tenho todos os registros na seção de Pesquisas, eles nunca são retirados de lá. Teria acontecido de qualquer forma.

— Acontecido de qualquer forma?

— Então, foi por intervenção divina?

— Isso mesmo.

— Não é nada disso. Intervenção pode ser, mas de divina não tem nada.

E há argumentos e contra-argumentos, como sempre, interrompidos apenas pela chegada do ônibus, pronto para aqueles que queriam subir a colina uns minutos atrás. Alguns argumentadores sobem no ônibus com suas sacolas, suas perguntas e suas conversas sobre tudo não passar de velhas histórias e que não há lógica nenhuma atualmente, não nesta cidade, e isso é fato.

Os garotos encostados à parede da biblioteca já se foram e, lentamente, o resto da multidão se dissipa, desaparece, deixando apenas o menino, Laddy Merridew, e Peter Edwards. Laddy fica ali, segurando sua cesta, e Peter se senta um pouco no degrau da estátua, remexendo o torrão de carvão com os dedos. Laddy rompe o silêncio:

— Por favor, você pode dizer ao Sr. Jenkins que não é culpa dele?

— Vou dizer, sim. Amanhã.

— E você diz que ele não é um covarde?

— Digo, mas, veja bem, eu não posso impedi-lo de continuar pensando isso.

— Mas podemos tentar, né? — E Laddy se afasta na direção da Ebenezer.

Peter olha para a estátua da Gentil Clara, com as sombras de seu rosto mais profundas à luz do poste. Ele pensa num pai que batia num menino por não saber o alfabeto e num menino que cresceu pensando que todas as palavras escritas eram ruins, assim como as histórias. Ele se reclina e segura o torrão de carvão. Quando faz isso, e quando a centelha de luz atinge os dedos que estavam até agora brincando com o carvão, mais preto do que nunca, ele vê que estão brancos como os de uma moça, limpos como os de uma criança após o banho.

E outros, aqueles homens comuns cujas histórias foram contadas vezes e mais vezes pelo mendigo, que com frequência se perguntaram por que e que diabos ele tinha com isso, de qualquer jeito... enquanto vão para casa, talvez caminhem um pouco mais devagar por causa do peso que os pensamentos fazem em sua cabeça, e talvez não sigam para a cama imediatamente, pois têm mais coisas ainda a pensar quando chegarem em casa. E Sarah Price, Eunice Harris, Edith Little e Nancy Philips vão simplesmente ter de subir primeiro e esquentar a cama.

Não há apenas mais coisas a pensar, mas também a lembrar. Lembrar fragmentos de conversas de anos atrás, quando os homens comuns eram garotos, ou de antes ainda, histórias recontadas por pais e tias e tios diante de xícaras de chá e pratos de bolo, enquanto os garotos ouviam. Tudo levando, de alguma forma, a um dia de setembro, muito tempo atrás, e a um acidente numa mina. Palavras de que um homem talvez se esqueça ao crescer, mas que o menino dentro dele nunca esquece:

— Só quando eu vir o corpo vou saber que ele morreu...
— Meu pai é carteiro, o seu é ladrão...

— Olha, é assim que se lida com a perda: atravesse um país caminhando em linha reta...

Ou um desafio lançado e jamais cumprido:

— Faça-me uma pena de madeira que se comporte como uma pena real... só então você será um carpinteiro de verdade.

E mais. Alguns farão planos de ir visitar o mendigo Ianto Jenkins no dia seguinte, contar a ele como as coisas são agora. E outros, não, acreditando que o mendigo talvez já saiba como são as coisas, de qualquer forma.

Na Capela Ebenezer

Ianto Passchendaele Jenkins caminhou lentamente até a varanda da capela, ontem à noite, e foi direto para seu banco. Não fez nada, por algum tempo, apenas observou a fila do cinema e ninguém lhe fez pergunta alguma. Não viu o menino Laddy Merridew hesitando à porta da Caixa Econômica, esperando para ver se ele estava bem e relaxando ao ver Ianto encontrar um sanduíche guardado em sua mochila. Observando e esperando Ianto começar a comer, coisa que ele não fez. O mendigo apenas ficou sentado ali, o sanduíche ainda embrulhado, esquecido em sua mão, olhando para o nada.

Laddy Merridew subiu os degraus, por fim, e se sentou no banco de pedra, ao lado do mendigo. Ele não disse muito, pois não havia muito a dizer, mas tirou o sanduíche da mão de Ianto e o guardou novamente na mochila.

— Sr. Jenkins, posso dizer uma coisa?

— Acabou de dizer, Bigato.

— Sinto muito pelo seu irmão, o verdadeiro Bigato.

O mendigo apenas assentiu.

— E o Sr. Edwards disse que não foi culpa sua. Ele virá aqui lhe dizer isso amanhã. O Sr. Philips disse que tem os registros na biblioteca, sobre inspeções e coisas assim. Não foi culpa sua.

Ianto Jenkins ergueu os olhos, então, mas não disse nada.

O último da fila do cinema desapareceu lá dentro, para a última sessão e, alguns minutos depois, chegaram alguns retardatários.

— Perdemos a abertura, homem. Agora não adianta...

— Ah, paciência.

Os retardatários se alegram e se aproximam para subir na varanda.

— O velho Ianto Jenkins vai nos contar uma história... — Mas o menino os deteve.

— Agora, não.

E, muito mais tarde, quando o filme havia terminado e todo mundo tinha ido embora, quando a Sra. Prinny Ellis já tinha trancado as portas do cinema e ido embora também:

— Amanhã é outro dia... — O menino deixou o mendigo sentado na varanda da capela, sozinho.

Ianto Passchendaele Jenkins olhou ao redor de seu lar. Olhou para as paredes da varanda, pedras quadradas cinza empilhadas com exatidão, grudadas com cimento feito a partir de mais pedras, moídas mais fino. Olhou para as traves onde os pombos se aninhavam. Para as telhas de ardósia pendendo de seus pregos. Para as grandes portas cinza da capela, uma mantida aberta por um calço. Para o banco que lhe servia de cama, cadeira, mesa, armário, plataforma e púlpito. Para sua mochila enfiada sob o banco, fechada e pronta para se mudar dali a qualquer momento, qualquer dia desses, há tanto tempo quanto conseguia se lembrar. Para a caneca de porcelana branca lascada contendo a borra de seu último café, tomado antes de subir a Rua Principal naquela noite, para se encontrar com Peter Edwards.

O mendigo se levantou e abriu um pouco mais a porta da capela. Lá dentro não era exatamente bolorento. Era velho. Ianto Jenkins entendia aquilo. Mas havia algo diferente. Um aroma.

Estava escuro demais para ver direito, a pouca luz dos postes só entrava lentamente através das janelas pintadas, suas imagens e inscrições lutando na penumbra para serem entendidas. Mas a Ebenezer já não estava vazia. Sobre as lajotas onde os bancos da igreja costumavam ficar, havia um barco a remo. Um barco feito de cem tipos de madeira, liso como pele, envernizado. Perfeito.
 Então, talvez, as sombras estivessem cheias de ecos. "É você, sonhando de novo, Ianto?" "Ah, deixe-o sonhar. O mundo está cheio de homens que não sonham."
 E, nos ecos, após algum tempo, o mendigo pode ter ouvido outra voz, baixa, hesitante, esperançosa. "Vamos brincar depois, Ianto?"

Ianto Jenkins foi até o barco e pousou a mão na borda. Ergueu os olhos. Talvez fosse uma ilusão, mas ele não pôde ver o teto, apenas poeira, elevando-se cada vez mais, sem parar.

O amanhã chega e não há brisa. Há geada sobre a cidade, uma névoa que paira feito fumaça nos quintais, e um lençol esquecido no varal nas Mansões Bethesda está rígido como página de um livro. A Sra. Eunice Harris, acordada desde cedo por sua bexiga, olha pela janela e balança a cabeça quando vê o lençol:
 — Onde é que este mundo vai parar?
 Está frio na cozinha da casa número 11 da Rua Maerdy, onde Meio Harris está mergulhando seu pão numa caneca de leite, depois mergulhando o dedo também e o apontando na direção do buraco da fechadura para sentir quão frio está o ar. Talvez lamba o dedo antes

de pegar um toco de lápis do pote e desenhar uma linha representando o Taff no verso de um envelope velho. Então, volta de fininho até o quarto e tira um cobertor de sua cama. No corredor estreito, coloca o cobertor no carrinho e sai de casa, fechando a porta da frente com todo o silêncio do mundo. Sua respiração forma nuvens leves no ar conforme ele empurra o carrinho pela Rua Maerdy. Então ele sorri, apressa o passo e tenta morder as nuvenzinhas com os poucos dentes que lhe restam na boca.

Na propriedade Brychan, a vó de Laddy Merridew já saiu rumo à Biblioteca Pública, dizendo a Laddy que ele deve arrumar sua mala logo, pois o pai virá buscá-lo depois de amanhã.

— Não entendo. O lugar de um menino é com a mãe... — E Laddy não lhe diz que sua mãe mentiu para ele e para seu pai, e que essa é uma razão tão boa quanto qualquer outra. O menino irá falar com Ianto Jenkins, depois de tomar o café da manhã, e talvez eles façam planos para a próxima vez que ele vier passar uns dias na casa da vó.

Mas, quando Laddy sai de casa, se depara com o professor de marcenaria, que vem pisando duro pela rua e agitando o punho no ar, descabelado:

— Acha engraçado, é?

— Perdão, Sr. Evans?

— Você sabe do que estou falando. Roubar meu barco...

— Não, Sr. Evans.

— O verniz mal tinha secado. Sumiu.

— Sumiu?

— Malditos moleques...

— Eu não o vi, juro.

O professor de marcenaria passa a mão pelo cabelo.

— Eu ia vendê-lo... usar o dinheiro para umas férias... Se você souber de alguma coisa, me avise, está bem? — E ele olha com intensidade para Laddy, antes de se afastar.

Portanto, é Meio Harris quem chega primeiro à Ebenezer, e é Meio Harris quem estaciona o carrinho, pega o cobertor e sobe os degraus até o local onde Ianto Passchendaele Jenkins está deitado, imóvel, em seu banco.

Ele vê o mendigo, com geada nas sobrancelhas e a boca levemente aberta. Suas mãos seguram a coberta de jornal sob o queixo e o boné está sobre seu peito. Meio coloca o cobertor gentilmente sobre ele e se vira para ir embora. Mas há um tremor sob suas costelas avisando-o que algo não está certo e ele se volta para ver o que poderia ser. Algo que não está ali e que deveria estar... Não há nuvens de respiração saindo da boca meio aberta e há algo ali que não deveria estar... olhos um pouco abertos, mas opacos como os de um peixe apanhado no dia anterior. E Meio Harris se senta nas lajotas ao lado do banco e sacode as mãos.

E é assim que Laddy Merridew encontra os dois ao chegar, um pouco mais tarde. Meio Harris balançando o corpo e resmungando e, em seu banco, Ianto Passchendaele Jenkins, o mendigo, com uma geada prateada no rosto e nas mãos.

E, quando Matty Harris e Tommo Price chegam para abrir a Caixa Econômica, olham para a varanda da capela e veem Meio Harris com um braço em volta do menino.

Matty Harris balança suas chaves.

— O que foi?

E é o menino quem responde, numa vozinha baixa:

— É o Sr. Jenkins. Você pode ajudar?

E Matty Harris se aproxima para ver. Então, levanta uma ponta do cobertor e começa a puxá-lo sobre o rosto do mendigo. Mas o menino o detém.

— Não, por favor...

Talvez a notícia corra, como as notícias costumam fazer, e os outros cheguem à varanda da capela. Peter Edwards, o boné na mão:

— Deveríamos ter vindo ontem à noite...

E Nathan Bartholomew:

— Sinto muito.

E Judah Jones e James Little:

— Fez muito frio ontem à noite, há gelo nas janelas...

— Fez mesmo.

E o Padeiro Bowen:

— Também sinto muito, eu ia vir agradecê-lo hoje de manhã...

E ninguém vê Meio Harris entrando de fininho na capela, só para ficar sozinho.

E, embora Ianto Jenkins tenha sido levado por Tsc-Tsc Bevan, como deve ser, os outros planejam sua partida sentados ali nos degraus, com o menino Laddy Merridew na varanda, ouvindo.

Peter Edwards é o primeiro:

— Devemos lhe dar uma boa despedida.

Efetivo Philips segue:

— Exatamente. Veja bem, funerais custam caro, tem a madeira, os pregos de metal, as alças, o carro fúnebre, as despesas...

E Matty Harris acena com a mão.

— Eu vou contribuir. E minha esposa também. Ah, sim.

James Little assente:

— Tenho aqueles candelabros no barracão. Um par. Georgianos. Posso vendê-los. São grandes demais para levar na minha bolsa... — E enrubesce.

— E o velório, n'O Gato? — pergunta Nathan Bartholomew.

— Com uns bons petiscos, posso organizar isso — diz o Padeiro Bowen.

Peter Edwards concorda. E Judah Jones não diz mais nada.

Fala-se em limpar o velho carro fúnebre de Tsc-Tsc Bevan, puxado por cavalos, e em arranjar os cavalos com o Sr. Wigley da fazenda Pant. O menino Laddy Merridew interrompe:

— E depois?

E eles não respondem, imersos que estão em seus planos.

— Lápide de granito. Temos de pensar na inscrição: "Ianto Jenkins" ou "Ianto Jenkins, apelidado de Passchendaele"? E um belo lote, lá no cemitério da Gentil Clara, talvez, com os outros...?

— Não! — E eles se voltam para ver Laddy Merridew parado diante deles, os óculos na mão. — Não. Vocês não podem fazer isso com o Sr. Jenkins. — Ele procura um lenço nos bolsos e não encontra nenhum, e está se lembrando de um velho que lhe entregou algo parecido a um lenço quando ele caiu no ponto de ônibus, apenas algumas semanas atrás e isso apenas piora tudo...

Efetivo Philips tosse:

— Alguém pode chamar a vó dele? Ela está na biblioteca. — Mas Laddy não se move e sua voz está trêmula.

— Vocês não podem enterrá-lo. Não podem colocá-lo num caixão. Não vou deixar. — O menino tenta novamente: — É escuro. Ele tem medo do escuro. Ele tem medo de ficar embaixo da terra e das pedras caírem... — E, no silêncio que se segue, a única coisa que todos podem ouvir, em sua cabeça, é o impacto da terra na madeira.

Laddy puxa a grande porta cinza da Ebenezer e desaparece dentro da capela. Mas não por muito tempo. Ele desaparece apenas por alguns segundos e sai novamente, a voz se elevando, animada:

— Entrem aqui. Venham ver.

— O quê?

Mas eles entram e veem.

Veem uma capela vazia, exceto pela poeira, e veem um barco. Cada costela do barco é de uma madeira diferente, cada prancha lateral. Mogno, bétula, carpino, freixo e todas as demais primas, as cores intensificadas sob camadas de verniz; um barco que cintila na pouca luz que entra pelas janelas da capela. E não está vazio. Pois, adormecido no fundo do barco, enrolado em seu próprio cobertor, de boca aberta, está Meio Harris.

No alto da última colina

SEMPRE EXISTE OUTRO JEITO, sobretudo quando existe debate. Sempre há coisas a fazer.

Havia um barco que deveria ser comprado de seu fabricante.

— Deixe comigo — disse Matty Harris e foi conversar com o professor de marcenaria sobre ter encontrado seu barco na capela e sobre dinheiro.

E Tsc-Tsc Bevan, de volta, tomando decisões e assumindo o controle como devia ser, chamando Matty quando este virou a esquina da Rua Principal:

— Veja se ele ainda tem um pouco dos meus restos de madeira. Diga-lhe que vou precisar deles.

Outro dia chega, como os dias costumam fazer. O cabelo de Ianto Passchendaele Jenkins está arrumado, pronto para este dia, assim como para qualquer outro, e diferente. Ele está deitado no banco pela última vez, usando sua jaqueta e calça cáqui e o relógio sem ponteiros no pulso. O barco a remo de cem madeiras — feito por um professor de marcenaria, roubado por moleques, encontrado por Meio Harris e comprado por um subgerente do banco, seu secretário, um afinador de piano, um limpador de janelas, um papa-defunto, um cobrador do gás aposentado, um bibliotecário suplente, um podólogo chamado de Padeiro e um homem que foi carvoeiro — foi carregado até a varanda da capela, um pouco mais cedo. Os remos, apanhados com o fabricante do barco, foram colocados perpendicularmente às costelas, no fundo do barco, um de cada lado, e no centro entre os remos está o cobertor de Meio Harris, bem-dobrado e aguardando.

Ouve-se o som de um motor em marcha lenta que, depois, para, e, a um sinal de Tsc-Tsc Bevan, o mendigo é colocado com delicadeza dentro do barco, enquanto uma carreta emprestada da cervejaria e conduzida até ali desde Dowlais por Efetivo Philips espera, o mais perto possível. E, então, pede-se a ajuda da multidão crescente de moradores da cidade e o barco a remo é carregado lentamente pelos degraus da capela, juntamente com sua carga, e é colocado na carreta. Jogam-se cordas que são ajustadas enquanto aqueles que prepararam Ianto Jenkins para sua última viagem ficam em volta olhando, e Laddy Merridew é o último a descer e ocupar seu lugar, segurando a mochila de Ianto Jenkins.

Eles seguem pela Rua Principal, caminhando lentamente. Não se ouve nada a não ser as rodas e pés na estrada, agora úmida, pois começou a garoar, conforme Ianto Jenkins começa sua última jornada pela cidade, subindo uma rua e descendo outra, sem parar, mostrando àqueles lugares que não mudam que a jornada é tudo, enquanto a chegada, apenas coisa de um instante.

Eles deixam para trás o cinema e a Caixa Econômica. Passam pela funerária de Tsc-Tsc Bevan, o papa-defunto. Passam pela Biblioteca Pública, pela Prefeitura, pelo ponto de ônibus onde Laddy Merridew caiu e pela estátua da Gentil Clara, de cabeça baixa, com um monte de carvão em volta dos pés. Passam pelo ateliê da costureira, com sua entrada funda e guimbas de cigarro espalhadas pelo chão. Passam pelo armazém geral e pelas senhoras, que colocam a placa de "fechado" à porta e se juntam à procissão. Passam pela esquina da Rua Íngreme, onde o Padeiro Bowen está fechando sua porta, assim como os demais vizinhos.

E sobem a colina, a carreta suspirando diante d'O Gato na esquina da Rua Maerdy. Vê-se a janela, ainda fechada por cortinas, do quarto acima do bar, onde Maggie está descansando enquanto Nathan Bartholomew, agora dono interino do pub além de afinador de piano, arrasta barris pelos degraus da adega, pois o outro dono do pub se mudou, dizem, para um apartamento chique em Abergavenny, mas quem sabe ao certo? Ele deixa os barris e vem se juntar aos outros, com um grupo de clientes do bar, e caminha ao lado do velho limpador de janelas, Judah Jones, ajudando-o com sua bicicleta. Passam pela Rua Maerdy, onde Lillian Harris está esperando na esquina para se unir a seus dois filhos. E lá estão eles, Matty e Meio, ambos empurrando o carrinho de bebê ladeira acima atrás da carreta, e Eunice Harris, Sarah Price e a Sra. Bennie Parrish em seus melhores casacos e chapéus pretos, caminhando atrás da multidão, Eunice Harris ainda se recusando a ter qualquer ligação com aquele carrinho de bebê.

Passam a entrada da fazenda de Ícaro Evans, mas não há nem sinal do professor de marcenaria, visto pela última vez recolhendo folhetos na agência de viagens da Rua Principal, e seguem até a propriedade Brychan, onde portas se abrem com o passar da procissão. Os garotos saem para olhar, e então vão buscar a jaqueta e se unem a ela. E a vó de Laddy Merridew também, trazendo com ela o velho casaco de chuva de Laddy, muitos números menor do que ele, mas melhor do que nada.

A procissão, agora longa, sai da cidade, passa por um bêbado na última porta e sobe a estrada, até o alto da colina, e não para ali. Segue até a colina seguinte, a brisa se fortalecendo, os moradores da cidade seguindo o corpo do mendigo e puxando o colarinho em volta do queixo. Alguns com guarda-chuva. Mas nem uma palavra é dita. Nem mesmo pelos garotos. Nem um pio. Deixam qualquer som que possa ser feito para a carreta: o sibilar dos pneus na estrada molhada, o ruído baixo do motor, uma tossida do motorista Efetivo Philips e o estalar das cordas que mantém o barco no lugar.

A procissão passa entre plantações de abetos escuros. Então, sai da estrada quando a luz já está baixa, toma uma trilha entre os abetos até chegar ao topo desta colina, antes que as colinas se transformem em montanhas. Um local alto, uma clareira, de onde a terra desce em todas as direções. Norte em direção às Beacons, de onde vem a brisa, leste em direção a outro país, oeste em direção a mais colinas, mais vales e, lá na frente, com a montanha às costas, eles olham para as luzes da cidade e para o litoral, lá embaixo, onde as cidades grandes resplandecem pelo céu baixo até o sul.

A carreta e seu barco rangem lentamente sobre a grama. Devagar, as pessoas se aproximam, até que, em pouco tempo, parece que a cidade toda está ali reunida. Conversam em voz baixa e batem os pés numa garoa vespertina tão fina quanto uma névoa, e muito gelada. Ali estão os lojistas, as senhoras do armazém, os merceeiros e açougueiros, os vendedores de artigos de escritório e os vendedores de roupas, sapatos e chapéus. Os fruteiros e os peixeiros, os confeiteiros, farmacêuticos e os donos da livraria de segunda mão. Os ferreiros e os carvoeiros que não são mais carvoeiros. Estão os artesãos e os curiosos.

Também está Tsc-Tsc Bevan, o papa-defunto, supervisionando a soltura das cordas; Efetivo Philips e Peter Edwards, organizando a colocação do barco e sua carga na grama; o menino Laddy Merridew, com Meio Harris, Matty Harris e Tommo Price por perto, e os outros saindo dentre a multidão. Nathan Bartholomew, ainda ajudando Judah Jones com sua bicicleta.

É Tommo Price quem fala primeiro:

— Nunca gostei de ouvir aquele Ianto Jenkins e suas velhas histórias.

E Matty Harris assente:

— Nem eu.

E Peter Edwards:

— Nunca pude impedi-lo, no entanto.

E Nathan Bartholomew:

— Não era fácil de ouvir...

E James Little:

— É bom que isso seja dito.

E Efetivo Philips:

— Exatamente.

E o Padeiro Bowen apenas assente, Judah Jones também, e Meio Harris resmunga. E o menino Laddy Merridew abraça a mochila de Ianto Jenkins e não diz nada.

Há uma pira esperando, galhos dos abetos da plantação empilhados por Tommo Price e Peter Edwards e pelos carvoeiros que não são mais carvoeiros, que vieram ajudar e estão parados na garoa, levantando o colarinho em volta das orelhas. A pira está ali, pronta, e perto dela está o trailer do professor de marcenaria com sua carga de aparas de madeira recolhidas por Matty Harris e bem protegidas da umidade sob uma cobertura.

* * *

Após um longo tempo, o barco é colocado sobre a pira e ela se acomoda. Os primeiros trapos em chamas são empurrados entre os galhos, a multidão fica em silêncio e todos recuam na escuridão que está se formando, sem querer olhar para o fogo, mas incapazes de não fazê-lo. Sem querer ver os galhos queimando, sentir o cheiro da resina e ver o resplendor das luzes da cidade no céu noturno, a distância, serem eclipsados pelo fogo.

A noite cai totalmente e o fogo ainda está se espalhando, pois os galhos estão úmidos. Tommo Price e os garotos da Brychan apanham a madeira seca do trailer do professor de marcenaria para acrescentar ao fogo a fim de ajudar a queimar. Braçadas de madeira, e o fogo a devora, cada vez mais quente, e os galhos de pinheiro estalam e soltam chamas. Mas o barco ainda não pegou fogo.

E, então, do fundo do trailer, não é madeira que os garotos estão tirando, mas caixas, as caixas do professor de marcenaria, pegas por engano em seu celeiro, caixas cheias de penas de madeira esculpidas desde que ele era um menino.

Laddy Merridew grita:

— Parem! Não estas! — Mas os garotos não estão ouvindo e é tarde demais. Os garotos jogam as caixas na beira da pira, onde as chamas estão eretas num momento e vacilantes no outro, mas bastante fortes. Todas as caixas, à exceção de uma que eles deixam cair na grama.

E o menino Laddy Merridew solta a mochila de Ianto Jenkins e pega a caixa enquanto os garotos riem:

— Fedorento, que coragem...

E ele pensa rápido. Será que deveria levá-la de volta para o professor de marcenaria e tentar explicar: "Sr. Evans, sinto muito, suas penas de madeira..." Mas ele se lembra de como o Sr. Evans ficara bravo no dia anterior, sacudindo o punho, o cabelo todo desgrenhado. Talvez seja melhor deixar a explicação por conta de Matty Harris. Laddy pega aquela última caixa e ele mesmo a atira ao fogo.

Então, o barco, que até agora estava escuro e tremeluzente, suas laterais envernizadas cintilando, pega fogo. Primeiro, uma única costela se incendeia, talvez uma costela de madeira mais fácil de queimar do que o resto, ou onde a camada de verniz talvez seja mais grossa. Mas é uma costela que pega fogo. E a borda. Até que o menino, os homens e a multidão toda veem o barco inteiro queimar. Cada costela pegando fogo e chamejando, linda e definitiva.

E, ao mesmo tempo, as chamas encontram as caixas. Lambem as tampas de papelão, erguem os cantos e as retorcem, para ver o que há dentro. Caixa após caixa pega fogo. Fagulhas e lufadas de garoa conversam acima da pira, conforme as chamas, a fumaça e as gotas de chuva cooperam na noite. E Peter Edwards fica de olho em Laddy Merridew, diz para ele não ficar tão perto, mas Laddy está olhando fixamente para as caixas e não escuta, apenas empurra os óculos nariz acima...

Então, o fogo encontra as lascas de madeira esculpida, as pilhas de aparas de madeira que cascateiam das caixas queimadas, a serem vistas por apenas um instante, antes que as chamas as devorem. A silhueta do barco é negra contra o fogo, queimando agora tão depressa que é como se a própria noite caísse, e o ar acima da pira é uma tempestade de fagulhas sopradas pela brisa.

As fagulhas jorram contra o céu, enchendo-o com mais estrelas do que há espaço. Laddy Merridew e Peter Edwards ficam juntos, agora, observando. E, enquanto observam, a brisa apanha uma única pena de madeira em chamas. Outra e mais outra flutuam acima, apanhadas em sua combustão, depois uma centena delas, mil, até que o céu se ilumina com espirais luminosas de fogo que se elevam no ar e desaparecem na escuridão.

Então, algo branco pousa no casaco de chuva do menino. Cinza. Ele a limpa e se forma um risco em sua manga, como fumaça. Mas à primeira se juntam outra e mais outra, coisas delicadas, quase nada, caindo do escuro. E a noite se enche de uma lufada de branco acima do barco em chamas do mendigo Ianto Passchendaele Jenkins, uma nevasca de penas brancas se elevando e rodopiando na brisa ascendente antes de pousar, gentil e perfeitamente, na grama.

As gerações da Gentil Clara

Os nomes sublinhados são daqueles que faleceram na mina Gentil Clara, numa manhã de setembro.

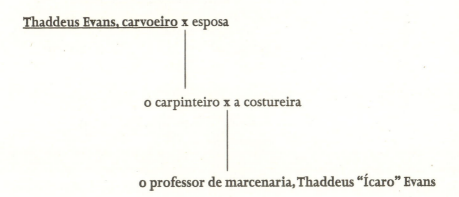

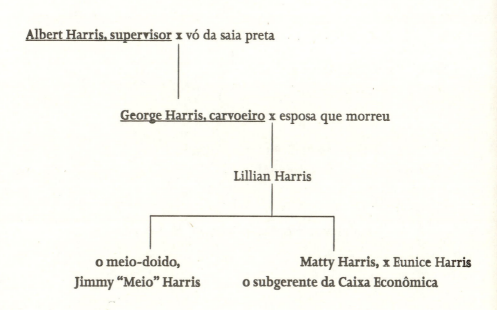

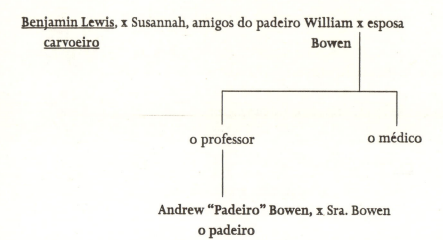

Benjamin Lewis, x Susannah, amigos do padeiro William x esposa
carvoeiro   Bowen

                  o professor   o médico

Andrew "Padeiro" Bowen, x Sra. Bowen
o padeiro

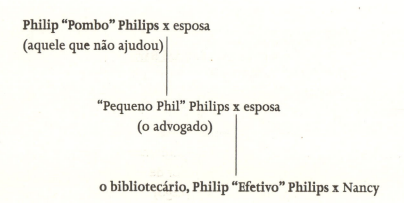

Philip "Pombo" Philips x esposa
(aquele que não ajudou)

"Pequeno Phil" Philips x esposa
(o advogado)

o bibliotecário, Philip "Efetivo" Philips x Nancy

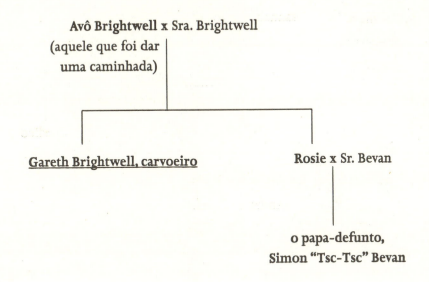

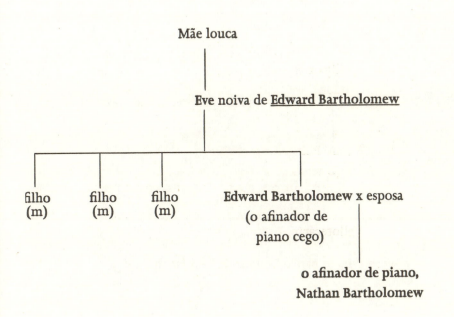

Ivy Jones, viúva
|
Geraint Jones, carvoeiro x Meggie Jones (aquela que se apaixonou por uma janela)
|
o limpador de janelas, Judah Jones

Billy Price, carvoeiro x Sra. Price (aquela que precisava de provas)
|
Filho x esposa
|
o secretário do banco, Tommo Price x Sarah

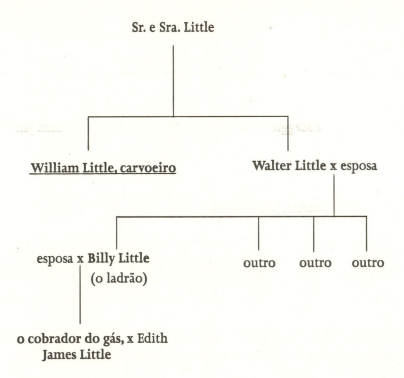
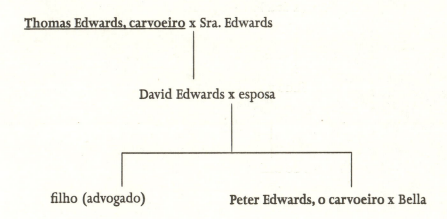

Outros Personagens

Agora
Ianto Passchendaele Jenkins, mendigo e contador de histórias
Ieuan "Laddy" Merridew
Vó de Laddy Merridew, faxineira
Sra. Bennie Parrish, viúva
Sra. Prinny Ellis, faz-tudo do cinema
Sra. Z. Cadwalladr, bibliotecária-chefe
Os carvoeiros que não são mais carvoeiros
Louca Annie, mãe do menino Dai
O dono do pub O Gato
Maggie, a mulher do dono do pub

Na época do acidente na Gentil Clara
Hannah Jenkins, mãe de Ianto Passchendaele Jenkins, o mendigo
Pai de Ianto Jenkins
Ifor Jenkins (o Bigato), irmão mais novo de Ianto
Velha Sra. Watkins
As filhas solteironas Gwendolyn e Gwynneth Watkins
Sr. Ernest Ellis
Sra. Ellis

Nota da autora

O conto do covarde é ambientado numa cidade fictícia ligeiramente baseada em Twynyrodyn, Merthyr Tydfil, nos vales do sul de Gales. Muitos dos locais neste romance são (ou eram) reais; foi ali que tanto meu pai quanto minha mãe nasceram, foram criados, estudaram e conseguiram seu primeiro emprego. No entanto, graças à imprecisão das lembranças infantis e graças aos meandros ainda mais imprecisos da imaginação de um escritor, a topografia da área foi modificada. Ruas foram realinhadas e rebatizadas conforme o ditame da história. Prédios foram construídos ou mudados de localização, pedra por pedra, e as pedras mudando de cor no caminho. Aliás, mudei montanhas inteiras.

Eu adoraria tomar um drinque n'O Gato, na esquina da Rua Maerdy, e descer a estrada até as ruínas da velha mina Gentil Clara — mas eles existem apenas nas páginas deste livro.

Agradecimentos

Meus agradecimentos se devem às seguintes pessoas:

Euan Thorneycroft, da Agência Literária A.M. Heath; Helen Garnons-Williams, Erica Jarnes e Holly Macdonald, dos escritórios da Editora Bloomsbury em Londres; e Kathy Belden, em Nova York.

Tracy Chevalier e à competição literária Bridport Prize; Sam Leith, Louise Doughty e à competição "Novel in a year"; Miriam Kotzin e Bill Turner, do *Per Contra: The International Journal of the Arts, Literature and Ideas*; Andrew G. Marshall, Tania Hershman, Alex Keegan e Niyati Keni; Sue Booth-Forbes, do Retiro de Escritores e Artistas Anam Cara, na Irlanda, onde *O conto do covarde* foi escrito; ao Arts Council, por seu apoio por meio dos Subsídios para as Artes; e à Maggie Gee, por suas observações, orientações e generosidade.

Às minhas famílias, ambas, principalmente às minhas mães, que talvez tivessem aprovado. Por último, mas nem por isso menos importante, ao meu marido Chris, cujo amor e paciência às vezes parecem ilimitados.

Impresso no Brasil pelo
Sistema Cameron da Divisão Gráfica da
DISTRIBUIDORA RECORD DE SERVIÇOS DE IMPRENSA S.A.
Rua Argentina 171 – Rio de Janeiro, RJ – 20921-380 – Tel.: 2585-2000